HEYNE BÜCHER

Fantasy

Herausgegeben von Friedel Wahren

Garth Nix

DAS SIEBTE TOR

Roman

Deutsche Erstausgabe

WILHELM HEYNE VERLAG
MÜNCHEN

HEYNE SCIENCE FICTION & FANTASY
Band 06/9130

Titel der Originalausgabe
SABRIEL
Übersetzung aus dem australischen Englisch
von Joachim Pente
Das Umschlagbild malte Darrell Sweet/Agentur Schlück

Umwelthinweis:
Dieses Buch wurde auf chlor- und
säurefreiem Papier gedruckt.

2. Auflage

Deutsche Erstausgabe 12/2000
Redaktion: Mirjam Madlung

Erstausgabe bei HarperCollins *Publishers*, Sydney

http://www.heyne.de
Printed in Germany 2001
Umschlaggestaltung: Nele Schütz Design, München
Technische Betreuung: M. Spinola
Satz: Schaber Satz- und Datentechnik, Wels
Druck und Bindung: Elsnerdruck, Berlin
ISBN 3-453-17898-X

Prolog

Vom Wall bis zum Alten Königreich waren es kaum mehr als drei Meilen. Aber das war genug. Mittagssonnenschein war auf der anderen Seite des Walls zu sehen, und nicht ein Wölkchen trübte den Himmel. Hier, auf dieser Seite, ging die Sonne an einem wolkenverhangenen Himmel unter, und es hatte zu regnen begonnen. Der Regen hatte schneller eingesetzt, als die Zelte aufgeschlagen werden konnten.

Die Hebamme raffte ihren Umhang ein wenig fester um die Schultern und beugte sich wieder über die Frau. Regentropfen fielen von ihrer Nasenspitze auf das Gesicht unter ihr. Ihr Atem kondensierte zu einer weißen Fahne, aber aus dem Munde ihrer Patientin kam keine solche Wolke.

Die Hebamme seufzte und richtete sich langsam wieder auf. Diese Bewegung allein sagte den Dabeistehenden schon alles, was sie wissen mußten. Die Frau, die da in ihr Waldlager gewankt war, war tot; sie hatte sich gerade noch lange genug am Leben festgeklammert, um es an den Säugling an ihrer Seite weitergeben zu können. Doch just in dem Moment, da die Hebamme das bemitleidenswert kleine Wesen neben der Toten aufhob, erzitterte es in seinen Tüchern und wurde still.

»Das Kind auch?« fragte einer der Umstehenden, ein Mann, der das Zeichen der Charta frisch mit Asche gemalt auf seiner Stirn trug. »Dann wird keine Notwendigkeit für eine Taufe bestehen.«

Seine Hand fuhr an die Stirn, um das Zeichen wegzuwischen – und wurde jäh in ihrer Bewegung unterbrochen, als eine bleiche weiße Hand die seine packte und sie mit einer einzigen schnellen Bewegung wieder nach unten zwang.

»Friede!« sagte eine ruhige Stimme. »Ich will dir nichts Böses.«

Die weiße Hand ließ die des Mannes los, und ihr Besitzer trat in den Kreis aus Feuerschein. Die anderen musterten ihn unfreundlich, und aus den Händen, die Charta-Zeichen gemalt oder zu Bogensehnen und Messern gegriffen hatten, wich die Spannung mitnichten.

Der Mann schritt weiter vorwärts zu den Leichen und blickte auf sie hinunter. Dann drehte er sich zu den Zuschauern um und schob seine Kapuze zurück. Zum Vorschein kam das Gesicht von einem, der Pfade fern vom Sonnenlicht beschritten hatte: Seine Haut war totenblaß.

»Ich werde Abhorsen geheißen«, sagte er, und seine Worte rührten die um ihn Herumstehenden auf, so als hätte er einen großen, schweren Stein in einen stillen Tümpel geworfen. »Und es wird sehr wohl heute nacht eine Taufe stattfinden.«

Der mit dem Zeichen der Charta auf der Stirn blickte hinab auf das leblose Bündel in den Armen der Hebamme und sprach: »Das Kind ist tot, Abhorsen. Wir sind Fahrende, wir verbringen unser Leben unter dem Himmel, und es ist oft hart. Wir kennen den Tod, Herr.«

»Nicht so, wie ich ihn kenne«, erwiderte Abhorsen. Er lächelte, und sein kreideweißes Gesicht runzelte sich an den Mundwinkeln, so daß seine nicht minder weißen Zähne sichtbar wurden. »Und ich sage, das Kind ist noch nicht tot.«

Der Mann versuchte, Abhorsens Blick standzuhalten, aber nach kurzer Zeit wandte er den Blick ab und seinen Gefährten zu. Keiner rührte sich oder machte irgendein Zeichen, bis schließlich eine Frau das Wort ergriff. »Nun denn. Es ist leicht zu machen. Zeichne das Kind, Arrenil. Wir werden ein neues Lager bei Leovis Furt aufschlagen. Komme nach, sobald du hier fertig bist.«

Der Charta-Träger nickte, um seine Zustimmung zu bekunden, und die anderen entfernten sich, um ihr halb aufgeschlagenes Lager abzubrechen: langsam und von sichtbarem Widerstreben dagegen erfüllt, daß sie umziehen mußten. Größer jedoch war das Widerstreben, in der Nähe Abhorsens zu bleiben, denn sein Name war einer, der umwoben war von Geheimnissen und unausgesprochenen Ängsten.

Als die Hebamme sich anschickte, das Kind niederzulegen und zu gehen, sprach Abhorsen: »Warte. Du wirst noch gebraucht.«

Die Hebamme schaute auf den Säugling hinunter und sah, es war ein Mädchen und es mochte gut sein, daß es nur schlief – wäre es nur nicht so still gewesen. Sie hatte von Abhorsen gehört, und wenn das Mädchen leben konnte... Behutsam nahm sie das Kind wieder auf und hielt es dem Charta-Träger entgegen.

»Wenn die Charta nicht...«, begann der Mann, aber Abhorsen hob seine bleiche Hand und unterbrach ihn.

»Laßt uns sehen, was die Charta gebietet.«

Der Mann schaute wieder auf das Kind und seufzte. Sodann zog er eine kleine Flasche aus seinem Beutel und hielt sie empor. Dabei intonierte er einen Gesang, welcher der Beginn einer Charta war: Einer, der alle Dinge aufzählte, die lebten oder wuchsen oder einmal gelebt hatten oder wieder leben würden, und die Bande, die sie alle zusammenhielten. Während er sang, kam ein Licht über die Flasche, welches im Rhythmus des Gesanges pulsierte. Dann verstummte der Sänger. Er berührte mit der Flasche erst die Erde, dann das Aschezeichen auf seiner Stirn, dann hielt er sie hochkant über das Kind.

Ein greller Blitz erleuchtete den Wald ringsum, als

das leuchtende Naß vom Kopf des Kindes spritzte, und der Priester rief: »Bei der Charta, die alle Dinge bindet, heißen wir dich…«

Üblicherweise hätten jetzt die Eltern des Kindes den Namen ausgesprochen. Hier aber sprach allein Abhorsen, und er sagte:

»Sabriel.«

Als er den Namen aussprach, verschwand wie von Geisterhand das Aschezeichen von der Stirn des Priesters und formte sich auf der des Kindes. Die Charta hatte die Taufe akzeptiert.

»Aber… aber sie ist tot!« rief der Charta-Magier, während er mit spitzen Fingern seine Stirn betastete, um sich zu vergewissern, ob die Asche auch wirklich verschwunden war.

Er erhielt keine Antwort, denn die Hebamme starrte durch das Feuer auf Abhorsen, und Abhorsen starrte auf – nichts. Seine Augen spiegelten die tanzenden Flammen wider, aber sie sahen sie nicht.

Frostiger Dunst begann von seinem Körper aufzusteigen und sich in Richtung des Mannes und der Hebamme auszubreiten. Sie hasteten auf die andere Seite des Feuers; sie hatten jetzt sogar Angst davor, wegzulaufen.

Er konnte das Kind weinen hören, was gut war. Wenn es das Erste Tor bereits durchschritten hatte, konnte er es nicht ohne weitere strenge Vorkehrungen – und einer damit einhergehenden Verdünnung seines Geistes – zurückholen.

Die Strömung war stark, aber er kannte diesen Arm des Flusses und watete vorbei an Pfühlen und Strudeln, die ihn hinunterzuziehen hofften. Schon konnte er fühlen, wie das Wasser an seinem Geiste saugte, aber sein Wille war stark, und so nahm es nur die Farbe, nicht die Substanz.

Er hielt inne, um zu lauschen. Das Weinen war schwächer geworden, und er hastete weiter. Vielleicht war das Kind schon am Tor, gar im Begriff, es zu passieren.

Das Erste Tor war ein Schleier aus Dunst. In seiner Mitte tat sich eine einzige dunkle Öffnung auf, durch welche der Fluß sich in die Stille dahinter ergoß. Abhorsen hastete zu der Öffnung – und blieb stehen. Das Mädchen war noch nicht durch die Öffnung verschwunden, aber nur, weil etwas es gepackt und aufgehoben hatte. Vor ihm erhob sich, dräuend aus den schwarzen Wassern ragend, ein Schatten schwärzer noch als das Tor.

Die Gestalt war um einige Fuß größer als Abhorsen, und da, wo man Augen zu sehen erwartet hätte, glommen blasse Sumpflichte, und der faulige Gestank von Aas entströmte ihr – ein warmer Gestank, der die Kälte des Flusses milderte.

Abhorsen bewegte sich langsam auf die Gestalt zu, den Blick auf das Kind gerichtet, das schlaff in der Beuge ihres Schattenarmes lag. Es schlief, aber es war unruhig und krümmte sich immer wieder zu der Kreatur hin, als suche es die Mutterbrust; aber die Kreatur hielt es von sich weg, als sei es heiß oder ätzend.

Langsam zog Abhorsen eine kleine silberne Glocke vom Glockengurt über seiner Brust und winkelte das Handgelenk, um sie zu läuten. Doch das Schattenwesen hielt das Kind empor und sprach mit trockner, schmirgelnder Stimme, die klang, als glitte eine Schlange über Kies.

»Geist von deinem Geiste, Abhorsen. Du kannst mich nicht verzaubern, solange ich sie halte. Und vielleicht werde ich sie hinter das Tor bringen, da ihre Mutter schon fort ist.«

Abhorsen runzelte die Stirn in einer Miene des Wiedererkennens und steckte die Glocke zurück an ihren

Platz am Brustgurt. »Du hast eine neue Gestalt, Kerrigor. Und du bist jetzt auf dieser Seite des Ersten Tores. Wer war so töricht, dir bis hierher zu helfen?«

Kerrigor lächelte breit, und Abhorsen erhaschte einen flüchtigen Blick auf die Feuer, die auf der anderen Seite seines Mundes brannten.

»Einer der Üblichen«, krächzte er. »Aber ungeschickt. Er begriff nicht, daß es die Natur eines Austausches haben würde. Leider reichte sein Leben nicht dafür aus, daß ich das letzte Portal passieren konnte. Doch nun bist ja du gekommen, mir zu helfen.«

»Ich, der ich dich jenseits des Siebenten Tores ankettete?«

»Ja«, flüsterte Kerrigor. »Die Ironie entgeht dir wohl nicht. Aber wenn du das Kind willst…«

Er machte Anstalten, den Säugling in den Fluß zu werfen; durch die ruckartige Bewegung wachte das Kind auf. Sofort begann es wieder zu weinen, und es streckte seine kleinen Hände aus, um den Schattenstoff Kerrigors zu erhaschen wie die Falten eines Gewandes. Der schrie auf, versuchte es von sich loszureißen, aber die kleinen Hände krallten sich fest und zwangen ihn so, seine Kräfte über die Maßen zu beanspruchen, worauf er es wegwarf. Es landete laut schreiend und wurde sofort von der Strömung des Flusses erfaßt, doch Abhorsen war mit einem schnellen Schritt bei ihm und entriß es dem Flusse wie Kerrigors raffenden Händen gleichermaßen.

Er trat einen Schritt zurück, zog die Silberglocke mit einer Hand und schwang sie so, daß sie zweimal erscholl. Der Klang war seltsam gedämpft, aber echt, und das klare Läuten hing in der Luft, frisch und schneidend, lebendig. Kerrigor fuhr zurück vor dem Geläut und fiel rückwärts in die Dunkelheit, die das Tor war.

»Irgendein Narr wird mich schon wieder zurückbringen, und dann...«, schrie er, als der Fluß ihn hinunterzog. Die Wasser wirbelten und gurgelten und fügten sich dann wieder zu stetem Flusse.

Abhorsen starrte noch eine Weile auf das Tor, dann seufzte er, steckte die Glocke wieder zurück in ihr Futteral am Gurt und schaute den Säugling an, den er in seinem Arm hielt. Er starrte zurück, mit Augen, die dunkel waren wie die seinen. Schon war die Farbe aus dem Gesicht des kleinen Mädchens gewichen. Unruhig legte Abhorsen die Hand über das Mal auf der Stirn des Mädchens und fühlte das Glühen seines Geistes. Das Charta-Mal hatte das Leben des Mädchens bewahrt, während der Fluß es hätte aufzehren sollen. Es war sein Lebens-Geist, der Kerrigor so verbrannt hatte.

Es lächelte ihn an und gluckste ein wenig, und Abhorsen fühlte, wie ein Lächeln auch an seinen Mundwinkeln zupfte. Immer noch lächelnd, machte er kehrt und watete den Fluß hinauf, zurück zu dem Tor, das ihnen beiden ihr lebendiges Fleisch wiedergeben würde.

Das kleine Mädchen weinte eine halbe Sekunde, ehe Abhorsen die Augen aufschlug, so daß die Hebamme schon halb um das verglimmende Feuer herumgelaufen war. Frost knisterte auf der Erde, und an Abhorsens Nase hingen Eiszapfen. Er wischte sie mit dem Ärmel weg und eilte zu dem Kind, ganz so, wie manch ein besorgter Vater es nach einer Geburt tut.

»Wie geht es dem Kind?« fragte er, und die Hebamme starrte ihn staunend an, denn das tote Kind war jetzt hörbar lebendig und so totenbleich wie er.

»Wie Ihr hört, Herr«, antwortete sie. »Es geht ihm sehr gut. Es ist vielleicht ein bißchen zu kalt für das Mädchen...«

Er streckte die Hand zum Feuer aus, und es erwachte prasselnd zu neuem Leben: Der Frost schmolz, die Regentropfen verwandelten sich zischend in Dampf.

»Das wird bis zum Morgen reichen«, sagte Abhorsen. »Dann werde ich sie in mein Haus mitnehmen. Ich werde eine Amme brauchen. Willst du mitkommen?«

Die Hebamme zögerte und blickte zu dem Charta-Magier, der immer noch auf der anderen Seite des Feuers harrte. Er wich ihrem Blick aus, und sie schaute wieder auf das kleine Mädchen, das da in ihren Armen wimmerte.

»Ihr seid... Ihr seid...«, wisperte die Hebamme.

»Ein Schwarzkünstler?« vollendete Abhorsen. »Nur eine Art. Ich liebte die Frau, die hier liegt. Sie wäre am Leben geblieben, hätte sie einen anderen geliebt, aber das hat sie nicht. Sabriel ist unser Kind. Kannst du die Blutsverwandtschaft nicht sehen?«

Die Hebamme schaute ihn an, als er sich nach vorn beugte und ihr Sabriel wegnahm, um sie an seiner eigenen Brust zu bergen. Das Mädchen beruhigte sich und war nach wenigen Sekunden eingeschlafen.

»Ja«, sagte die Hebamme. »Ich werde mit Euch kommen und für Sabriel sorgen. Aber Ihr müßt eine Säugamme finden...«

»Und ich glaube, noch vieles andere außerdem«, sagte Abhorsen nachdenklich. »Aber mein Haus ist kein Ort für...«

Der Charta-Magier räusperte sich und kam um das Feuer herum.

»Wenn Ihr einen Mann sucht, der ein wenig von der Charta kennt«, sagte er zögernd, »dann würde ich Euch gerne dienen, denn ich habe ihr Wirken in Euch gesehen, Herr – wenngleich ich meine Mitfahrenden nur mit Widerstreben verlasse.«

»Vielleicht wirst du das gar nicht müssen«, erwiderte Abhorsen, über einen plötzlichen Gedanken lächelnd. »Ich frage mich, ob eure Führerin etwas dagegen haben wird, wenn zwei neue Mitglieder sich ihrer Gruppe anschließen. Denn meine Arbeit bedeutet, daß ich reisen muß, und es gibt keinen Teil des Königreiches, der den Abdruck meiner Füße noch nicht gespürt hat.«

»Eure Arbeit?« fragte der Mann. Er zitterte dabei ein wenig, obwohl es nicht mehr kalt war.

»Ja«, sagte Abhorsen. »Ich bin Schwarzkünstler, jedoch nicht von der gewöhnlichen Art. Wo andere von meiner Kunst die Toten erwecken, bette ich sie wieder zur Ruhe. Und die, so nicht ruhen wollen, binde ich – oder versuche es. Ich bin Abhorsen…«

Er schaute wieder auf den Säugling und fügte hinzu, fast mit einem Unterton von Überraschung: »Vater von Sabriel.«

Kapitel Eins

Das Kaninchen war Minuten zuvor überrollt worden. Seine rosafarbenen Augen waren glasig, und sein reines weißes Fell war blutbefleckt. Es war ein unnatürlich reines Fell, denn es war gerade erst einem Bad entronnen. Es duftete immer noch ein wenig nach Lavendel.

Eine großgewachsene, auffallend blasse junge Frau stand über dem Kaninchen. Ihr nachtschwarzes, modisch kurz gestutztes Haar hing ihr ein wenig ins Gesicht. Sie trug weder Make-up noch Schmuck, abgesehen von einer Anstecknadel aus Emaille mit dem Abzeichen ihrer Schule, die ihren Marineblazer zierte. Das, im Verein mit ihrem langen Rock und den Strümpfen und Schuhen, wies sie als Schulmädchen aus. Auf dem Namensschild unter dem Abzeichen stand »Sabriel«, und aus der römischen Sechs und der vergoldeten Krone ging hervor, daß sie in der sechsten Klasse und Vertrauensschülerin war.

Das Kaninchen war unbestreitbar tot. Sabriel wandte den Blick von ihm und schaute zurück zu dem mit Backstein gepflasterten Zufahrtsweg, der von der Straße abbog und in einer lang geschwungenen Kurve zu einem imposanten schmiedeeisernen Tor führte. Ein Schild über dem Tor in vergoldeten pseudogotischen Lettern besagte, daß es das Tor zum Wyverley College war. Darunter stand in kleineren Buchstaben, »Gegründet im Jahre 1652 für junge Damen von Stand«.

Eine kleine Mädchengestalt kam soeben über das Tor

geklettert, geschickt die schmiedeeisernen Dornen vermeidend, die gerade solche Übungen verhindern sollten. Sie ließ sich die letzten paar Fuß fallen und begann sofort zu rennen. Mit fliegenden Zöpfen kam sie die Zufahrt heruntergestürmt; ihre Absätze klapperten laut auf dem Backstein. Sie hielt den Kopf zunächst gesenkt, um an Schwung zu gewinnen; als sie ihre angestrebte Geschwindigkeit erreicht hatte, schaute sie auf, sah Sabriel und das tote Kaninchen und schrie laut auf.

»Bunny!«

Sabriel zuckte zusammen, als das Mädchen schrie. Sie zögerte einen Moment, dann kniete sie sich neben das Kaninchen und faßte es mit einer ihrer bleichen Hände zwischen den langen Ohren. Ihre Augen schlossen sich, und ihr Gesicht wurde starr, als wäre sie plötzlich versteinert. Ein leiser Pfiff entwich ihren leicht geöffneten Lippen, wie der Wind, wenn man ihn aus weiter Ferne hört. Frost bildete sich auf ihren Fingerspitzen, und Rauhreif legte sich auf den Asphalt rings um ihre Füße und Knie.

Das heranstürmende Mädchen sah sie plötzlich vornüber sinken, über das Kaninchen. Erst im letzten Moment gelang es ihr, sich mit der Hand abzustützen; um ein Haar wäre sie auf dem Asphalt aufgeschlagen. Eine Sekunde später hatte sie das Gleichgewicht wiedererlangt, und keine Sekunde zu spät, denn jetzt brauchte sie beide Hände, um das Kaninchen festzuhalten – ein Kaninchen, das unerklärlicherweise wieder quicklebendig war! Die kleinen Äuglein blitzten und funkelten, und es war genauso erpicht darauf, Sabriels Händen zu entwischen, wie kurz zuvor dem Lavendelbad.

»Bunny!« kreischte das jüngere Mädchen erneut, als Sabriel aufstand, das zappelnde Kaninchen am Nakken festhaltend. »O Sabriel, tausend Dank! Als ich das Quietschen der Reifen hörte, dachte ich schon…«

Sie stockte, als Sabriel ihr das Kaninchen überreichte und sie das Blut an ihren Händen sah.

»Er wird sich rasch wieder erholen, Jacinth«, sagte Sabriel mit müder Stimme. »Es ist nur ein kleiner Kratzer. Er hat sich schon wieder geschlossen.«

Jacinth untersuchte Bunny sorgfältig, dann schaute sie Sabriel an. Die Anfänge einer schleichenden Furcht zeigten sich in ihren Augen.

»Da ist nichts unter dem Blut«, stammelte sie. »Was hast du…«

»Ich habe gar nichts«, versetzte Sabriel barsch. »Aber vielleicht kannst du mir verraten, was du außerhalb des Schulgeländes zu suchen hast!«

»Ich habe Bunny gejagt«, erwiderte Jacinth. Ihr Blick wurde wieder klar. »Du mußt wissen…«

»Keine Ausreden!« fiel Sabriel ihr ins Wort. »Denk daran, was Mrs. Umbrade Montag auf der Versammlung gesagt hat.«

»Es ist keine Ausrede«, beharrte Jacinth. »Sondern ein Grund.«

»Dann kannst du es ja Mrs. Umbrade erklären.«

»Ach Sabriel! Das kannst du doch nicht machen! Du weißt doch, daß ich nur Bunny hinterhergerannt bin! Ich wäre doch nie nach draußen gelaufen…«

Sabriel hob die Hände in gespielter Abwehr, dann zeigte sie in die Richtung des Tores.

»Wenn du innerhalb von drei Minuten wieder drinnen bist, dann will ich nichts gesehen haben. Und mach das Tor diesmal auf, hörst du? Es wird erst abgeschlossen, wenn ich wieder drin bin.«

Jacinth lächelte, über das ganze Gesicht strahlend. Sie wandte sich um und rannte die Auffahrt hoch, Bunny fest an Brust und Hals geschmiegt. Sabriel schaute ihr nach, bis sie hinter dem Tor verschwunden war, dann ergab sie sich widerstandslos dem überwältigenden Schwächegefühl, das sie gepackt hatte. Eine Weile stand sie vornübergebeugt da, am ganzen Leibe vor Kälte zitternd. Ein Augenblick der Schwäche, und sie hatte das Versprechen gebrochen, das sie sich und ihrem Vater gegeben hatte. Gewiß, es war nur ein Kaninchen, und Jacinth liebte es doch so sehr – aber wohin würde das führen? Es war kein großer Schritt vom Zurückholen eines Kaninchens bis zum Zurückholen eines Menschen.

Und das Schlimme war: Es war so leicht gewesen. Sie hatte den Geist genau an der Quelle des Flusses gefangen und ihn ohne große Machtgebärde zurückgebracht; sie hatte den Körper mit schlichten Charta-Symbolen geflickt, als sie vom Tode zum Leben hinüberglitten. Sie hatte nicht einmal Glocken dazu benötigt, oder die anderen Hilfsmittel eines Schwarzkünstlers. Nur einen leisen Pfiff und ihren Willen.

Der Tod und was nach ihm kam, war für Sabriel kein großes Mysterium. Sie wünschte, er wäre es gewesen.

Es war Sabriels letztes Schuljahr auf dem Wyverley – die letzten drei Wochen, genau gesagt. Sie hatte ihren Abschluß bereits in der Tasche. In Englisch hatte sie als Beste abgeschnitten, in Musik ebenfalls, in Mathematik war sie Drittbeste geworden, in Naturkunde Siebente, in den Kampfkünsten hatte sie als Zweitbeste abgeschnitten, und in Umgangsformen war sie Viertbeste geworden. Auch in Magie war sie mit weitem Abstand Beste geworden, aber das stand nicht im Abschlußzeugnis. Magie funktionierte nur in den Regionen Ancelstierres, die nahe beim Wall gelegen waren, der die Grenze zum Alten Königreich bildete. Weiter entfernt vom Wall wurde sie als etwas weit jenseits der Grenzen des Erlaubten betrachtet, so sie überhaupt existierte, und Personen von Ruf erwähnten sie nicht. Das Wyverley College war nur vierzig Meilen vom Wall entfernt, besaß einen guten Ruf und bot Magie als Lehrfach für solche Studentinnen an, die eine Sondergenehmigung ihrer Eltern vorweisen konnten.

Sabriels Vater hatte das Wyverley aus eben diesem Grunde gewählt, als er auf der Suche nach einem Internat mit einem fünf Jahre alten Mädchen im Schlepptau aus dem Alten Königreich aufgetaucht war. Er hatte für jenes erste Jahr im voraus bezahlt, in Silberdinaren aus dem Alten Königreich. Danach hatte er seine Tochter zweimal im Jahr besucht, im Mittsommer und im Mittwinter. Er war bei jedem dieser Besuche mehrere Tage geblieben und hatte jedesmal neue Silberdinare mitgebracht.

Die Schulleiterin mochte Sabriel verständlicherweise sehr gern, besonders weil sie trotz der seltenen Besuche ihres Vaters nie bekümmert schien, wie die meisten anderen Mädchen es wohl gewesen wären. Einmal hatte Mrs. Umbrade sie gefragt, ob es ihr etwas ausmache, und war beunruhigt gewesen von der Antwort, daß Sabriel ihren Vater weit häufiger sehe als zu den Gelegenheiten, wo er tatsächlich anwesend sei. Mrs. Umbrade unterrichtete keine Magie und wollte auch nicht mehr davon wissen als die angenehme Tatsache, daß manche Eltern beträchtliche Summen zahlten, um ihre Tochter in den Grundkenntnissen von Hexerei und Zauberkunst ausbilden zu lassen.

Mrs. Umbrade wollte wirklich nicht wissen, wie Sabriel ihren Vater sah. Sabriel wiederum freute sich immer auf seine inoffiziellen Besuche. Sie beobachtete den Mond und verfolgte seine Bewegungen mit Hilfe des ledergebundenen Almanachs, das seine Phasen in beiden Königreichen verzeichnete und wertvolle Einblicke in die Jahreszeiten, Gezeiten und anderen Ephemerae gewährte, die nie zu irgendeinem Zeitpunkt auf beiden Seiten des Walls die gleichen waren. Abhorsens Entsendung seiner selbst erfolgte stets bei Mondfinsternis.

In solchen Nächten schloß sich Sabriel in ihr Studierzimmer ein (ein Privileg der sechsten Klasse – vorher hatte sie sich immer in die Bibliothek schleichen müssen), stellte den Kessel aufs Feuer, trank Tee und las, bis der charakteristische Wind sich erhob. Dann blies sie das Feuer aus, löschte das elektrische Licht und rüttelte an den Fensterläden – all dies, wie es schien, notwendige Vorbereitungen dafür, daß ihres Vaters phosphoreszierende Entsendung in dem überzähligen Armsessel erschien.

Dem Besuch ihres Vaters in jenem November fieberte sie ganz besonders entgegen. Es würde sein letzter sein, da sie in Kürze das College abschließen würde, und sie wollte mit ihm über ihre Zukunft diskutieren. Mrs. Umbrade wollte, daß sie auf die Universität ging, aber das würde bedeuten, daß sie noch weiter weg vom Alten Königreich ziehen mußte. Ihre magischen Fähigkeiten würden schwinden, und die Besuche ihres Vaters würden auf tatsächliche physische Erscheinungen beschränkt bleiben, und die würden womöglich noch seltener werden. Andererseits indes würde ein Studium an der Universität bedeuten, daß sie mit einigen der Freundinnen zusammenbleiben konnte, die sie praktisch ihr ganzes Leben lang begleitet hatten; Mädchen, mit denen sie als Fünfjährige zusammen eingeschult worden war. Außerdem würde sich ihr dort eine weit größere Welt der gesellschaftlichen Begegnung eröffnen, besonders mit jungen Männern, einer Species, an der in der Umgebung des Wyverley College entschiedener Mangel herrschte.

Und der Nachteil eines Verlustes ihrer magischen Kraft konnte möglicherweise wettgemacht werden durch ein Nachlassen ihres Hingezogenseins zum Tode und zu den Toten…

Sabriel dachte darüber nach, während sie wartete, das Buch in der Hand, die halb ausgetrunkene Tasse Tee auf der Armlehne ihres Sessels. Es ging auf Mitternacht zu, und Abhorsen war noch nicht erschienen. Sabriel hatte zweimal im Almanach nachgeblättert, und sie hatte sogar die Läden geöffnet, um durch die Glasscheibe zum Himmel zu spähen. Es herrschte unzweifelhaft Mondfinsternis, aber von Abhorsen keine Spur! Es war das erste Mal in ihrem Leben, daß er nicht erschienen war, und sie fühlte sich plötzlich ziemlich unbehaglich. Sabriel dachte selten darüber nach, wie das Leben im Alten Königreich wirklich war, aber jetzt kamen ihr alte Geschichten in den Sinn, und dunkle Erinnerungen an die Zeiten, als sie dort bei den Fahrenden gelebt hatte. Abhorsen war ein mächtiger Zauberer, aber selbst damals...

»Sabriel! Sabriel!«

Eine hohe Stimme riß sie aus ihren Gedanken, rasch gefolgt von einem hastigen Klopfen und einem Rütteln am Türknauf. Sabriel seufzte, stemmte sich aus dem Sessel, nahm die Teetasse und schloß die Tür auf. Ein junges Mädchen stand auf der Schwelle, seine Nachtmütze mit zitternden Händen vor der Brust knautschend. Sein Gesicht war vor Angst ganz weiß.

»Olwyn!« rief Sabriel. »Was ist geschehen? Ist Sussen wieder übel?«

»Nein«, schluchzte das Mädchen. »Ich hörte Geräusche hinter der Turmtür, und ich dachte, es wären Rebece und Ila, die einen Mitternachtsschmaus ohne mich abhalten, und da hab ich halt nachgeschaut...«

»Wie bitte?« schrie Sabriel, zutiefst beunruhigt. Niemand öffnete mitten in der Nacht Außentüren, nicht so nah am Alten Königreich.

»Es tut mir leid!« heulte Olwyn. »Ich wollte es nicht. Ich weiß auch nicht, warum ich es getan habe. Es waren nicht Rebece und Ila; es war eine schwarze Gestalt, und sie versuchte hereinzukommen. Ich knallte die Tür zu...«

Sabriel warf die Teetasse weg und stürmte an Olwyn vorbei. Sie war so schnell, daß sie schon die Hälfte des Flurs hinter sich gelassen hatte, als sie die Tasse hinter sich zerbersten hörte, begleitet von Olwyns erschrokkenem Aufschrei ob solch schnöder Behandlung edlen Porzellans. Sie ignorierte es und fiel in Laufschritt, noch im Laufen das Licht auf dem Korridor anknipsend. Als sie die offenstehende Tür zum West-Dormitorium erreichte, hörte sie erste laute Schreie, die sich rasch zu einem schrillen Kreischen steigerten. In dem Schlafsaal waren vierzig Mädchen, die meisten davon Erstkläßlerinnen, allesamt unter elf Jahren. Sabriel holte tief Luft und trat über die Schwelle, die Finger zur Verzauberungshaltung gekrümmt. Noch ehe sie hinsah, spürte sie schon die Gegenwart des Todes.

Der Schlafsaal war sehr lang und schmal, mit einem niedrigen Dach und kleinen Fenstern. Betten und Schränke säumten die beiden Längsseiten. Am hinteren Ende befand sich eine Tür, die zum Westturm führte. Sie hätte eigentlich von innen und außen zugesperrt sein müssen, aber Schlösser behaupteten sich selten gegen die Mächte des Alten Königreiches.

Die Tür stand offen. Im Rahmen stand eine Gestalt von tiefem Schwarz, als hätte jemand eine Menschenfigur aus der Nacht ausgeschnitten und dabei peinlich darauf geachtet, eine vollkommen sternlose Stelle zu finden. Sie besaß keinerlei Gesichtszüge, aber der Kopf bewegte sich suchend hin und her, als arbeiteten die Sinne, über die sie verfügte – welcher Natur sie auch immer sein mochten –, in einem eng abgegrenzten Rahmen. Das Wesen hielt einen geradezu kurios irdisch anmutenden Sack mit einer seiner vierfingrigen Hände umklammert; der grobe Stoff bildete einen krassen Kontrast zu seinem eigenen surrealen Fleisch.

Sabriels Hände bewegten sich in einer komplizierten Gebärde: sie beschrieben die Symbole der Charta, die

Schlaf, Ruhe und Stille bedeuteten. Mit einer schwungvollen Geste wies sie auf beide Seiten des Schlafsaales und zeichnete eines der Hauptsymbole in die Luft. Schlagartig hörten alle Mädchen im Schlafsaal auf zu kreischen und sanken wieder in ihre Kissen zurück.

Der Kopf des Wesens hörte auf sich zu bewegen, und Sabriel wußte, daß seine ganze Aufmerksamkeit jetzt auf sie gerichtet war. Nun begann es, sich langsam vorwärtszubewegen. Es hob schwerfällig ein Bein, schwang es vorwärts, setzte es auf, verharrte einen Moment, um dann das andere nach vorn zu schwingen und es ein Stück vor dem ersten aufzusetzen: eine schleppende, wälzende Bewegung, die ein unheimliches, schlurfendes Geräusch auf dem dünnen Teppich erzeugte. Über jedem Bett, an dem es vorbeiwalzte, leuchtete das elektrische Licht einmal kurz und grell auf und erlosch dann wieder.

Sabriel ließ die Hände sinken und richtete den Blick auf die Mitte des Rumpfes der Kreatur. Sie konnte den Stoff fühlen, aus dem sie bestand. Sie hatte keines ihrer Werkzeuge und Instrumente dabei; trotzdem zögerte sie nur kurz, bevor sie sich über die Grenze in den Tod hineingleiten ließ, den Blick immer noch fest auf den Eindringling geheftet.

Der Fluß umströmte, kalt wie eh und je, ihre Beine. Das Licht, grau und ohne Wärme, erstreckte sich immer noch zu einem vollkommen flachen Horizont. In der Ferne konnte sie das Tosen des Ersten Tores vernehmen. Sie konnte die wahre Gestalt der Kreatur jetzt klar sehen, enthüllt wie sie war von der Aura des Todes, die sie in die lebende Welt trug. Es war ein Bewohner des Alten Königreiches, vage humanoid, aber mehr wie ein Affe ausschauend denn wie ein Mensch und offenbar nur halbintelligent. Aber das war nicht die ganze Wahrheit, und Sabriel spürte den kalten Griff der Furcht, als sie den schwarzen Faden gewahrte, der aus dem Rükken der Kreatur kam und in den Fluß lief. Irgendwo, hinter dem Ersten Tor, vielleicht sogar noch weiter entfernt, endete dieser Nabel in den Händen eines Adepten. Solange dieser Faden existierte, befand sich die Kreatur ganz unter der Kontrolle ihres Herrn, der ihre Sinne und ihren Geist nach Belieben benutzen konnte.

Etwas zupfte an Sabriels physischem Körper, und widerstrebend riß sie ihre Sinne los und zurück in die Welt der Lebenden. Ein leichtes Ekelgefühl stieg in ihr hoch, als eine Woge von Wärme über ihren todeskalten Körper brauste.

»Was ist es?« fragte eine ruhige Stimme dicht an ihrem Ohr – eine alte Stimme, in der die Macht der Charta-Magie mitschwang: Miss Greenwood, die Magistrix der Schule.

»Es ist ein Todesdiener – eine Geistform«, antwortete Sabriel, schon wieder ganz auf die Kreatur konzentriert. Sie hatte den Schlafsaal inzwischen zur Hälfte durchmessen, immer noch zielstrebig ein Bein vor das andere schwingend. »Ohne freien Willen. Irgend etwas hat ihn… es zurück in die lebendige Welt gesandt. Es wird von einem Ort jenseits des Ersten Tores aus gesteuert.«

»Warum ist es hier?« fragte die Magistrix. Ihre Stimme klang ruhig, aber Sabriel spürte, wie sich die Charta-Symbole in ihrer Stimme ansammelten, sich auf ihrer Zunge formten – Symbole, die Blitz und Feuer entfesseln würden, die zerstörerischen Mächte der Erde.

»Es ist weder eindeutig bösartig, noch hat es bisher den Versuch unternommen, etwas Böses anzurichten…«, erwiderte Sabriel langsam, während sie im Geist die Möglichkeiten durchspielte. Sie war es gewohnt, Miss Greenwood rein schwarzkünstlerische Aspekte der Magie zu erklären. Die Magistrix hatte sie in Charta-Magie unterwiesen, aber schwarze Kunst und Zauberei standen eindeutig nicht auf dem Lehrplan. Sabriel hatte über schwarze Kunst mehr als ihr lieb war von ihrem Vater gelernt… und von den Toten selbst. »Unternehmen Sie für den Moment nichts. Ich will versuchen, mit ihm zu sprechen.«

Die Kälte schwappte wieder über sie hinweg und biß ihr ins Fleisch, als die Strömung des Flusses erneut ihre Beine umgurgelte, begierig darauf, sie von den Beinen zu reißen und fortzutragen. Sabriel gebrauchte ihren Willen, und die Kälte wurde schlicht zu einer Empfindung, ohne jede Gefahr, die Strömung zu einem angenehmen Vibrieren um die Füße herum.

Die Kreatur war jetzt ganz nahe, so nahe, wie sie es in der lebendigen Welt war. Sabriel streckte beide Arme aus, und dann klatschte sie in die Hände. Der scharfe Knall, den sie damit hervorrief, hallte länger wider, als er es irgendwo anders getan hätte. Noch bevor das Echo erstarb, pfiff Sabriel mehrere Töne, und auch sie hallten nach, liebliche Klänge inmitten der Schärfe des Händeklatschens.

Das Wesen zuckte vor dem lauten Geräusch zusammen und wich zurück, sich mit beiden Händen die Ohren zuhaltend. Dabei entfiel ihm der Sack. Sabriel fuhr überrascht hoch. Sie hatte den Sack bis dahin noch nicht bemerkt, wahrscheinlich weil sie ihn dort nicht erwartet hatte. Nur sehr wenige unbelebte Dinge existierten in beiden Reichen, dem lebendigen und dem toten.

Noch überraschter freilich war sie, als die Kreatur sich plötzlich nach vorn beugte und in das Wasser tauchte, um den Sack zu erhaschen. Sie fand ihn rasch, verlor dabei aber den Halt unter den Füßen. Als der Sack an der Oberfläche auftauchte, zog die Strömung die Kreatur nach unten. Sabriel stieß einen Seufzer der Erleichterung aus, als sie sie davontreiben sah, doch gleich darauf entfuhr ihr ein leiser Schrei des Entsetzens: Der Kopf des Wesens stieß an die Oberfläche, und es schrie: »Sabriel! Mein Bote! Nimm den Sack!« Es war die Stimme Abhorsens.

Sabriel hastete vorwärts, und ein Arm stieß an die Oberfläche, den Sack zwischen den Fingern. Sie griff nach dem Sack, verfehlte ihn und versuchte es noch einmal. Diesmal erwischte sie ihn. Als sie ihn fest im Griff hatte, zog die Strömung das Wesen vollständig nach unten und riß es mit sich fort. Sabriel blickte ihm nach. Sie hörte, wie das Tosen des Ersten Tores plötzlich anschwoll, wie es das immer tat, wenn jemand es passierte. Sie wandte sich um und begann, gegen die Strömung zurückzuwaten, bis sie eine Stelle erreichen würde, an der sie leicht ins Leben zurückkehren konnte. Der Sack wog schwer in ihrer Hand, und sie hatte ein bleiernes Gefühl im Magen. Wenn der Bote tatsächlich von Abhorsen kam, dann bedeutete das, daß er selbst nicht ins Reich der Lebenden zurückkehren konnte.

Und das bedeutete, daß er entweder tot war oder Gefangener von irgend etwas, das jenseits des Letzten Tores sein mußte.

Wieder schwappte eine Woge des Ekels über sie hinweg, und sie fiel auf die Knie, am ganzen Leibe zitternd. Sie fühlte die Hand der Magistrix auf ihrer Schulter, aber ihre ganze Aufmerksamkeit galt dem Sack, den sie fest umklammert hielt. Sie brauchte nicht hinzuschauen, um zu wissen, daß die Kreatur fort war. Ihre Manifestation in der lebendigen Welt hatte geendet, als ihr Geist hinter das Erste Tor geglitten war. Nur ein Häufchen Graberde würde von ihr übrigbleiben, und das würde am Morgen aufgekehrt werden.

»Was hast du getan?« fragte die Magistrix, als Sabriel sich mit den Händen durch das Haar fuhr und Eiskristalle von ihren Händen auf den Sack fielen, der vor ihren Knien lag.

»Das Wesen hatte eine Botschaft für mich«, erwiderte Sabriel. »Also habe ich sie genommen.«

Sie öffnete den Sack und griff hinein. Sie ertastete einen Schwertgriff. Sie zog das Schwert mitsamt seiner Scheide aus dem Sack und legte es neben sich auf den Boden. Sie brauchte es nicht herauszuziehen, um die Charta-Symbole sehen zu können, die in seine Klinge eingeätzt waren; der matte Smaragd im Knauf und das blankgewetzte bronzeplattierte Stichblatt waren ihr so vertraut wie die schmucklosen Eßbestecke der Schule. Es war Abhorsens Schwert.

Das Lederbandelier, das sie als nächstes aus dem Sack zog, war ein alter brauner Gürtel, handbreit, der immer leicht nach Bienenwachs roch. Sieben röhrenförmige Ledertaschen hingen an ihm, die kleinste nicht größer als ein Pillenfläschchen, die siebte fast so groß wie ein Krug. Das Bandelier war so gearbeitet, daß es quer über die Brust geschnallt wurde, so daß die Taschen nach unten hingen. Sabriel öffnete die kleinste und entnahm ihr eine kleine silberne Glocke mit einem dunklen, blankpolierten Mahagonigriff. Sie hielt sie ruhig, aber der Schlegel schwang immer noch leicht und entlockte der Glocke einen hohen, melodischen Ton, der irgendwie im Geiste hängenblieb, auch noch nachdem er schon verklungen war.

»Vaters Instrumente«, sagte Sabriel leise. »Die Werkzeuge eines Schwarzkünstlers.«

»Aber auf der Glocke sind Charta-Symbole eingraviert… und auf dem Griff auch!« warf die Magistrix ein, die fasziniert auf die Gegenstände starrte. »Schwarze Kunst ist freie Magie, die nicht der Charta unterliegt…«

»Die von Vater war anders«, erwiderte Sabriel kühl. Sie starrte immer noch auf die Glocke, die sie in der Hand hielt, und dachte dabei an die braunen, runzligen Hände ihres Vaters und wie sie die Glocken gehalten hatten. »Bindend, nicht aufweckend. Er war ein treuer Diener der Charta.«

»Du wirst uns verlassen, nicht wahr?« fragte die Magistrix unvermittelt, als Sabriel die Glocke und das Schwert wieder wegsteckte und aufstand, das Schwert in der einen Hand, das Bandelier in der andern. »Ich habe es gerade gesehen, als Spiegelbild auf der Glocke. Du warst dabei, den Wall zu überqueren…«

»Ja, um in das Alte Königreich zu gelangen«, sagte Sabriel in jäher Erkenntnis. »Vater ist etwas zugestoßen… aber ich werde ihn finden… das schwöre ich bei der Charta, die ich trage.«

Sie berührte das Charta-Mal auf ihrer Stirn; es leuchtete kurz auf und verblaßte dann wieder, so als wäre es nie dagewesen. Die Magistrix nickte und faßte sich an die eigene Stirn, wo ein glühendes Mal plötzlich all die Muster der Zeit verdunkelte. Als es wieder verblaßte, begannen raschelnde Laute und leise Stöhngeräusche an beiden Seiten des Schlafsaales zu ertönen.

»Ich werde die Tür zuschließen und es den Mädchen erklären«, sagte die Magistrix mit fester Stimme. »Du solltest jetzt besser gehen… und dich für morgen rüsten.«

Sabriel nickte und ging; sie versuchte, sich gedanklich auf die bevorstehende Reise zu konzentrieren und nicht darüber nachzugrübeln, was ihrem Vater zugestoßen sein mochte. Sie würde so früh wie möglich eine Droschke nach Bain nehmen, der nächstgelegenen Stadt, und dann mit dem Bus zum Perimeter von Ancelstierre weiterfahren, der dem Wall gegenüberlag. Mit ein bißchen Glück würde sie am frühen Nachmittag dort eintreffen…

Sie konnte freilich nicht verhindern, daß ihre Gedanken immer wieder zu Abhorsen zurückkehrten. Was konnte ihn im Tode gefangen haben? Und was konnte sie dagegen unternehmen, vorausgesetzt, es gelang ihr überhaupt, das Alte Königreich zu erreichen?

Kapitel Zwei

Der Perimeter von Ancelstierre verlief von Küste zu Küste, parallel zum Wall und knapp eine halbe Meile von ihm entfernt. Ziehharmonikadraht lag, aufgespießten Würmern gleich, auf rostigen Stahlpfählen: Vorgerückte Abwehrstellungen für ein verschachteltes Geflecht aus Gräben und Betonbunkern. Viele dieser Stellungen waren so konstruiert, daß sie sowohl das Gelände vor als auch das hinter ihnen kontrollierten, und fast ebensoviel Stacheldraht erstreckte sich hinter den Gräben, die Rückseite sichernd.

Tatsächlich war der Perimeter viel erfolgreicher darin, Leute aus Ancelstierre vom Alten Königreich fernzuhalten, als darin, Wesen aus dem Alten Königreich daran zu hindern, nach Ancelstierre einzudringen. Alles, was mächtig genug war, um den Wall zu überwinden, behielt gewöhnlich genug Magie, um die Gestalt eines Soldaten anzunehmen, oder um sich unsichtbar zu machen und einfach dorthin zu gehen, wo es wollte, ungeachtet allen Stacheldrahtes, aller Kugeln, Handgranaten und Mörserbomben – welche oft genug gar nicht funktionierten, besonders wenn der Wind von Norden blies, aus dem Alten Königreich.

Aufgrund der Unzuverlässigkeit der Technologie trugen die ancelstierranischen Soldaten der Perimeter-Garnison Kettenhemden über ihren khakifarbenen Kampfanzügen, hatten Nasen- und Nackenschützer an ihren Helmen und trugen äußerst altmodische Schwertbajonette in abgewetzten Scheiden. Schilde oder, so ihre korrekte Bezeichnung, ›Rundschilde, klein, nur für die Perimeter-Garnison‹, trugen sie auf dem Rücken. Das Khaki ihrer Kampfanzüge war längst verschwunden unter grellbunten persönlichen oder Regimentszeichen. Tarnung wurde auf diesem speziellen Posten nicht als wichtig betrachtet.

Sabriel schaute zu, wie ein Zug junger Soldaten am Bus vorbeimarschierte, während sie darauf wartete, daß die Touristen vor ihr sich aus der Austiegstür drängten, und fragte sich, was sie wohl von ihrem seltsamen Dienst halten mochten. Die meisten von ihnen waren Wehrdienstpflichtige aus dem tiefen Süden, wo keine Magie über den Wall kroch und die Risse in dem, was sie für die Wirklichkeit hielten, erweiterten. Hier konnte sie förmlich spüren, wie sich Magiepotential zusammenbraute, wie es in der Atmosphäre lauerte wie elektrische Ladung in der Luft kurz vor einem Gewitter.

Der Wall selbst sah ziemlich normal aus hinter dem Ödland aus Stacheldraht und Gräben – wie jedes andere Überbleibsel aus dem Mittelalter. Er war aus Stein errichtet, ungefähr vierzig Fuß hoch und mit Zinnen versehen. Nichts sonderlich Bemerkenswertes also, wäre da nicht der augenfällig hervorragende Zustand gewesen, in dem sich das Bauwerk präsentierte. Und für die, die das Gesicht besaßen, wimmelten die Steine selbst nur so von Charta-Zeichen, Zeichen, die sich in ständiger Bewegung befanden, die sich wanden, drehten, verformten und unaufhörlich neu ordneten unter einer dünnen steinernen Haut.

Die letzte Bestätigung dafür, daß hier fremde Kräfte wirkten, lag jenseits des Walles. Auf der ancelstierranischen Seite war es klar und kühl, und es schien die Sonne. Hinter dem Wall aber hörte Sabriel Schnee fallen und sah dunkle, schneebeladene Wolken, die sich bis dicht vor den Wall drängten, wo sie jäh zum Stillstand kamen, als hätte ein gewaltiges Wettermesser den Himmel an der Stelle einfach durchgeschnitten.

Sabriel schaute zu, wie der Schnee fiel, und dankte ihrem Almanach. Er war im Buchdruck gedruckt, und die Typen hatten Grate in dem dicken, leinenhaltigen Papier hinterlassen, was zur Folge hatte, daß die zahlreichen handschriftlichen Anmerkungen bedenklich zwischen den Zeilen schwankten. Eine spinnenartig dünne Anmerkung, geschrieben in einer zittrigen Schrift, die nicht die ihres Vaters war, gab das Wetter an, das für jedes Reich unter dem jeweiligen Kalender zu erwarten war. Für Ancelstierre war ›kühles Herbstwetter‹ angegeben. Das Alte Königreich hatte ›Winterliches Wetter. Es muß mit Schnee gerechnet werden. Skier oder Schneeschuhe erforderlich.‹

Der letzte Tourist stieg aus und strebte schnellen Schritts zur Beobachtungsplattform. Obgleich die Armee und die Regierung Touristen von einem Besuch des Perimeters abrieten und es innerhalb einer zwanzig Meilen breiten Schutzzone südlich des Walles keine Unterkünfte gab, durfte pro Tag eine Busladung Touristen den Wall bestaunen – von einer Aussichtsplattform aus, die sich in sicherem Abstand vom Wall weit hinter den Linien des Perimeters erhob. Doch selbst dieses Zugeständnis wurde oft widerrufen, denn wenn der Wind von Norden blies, pflegte der Bus auf unerklärliche Weise ein paar Meilen vor dem Turm liegenzubleiben, und die Touristen mußten helfen, ihn in Gegenrichtung wieder anzuschieben, nur um zu sehen, wie er auf ebenso mysteriöse Weise wieder ansprang.

Die Behörden übten darüber hinaus Nachsicht gegenüber den wenigen Leuten, die befugt waren, von Ancelstierre in das Alte Königreich zu reisen, wie Sabriel sah, nachdem sie den Ausstieg aus dem Bus mit ihrem Rucksack, ihren Langlaufskiern, ihren Stöcken und dem Schwert, die alle in verschiedene Richtungen zu gehen drohten, erfolgreich bewältigt hatte. Ein großes Schild gleich neben der Bushaltestelle verkündete:

PERIMETER-KOMMANDO
HEERESGRUPPE NORD

Unbefugtes Verlassen der
Perimeterzone ist strikt verboten.
Bei Zuwiderhandlungen wird ohne vorherige
Warnung von der Schußwaffe Gebrauch gemacht.
Personen mit gültiger Ausreisegenehmigung
müssen sich im Hauptquartier
des Perimeter-Kommandos melden.

ACHTUNG – DER GEBRAUCH DER SCHUSSWAFFE
ERFOLGT OHNE VORHERIGE WARNUNG!

Sabriel las den Hinweis mit Interesse und spürte, wie ein rasch anschwellendes Gefühl von Erregung in ihr hochstieg. Ihre Erinnerungen an das Alte Königreich waren blaß, aus der Perspektive eines Kindes halt, aber sie fühlte, wie ein Schauer von Geheimnis und Wunder von ihr Besitz ergriff, angestachelt von der hier allgegenwärtigen Kraft der Charta-Magie – ein Empfinden von etwas, das um so vieles lebendiger war, als es der asphaltierte Paradeplatz und das scharlachrote Warnschild waren. Und viel freier als das Wyverley College.

Aber dieses Gefühl von Erregung und Wunder war durchdrungen von einem Grauen, das sie nicht abschütteln konnte, einem Grauen, das sich nährte aus der Furcht vor dem, was ihrem Vater vielleicht in diesem Moment zustieß… oder womöglich bereits zugestoßen war…

Der Hinweispfeil auf dem Warnschild, der zeigte, wohin Personen mit Ausreisegenehmigung sich wenden sollten, schien in die Richtung eines Paradeplatzes zu weisen, welcher gesäumt war von weißgestrichenen Felsen und einer Anzahl unansehnlicher Holzbaracken. Ansonsten waren lediglich die Anfänge der Verbindungsgräben zu sehen, die im Boden verschwanden und im Zickzack zu der doppelten Grabenlinie, den Blockhäusern und Befestigungsanlagen führten, die dem Wall gegenüberlagen.

Sabriel betrachtete sie eine Weile und sah das Aufleuchten von Farbe, als mehrere Soldaten aus einem der Gräben hüpften und nach vorn zum Stacheldraht gingen. Die Waffen, die sie bei sich trugen, sahen mehr nach Speeren als nach Gewehren aus, und Sabriel fragte sich, warum der Perimeter für moderne Kriegsführung gebaut worden, aber mit Soldaten bemannt war, die eher etwas Mittelalterliches erwarteten. Da fiel ihr eine Unterhaltung mit ihrem Vater ein und seine Bemerkung, daß der Perimeter weit weg im Süden entworfen worden war, wo man sich schlicht weigerte einzugestehen, daß dieser Perimeter sich in irgendeiner Form von irgendeiner anderen umstrittenen Grenze unterschied. Bis etwa ein Jahrhundert zuvor hatte auch auf ancelstierranischer Seite ein Wall gestanden, ein niedriger Wall aus gestampfter Erde und Torf, der aber seinen Zweck durchaus erfüllt hatte.

Während sie an diese Unterhaltung zurückdachte, machte sie eine kleine Erhebung aus zernarbter Erde inmitten der Einöde aus Stacheldraht aus, und sie erkannte, daß das die Stelle war, an der sich der Wall auf der Südseite befunden hatte. Als sie die Stelle näher in Augenschein nahm, sah sie auch, daß das, was sie für einzelne Pfähle zwischen Bahnen von Ziehharmonikadraht gehalten hatte, etwas anderes war – hohe Gebilde, die eher aussahen wie von ihren Ästen befreite Stämme kleiner Bäume. Sie kamen ihr irgendwie vertraut vor, aber sie konnte sie nicht einordnen.

Während sie sie noch anstarrte und überlegte, ertönte

ein lautes und nicht sehr angenehmes Geräusch ein Stück hinter ihrem rechten Ohr.

»Was machen Sie hier, Fräulein? Sie können hier nicht einfach so herumlungern. In den Bus – oder hinauf auf den Aussichtsturm!«

Sabriel fuhr zusammen und drehte sich um so schnell sie konnte, wobei ihre Skier in die eine und die Stöcke in die andere Richtung rutschten, ihren Kopf in einer Art Andreaskreuz einrahmend. Die Stimme gehörte einem großgewachsenen, aber recht jungen Soldaten, dessen keck gezwirbelter Schnauzbart mehr Indiz für martialischen Ehrgeiz denn Beweis für denselben waren. Er hatte zwei goldene Streifen am Ärmel, trug aber nicht das Ketten-Hauberk und den Helm, die Sabriel bei den anderen Soldaten gesehen hatte. Er roch nach Rasiercreme und Talkumpuder und war so sauber, geschniegelt und von sich eingenommen, daß Sabriel ihn sofort als eine Art natürlichen Bürokraten einstufte, der im Moment als Soldat verkleidet herumlief.

»Ich bin Bürgerin des Alten Königreiches«, erwiderte sie ruhig und starrte in sein rot angelaufenes Gesicht und seine Schweinsäuglein mit dem Blick, den Miss Prionte ihren Mädchen als Musterblick bei der Unterweisung niederer Dienstboten in Etikette IV beigebracht hatte. »Ich kehre dorthin zurück.«

»Papiere!« begehrte der Soldat nach einem kurzen unsicheren Zögern ob der Worte »Alten Königreiches«.

Sabriel bedachte ihn mit einem frostigen Lächeln (auch dies Bestandteil von Miss Priontes Lehrplan) und vollführte eine rituelle Bewegung mit ihren Fingerspitzen, das Symbol für Enthüllen, Sichtbarmachen von Verborgenem, für Entfalten. Während ihre Finger es in die Luft zeichneten, formte sie das Symbol in ihrem Geiste und verknüpfte es mit den Papieren, die sie in der Innentasche ihrer Ledertunika trug. Beide Symbole, das mit den Fingern skizzierte und das mit dem Geist gezeichnete, verschmolzen miteinander, und die Papiere waren in ihrer Hand – ein ancelstierranischer Paß und das viel seltenere Dokument, welches das ancelstierranische Perimeter-Kommando Personen ausstellte, die in beiden Ländern verkehrten: Ein handgebundenes Dokument, in Buchdruck auf handgearbeitetem Papier gedruckt, mit einem von Künstlerhand gezeichneten Portrait anstelle des üblichen Paßphotos sowie Abdrücken von Daumen und Großzehe in purpurfarbener Tinte.

Der Soldat blinzelte, sagte aber nichts. Vielleicht, dachte Sabriel, als er die dargebotenen Dokumente entgegennahm, hielt der Mann es für einen Salontrick. Vielleicht merkte er es aber auch ganz einfach gar nicht. Vielleicht war Charta-Magie hier, so nahe am Wall, etwas ganz Alltägliches.

Der Mann prüfte ihre Dokumente sorgfältig, aber ohne wirkliches Interesse. Sabriel war sich aufgrund der Art und Weise, wie er an ihrem Sonderausweis herumgrapschte, jetzt ganz sicher, daß er niemand Bedeutendes war. Er hatte offenbar noch nie zuvor einen solchen Ausweis gesehen. Mit einem Anflug von Schadenfreude begann sie, das Charta-Symbol für Erhaschen oder Stibitzen zu beschreiben, um ihm die Papiere aus der Hand wegzuschnappen, bevor seine Schweinsaugen herausfinden konnten, was los war.

Doch im gleichen Moment spürte sie das plötzliche Auflodern von anderer Charta-Magie links und rechts neben und hinter ihr – und hörte das klackende Geräusch von groben Schuhnägeln auf dem Asphalt. Ihr Kopf zuckte von den Papieren zurück, und sie fühlte, wie ihr das Haar über die Stirn wischte, als sie hastig von einer Seite zur anderen blickte. Soldaten quollen aus den Holzbaracken und aus den Gräben, die Säbelbajonette in der Hand, die Gewehre geschultert. Mehrere von ihnen trugen Abzeichen, die, wie Sabriel sogleich erkannte, sie als Charta-Magier auswies. Ihre Finger woben Abwehrsymbole und Barrieren, die Sabriel mitten in der Bewegung erstarren lassen und sie an ihren Schatten binden würden. Krude Magie, aber kraftvoll geschleudert.

Instinktiv beschrieben Sabriels Geist und Hände die Abfolge von Symbolen, die diese Bande tilgen würden, aber ihre Skier verrutschten wieder einmal und fielen ihr in die Armbeuge, und sie fuhr ob des schmerzhaften Schlages zusammen.

Gleichzeitig rannte ein Soldat den anderen voraus. Das Sonnenlicht blitzte auf den Silbersternen auf seinem Helm.

»Halt!« schrie er. »Korporal, gehen Sie weg von ihr!«

Der Korporal, taub für das Summen von Charta-Magie und blind für das Aufblitzen halb hervorgebrachter Zeichen, blickte von Sabriels Papieren auf und starrte sie eine Sekunde lang mit offenem Mund an. Furcht trat in sein Gesicht. Er ließ die Dokumente fallen und stolperte zurück.

Als Sabriel seinen Gesichtsausdruck sah, wurde ihr schlagartig bewußt, was es bedeutete, Magie am Perimeter einzusetzen, und sie hielt sich vollkommen still und tilgte die halb beschriebenen Symbole aus ihrem Geist. Ihre Skier rutschten ihr noch weiter herunter, blieben noch für einen kurzen Moment mit den Bindungen an ihrem Unterarm hängen, bevor sie mit lautem Geklapper auf dem Asphalt landeten. Die Soldaten kamen herangestürmt und umzingelten sie in Sekundenschnelle, mit ihren Schwertern auf ihren Hals zielend. Sie sah silberne Streifen auf den Klingen und grob geschriebene Charta-Symbole, und sie begriff. Diese Waffen waren gemacht, um Wesen zu töten, die bereits tot waren, minderwertige Versionen des Schwertes, das sie an ihrem Gürtel trug.

Der Mann, der geschrien hatte – ein Offizier, wie Sabriel erkannte –, bückte sich und hob ihre Pässe auf. Er studierte sie einen Moment, dann schaute er Sabriel an.

Seine Augen waren hellblau und drückten eine Mischung aus Härte und Mitgefühl aus, die Sabriel vertraut vorkam, auch wenn sie sie für den Augenblick nicht zuordnen konnte, bis ihr die Augen ihres Vaters einfielen. Abhorsens Augen waren so dunkelbraun, daß sie fast schwarz wirkten, aber sie drückten ein ähnliches Gefühl aus.

Der Offizier schlug den Paß zu, steckte ihn in seinen Gürtel und klappte mit zwei Fingern seinen Helm zurück. Darunter kam ein Charta-Mal zum Vorschein, welches noch glühte von der Restenergie des Abwehrbannes. Vorsichtig hob Sabriel die Hand, und als sie sah, daß der Offizier keine Anstalten machte, sie davon abzuhalten, berührte sie mit zwei Fingern sein Mal. Während sie dies tat, streckte er die Hand aus und berührte ihr Mal. Sabriel spürte den vertrauten Energiewirbel und hatte das Gefühl, in eine endlose Sternengalaxie zu fallen. Aber die Sterne hier waren Charta-Symbole, miteinander verschlungen in einem gewaltigen Tanz, der weder Anfang besaß noch Ende, sondern die Welt in ihrer Bewegung umfing und beschrieb. Sabriel kannte nur einen kleinen Teil der Symbole, aber sie wußte, was sie tanzten, und sie fühlte, wie die Reinheit der Charta über sie hinwegspülte.

»Ein unbeflecktes Charta-Mal«, sagte der Offizier laut, als ihre Hände wieder zurückglitten. »Sie ist keine Kreatur oder Entsendung.«

Die Soldaten traten zurück, steckten ihre Schwerter zurück in die Scheide und ließen die Sicherheitshaken zuschnappen. Allein der rotgesichtige Korporal rührte sich nicht von der Stelle; er starrte Sabriel immer noch mit großen Augen an, so als sei er unsicher, was er da vor sich hatte.

»Die Show ist vorüber, Korporal«, sagte der Offizier, dessen Stimme und Blick jetzt hart waren. »Gehen Sie zur Zahlstelle zurück. Sie werden während Ihrer Dienstzeit hier Seltsameres erleben als das eben Gesehene. Halten Sie sich von ihnen fern, und Sie bleiben vielleicht am Leben!«

»So«, sagte er, wobei er die Dokumente aus seinem Gürtel zog und sie Sabriel zurückreichte. »Sie sind also die Tochter von Abhorsen. Ich bin Colonel Horyse, Kommandeur eines kleinen Teiles der Garnison hier, einer Einheit, die die Armee die Nordperimeter-Aufklärungseinheit nennt und jeder andere die Übergangsstellenspäher, eine ziemlich bunt zusammengewürfelte Auswahl von Ancelstierranern, denen es gelungen ist, ein Charta-Mal und ein paar Grundkenntnisse in Magie zu erlangen.«

»Freut mich Sie kennenzulernen, Sir«, entfuhr es Sabriels college-geschultem Mund, bevor sie es unterdrücken konnte. Eine Schulmädchen-Antwort, wurde ihr bewußt, und sie fühlte, wie ein Hauch von Röte ihre blassen Wangen überzog.

»Gleichfalls«, sagte der Colonel mit einer Verbeugung. »Darf ich Ihnen Ihre Skier abnehmen?«

»Wenn Sie so freundlich wären«, antwortete Sabriel, erneut ins Förmliche verfallend.

Der Colonel hob die Bretter mit spielerischer Leichtigkeit vom Boden auf, band sorgfältig die Stöcke wieder an die Skier, befestigte die Bindungen, die beim Herunterfallen aufgegangen waren, und klemmte sich den ganzen Packen unter den muskulösen Arm.

»Sie haben also vor, in das Alte Königreich einzureisen?« fragte Horyse, während er die Last unter seinem Arm ausbalancierte. Er zeigte auf das scharlachrote Schild auf der anderen Seite des Paradeplatzes. »Wir müssen zum Perimeter-Hauptquartier, um einige Formalitäten zu erledigen; es wird nicht lange dauern. Kommt jemand… Abhorsen Sie drüben abholen?«

Seine Stimme stockte ein wenig, als er den Namen Abhorsens aussprach, ein befremdliches Stottern bei einem so selbstsicheren Mann. Sabriel schaute ihn an und sah, daß sein Blick von dem Schwert an ihrem Gürtel zu dem Glockenbandelier huschte, das sie über der Brust trug. Offenbar erkannte er Abhorsens Schwert und auch die Bedeutung der Glocken. Nur sehr wenige Menschen begegneten jemals einem Schwarzkünstler, aber jeder, der einem begegnete, behielt besonders die Glocken in Erinnerung.

»Kannten... kennen Sie meinen Vater?« fragte sie. »Er hat mich immer besucht, zweimal im Jahr. Er müßte hier durchgekommen sein.«

»Ja, ich habe ihn gesehen«, antwortete Horyse, als sie sich auf den Weg zum Hauptquartier machten, am Rande des Paradeplatzes entlang. »Aber zum ersten Mal gesehen habe ich ihn vor mehr als zwanzig Jahren, als ich als Leutnant hier stationiert war. Es war eine merkwürdige Zeit – eine sehr schlimme Zeit, für mich und für alle anderen am Perimeter.«

Er hielt mitten im Schritt inne, so abrupt, daß seine Stiefel ein schrappendes Geräusch auf dem Boden machten, und sein Blick suchte erneut die Glocken – und die Bleichheit von Sabriels Haut, die in scharfem Kontrast stand zu der Schwärze ihres Haares.

»Sie sind eine Schwarzkünstlerin«, sagte er unverblümt. »Sie werden es also verstehen. Dieser Übergang hat zu viele Schlachten gesehen, zu viele Tote. Bevor diese Idioten unten im Süden die Dinge unter zentrales Kommando stellten, wurde der Übergang alle zehn Jahre verschoben, bis zum nächsten Tor am Wall. Aber vor vierzig Jahren hat dann irgend so ein... Bürohengst... verfügt, daß es keine Verschiebungen mehr geben dürfe. Es sei eine Verschwendung öffentlicher Gelder. Dies ist – und wird es auch bleiben – der einzige Übergang, ungeachtet der Tatsache, daß es mit der Zeit zu einer solchen Konzentration von Tod kommen würde, die, vermischt mit Freier Magie, über den Wall schwappen würde, daß alles...«

»Nicht tot bleiben würde«, unterbrach ihn Sabriel leise.

»Richtig. Als ich hier ankam, ging der Mist gerade los. Leichen, die nicht unter der Erde bleiben wollten – unsere Leute oder Kreaturen aus dem Alten Königreich. Soldaten, die zur Parade erschienen, obwohl sie tags zuvor getötet worden waren. Kreaturen, die am Überqueren gehindert worden waren und dann plötzlich auferstanden und mehr Schaden anrichteten, als sie es als Lebende getan hatten.«

»Was haben Sie dagegen unternommen?« fragte Sabriel. Sie wußte eine Menge über das Binden und Erzwingen des wahren Todes, aber nicht in einem derartigen Umfang. Es waren jetzt keine Totenkreaturen in der Nähe, denn sie spürte immer instinktiv die Grenzfläche zwischen Leben und Tod um sie herum, und es war hier nicht anders, als es vierzig Meilen weiter südlich am Wyverley gewesen war.

»Unsere Charta-Magier versuchten, mit dem Problem fertigzuwerden, aber es gab keine speziellen Charta-Symbole, um... um sie totzumachen... nur, um ihre physische Gestalt zu zerstören. Manchmal reichte das aus, manchmal nicht. Wir mußten Truppen bis nach Bain oder sogar noch weiter zurückverlegen, nur damit sie sich wieder von dem erholen konnten, was das Hauptquartier als Ausbrüche von Massenwahn oder Massenhysterie zu bezeichnen beliebte.

Ich war damals noch kein Charta-Träger, aber ich ging mit Patrouillen ins Alte Königreich und begann zu lernen. Auf einer solchen Patrouille begegneten wir einem Mann, der neben einem Charta-Stein saß, auf der Kuppe eines Hügels, von der aus man sowohl den Wall als auch den Perimeter überschauen konnte.

Da er sich ganz offensichtlich für den Perimeter interessierte, meinte der Patrouillenführer, wir sollten ihn vernehmen und gegebenenfalls töten, sollte er sich als jemand entpuppen, der eine verderbte Charta trug oder irgendein Freimagie-Wesen war, das in menschlicher Gestalt auftrat. Aber das taten wir natürlich nicht. Es war Abhorsen, und er war auf dem Wege zu uns, weil er von den Toten gehört hatte.

Wir geleiteten ihn hinein, und er sprach mit dem Garnisonskommandant. Ich weiß nicht, worauf sie sich einigten, aber ich denke mir, sie einigten sich darauf, daß Abhorsen die Toten band und im Gegenzug die Staatsbürgerschaft von Ancelstierre sowie das Recht erhielt, den Wall zu überqueren, wann immer er wollte. Auf jeden Fall hatte er von da an die zwei Pässe. Die nächsten paar Monate verbrachte er damit, die Windflöten zu schnitzen, die Sie zwischen den Drahtrollen sehen können…«

»Ah!« rief Sabriel. »Ich hatte mich schon gefragt, was sie wohl seien. Windflöten. Das erklärt vieles.«

»Ich freue mich, daß Sie verstehen«, sagte der Colonel. »Ich tue es nämlich immer noch nicht. Zum einen geben sie keinen Laut von sich, ganz gleich, wie heftig der Wind auch durch sie hindurchbläst. Sie tragen Charta-Symbole, die ich noch nie gesehen hatte, bevor er sie in sie hineinschnitzte, und die ich danach auch nie wieder irgendwo gesehen habe. Aber als er anfing, sie aufzustellen… jeweils eine pro Nacht… verschwanden die Toten allmählich, einer nach dem andern, und keine neuen erstanden auf.«

Sie erreichten das hintere Ende des Paradeplatzes, wo ein weiteres scharlachrotes Schild neben einem Verbindungsgraben stand. Es verkündete: »Perimeter-Garnisonshauptquartier. Bitte anrufen und auf Wachtposten warten.«

Ein Telefonapparat und eine Klingelstrippe kündeten von der üblichen Dichotomie des Perimeters. Colonel Horyse nahm den Hörer ab, betätigte die Kurbel, lauschte einen Moment und legte dann wieder auf. Er krauste die Stirn und zog dreimal kurz hintereinander an der Klingelstrippe.

»Jedenfalls«, fuhr er fort, während sie auf den Wachtposten warteten, »was immer es war, es funktionierte. Seither stehen wir tief in Abhorsens Schuld, und das macht seine Tochter zu einem gern gesehenen Gast.«

»Was sich sehr schnell ändern könnte, wenn ich den Grund für mein Hiersein nenne«, sagte Sabriel leise. Sie zögerte einen Augenblick, denn es fiel ihr schwer, über Abhorsen zu sprechen, ohne daß ihr die Tränen in die Augen schossen, doch dann fuhr sie rasch fort, um es hinter sich zu bringen. »Der Grund, warum ich ins Alte Königreich reise, ist... daß ich nach meinem Vater suchen muß. Ihm ist irgend etwas zugestoßen.«

»Ich hatte gehofft, es gäbe einen anderen Grund dafür, daß Sie sein Schwert tragen«, sagte Horyse. Er legte die Skier von der rechten in die linke Armbeuge, um mit der Rechten den militärischen Gruß der beiden Wachen zu erwidern, die im Laufschritt den Verbindungsgraben heraufgelaufen kamen. Ihre Stiefel polterten laut auf den Holzplanken.

»Ich rechne mit dem Schlimmsten«, sagte Sabriel und holte tief Luft, um nicht in Schluchzen auszubrechen. »Er ist im Tode gefangen... oder... oder ist vielleicht sogar tot. Und seine Bindungen werden gebrochen werden.«

»Die Windflöten?« fragte Horyse, die Skier mit den Enden auf den Boden stellend. Sein Salut blieb auf halbem Weg zur Schläfe in der Luft hängen. »All die Toten hier?«

»Die Flöten spielen eine Weise, die nur im Tode gehört wird«, erwiderte Sabriel. »Sie führen eine Bindung fort, die von Abhorsen festgelegt wurde. Aber die Gebundenen sind an ihn gefesselt, und die Flöten werden keine Macht haben, wenn... sie werden keine Macht haben, wenn Abhorsen jetzt unter den Toten weilt. Sie werden nicht mehr binden.«

Kapitel Drei

»Ich gehöre nicht zu denen, die einen Boten für seine Nachricht verantwortlich machen«, sagte Horyse, während er Sabriel eine Tasse Tee hinüberreichte. Sie saß auf dem einzigen bequemen Stuhl in dem Bunker, der das Hauptquartier des Colonels war. »Aber Sie bringen die schlimmsten Nachrichten, die ich seit vielen Jahren gehört habe.«

»Wenigstens bin ich eine lebende Botin… und eine freundliche dazu«, sagte Sabriel leise. Sie hatte bisher über ihre eigene Sorge um ihren Vater eigentlich nicht hinausgedacht. Nun begann sie ihr Wissen über ihn zu erweitern, zu begreifen, daß er mehr als nur ihr Vater war, daß er für andere Leute viele unterschiedliche Dinge bedeutete. Ihr schlichtes Bild von ihm – wie er, entspannt im Sessel ihres Studierzimmers im Wyverley sitzend, mit ihr über ihre schulischen Leistungen, ancelstierranische Technologie, Charta-Magie und Schwarze Kunst plauderte – zeigte nur eine sehr eingeschränkte Perspektive, ähnlich einem Gemälde, das nur einen Ausschnitt, nur eine Dimension eines Menschen erfaßte.

»Wieviel Zeit haben wir, bis Abhorsens Bindungen zerbrochen sind?« fragte Horyse, Sabriel aus ihren Erinnerungen an ihren Vater herausreißend. Das Bild, das sie von ihrem Vater vor sich hatte, wie er in ihrem Studierzimmer an seinem Tee nippte, verschwand – verscheucht von wirklichem Tee, der über den Rand ihrer Emailletasse schwappte und ihr die Finger verbrühte.

»Oh! Entschuldigen Sie. Ich habe nicht recht zugehört… wie lange, bis was?«

»Die Bindung der Toten«, wiederholte der Colonel geduldig. »Wie lange wird es dauern, bis die Bindungen versagen und die Toten frei sind?«

Sabriel dachte an die Lektionen ihres Vaters zurück, und an das alte Grimoire, in dem sie bei jeder sich bietenden Gelegenheit gebüffelt hatte, mit dem Ziel, soviel wie möglich davon auswendig zu lernen. *Das Buch der Toten,* so lautete sein Titel, und die Erinnerung an bestimmte Stellen jagte ihr jetzt noch einen Schauer über den Rücken. Auf den ersten Blick sah es ganz harmlos aus, mit seinem grünen Ledereinband und den Schnallen aus mattiertem Silber. Schaute man indes genauer hin, dann sah man, daß sowohl das Leder als auch das Silber mit Charta-Zeichen verziert waren, Zeichen des Bindens und Blendens, des Schließens und Einkerkerns. Nur ein ausgebildeter Schwarzkünstler vermochte dieses Buch aufzuschlagen… und nur ein unverdorbner Charta-Magier konnte es zuklappen. Ihr Vater hatte es immer auf seinen Besuchen mitgebracht, um es jedesmal zum Ende seines Besuchs wieder mitzunehmen.

»Das kommt darauf an«, sagte sie langsam, sich dazu zwingend, objektiv über die Frage nachzudenken, sich so wenig wie möglich von Gefühlen beeinflussen zu lassen. Sie versuchte, sich die Seiten ins Gedächtnis zurückzurufen, auf denen das Schnitzen der Windflöten beschrieben wurde, die Kapitel über Musik und das Wesen von Klang beim Binden der Toten. »Wenn Vater… wenn Abhorsen… wirklich tot ist, werden die Windflöten ganz einfach unter dem Licht des nächsten Vollmondes auseinanderfallen. Sollte er vor dem Neunten Tor gefangen sein, wird die Bindung fortbestehen bis zum ersten Vollmond, nach dem er es passiert hat, oder bis ein besonders starker Geist die geschwächten Bande zerbricht.«

»Also wird der Mond es uns beizeiten kundtun«, sagte Horyse. »Bis zum nächsten Vollmond sind es noch vierzehn Tage.«

»Es bestünde vielleicht die Möglichkeit, daß ich die Toten aufs Neue binde«, wandte Sabriel vorsichtig ein. »Ich meine, ich habe es in dieser Größenordnung noch nicht gemacht, aber ich weiß, wie es geht. Das einzige Problem ist, falls Vater noch nicht... jenseits des Neunten Tores ist, dann muß ich ihm helfen, so rasch ich kann. Und bevor ich das kann, muß ich in sein Haus und ein paar Dinge zusammensuchen... und das eine oder andere nachschlagen.«

»Wie weit ist es vom Wall bis zum Haus?« fragte Horyse.

»Ich weiß es nicht«, antwortete Sabriel.

»Was?«

»Ich weiß es nicht. Ich war seit meinem fünften Lebensjahr nicht mehr dort. Ich denke, es soll geheim bleiben. Vater hatte viele Feinde, und nicht nur unter den Toten. Kleine Schwarzkünstler, Freimagie-Zauberer, Hexen...«

»Es scheint Sie nicht sonderlich zu beunruhigen, daß Sie keine genauen Ortshinweise haben«, fiel ihr der Colonel trocken ins Wort. Zum ersten Mal hatte sich so etwas wie leiser Zweifel, ja sogar väterliche Herablassung in seine Stimme eingeschlichen, so als untergrabe Sabriels Jugend den Respekt, der ihr als Charta-Magierin wie auch als Schwarzkünstlerin gebührte.

»Vater brachte mir bei, wie ich einen Führer rufen muß, der mir den Weg weist«, erwiderte Sabriel kühl. »Und ich weiß, daß es weniger als vier Tagesreisen bis dorthin sind.«

Das brachte Horyse zum Verstummen, zumindest für den Augenblick. Er nickte, stand vorsichtig auf, um sich nicht den Kopf an den freiliegenden Balken des Unterstandes zu stoßen, und ging zu einem stählernen Aktenschrank, der langsam vor sich hinrostete von dem dunkelbraunen Schlamm, der zwischen den Bohlen der Verschalung hervorquoll. Er öffnete den Schrank mit einer geübten Ruckbewegung, die bemerkenswerten Kraftaufwand erforderte, und entnahm ihm eine hektographierte Landkarte, die er auf dem Tisch ausbreitete.

»Es ist uns nie gelungen, an eine echte Karte vom Alten Königreich zu kommen. Ihr Vater besaß eine, aber er war auch die einzige Person, die irgend etwas darauf erkennen konnte. Für mich sah sie schlicht wie ein leeres Quadrat aus Kalbsleder aus. Eine kleine Magie, sagte er, aber da er sie nicht lehren konnte, war sie so klein wahrscheinlich auch wieder nicht... Nun, wie auch immer: diese Karte hier ist eine Kopie der neuesten Version unserer Patrouillenkarte; sie geht daher nicht über einen Radius von etwa zehn Meilen von der Übergangsstelle hinaus. Die ständige Dienstvorschrift der Garnison verbietet uns strikt, weiter vorzudringen. Patrouillen, die diese Linie überschreiten, kommen häufig nicht mehr zurück. Vielleicht desertieren sie, oder vielleicht...«

Sein Tonfall deutete an, daß den Patrouillen sogar noch schlimmere Dinge passierten, aber Sabriel fragte nicht weiter nach. Ein kleiner Teil des Alten Königreiches lag ausgebreitet auf dem Tisch, und wieder spürte sie eine innere Erregung.

»Im Regelfall nehmen wir die Alte Nordstraße«, erklärte Horyse und folgte ihr mit dem Finger auf der Landkarte. Die Schwertschwielen an seinen Fingern machten ein schleifendes Geräusch auf dem Papier; es klang, als arbeitete ein Handwerker mit feinem Schmirgelpapier. »Dann marschieren die Patrouillen in einer Schwenkbewegung zurück, entweder nach Südosten oder Südwesten, bis sie auf den Wall stoßen, und folgen ihm zurück zum Tor.«

»Was bedeutet dieses Symbol?« fragte Sabriel, auf ein

eingeschwärztes Quadrat auf der Kuppe eines der weiter entfernten Hügel deutend.

»Das ist ein Charta-Stein«, erwiderte der Colonel. »Oder besser, ein Teil davon. Er wurde vor etwas über einem Monat in zwei Teile gespalten, als wäre ein Blitz in ihn hineingefahren. Die Patrouillen nennen ihn seither Gespaltenen Gipfel und machen nach Möglichkeit einen großen Bogen um ihn. Sein richtiger Name ist Barhedrin, und der Stein trug einst die Charta für ein Dorf gleichen Namens – vor meiner Zeit jedenfalls. Falls das Dorf immer noch existiert, muß es weiter nördlich sein, außerhalb des Einsatzgebietes unserer Patrouillen. Wir hatten noch nie irgendwelche Berichte, daß Bewohner des Dorfes nach Süden gekommen sind, zum Gespaltenen Gipfel. Fakt ist, wir haben überhaupt nur wenige Berichte von Leuten. Das Garnisonsjournal verzeichnete früher beträchtliche Interaktion mit Personen aus dem Alten Königreich – mit Bauern, Händlern, fahrendem Volk und so weiter –, aber in den vergangenen hundert Jahren sind Begegnungen immer seltener geworden, besonders während der letzten zwanzig Jahre. Die Patrouillen wären heutzutage schon froh, wenn sie auch nur zwei oder drei Personen in einem Jahr sehen würden, das heißt, wirkliche Personen, keine Kreaturen oder Freimagie-Konstrukte oder die Toten. Von denen sehen wir viel zu viele.«

»Ich verstehe das nicht«, murmelte Sabriel. »Vater sprach früher oft von Dörfern und Flecken im Alten Königreich, ja sogar von Städten. Ich erinnere mich an einige von ihnen aus meiner Kindheit... nun ja, erinnern ist vielleicht zuviel gesagt... auf eine gewisse Art jedenfalls.«

»Weiter im Innern des Alten Königreiches bestimmt«, sagte der Colonel. »Die Aufzeichnungen erwähnen einige Namen von kleineren und größeren Städten. Wir wissen, daß die Leute dort oben das Gebiet um den

Wall herum ›Die Grenzlande‹ nennen. Und es klingt nicht gerade liebevoll, wenn sie es sagen.«

Sabriel gab keine Antwort. Sie beugte den Kopf noch ein Stück tiefer über die Landkarte und dachte über die Reise nach, die vor ihr lag. Der Gespaltene Gipfel bot sich als Zwischenstation an. Er war nicht mehr als acht Meilen entfernt, also müßte sie ihn eigentlich auf Skiern vor Einbruch der Dunkelheit erreichen können, wenn sie früh genug aufbrach und es jenseits des Walles nicht gar zu heftig schneite. Ein zerborstener Charta-Stein verhieß nichts Gutes, aber es würde dort Magie vorhanden sein, und der Pfad in den Tod würde leichter zu beschreiten sein. Charta-Steine wurden oft dort aufgestellt, wo Freie Magie floß, und Kreuzungen der Freimagie-Ströme waren oft natürliche Pforten in das Reich des Todes. Ein Schauer kroch ihr den Rücken hoch, als sie darüber nachdachte, was eine solche Pforte benutzte, und das Zittern setzte sich fort bis in ihre Fingerspitzen auf der Landkarte.

Sie blickte jählings auf und sah, daß Colonel Horyse auf ihre langen, blassen Hände schaute, die immer noch zitterten. Mit einiger Willensanstrengung unterdrückte sie das Zittern.

»Ich habe eine Tochter, die fast in Ihrem Alter ist«, sagte er leise. »Unten in Corvere, bei meiner Frau. Ich würde sie nicht in das Alte Königreich reisen lassen.«

Sabriel erwiderte seinen Blick, und in ihren Augen war nicht das unsichere, flackernde Leuchtfeuer der Jugend.

»Äußerlich bin ich zwar erst achtzehn«, sagte sie und legte die Hand mit einer fast sehnsuchtsvollen Bewegung auf ihre Brust. »Aber ich ging schon mit zwölf das erste Mal in den Tod. Als ich vierzehn war, begegnete ich einem Fünftes-Tor-Ruher und vertrieb ihn hinter das Neunte Tor. Mit sechzehn pirschte ich mich an ein Mordicant heran, das in die Nähe der Schule kam, und verjagte es. Ein geschwächtes Mordicant zwar, aber immerhin… Vor einem Jahr blätterte ich die letzte Seite vom *Buch der Toten* um. Ich fühle mich nicht mehr jung.«

»Das tut mir leid«, sagte der Colonel, und dann, fast als hätte er sich selbst überrascht, fügte er hinzu: »Ach, ich meine, daß ich Ihnen ein paar von den törichten Freuden wünsche, die meine Tochter hat – etwas von dem Leichtsinn, dem Mangel an Verantwortungsgefühl, der mit der Jugend einhergeht. Aber ich wünsche es Ihnen nicht, wenn es Sie in den Zeiten, die vor Ihnen liegen, schwächen wird. Sie haben einen beschwerlichen Pfad gewählt.«

»Wählt der Geher den Pfad, oder der Pfad den Geher?« zitierte Sabriel; die Worte, die den Hauch von Charta-Magie atmeten, rankten sich um ihre Zunge wie ein lange nachhaltender Geschmack. Es war die Widmung am Anfang ihres Almanachs. Und zugleich waren es auch die letzten Worte, die ganz allein auf der letzten Seite des *Buchs der Toten* standen.

»Ich habe das schon einmal gehört«, bemerkte Horyse. »Was bedeutet es?«

»Ich weiß es nicht«, sagte Sabriel.

»Es besitzt Macht, wenn Sie es sagen«, fügte der Colonel langsam hinzu. Er schluckte, den Mund offen, als wäre der Geschmack der Charta-Male immer noch in der Luft. »Wenn ich diese Worte spräche, dann wären sie nicht mehr als eben das: bloße Worte.«

»Ich kann es nicht erklären«, sagte Sabriel achselzuckend und versuchte zu lächeln. »Aber ich kenne noch andere Sprichwörter, die im Moment eher zutreffen, wie zum Beispiel: ›Wanderer, umarme das Licht des Morgens, aber nimm nicht die Hand der Nacht.‹ Ich muß los.«

Horyse lächelte, als sie das uralte Sprichwort zitierte, das schon bei seinen Großmüttern und Kindermädchen so beliebt gewesen war, aber es war ein hohles Lächeln.

Er wandte den Blick ein wenig von Sabriel ab, und sie wußte, daß er mit dem Gedanken spielte, ihr das Überqueren des Walles zu verweigern. Schließlich seufzte er: das kurze, gereizte Seufzen eines Mannes, der sich in Ermangelung von Alternativen zu einer Handlungsweise gezwungen sieht, die ihm gegen den Strich geht.

»Ihre Papiere sind in Ordnung«, sagte er, erneut ihren Blick suchend. »Und Sie sind Abhorsens Tochter. Ich komme nicht umhin, Sie passieren zu lassen. Aber ich kann mich des Gefühls nicht erwehren, daß ich sie in eine Situation ziehen lasse, in der Ihnen schreckliche Gefahr droht. Ich kann Ihnen nicht einmal eine Patrouille zum Geleit mitschicken, da wir bereits fünf vollzählige Patrouillen da draußen haben.«

»Ich habe damit gerechnet, allein gehen zu müssen«, erwiderte Sabriel. Sie hatte zwar damit gerechnet, aber sie empfand dennoch leise Enttäuschung. Eine kleine Schutztruppe hätte schon etwas Beruhigendes gehabt. Die Furcht davor, allein in einem fremden und gefährlichen Land zu sein, selbst wenn es ihr Heimatland war, brodelte bedrohlich nah unter der kritischen Schwelle. Viel würde nicht passieren müssen, um sie darüberschwappen zu lassen. Und das Bild ihres Vaters war ihr stets gegenwärtig. Das Bild von ihrem Vater in Not, gefangen und allein in den eisigen Wassern des Todes…

»Sehr wohl«, sagte Horyse. »Sergeant!«

Ein behelmter Kopf lugte unverzüglich um den Türrahmen, und Sabriel wurde bewußt, daß zwei Soldaten die ganze Zeit vor dem Unterstand Wache gestanden haben mußten, auf der Treppe, die hinauf zum Verbindungsgraben führte. Sie fragte sich, ob die beiden ihre Unterhaltung mit Horyse mitgehört hatten.

»Bereiten Sie eine Passage vor«, befahl Horyse. »Für eine Person – Miss Abhorsen hier. Und Sergeant, sollten Sie oder Soldat Rahise auch nur im Schlaf über das sprechen, was Sie möglicherweise hier gehört haben, dann verspreche ich Ihnen, werden Sie für den Rest ihres Lebens Gräben ausheben!«

»Jawohl, Sir!« bellte der Sergeant – und mit einer gewissen zeitlichen Verzögerung auch der bedauernswerte Soldat Rahise, der, wie Sabriel bemerkte, fast im Stehen zu schlafen schien.

»Nach Ihnen, bitte«, sagte Horyse, Richtung Tür deutend. »Darf ich Ihnen wieder Ihre Skier abnehmen?«

Die Armee ging kein Risiko ein, wenn jemand den Wall passierte. Sabriel stand allein unter dem Bogen des großen Tores, das den Wall durchbrach, aber rings um das Tor standen oder knieten Bogenschützen in V-Formation, und ein Dutzend Schwertmänner waren mit Colonel Horyse vorausgegangen. Hundert Yard hinter ihr, hinter einer zickzackförmigen Stacheldrahtbarriere, beobachteten zwei Maschinengewehrschützen von einem vorgeschobenen Geschützstand aus das Gelände. Sabriel entging nicht, daß sie ihre Säbelbajonette gezogen und sie griffbereit in die Sandsäcke gesteckt hatten. Offenbar setzten sie wenig Vertrauen in ihre luftgekühlten 450-Schuß-pro-Minute-Zerstörungswerkzeuge.

Es existierte kein eigentliches Tor in der bogenförmigen Wölbung, wenngleich zu beiden Seiten, mechanischen Händen gleich, rostige Angeln hingen und scharfkantige Splitter aus Eichenholz aus dem Boden ragten, wie Zähne aus einer zertrümmerten Kinnlade: Zeugen einer Explosion, ausgelöst von moderner Chemie oder magischer Kraft.

Es schneite auf der Seite des Alten Königreiches, und der Wind trieb vereinzelte Schneeflocken durch die Toröffnung hindurch nach Ancelstierre, wo sie auf dem wärmeren Boden des Südens sogleich schmolzen. Eine verfing sich in Sabriels Haaren. Sie wischte sie weg. Sie glitt an ihrem Gesicht herunter, und Sabriel fing sie mit der Zunge auf.

Das kalte Wasser war erfrischend, und obwohl es

nicht anders schmeckte als jeder andere geschmolzene Schnee, den sie getrunken hatte, war es doch seit dreizehn Jahren das erste, was sie vom Alten Königreich schmeckte. Sie erinnerte sich blaß, daß es damals auch geschneit hatte. Ihr Vater hatte sie durch den Schnee getragen, als er sie seinerzeit in den Süden nach Ancelstierre gebracht hatte.

Ein Pfiff riß sie aus ihren Träumereien, und sie sah eine Gestalt aus dem Schnee auftauchen, flankiert von zwölf weiteren Gestalten, die in zwei Reihen zu beiden Seiten des Tores Aufstellung nahmen, das Gesicht nach außen gewandt. Auf ihren blanken Schwertern spiegelte sich das Licht, das wiederum vom Schnee reflektiert wurde. Nur Horyse hatte den Blick nach innen gewandt. Er wartete auf sie.

Die Skier über der Schulter, bahnte sich Sabriel einen Weg durch die zersplitterten Überreste des Tores – vom Lehm in den Schnee, von der strahlenden Sonne in das fahle Licht des Schneetreibens, von ihrer Vergangenheit in ihre Zukunft.

Die Steine des Walles zu beiden Seiten und über ihrem Kopf schienen ihr einen Willkommensgruß zuzurufen, und Bäche von Charta-Symbolen rannen durch die Steine wie Regen durch Staub.

»Das Alte Königreich heißt Sie willkommen«, sagte Horyse, aber er sah zu, wie die Charta-Zeichen über die Steine liefen, und schaute Sabriel nicht an.

Sabriel trat aus dem Schatten des Tores und zog sich den Schirm ihrer Mütze ins Gesicht, um sich gegen den Schnee zu schützen.

»Ich wünsche Ihnen viel Erfolg für Ihre Mission, Sabriel«, fuhr Horyse fort, den Blick wieder auf sie gerichtet. »Ich hoffe... hoffe, ich sehe Sie und Ihren Vater bald wieder.«

Er salutierte, machte schneidig auf dem Absatz kehrt und marschierte zurück durch das Tor, gefolgt von seinen Leuten. Während sie an ihr vorbeimarschierten, bückte sich Sabriel, schob ihre Skier im Schnee vor und zurück, dann schob sie ihre Stiefel in die Bindungen. Es schneite beständig aber nicht sehr stark, und die Schneedecke war noch nicht geschlossen. Sie konnte noch immer ohne Schwierigkeiten die Alte Nordstraße erkennen. Zum Glück hatte der Schnee sich auf beiden Seiten der Straße im Rinnstein aufgehäuft, und sie würde gut vorankommen, wenn sie sich auf diesen schmalen Schneebahnen hielt. Obgleich es im Alten Königreich mehrere Stunden später zu sein schien als in Ancelstierre, hoffte sie, den Gespaltenen Gipfel noch vor Einbruch der Dunkelheit zu erreichen.

Sie hob ihre Stöcke auf und vergewisserte sich, daß das Schwert ihres Vaters leichtgängig in seiner Scheide steckte und die Glocken ordnungsgemäß an ihrem Gurt hingen. Sie zog kurzzeitig einen Charta-Zauberspruch für Wärme in Erwägung, entschied sich dann aber doch dagegen. Die Straße führte leicht bergan, und in ihrem handgestrickten, dicken Wollhemd, ihrem Lederwams und ihren dicken, doppelt gepolsterten Ski-Knickerbokkern würde ihr wahrscheinlich schneller warm werden, als ihr lieb war.

Mit geübtem Schwung schob sie einen Ski vor, stieß sich mit dem Stock auf der anderen Seite ab und glitt vorwärts, während der letzte Schwertmann sie auf dem Weg zurück durch das Tor passierte. Er grinste ihr zu, aber sie achtete nicht darauf, sondern konzentrierte sich darauf, den richtigen Rhythmus im Wechselspiel zwischen Stöcken und Skiern zu finden. Schon nach wenigen Minuten flog sie förmlich die Straße hinauf, eine schlanke Gestalt, die sich dunkel gegen das Weiß der Schneelandschaft abhob.

Kapitel Vier

In den späten Nachmittagsstunden fand Sabriel den ersten toten ancelstierranischen Soldaten, etwa sechs Meilen hinter dem Wall. Der Berg, von dem sie glaubte, es sei der Gespaltene Gipfel, war etwa anderthalb Meilen weiter nördlich. Sie hatte angehalten, um seine dunkle Masse zu betrachten, die sich kahl und baumlos auf dem schneebedeckten Grund auftürmte. Der Gipfel war hinter einer der leichten Quellwolken verborgen, aus denen gelegentlich ein Schnee- oder Hagelschauer herniederging.

Hätte sie nicht angehalten, wäre ihr wahrscheinlich die steifgefrorene weiße Hand entgangen, die aus einer Schneewehe auf der anderen Straßenseite ragte. Doch sobald sie sie gewahrte, richtete sich ihre volle Konzentration darauf, und sie spürte die vertraute Todesangst.

Sie überquerte die Straße, wobei ihre Skier laut auf dem nackten Stein in der Straßenmitte klapperten, bückte sich und wischte vorsichtig den Schnee beiseite.

Die Hand gehörte einem jungen Mann, der ein Armee-Panzerhemd über seiner ancelstierranischen Uniform aus khakifarbener Serge trug. Er war blond und grauäugig, und Sabriel vermutete, daß er überrascht worden war, da in seinen erstarrten Gesichtszügen keine Spur von Angst zu entdecken war. Sie berührte seine Stirn mit einem Finger, schob die Lider über die blicklosen Augen und legte ihm zwei Finger auf den offenen Mund. Sie fühlte, daß er seit zwölf Tagen tot war. Es gab keine erkennbaren Hinweise, woran er gestorben war. Wollte sie mehr erfahren, mußte sie dem jungen Mann in den Tod folgen. Selbst nach zwölf Tagen war es unwahrscheinlich, daß er weiter als bis zum Vierten Tor gekommen war. Gleichwohl hatte Sabriel eine starke Abneigung dagegen, das Reich der Toten zu betreten, solange es nicht unbedingt sein mußte. Was immer ihren Vater gefangen – oder getötet – hatte, es konnte ihr sehr wohl dort auflauern. Und es war durchaus möglich, daß der tote Soldat ein Köder war.

Sabriel unterdrückte ihre natürliche Neugier und verschränkte die Arme des Mannes über seiner Brust. Zuvor jedoch mußte sie mit sanfter Gewalt seine rechte Hand vom Griff seines Schwertes lösen. Wer weiß, womöglich war er am Ende doch nicht vollkommen unvorbereitet erwischt worden. Als sie damit fertig war, stand sie auf und zeichnete die Charta-Symbole für Feuer, Reinigung, Frieden und Schlaf in die Luft über dem Leichnam, dabei leise die Klänge der nämlichen Symbole flüsternd. Es war eine Litanei, die jeder Charta-Magier kannte, und sie hatte die übliche Wirkung. Glut glomm zwischen den verschränkten Armen des Mannes auf, begann Funken zu sprühen, spaltete sich in zahlreiche grell auflodernde Stichflammen, die in Blitzesschnelle den gesamten Körper umhüllten. Sekunden später war das Feuer wieder erloschen, und alles, was zurückblieb, war ein Häufchen Asche und ein Harnisch aus geschwärzten Kettengliedern.

Sabriel zog das Schwert des Soldaten aus dem Aschenhäufchen und stieß es durch den geschmolzenen Schnee in das dunkle Erdreich darunter. Es stak fest und aufrecht; der Schatten, den der Griff auf die Asche warf, hatte die Form eines Kreuzes. Etwas blitzte in dem Schatten auf, und Sabriel fiel verspätet ein, daß der Soldat eine Kennmarke getragen haben mußte.

Sie verschob ihre Skier erneut, um die Balance wiederzugewinnen, bückte sich und zog mit den Fingerspitzen die Kette mit der Kennmarke aus der Asche, um den Namen des Mannes zu lesen, der hier, so ganz allein im Schnee, sein Ende gefunden hatte. Aber sowohl die Kette als auch die Plakette waren industriell gefertigte Produkte aus Ancelstierre und konnten daher dem Feuer der Charta-Magie nicht standhalten. Die Plakette zerfiel zu Asche, als Sabriel sie auf Augenhöhe hob, und die Kette zerfiel in ihre Bestandteile und rieselte ihr wie eine Handvoll kleine Münzen durch die Finger.

»Vielleicht werden sie dich ja an deinem Schwert erkennen«, sagte Sabriel. Ihre Stimme klang fremd in der Stille der verschneiten Einöde, und bei jedem ihrer Worte formte ihr Atem eine kleine weiße Dunstfahne.

»Fahr hin ohne Reue«, fügte sie hinzu. »Schau nicht zurück.«

Sabriel beherzigte ihren eigenen Rat, als sie davonglitt. Sie fühlte jetzt eine bange Unruhe in sich, die bisher eher verstandesmäßig gewesen war, und alle ihre Sinne waren geschärft und wachsam. Man hatte ihr immer eingeschärft, daß das Alte Königreich gefährlich sei, und die Grenzlande in der Nähe des Walles ganz besonders. Aber dieses intellektuelle Wissen wurde abgeschwächt durch ihre vagen Kindheitserinnerungen an glückliche Tage mit ihrem Vater und der Gruppe von Fahrenden. Doch nun kam die Wirklichkeit der Gefahr langsam wieder zurück…

Eine halbe Meile weiter hielt sie erneut an und blickte hinauf zum Gespaltenen Gipfel. Sie legte den Kopf in den Nacken, um zu sehen, wie die Sonne zwischen den Wolken hindurchlugte und auf den gelbroten Granit der steil aufragenden Felswände schien. Sie selbst befand sich im Wolkenschatten, so daß der Berg ihr als ein um so anziehenderes Ziel erschien. Noch während sie schaute, begann es wieder zu schneien, und zwei Schneeflocken fielen auf ihre Stirn, schmolzen und liefen ihr in die Augen. Sie blinzelte, und der geschmolzene Schnee rann weiter, Tränenspuren auf ihren Wangen hinterlassend. Durch den Schleier auf ihren Augen sah sie, wie ein Raubvogel – ein Falke oder Roter Milan – aus den Felsen herabstieß und rüttelnd in der Luft verharrte, seine Konzentration ganz auf eine kleine Maus richtend, die durch den Schnee krabbelte.

Der Milan stieß herab wie ein fallender Stein, und Sekunden später fühlte Sabriel, wie ein kleines Leben ausgelöscht wurde. Gleichzeitig spürte sie das heftige Zerren menschlichen Todes. Irgendwo weiter voraus, nicht weit von der Stelle, wo der Milan sein Festmahl hielt, lagen noch mehr tote Menschen.

Sabriel schauderte, und sie spähte wieder zu dem Berg hinauf. Laut Horyses Landkarte folgte der Pfad zum Gespaltenen Gipfel einem schmalen Wasserlauf zwischen zwei Felswänden. Sie konnte ziemlich genau erkennen, wo er sein mußte, aber genau in der Richtung lagen die Toten. Was immer es war, das sie getötet hatte, es konnte noch immer dort auf der Lauer liegen.

Noch fiel Sonnenlicht auf die Felswände, aber der Wind trieb Schneewolken vor die Sonne, und Sabriel schätzte, daß es bis zum Einbruch der Dämmerung kaum mehr als eine Stunde dauern würde. Sie hatte einiges an Zeit dadurch verloren, daß sie den Geist des Soldaten befreit hatte, und es blieb ihr jetzt keine andere Wahl, als sich zu sputen, wenn sie den Gespaltenen Gipfel noch vor Einbruch der Nacht erreichen wollte.

Sie dachte einen Augenblick darüber nach, was ihr bevorstand, und entschied sich dann für einen Kompromiß zwischen Geschwindigkeit und Vorsicht. Sie rammte ihre Stöcke in den Schnee, löste die Bindungen, trat aus ihren Skiern, band diese hurtig mit den Stöcken zusammen und schnallte sie diagonal über ihren Rucksack. Sie zurrte sie sorgfältig fest; nur zu gut erinnerte sie sich daran, wie sie ihr auf dem Paradeplatz zu Boden geknallt waren und ihren Charta-Bann gebrochen hatten. Es war erst an diesem Morgen gewesen, aber es kam ihr vor, als lägen Wochen und eine ganze Welt dazwischen.

Dann machte sie sich wieder auf den Weg. Sie hielt sich in der Mitte der Straße, dort, wo kein Schnee lag. Sie würde die Straße bald verlassen müssen, aber es sah so aus, als läge nur wenig Schnee auf den steilen, felsigen Hängen des Gespaltenen Gipfels.

Als eine letzte Vorsichtsmaßnahme zog sie Abhorsens Schwert und steckte es dann wieder zurück in die Scheide, dabei einen Spielraum von etwa einem Zoll lassend, den die Klinge aus der Scheide herausragte. So würde es sich schnell und mühelos zücken lassen, sollte dies nötig werden.

Sabriel hatte damit gerechnet, die Leichen auf der Straße oder in ihrer Nähe zu finden, aber sie lagen weiter entfernt. Es fanden sich viele Fußspuren und aufgewühlter Schnee zwischen der Straße und dem Pfad, der zum Gespaltenen Gipfel führte. Dieser Pfad verlief zwischen den Felswänden und folgte dem Lauf eines Baches, der irgendwo weiter oben auf dem Berg entsprang. Der Pfad kreuzte den Bach mehrere Male; Schrittsteine in seinem Lauf oder quer über dem Wasser liegende Baumstämme bewahrten den Wanderer vor nassen Füßen. Auf halbem Wege nach oben, dort, wo die Felswände sich unten fast berührten, hatte der Bach sich eine kurze, ungefähr zwölf Fuß breite, dreißig Fuß lange und ebenso tiefe Rinne gegraben. An dieser Stelle hatten die Erbauer des Pfades sich gezwungen gesehen, eine Brücke zu bauen, nicht *quer über* den Bach, sondern an ihm entlang.

Sabriel fand dort die Überreste der ancelstierranischen Patrouille. Insgesamt sieben an der Zahl, lagen sie wild durcheinander auf den dunklen, olivschwarzen Holzbohlen der Brücke verstreut, unter sich den murmelnden Bach, über sich den bogenförmig gewölbten roten Stein. Anders als bei dem ersten Soldat sah Sabriel sofort, was sie getötet hatte. Sie waren regelrecht in Stücke gehackt und, wie Sabriel sah, als sie näherkam, enthauptet worden. Schlimmer noch: wer – oder was – auch immer sie getötet hatte, er – oder es – hatte ihre Köpfe mitgenommen, was fast eine Garantie dafür war, daß ihre Geister wiederkehren würden.

Ihr Schwert zog sich in der Tat leicht. Mit vorsichtigen Schritten, die rechte Hand fest um den Schwertgriff geklammert, ging Sabriel um die erste der daliegenden Leichen herum und trat auf die Brücke. Das Wasser des an dieser Stelle seichten und träge dahinfließenden Baches war teilweise zugefroren, aber es war klar, daß die Soldaten Zuflucht über ihm gesucht hatten. Fließendes Wasser bot einen recht guten Schutz gegen tote Kreaturen oder Freiemagie-Geschöpfe, aber dieses träge Rinnsal hätte nicht einmal einen der Geringeren Toten abgeschreckt. Im Frühling, gespeist von der Schneeschmelze, würde der Bach zwischen den Felswänden eingezwängt nur so dahinschießen, und die Brücke würde knietief unter Wasser stehen. In jener Jahreszeit wären die Soldaten wahrscheinlich mit dem Leben davongekommen.

Sabriel seufzte leise, als sie darüber nachdachte, wie leicht sieben Menschen in einem Moment noch am Leben sein konnten – um im nächsten Moment auch schon tot zu sein, ihrer letzten Hoffnung zum Trotze. Einmal mehr verspürte sie die Versuchung des Schwarzkünstlers, die Karten, die die Natur ausgeteilt hatte, einzusammeln, neu zu mischen und neu auszuteilen. Sie besaß die Macht, diese Männer wieder lebendig zu machen, zu bewirken, daß sie wieder lachten, wieder liebten…

Ohne ihre Köpfe jedoch konnte sie sie nur als ›Hände‹ zurückbringen, ein herabsetzender Begriff, den Freimagie-Zauberer für ihre glanzlosen Wiederauferstandenen verwendeten, welche nur wenig von ihrer ursprünglichen Intelligenz und noch weniger von ihrem ursprünglichen Unternehmungsgeist behielten. Sie gaben indes gute Diener ab, entweder als reanimierte Leichen oder als die schwierigeren Schatten-Hände, bei denen nur der Geist zurückgebracht wurde.

Sabriel schnitt eine Grimasse, als sie an Schatten-Hände dachte. Ein geschickter Schwarzkünstler konnte ohne Schwierigkeit Schatten-Hände aus den Köpfen der frisch Gestorbenen erwecken. Ohne die Köpfe wiederum konnte er ihnen nicht die Sterbesakramente spenden und ihre Geister befreien. Alles, was Sabriel für sie tun konnte, war, die Leichen mit Respekt behandeln und dabei die Brücke von ihnen räumen. Die Dämmerung war nicht mehr weit, und im Schatten der Schlucht herrschte bereits Dunkelheit, aber sie ignorierte die leise Stimme in ihr, die sie drängte, die Leichen liegenzulassen, wo sie lagen, und so rasch wie möglich das freie Terrain des Berggipfels zu gewinnen.

Als sie endlich damit fertig war, die Leichen ein Stück den Pfad zurück zu schleifen, sie gerade hinzulegen und neben jede von ihnen ihr Schwert in den Boden zu rammen, so, wie sie es schon bei der ersten Leiche unten auf der Straße getan hatte, war es auch außerhalb der Schlucht dunkel. So dunkel, daß sie ein schwaches, vermittels Charta-Magie heraufbeschworenes Licht riskieren mußte, das wie ein blasser Stern über ihrem Kopf hing und ihr den Weg wies, bevor es wieder erlosch – eine milde Magie, die gleichwohl unerwartete Folgen hatte, denn als sie die Leichen zurückließ, leuchtete am oberen Pfahl der Brücke ein Antwort-Licht auf. Es verblaßte fast sofort wieder zu roten Glutpunkten, hinterließ aber drei glühende Charta-Zeichen. Eines davon war Sabriel fremd, von den beiden übrigen jedoch erriet sie die Bedeutung. Zusammen enthielten sie eine Botschaft.

Drei der toten Soldaten hatten eine Aura von Charta-Magie, und Sabriel vermutete, daß sie Charta-Magier gewesen waren. Sie hätten – wenn sie noch eine Stirn besessen hätten – das Charta-Mal auf derselben gehabt. Der allerletzte Leichnam auf der Brücke war einer von diesen Männern gewesen, und Sabriel erinnerte sich, daß er als einziger keine Waffe in der Hand gehalten hatte, seine Hände hatten den Brückenpfahl umklammert. Die Zeichen würden gewiß seine Botschaft enthalten.

Sabriel berührte ihr eigenes Stirnmal und dann den Brückenpfahl. Die Zeichen leuchteten wieder auf, und dann erloschen sie. Eine Stimme kam aus dem Nichts, ganz dicht an Sabriels Ohr: eine Männerstimme, heiser vor Angst, im Hintergrund begleitet von Waffengeklirr und panischen Schreien.

»Eines der Größeren Toten! Es kam hinter uns her, fast vom Wall. Wir konnten nicht umkehren. Es hat Diener, Hände, ein Mordicant! Hier spricht Sergeant Gerren. Sagen Sie Colonel…«

Was immer er Colonel Horyse hatte mitteilen wollen, es ging verloren im Augenblick seines eigenen Todes. Sabriel stand still und lauschte, als käme vielleicht noch mehr. Ihr war speiübel, und sie atmete mehrmals tief durch. Sie hatte ganz vergessen, daß, so vertraut sie auch war mit dem Tode und den Toten, sie noch nie jemanden tatsächlich hatte sterben sehen oder hören. Sie hatte es mit den Nachwirkungen zu tun… aber nicht mit dem Ereignis als solchem.

Sie berührte noch einmal den Pfahl, diesmal nur mit einem Finger, und sie fühlte durch die Maserung des Holzes, wie die Charta-Zeichen sich wanden und pulsierten. Sergeant Gerrens Botschaft würde dort haften bleiben, so daß jeder Charta-Magier sie hören konnte, solange, bis der Zahn der Zeit sein Werk vollendet hatte und Pfahl und Brücke verrottet oder von der Flut fortgeschwemmt waren.

Sabriel atmete noch ein paarmal tief durch, bis das flaue Gefühl im Magen verschwand, und zwang sich, die Botschaft noch einmal zu hören.

Eines der Größeren Toten war ins Leben zurückgekehrt, und das war etwas, das aufzuhalten ihr Vater geschworen hatte. Sie war fast sicher, daß zwischen diesem Notfall und Abhorsens Verschwinden ein Zusammenhang bestand.

Wieder kam die Botschaft, und Sabriel lauschte. Dann wischte sie sich die Tränen aus den Augen und stapfte entschlossen weiter den Pfad hinan, weg von der Brücke und den Toten, hinauf zum Gespaltenen Gipfel und dem zerborstenen Charta-Stein.

Die Felswände auf beiden Seiten wichen, und droben am Himmel begannen die Sterne zu funkeln, als der Wind stärker wurde und die Schneewolken vor sich her nach Westen trieb. Der Neumond enthüllte sich und nahm an Helligkeit zu, bis er Schatten auf den schneegetüpfelten Boden warf.

Kapitel Fünf

Der Aufstieg zur Kuppe des Gespaltenen Gipfels würde nicht mehr als eine halbe Stunde dauern, obwohl der Pfad zum Ende hin immer steiler und beschwerlicher wurde. Der Wind war inzwischen ziemlich heftig geworden und hatte den Himmel von Wolken leergefegt, so daß der Mond der Landschaft Form und Gestalt verlieh. Doch ohne die Wolken war es auch erheblich kälter geworden.

Sabriel zog kurzzeitig einen Charta-Spruch für Wärme in Betracht, aber sie war müde, und die Anstrengung, die der Spruch erforderte, würde womöglich mehr kosten als der Gewinn an Wärme bringen konnte. Statt dessen hielt sie an und zog die wollgefütterte Ölhaut über, die sie von ihrem Vater bekommen hatte. Sie war ein bißchen abgetragen und zu weit, und Sabriel mußte sie ziemlich knautschen, als sie ihr Schwert und den Glockengurt wieder umschnallte, aber sie würde sie gut gegen den kalten Wind schützen.

Als sie mit der umständlichen Prozedur fertig war und sich wieder etwas wärmer fühlte, setzte sie ihren Anstieg fort. Sie hatte jetzt nur noch den letzten, kurvigen Abschnitt des Pfades vor sich. Das letzte Stück war so steil, daß die Erbauer des Pfades sich gezwungen gesehen hatten, Stufen in den Granit zu schlagen – Stufen, die jetzt ausgetreten und brüchig waren und dazu neigten, unter den Füßen wegzubrechen.

So brüchig in der Tat, daß Sabriel den Gipfel erreichte, ohne es zu merken. Den Kopf tief gesenkt, im

Schein des Mondes nach einer möglichst soliden Stelle auf der nächsten Stufe Ausschau haltend, den Fuß bereits in der Luft, brauchte sie einen Moment, bis sie begriff, daß es keine nächste Stufe gab.

Der Gespaltene Gipfel lag vor ihr: Ein schmaler Grat, auf dem mehrere Hänge des Berges sich trafen und ein Miniaturplateau bildeten, mit einer leichten Mulde in der Mitte. Schnee lag in dieser Mulde, eine dicke, zigarrenförmige Wehe, die weiß im Mondlicht leuchtete und sich scharf gegen den roten Granit abhob. Bäume gab es keine, auch jede sonstige Vegetation fehlte, aber genau in der Mitte der Schneewehe warf ein dunkelgrauer Stein einen langen Mondschatten. Er hatte doppelt soviel Umfang wie Sabriel und war dreimal so hoch wie sie, und er sah unversehrt aus, bis sie näher an ihn heran ging und den zickzackförmigen Sprung sah, der ihn in der Mitte teilte.

Sabriel hatte noch nie zuvor einen echten Charta-Stein gesehen, aber sie wußte, daß sie wie der Wall sein sollten, daß es in ihnen nur so wimmeln sollte von Charta-Zeichen, die wie Quecksilber durch den Stein liefen, sich bildeten und wieder auflösten, nur um sich sogleich aufs Neue zu bilden in einer unendlichen Geschichte, die von der Erschaffung der Welt erzählte.

Auch auf diesem Stein waren Charta-Zeichen, aber sie waren still, so starr wie gefrorener Schnee – tote Zeichen, nichts weiter als bedeutungslose Inschriften auf einer Skulptur.

Es war nicht das, was Sabriel erwartet hatte, wenngleich ihr jetzt bewußt wurde, daß sie nicht richtig darüber nachgedacht hatte. Sie hatte geglaubt, ein Blitz oder dergleichen habe den Stein gespalten, aber lang vergessene, zu spät wieder ins Gedächtnis zurückgerufene Lektionen sagten ihr, daß das nicht so war. Allein eine schreckliche Macht aus Freier Magie vermochte einen Charta-Stein zu spalten.

Sie ging noch ein Stück näher an den Stein heran. Furcht stieg in ihr hoch wie ein beginnender Zahnschmerz, der Schlimmeres ankündigte. Der Wind war hier oben auf dem Gipfel noch stärker und kälter, und sie fröstelte unter ihrer Ölhaut. Sie mußte an ihren Vater denken, und Erinnerungen begannen sie heimzusuchen, Erinnerungen an bestimmte Seiten im *Buch der Toten* und an Horrorgeschichten, die sie sich als kleine Mädchen in der Dunkelheit ihres Schlafsaales erzählt hatten, fern vom Alten Königreich. Ängste gingen mit diesen Erinnerungen einher, bis Sabriel sie in den Hintergrund ihres Bewußtseins zurückdrängte und sich zwang, noch näher an den Stein heranzutreten.

Dunkle Flecken von… irgend etwas… machten einige der Symbole unleserlich, und erst als Sabriel den Kopf so weit vorbeugte, daß sie den Stein fast mit der Nase berührte, konnte sie erkennen, was das für Flekken waren, so matt und schwarz im Mondenschein…

Sie fuhr entsetzt zurück, so heftig, daß sie ins Straucheln geriet und um ein Haar das Gleichgewicht verlor. Die Flecken waren getrocknetes Blut, und als sie sie sah, wußte sie, wie der Stein gespalten worden war und warum das Blut nicht vom Regen oder Schnee weggewaschen worden war… warum der Stein niemals rein werden würde.

Ein Charta-Magier war auf diesem Stein geopfert worden. Geopfert von einem Schwarzkünstler, um so Zugang zum Tode zu erlangen oder um einem Toten Geist zu helfen, ins Leben durchzubrechen.

Sabriel biß sich auf die Unterlippe, bis es weh tat, und ihre Hände fuchtelten fast unbewußt in der Luft herum, vor Unruhe und Furcht Ansätze von Charta-Zeichen beschreibend. Der Spruch für diese Art von Opfer stand im letzten Kapitel des *Buches der Toten.* Sie erinnerte sich jetzt wieder an ihn, in allen ekelerregenden Einzelheiten. Er war eines der vielen Dinge aus jenem grün eingebundenen Buch, die sie anscheinend vergessen hatte – oder hatte vergessen *sollen.* Nur ein sehr mächtiger Schwarzkünstler konnte diesen Spruch benutzen. Nur ein durch und durch böser und verderbter würde ihn benutzen wollen. Und Böses zeugt Böses, Böses verdirbt Orte und macht sie anziehend für weitere Akte des Bösen…

»Schluß jetzt!« flüsterte Sabriel laut, um diese Gedanken aus ihrem Geist zu verscheuchen. Es war dunkel und windig, und mit jeder Minute wurde es kälter. Sie mußte eine Entscheidung fällen: entweder kampierte sie und rief ihren Führer, oder sie zog unverzüglich weiter, aufs Geratewohl, in irgendeine Richtung, in der Hoffnung, daß sie in der Lage sein würde, ihren Führer von einem anderen Orte aus herbeizuzitieren.

Das Schlimmste von allem war, daß ihr Führer tot war. Sabriel würde also in den Tod eintreten müssen, wenn auch nur kurz, um ihren Führer zu rufen und mit ihm zu sprechen. Von hier aus würde das leicht gehen, denn das Opfer hatte einen semi-permanenten Eingang geschaffen, etwa so, als wäre eine halb geöffnete Tür mit einem Keil festgeklemmt worden. Aber wer wußte schon, was in dem kalten Fluß dahinter lauerte?

Sabriel stand eine Minute unschlüssig da, zitternd, horchend, alle Sinne bis zum Äußersten gespannt, ähnlich einem kleinen Tier, das ein Raubtier ganz in seiner Nähe wittert. Sie überflog im Geiste die Seiten des *Buches der Toten,* und ging in Gedanken noch einmal die vielen Stunden durch, die sie damit verbracht hatte, im sonnenbeschienenen Nordturm des Wyverley College von Magistrix Greenwood Charta-Magie zu lernen.

Als die Minute vorbei war, wußte sie, daß Kampieren auf keinen Fall in Frage kam. Sie hatte einfach zuviel Angst, um in der Nähe des zerborstenen Charta-Steines zu übernachten. Aber es würde schneller gehen, ihren Führer von hier aus zu rufen, und je schneller sie zum

Haus ihres Vaters gelangte, um so eher konnte sie etwas unternehmen, um ihm zu helfen; es galt also, einen Kompromiß zu finden. Sie würde sich so gut es ging mit Charta-Magie wappnen, mit aller Vorsicht in den Tod eintreten, ihren Führer rufen, sich den Weg von ihm weisen lassen und so schnell wie möglich wieder zurückkehren. Am besten noch schneller als möglich.

Nun, da sie ihren Entschluß einmal gefällt hatte, machte sie sich zügig ans Werk. Sie stellte ihre Skier und ihren Rucksack ab, stopfte sich zwecks rascher Energiezufuhr eine Handvoll Dörrobst und ein paar selbstgemachte Rahmbonbons in den Mund und nahm sodann die Meditationspose ein, die einem Charta-Magie erleichterte.

Nachdem sie sich noch rasch die hartnäckig haftenden Reste eines Rahmbonbons zwischen den Zähnen hervorgeklaubt hatte, begann sie. Symbole formten sich in ihrem Geist – die vier Kardinal-Charta-Zeichen, welche die Pole eines Diamanten bildeten, der sie sowohl vor physischem Schaden als auch vor Freier Magie bewahren würde. Sabriel hielt sie in ihrem Geist, fixierte sie beizeiten und zog sie aus dem Fluß der unendlichen Charta. Dann zückte sie ihr Schwert und zeichnete damit die groben Umrisse eines Diamanten in den Schnee um sich herum, ein Zeichen an jedem Kardinalpunkt des Kompasses. Jedesmal wenn sie mit einem Zeichen fertig war, ließ sie es im Geist vom Kopf in die Hand laufen und von dort am Schwert hinunter in den Schnee. Dort liefen sie wie Linien aus goldenem Feuer weiter, und die Zeichen wurden lebendig und loderten auf dem Boden.

Das letzte Zeichen war das Nordzeichen, welches dem zerborstenen Stein am nächsten war, und fast wäre es mißlungen. Sabriel mußte die Augen schließen und ihren ganzen Willen zusammennehmen, um es dazu zu zwingen, das Schwert zu verlassen. Aber auch dann noch war es nur eine blasse Imitation der anderen drei; es brannte so schwach, daß es kaum den Schnee zu schmelzen vermochte.

Sabriel ignorierte es und unterdrückte die gallige Übelkeit, die erneut in ihr hochgestiegen war, eine Reaktion ihres Körpers auf den Kampf mit dem widerspenstigen Charta-Zeichen. Sie wußte, daß das Nordzeichen schwach war, aber goldene Linien waren zwischen allen vier Zeichen verlaufen, und der Diamant war vollständig, wenn auch ein wenig schwächlich. Auf jeden Fall war es das Beste, was sie hatte zuwege bringen können. Sie steckte das Schwert in seine Scheide zurück, zog ihre Handschuhe aus und nestelte an ihrem Glockenbandelier, mit kalten Fingern die Glocken zählend.

»Ranna«, sagte sie laut, als sie die erste – und kleinste – Glocke berührte. Ranna, die Schlafbringerin, der melodische, tiefe Klang, der Stille nach sich zog.

»Mosrael.« Die zweite Glocke, eine grelle, laute Glocke. Mosrael war der Wecker, die Glocke, die Sabriel niemals läuten sollte, die Glocke, deren Klang eine Wippe war, welche den, der sie läutete, weiter in den Tod warf, während sie den, der ihr lauschte, ins Leben brachte.

»Kibeth.« Kibeth, die Geleiterin. Eine Glocke unterschiedlicher Klänge, eine schwierige, widersprüchliche Glocke. Sie konnte einem der Toten Bewegungsfreiheit schenken oder ihn durch das nächste Tor geleiten. Manch ein Schwarzkünstler war mit Kibeth ins Stolpern geraten und dorthin gegangen, wohin er nicht wollte.

»Dyrim.« Eine musikalische Glocke von klarem, hübschem Wohlklang. Dyrim war die Stimme, die die Toten so oft verloren. Aber Dyrim konnte auch eine Zunge zur Ruhe bringen, die sich zu zügellos bewegte.

»Belgaer.« Noch eine tückische Glocke, die danach trachtete, von selbst zu läuten. Belgaer war die denkende Glocke, die Glocke, die die meisten Schwarzkünstler zu läuten verschmähten. Sie konnte unabhängiges Denken, das Gedächtnis und all die Muster und Strukturen eines Lebenden wiederherstellen – oder, wenn sie in einer gar zu sorglosen Hand steckte, sie auslöschen.

»Saraneth.« Die tiefste, leiseste Glocke. Der Klang von Kraft. Saraneth war die Binderin, die Glocke, welche die Toten an den Willen dessen fesselte, der sie läutete.

Und die letzte, die größte Glocke, die, die Sabriels kalte Finger als noch kälter empfanden denn sich selbst, selbst in ihrem Lederfutteral, das sie still hielt.

»Astarael, die Kummervolle«, flüsterte Sabriel. Astarael war die Verbannerin, die finale Glocke. Richtig geläutet, warf sie jeden, der sie hörte, weit in den Tod. Jeden, eingeschlossen den, der sie läutete.

Sabriels Hand verharrte einen Moment unschlüssig in der Luft, berührte kurz Ranna und entschied sich dann für Saraneth. Vorsichtig löste sie den Riemen und zog die Glocke aus ihrer Tasche. Von der hemmenden Hülle befreit, schwang der Klöppel sanft gegen Saraneths erzenen Leib und entlockte ihm ein leises Läuten, das klang wie das Grollen eines erwachenden Bären.

Sabriel brachte Saraneth zum Verstummen, indem sie den Klöppel im Innern der Glocke mit der Hand umfaßte, den Griff außer Acht lassend. Mit der Rechten zog sie das Schwert und hob es in Abwehrstellung. Die Charta-Symbole auf der Klinge fingen das Mondlicht ein und erwachten flackernd zum Leben. Sabriel beobachtete sie einen Moment, konnten in solchen Dingen doch mitunter böse Vorzeichen zu entdecken sein. Fremdartige Zeichen rasten über die Klinge, bevor sie sich in die vertrauteren Schriftzeichen verwandelten, dabei eine Inschrift formend, die Sabriel gut kannte. Sie senkte den Kopf und rüstete sich, in den Tod einzutreten.

Von Sabriel unbemerkt, formte sich die Inschrift erneut, aber Teile von ihr waren nicht die gleichen. »Ich wurde für Abhorsen gemacht, die zu töten, die schon Tote sind«, so lautete sie normalerweise. Doch jetzt fuhr sie fort: »Der Clayr sah mich, der Wallbauer machte mich, der König schreckte mich ab, Abhorsen schwingt mich.«

Sabriel, die mit geschlossenen Augen dastand, fühlte, wie die Grenze zwischen Leben und Tod erschien. Auf dem Rücken spürte sie den Wind, der jetzt eigenartigerweise warm war, und das Mondlicht, grell und heiß wie der Sonnenschein. Auf ihrem Gesicht fühlte sie die letztendliche, die Ur-Kälte, und als sie die Augen aufschlug, sah sie das graue Licht des Todes.

Mit einer letzten Willensanstrengung schritt ihr Geist hindurch, Schwert und Glocke bereithaltend. Im Innern des Diamanten erstarrte ihr Körper, und Nebel begann um ihre Füße zu wirbeln und an ihren Beinen hochzukriechen. Rauhreif legte sich auf ihr Gesicht und ihre Hände, und die Charta-Zeichen an jedem Scheitelpunkt des Diamanten loderten auf. Drei stabilisierten sich wieder, aber das Nordzeichen leuchtete noch greller auf als die anderen und erlosch.

Die Strömung des Flusses war stark, aber Sabriel stemmte sich gegen sie und ignorierte sie und die Kälte. Sie konzentrierte sich voll und ganz auf ihre nähere Umgebung, wachsam nach möglichen Fallen oder Hinterhalten Ausschau haltend. Es war ruhig an diesem speziellen Eingang zum Tode. Sie konnte hören, wie das Wasser durch das Zweite Tor rauschte, aber sonst nichts. Kein Plätschern oder Gurgeln oder fremdartiges Gewinsel. Keine dunklen, formlosen Gestalten oder grimmige Silhouetten, welche in diesem grauen Licht als Schatten erschienen.

Vorsichtig ihre Position haltend, ließ Sabriel ein zweites Mal den Blick rings um sie herum schweifen, bevor sie ihr Schwert wieder einsteckte und in eine der Schenkeltaschen ihrer wollenen Knickerbocker griff. Die

Glocke Saraneth ruhte derweil in ihrer linken Hand. Mit der Rechten zog sie ein Papierboot aus der Tasche und entfaltete es – immer noch einhändig – zu seiner eigentlichen Form. Wunderschön weiß, beinahe leuchtend in diesem Licht, hatte es einen kleinen, vollkommen runden Fleck an seinem Bug, wo Sabriel vorsichtig einen Tropfen Blut aus ihrer Fingerkuppe aufgetupft hatte.

Sabriel stellte das Boot flach auf ihre Hand, hob es an die Lippen und blies dagegen, als wolle sie eine Feder in die Luft pusten. Wie eine Papierschwalbe segelte das Boot von ihrer Hand in den Fluß. Sabriel hielt die Luft an, als das Boot fast kenterte, doch nur um erleichtert aufzuatmen, als es einer kleinen Welle trotzte, sich wieder aufrichtete und mit der Strömung davonschoß. Nach ein paar Sekunden war es ihren Blicken entschwunden – auf dem Wege zum Zweiten Tor.

Es war das zweite Mal in ihrem Leben, daß Sabriel ein solches Papierschiffchen ausgesandt hatte. Ihr Vater hatte ihr gezeigt, wie man sie faltete, ihr jedoch gleichzeitig eingeschärft, sie so sparsam wie möglich zu benutzen. Nicht öfter als dreimal alle sieben Jahre, hatte er gemahnt, oder sie müsse einen Preis bezahlen, einen Preis, der weit höher sei als ein kleiner Tropfen Blut.

Da die Ereignisse so verlaufen würden, wie sie es schon beim ersten Mal getan hatten, wußte Sabriel, was sie zu erwarten hatte. Dennoch, als das Geräusch des Zweiten Tores etwa zehn, zwanzig oder dreißig Minuten später – Zeit war im Tod nur schwer zu fassen – für einen Moment erstarb, zückte sie ihr Schwert und hielt Saraneth mit dem Klöppel nach unten, wo sie darauf wartete, gehört zu werden. Das Tor war verstummt, weil jemand… etwas… aus den tieferen Gefilden des Todes zurückkehrte.

Sabriel hoffte, daß es der war, den sie mit dem Papierboot eingeladen hatte.

Kapitel Sechs

Charta-Magie auf dem Gespaltenen Gipfel. Es war wie ein Duft im Wind für das Wesen, das in den Höhlen unter dem Berg lauerte, etwas mehr als eine Meile westlich des zerborstenen Charta-Steines.

Es war einstmals menschlich gewesen, oder zumindest menschenähnlich, in den Jahren, die es unter der Sonne gelebt hatte. Das Menschliche hatte sich verloren in den langen Jahrhunderten, die das Wesen in den eisigen Wassern des Todes verbracht hatte, in wilder Verzweiflung gegen die Strömung sich behauptend, durchdrungen von dem unbändigen Willen, wieder zu leben – ein Wille, von dem es nicht gewußt hatte, daß es ihn besaß, bevor ein schlecht gezielter Jagdspeer von einem Fels abgeprallt und ihm in den Hals gedrungen war, ihm gerade noch ein paar letzte Minuten verzweifelt ringenden Lebens lassend.

Durch schiere Willenskraft hatte es sich auf der Lebensseite des Vierten Tores gehalten, dreihundert Jahre lang. Es hatte in dieser langen Zeit an Kraft hinzugewonnen und die Wege des Todes kennengelernt. Es zehrte von geringeren Geistern, auf die es Jagd machte, und denen, die größer waren als es selbst, diente es oder ging es aus dem Weg. Und immer klammerte es sich mit aller Kraft, die es besaß, ans Leben. Seine Chance kam schließlich, als ein mächtiger Geist hinter dem Siebenten Tor hervorkam und der Reihe nach alle Oberen Tore durchbrach, bis er schließlich gierig lechzend ins Leben vordrang. Hunderte der Toten waren ihm, die Gunst des Augenblickes nutzend, gefolgt, und das Wesen hatte sich unter das Gedränge gemischt. Es war ein schreckliches Durcheinander gewesen, und an der Grenze zwischen Leben und Tod selbst hatte ein mächtiger Gegner gewacht, aber in dem Gewühle war es ihm irgendwie gelungen, sich um die Ecken zu schleichen und sich triumphierend ins Leben zurückzustehlen.

Dort, wo es aufgetaucht war, hatten viele frisch verlassene Körperhüllen herumgelegen. Das Wesen hatte kurzerhand eine dieser Hüllen okkupiert, sie wiederbelebt und war davongerannt. Bald darauf hatte es die Höhlen entdeckt, in denen es jetzt hauste. Es hatte sich sogar einen Namen gegeben. Thralk, so hatte es sich geheißen. Ein simpler Name, nicht zu schwer auszusprechen für einen teilweise verwesten Mund. Ein männlicher Name. Thralk konnte sich nicht erinnern, was für ein Geschlecht es dreihundert Jahre zuvor gehabt hatte, aber sein neuer Körper war männlich.

Es war ein Name, der einen furchteinflößenden Klang hatte in den wenigen kleinen Siedlungen, die in dieser Region der Grenzlande noch existierten, Siedlungen, von denen Thralk sich nährte, in denen er das menschliche Leben erjagte und verzehrte, das er brauchte, um sich auf der lebenden Seite des Todes zu halten.

Wieder loderte Charta-Magie auf dem Gespaltenen Gipfel auf, und Thralk spürte, daß es starke, reine Charta-Lehre war, aber schwach gewoben. Die Stärke der Magie erschreckte ihn, aber der Mangel an Fertigkeit, der sich dahinter offenbarte, hatte etwas Beruhigendes, und starke Magie bedeutete starkes Leben. Thralk brauchte dieses Leben, brauchte es, um den Körper zu unterstützen, den er benutzte, brauchte es, um seinen Geist aufzufrischen, der allmählich zurück in den Tod sickerte. Gier siegte über Furcht. Das Tote Wesen verließ die Höhle und begann den Hang hinaufzuklettern, den Blick seiner lidlosen, verwesenden Augen auf den fernen Gipfel geheftet.

Sabriel sah ihren Führer: zuerst als ein hohes, bleiches Licht, das über das wirbelnde Wasser auf sie zugeweht kam, und dann, als es wenige Meter vor ihr anhielt, als eine verschwommene, leuchtende menschliche Gestalt, die ihr die Arme zur Begrüßung entgegenstreckte.

»Sabriel!«

Das Wort klang verzerrt und schien von viel weiter weg zu kommen, als die leuchtende Gestalt tatsächlich war, aber Sabriel lächelte, als sie die Wärme spürte, die in der Begrüßung lag. Abhorsen hatte ihr nie erklärt, wer oder was diese Lichtgestalt war, doch Sabriel glaubte es zu wissen. Sie hatte diesen Ratgeber erst einmal in ihrem Leben gerufen, als sie zum ersten Mal ihre Menstruation gehabt hatte.

Auf dem Wyverley College gab es nur eine sehr dürftige Sexualerziehung – bis zum sechzehnten Lebensjahr war das Thema vollkommen tabu. Die Geschichten der älteren Mädchen über ihre Menstruation waren verwirrend, mannigfaltig und gaben oft eher Anlaß zu Besorgnis als zu freudiger Zuversicht. Keine von Sabriels Freundinnen war vor ihr in die Pubertät gekommen, und so war sie in Furcht und Verzweiflung in den Tod eingetreten. Ihr Vater hatte ihr gesagt, daß der, den das Papierschiffchen herbeiholte, ihr alle Fragen beantworten und sie beschützen würde – und das hatte er auch. Der leuchtende Geist beantwortete ihr alle ihre Fragen und noch viele darüber hinaus, bis Sabriel gezwungen war, ins Leben zurückzukehren.

»Hallo Mutter«, sagte Sabriel, während sie ihr Schwert zurück in die Scheide steckte und Saraneth dämpfte, indem sie den Klöppel sorgfältig mit den Fingern festhielt.

Die Lichtgestalt gab keine Antwort, aber das hatte Sabriel auch nicht anders erwartet. Von ihrer aus nur einem Wort bestehenden Begrüßung abgesehen, konnte sie nur Fragen beantworten. Sabriel war sich nicht ganz sicher, ob die Erscheinung der sehr ungewöhnliche tote Geist ihrer Mutter war, was eher unwahrscheinlich war, oder das Residuum einer von ihr zurückgelassenen Schutzmagie.

»Ich habe nicht viel Zeit«, fuhr Sabriel fort. »Ich würde dich liebend gern nach… ach, eigentlich nach allem fragen… aber im Augenblick muß ich vor allem wissen, wie ich vom Gespaltenen Gipfel… ich meine, vom Barhedrin-Kamm… aus zu Vaters Haus gelange.«

Die Entsendung nickte – und sprach. Während Sabriel lauschte, sah sie Bilder an sich vorüberziehen, Bilder von dem, was die Frau beschrieb; lebendige Bilder, wie Erinnerungen an eine Reise, die sie selbst gemacht hatte.

»Geh zur Nordseite des Kammes. Folge dem Ausläufer, der dort beginnt, bis zur Talsohle. Schau himmelwärts… du wirst nicht ein Wölkchen sehen. Blicke zu dem großen roten Stern, Uallus, drei Finger östlich von Nord. Diesem Stern folgst du, bis du zu einer Straße kommst, die von Südwesten nach Nordosten verläuft. Folge dieser Straße eine Meile nach Nordosten, bis du zu einem Meilenstein und dem Charta-Stein dahinter kommst. Ein hinter dem Stein beginnender Pfad führt zu den Langen Klippen unmittelbar nördlich davon. Nimm diesen Pfad. Er endet in einer Tür in den Klippen. Die Tür öffnet sich auf Mosraels Läuten. Hinter der Tür befindet sich ein Tunnel, der steil nach oben führt. Hinter dem Tunnel liegt Abhorsens Brücke. Das Haus erreichst du, wenn du diese Brücke überquerst. Geh hin in Liebe – und trödle nicht und bleibe nicht stehen, was auch immer geschieht.«

»Danke«, begann Sabriel, die Worte sorgfältig bei den sie begleitenden Gedanken einsortierend. »Könntest du auch…«

Sie hielt jählings inne, als die Mutter-Entsendung vor ihr plötzlich entsetzt beide Arme hochriß und schrie: »Geh!«

Gleichzeitig fühlte Sabriel, wie der Schutzdiamant um ihren physischen Körper zu zwicken begann, wie zur Warnung, und sie gewahrte, daß das Nordzeichen erloschen war. Sofort machte sie auf dem linken Absatz kehrt und hastete zur Grenze zum Leben zurück, im Laufen ihr Schwert zückend. Die Strömung schien stärker zu werden, zerrte an ihren Waden, kapitulierte dann aber vor ihrem kraftvollen Drängen. Sabriel erreichte die Grenze, und mit einer furiosen letzten Willensanstrengung brach ihr Geist zurück ins Leben.

Eine Sekunde lang war sie verwirrt: der plötzliche Kälteschock, der ihren physischen Körper traf. Eine grinsende, halbverweste Kreatur trat just in diesem Augenblick durch das zusammengebrochene Nordzeichen, mit weit ausgebreiteten Armen nach ihr greifend. Übelriechender Brodem quoll wie ein Nebelschwaden aus ihrem unnatürlich breiten Maul.

Thralk war hocherfreut darüber gewesen, den Geist des Charta-Magiers abwesend und den Schutzdiamanten zerbrochen vorzufinden. Das Schwert hatte ihm ein wenig zu denken gegeben, aber es war von Rauhreif überzogen, und seine verkümmerten Augen konnten nicht die Charta-Symbole sehen, die unter der Rauhreifschicht tanzten. Und die Glocke in Sabriels Hand sah aus wie ein Klumpen Eis oder Schnee, so als hätte sie einen Schneeball gefangen. Alles in allem war Thralk überaus zufrieden, und das in besonderem Maße, als das Leben, das in diesem reglosen Opfer loderte, besonders jung und stark war. Thralk stürmte vorwärts und streckte seine doppelgelenkigen Arme aus, um Sabriels Hals zu umklammern.

Just als seine schleimigen, verderbten Finger sich um

ihren weißen Hals legen wollten, schlug Sabriel die Augen auf und demonstrierte die Abwehr/Gegenangriff-Parade, die ihr auf dem Wyverley den zweiten Platz in den Kampfkünsten eingebracht und sie später den ersten gekostet hatte. Ihr Arm und das Schwert streckten sich zu voller Länge, und die Klinge durchbohrte Thralks Hals – so tief, daß sie acht Zoll aus seinem Nacken herausragte.

Thralk schrie – es war mehr ein Gurgeln als ein Schrei –, seine Finger, die eben noch im Begriff gewesen waren, Sabriels Hals in den Würgegriff zu nehmen, krallten sich um die Klinge, um sie herauszuziehen, und dann gurgelte er noch einmal, als Charta-Zeichen auf der Klinge aufloderten. Weiße Funken stoben zwischen seinen Fingerknöcheln auf, und mit einem Schlag wußte er, mit wem er es da zu tun hatte.

»Abhorsen!« krächzte er und fiel hintüber, als Sabriel die Klinge mit einem einzigen energischen Ruck aus seinem Hals wand.

Schon griff der Stahl des Schwertes das tote Fleisch an, in dem Thralk hauste, begann Charta-Magie sich durch reanimierte Nervenstränge zu brennen und die Gelenke in Starre zu versetzen. Feuer schlug aus Thralks Kehle, aber er sprach, um diesen furchtbaren Widersacher abzulenken, während sein Geist versuchte, den Körper abzustreifen wie eine Schlange ihre Haut, und zurück in die Nacht zu fliehen.

»Abhorsen! Ich werde dir dienen, dich preisen, deine Hand sein… ich kenne Wesen, lebende wie tote… ich werde dir helfen, andere zu dir zu locken…«

Das klare, tiefe Geläut Saraneths schnitt durch die winselnde, krächzende Stimme wie ein Nebelhorn durch das Kreischen eines Möwenschwarms. Es hallte fort und fort, sein mächtiges Echo in die Nacht entsendend, und Thralk fühlte, wie es ihn band, noch während sein Geist versuchte, aus seiner fleischernen Hülle zu entschlüpfen und sich davonzustehlen. Das Läuten der Glocke band ihn an paralysiertes Fleisch, band ihn an den Willen dessen, der sie schwang. Wut kochte in ihm hoch, Zorn und Furcht nährten seinen verzweifelten Kampf, aber das Geläut war allenthalben, um ihn herum, in ihm. Er wußte, er würde sich nie wieder davon befreien können.

Sabriel schaute zu, wie der mißgestalte Schatten sich krümmte und wand, halb außerhalb des Körpers, halb in ihm steckend, während sich unter dem Körper eine dunkle Lache bildete. Er versuchte immer noch, den Mund der Leiche zu benutzen, doch ohne Erfolg. Sie erwog, mit ihm in den Tod zu gehen, wo er eine Gestalt haben würde und wo sie ihn dazu bringen konnte, mit Dyrim zu antworten. Aber der zerborstene Charta-Stein ragte dräuend genau bei ihr auf, und sie empfand ihn als eine stets gegenwärtige Furcht, wie ein kaltes Juwel auf ihrer Brust. Im Geiste hörte sie die Worte ihrer Mutter-Entsendung: »Trödle nicht und bleibe nicht stehen, was auch immer geschieht.«

Sabriel stieß ihr Schwert mit der Spitze voran in den Schnee, legte Saraneth beiseite und zog mit beiden Händen Kibeth aus dem Bandelier. Thralk spürte dies, und seine Wut machte purer, überwältigender Angst Platz. Nach all den Jahrhunderten zähen Ringens wußte er, daß nun der echte, unwiderrufliche Tod für ihn gekommen war.

Sabriel stellte sich breitbeinig hin und faßte die Glocke mit beiden Händen. Kibeth schien fast in ihren Händen zu zucken, aber sie bändigte sie, schwang sie einmal rückwärts, einmal vorwärts und dann in Form einer Acht. Die Töne, wiewohl allesamt von ein und derselben Glocke stammend, waren ganz unterschiedlich, aber zusammen fügten sie sich zu einem kleinen Marschlied, einem Tanz, einer Parade.

Thralk fühlte sich von unsichtbaren Kräften gepackt,

von fremdartigen, unwiderstehlichen Mächten, die ihn zur Grenze zerrten, der Grenze zum Tode. Verzweifelt sträubte er sich gegen sie, bäumte sich wider sie auf, obgleich er tief in seinem Innern wußte, daß sein Widerstand vergebens war, daß er keine Chance gegen sie hatte. Er wußte, daß er durch jedes Tor schreiten würde, um endlich durch das Neunte zu fallen. Schließlich ergab er sich in sein Los und raffte seine letzten schwindenden Kräfte zusammen, um so etwas wie einen Mund in der Mitte seines Schatten-Stoffes zu formen, einen Mund mit einer zuckenden Zunge aus Dunkelheit.

»Sei verflucht!« gurgelte er. »Ich werde es den Dienern Kerrigors sagen! Sie werden mich rächen…«

Seine groteske, blubbernde Stimme riß mitten im Satz ab, als er seinen freien Willen verlor. Saraneth hatte ihn gebunden, aber Kibeth ergriff ihn, und Kibeth geleitete ihn zur Grenze. Der Schatten verschwand einfach, und alles, was von Thralk übrig blieb, war eine halbverweste Leiche, die da vor Sabriel den schneebedeckten Boden beschmutzte.

Das Gespenst war fort; gleichwohl beunruhigten seine letzten Worte Sabriel. Der Name Kerrigor, wenngleich nicht unbedingt vertraut, rührte an eine tief in ihr schlummernde Angst. Irgendwo hatte sie diesen Namen schon einmal gehört. Vielleicht hatte Abhorsen diesen Namen, der zweifellos zu einem der Größeren Toten gehörte, einmal in ihrer Gegenwart erwähnt. Der Name flößte ihr auf die gleiche Weise Furcht ein wie der geborstene Stein, als wären sie greifbare Symbole einer Welt, die in die Irre gegangen war, einer Welt, in der ihr Vater verschollen war, in der ihr selbst schreckliche Gefahr drohte.

Sabriel hustete, als sie die Kälte in ihrer Lunge spürte, und steckte Kibeth vorsichtig wieder zurück an ihren angestammten Platz am Bandelier. Ihr Schwert schien sich regelrecht rein gebrannt zu haben; trotzdem wischte sie die Klinge mit einem Lappen ab, bevor sie es zurück in die Scheide gleiten ließ. Sie fühlte sich sehr müde, als sie sich ihren Rucksack wieder auflud, aber sie zweifelte nicht eine Sekunde daran, daß sie unverzüglich weiterziehen mußte, fort von diesem Ort. Die Worte ihres Mutter-Geistes hallten ihr fortwährend durch den Kopf, und ihre eigenen Sinne sagten ihr, daß da etwas vor sich ging im Tode, daß etwas Mächtiges sich auf das Leben zubewegte und daß es an dem geborstenen Stein zutage treten würde.

Es hatte zuviel Tod und zuviel Charta-Magie auf diesem Berg stattgefunden, und die Nacht hatte noch nicht einmal ihre schwärzeste Stunde erreicht. Der Wind drehte sich wieder, die Wolken erlangten ihre Oberhoheit über den Himmel zurück. Bald würden die Sterne verschwinden, und der junge Mond würde sich ganz in Weiß hüllen.

Sabriel ließ den Blick forschend über das Firmament gleiten, nach den drei hellen Sternen fahndend, welche die Schnalle des Nordriesen-Gürtels markierten. Sie fand sie, mußte dann aber in der Sternenkarte ihres Almanachs nachschauen – im flackernden Schein eines selbstgemachten, stinkenden Zündholzes: Sie wagte nicht, noch mehr Charta-Magie zu benutzen, nicht, solange sie nicht in sicherer Entfernung von dem zerborstenen Stein war. Der Almanach zeigte, daß sie sich richtig erinnert hatte: Die Schnalle war im Alten Königreich genau im Osten; ihr anderer Name war Seefahrers Trug. In Ancelstierre war die Schnalle zehn Grad westlich von Norden.

Sobald sie den Norden eingepeilt hatte, machte sich Sabriel auf den Weg, Ausschau nach dem Ausläufer haltend, der hinunter ins Tal führte, welches sich in der Dunkelheit verlor. Die Wolken wurden jetzt immer dichter, und sie wollte die Talsohle erreichen, bevor das Mondlicht verschwand. Als sie den Ausläufer kurz darauf fand, registrierte sie mit Erleichterung, daß er weit weniger schwieriges Terrain bot als der Südhang mit seinen zerbrochenen Stufen, auch wenn seine sanfte Neigung einen langen Abstieg ins Tal verhieß.

In der Tat brauchte sie einige Stunden, bis sie endlich stolpernd und vor Kälte zitternd die Talsohle gewann, einzig geleitet von einem sehr blassen Charta-Flämmchen, das einige Meter vor ihr tanzte. Zu schwach, um den Pfad vor ihr wirklich zu beleuchten, hatte es ihr gleichwohl geholfen, Stürze zu vermeiden. Sie hoffte nur, daß es blaß genug war, um aus der Ferne für Sumpfgas oder eine Spiegelung gehalten zu werden. Jedenfalls hatte es sich als lebensnotwendig erwiesen, als die Wolkendecke auch die letzten freien Lücken am Himmel geschlossen hatte.

Von wegen ›du wirst nicht ein Wölkchen sehen‹, dachte Sabriel grimmig, als sie in die Richtung schaute, von der sie vermutete, daß es der Norden sei, und nach Uallus suchte, dem roten Stern. Ihre Zähne klapperten vor Kälte, und ein Zittern, das in ihren Eisfüßen angefangen hatte, griff jetzt auf sämtliche Glieder über. Wenn sie sich nicht ständig in Bewegung hielt, würde sie schlicht an Ort und Stelle festfrieren, zumal der Wind wieder stärker wurde…

Sabriel lachte leise, fast hysterisch, und wandte ihr Gesicht dem Wind zu. Es war ein Ostwind, der minütlich an Stärke zunahm. Er war kalt, gewiß, aber er vertrieb auch die Wolken, schob sie nach Westen – und dort, in der ersten freigefegten Ecke des Himmels, glomm rot Uallus! Sabriel lächelte, betrachtete ihn, nahm das wenige, das sie um sich herum zu erkennen vermochte, in Augenschein, und machte sich wieder auf den Weg, dem roten Stern Uallus folgend, im Hinterkopf die beständig wispernde Stimme ihrer Mutter-Entsendung:

Trödle nicht und bleib nicht stehen, was auch immer geschieht.

Das Lächeln war noch immer auf Sabriels Gesicht, als sie die Straße fand. Die Gräben auf beiden Seiten wiesen eine feste Schneedecke auf, und sie kam gut voran auf ihren Skiern.

Zu dem Zeitpunkt, da Sabriel den Meilenstein und den Charta-Stein dahinter fand, war das Lächeln längst wieder aus ihrem blassen Gesicht verschwunden. Es hatte wieder zu schneien begonnen, und der Wind blies so heftig, daß er die Schneeflocken waagerecht vor sich her trieb und sie ihr regelrecht in die Augen peitschte, die einzige bloße Stelle ihres gesamten Körpers. Auch ihre Stiefel waren vollkommen durchgeweicht, obwohl sie sie mit Hammelfett eingerieben hatte. Ihre Füße, ihr Gesicht und ihre Hände waren steifgefroren, und sie war erschöpft. Sie hatte jede Stunde pflichtschuldig etwas zu sich genommen, aber jetzt bekam sie vor lauter Kälte schlicht den Mund nicht mehr auf.

Während ihrer kurzen Verschnaufpause an dem unversehrten Charta-Stein, der stolz hinter dem kleineren Meilenstein aufragte, hatte Sabriel sich vermittels eines Charta-Spruches für Wärme ein wenig aufgewärmt. Aber sie war zu müde gewesen, um die Wärmemagie ohne die Unterstützung des Steines aufrechtzuerhalten, und so war die Wärme verflogen, sobald sie weitermarschiert war. Einzig die Warnung ihres Mutter-Geistes trieb sie noch voran. Diese – und das Gefühl, daß sie verfolgt wurde.

Es war lediglich ein Gefühl, und müde und unterkühlt wie sie war, fragte sie sich, ob es nicht womöglich bloße Einbildung war. Aber da sie in einer Verfassung war, die es ihr nicht erlaubte, noch irgend etwas, das keine Einbildung war, irgendwelchen Widerstand entgegenzusetzen, zwang sie sich zum Weitermarschieren.

Trödle nicht und bleib nicht stehen, was auch immer geschieht.

Der Pfad, der vom Charta-Stein aus zu den Langen

Klippen führte, war besser als der, der zum Gespaltenen Gipfel hinaufführte, aber auch steiler. Seine Erbauer hatten sich durch einen dichten, grauen Fels hauen müssen, der nicht erodierte wie Granit, und sie hatten Hunderte von breiten, flachen Stufen gehauen, in die sie verzwickte Muster hineingemeißelt hatten. Ob diese etwas zu bedeuten hatten, vermochte Sabriel nicht zu bestimmen. Es waren weder Charta-Zeichen noch Symbole irgendeiner ihr bekannten Sprache, und sie war zu ermattet, um darüber zu spekulieren. Sie konzentrierte sich ganz auf die Stufen, immer nur jeweils eine nehmend, stützte sich mit den Händen auf den schmerzenden Oberschenkeln ab und kämpfte sich so keuchend und hustend den Hang hinauf, tief geduckt, den Kopf zwischen die Schultern gezogen, um den messerscharfen Schneeflocken zu entgehen, die ihr ein gnadenloser Wind entgegenpeitschte.

Der Pfad wurde immer noch steiler, und schließlich tauchte die Wand der Klippe vor Sabriel auf, eine gewaltige, schwarz aufragende Masse, eine weit dunklere Kulisse hinter dem wirbelnden Schnee als der wolkenverhangene Himmel, geisterhaft blaß im fahlen Widerschein des Mondes. Doch schien Sabriel ihr nicht einen Meter näherzukommen auf dem in langgezogenen Serpentinen mühsam aufwärts sich windenden Pfad.

Und dann, scheinbar urplötzlich, war sie am Ziel. Der Pfad machte einen letzten Schwenk, und ihr kleines Irrlicht wurde zurückgeworfen von einer Wand, einer Wand, die sich meilenweit nach beiden Seiten dehnte und Hunderte von Metern in die Höhe ragte. Dies waren die Langen Klippen, und hier endete der Pfad.

Vor Erleichterung fast schluchzend, stieß sich Sabriel die letzte Stufe hinan bis zum Fuße der Wand, und das kleine Licht über ihrem Kopf brachte grauen, von Flechten überzogenen Fels zum Vorschein – doch keine Tür. Rauher, schroffer, undurchdringlicher Stein, das war alles, was sie in dem winzigen Lichtkreis ausmachen konnte. Weder Pfad noch Tür noch Tor tat sich vor ihr auf.

Müde kniete sich Sabriel in den Schnee und rieb kräftig die Hände aneinander, um die Durchblutung wieder in Gang zu bringen. Sodann zog sie Mosrael aus dem Bandelier. Mosrael, den Wecker. Sabriel hielt den Klöppel fest, damit Mosrael stumm blieb, und richtete alle ihre Sinne nach außen: Gab es da irgend etwas Totes in der Nähe, das besser nicht geweckt werden sollte? In ihrer näheren Umgebung konnte sie nichts ausmachen, doch fühlte sie erneut etwas hinter sich, etwas, das ihr folgte, weit unten auf dem Pfad. Etwas Totes, etwas, das nach Macht roch. Sie versuchte zu schätzen, wie weit dieses Etwas entfernt war, bevor sie es wieder aus ihren Gedanken verbannte. Was immer es sein mochte, es war zu weit weg, um selbst Mosraels rauhe Stimme hören zu können. Sabriel stand auf und läutete die Glocke.

Sie machte ein Geräusch, das klang, als ob Dutzende Papageien gleichzeitig kreischten, ein Geräusch, das in die Luft hinausbarst und sich in den Wind wob; es hallte von den Klippen wider und vervielfältigte sich zum Gekreische von tausend Vögeln.

Sabriel dämpfte die Glocke sofort und steckte sie wieder weg, aber das tausendfache Echo raste durch das Tal, und sie wußte, daß das Tote, das hinter ihr her war, es gehört hatte. Sie spürte, wie es seine Aufmerksamkeit auf die Stelle richtete, an der sie sich befand, und sie fühlte, wie es seinen Schritt beschleunigte; es war fast so, wie wenn man dabei zuschaut, wie die Muskeln eines Rennpferdes sich anspannen, wenn es vom Schritt in den Galopp überwechselt. Es nahm jetzt mindestens vier oder fünf Stufen auf einmal. Sie fühlte, wie es voranstürmte, und spürte zugleich, wie die Angst in ihr hochstieg; trotzdem ging sie zum Pfad und spähte hinunter. Dann zog sie ihr Schwert.

Da war es! Durch das Schneegestöber hindurch sah sie eine Gestalt von Stufe zu Stufe springen. Sie sprang mit unglaublichen Sätzen, die die Distanz zwischen ihr und Sabriel mit furchterregendem Appetit auffraßen. Die Gestalt war menschenähnlich, mehr als mannshoch, und Flammen züngelten hoch, wo sie ihren Fuß hinsetzte. Sabriel schrie laut auf, als sie die Gestalt gewahrte, und sie fühlte den Toten Geist in ihrem Innern. *Das Buch der Toten* öffnete sich vor ihrem geistigen Auge, und Schilderungen des Bösen ergossen sich in ihren Geist. Es war ein Mordicant, das sie jagte – ein Wesen, das nach Lust und Laune durch Leben und Tod schreiten konnte. Sein Körper bestand aus Moorschlamm und Menschenblut und war von einem Schwarzkünstler geformt und mit Freier Magie durchtränkt, und ein Toter Geist in seinem Innern lenkte und leitete es.

Sabriel hatte schon einmal ein Mordicant verjagt, aber das war vierzig Meilen vom Wall entfernt in Ancelstierre gewesen, und das Mordicant war schwach gewesen, fast schon im Dahinschwinden begriffen. Dieses hier jedoch war stark, feurig, neugeboren. Es würde sie töten, so wußte sie plötzlich, und ihren Geist unterjochen. All ihre Pläne und Träume, ihre Hoffnungen und ihr Mut fuhren mit einem Schlag dahin und wichen schierer, kopfloser Panik. Sie wandte sich nach links, nach rechts, wie ein Kaninchen, das vor einem Hund wegrennt, aber der einzige Weg nach unten war der Pfad, und das Mordicant war nur noch hundert Schritt von ihr entfernt, und mit jedem Augenaufschlag, mit jeder fallenden Schneeflocke verkürzte es diese Distanz. Flammen schlugen aus seinem Maul, und es warf den Kopf zurück und heulte, während es in langen Sätzen die Stufen heraufgeflogen kam: Ein Heulen, das klang wie der letzte Todesschrei eines Sterbenden, unterlegt mit einem häßlichen Quietschen, wie von Fingernägeln auf Glas.

Sabriel wollte schreien, aber der Schrei blieb ihr im Halse stecken. Sie wandte sich wieder der Felswand zu und begann mit dem Knauf ihres Schwertgriffes auf den Stein einzuhämmern.

»Öffne dich! Öffne dich!« schrie sie, während Charta-Zeichen durch ihren Kopf rasten, aber es waren nicht die richtigen, nicht die zum gewaltsamen Öffnen einer Tür, eine Formel, die sie in der zweiten Klasse gelernt hatte. Sie konnte sie auswendig wie das große Einmaleins, aber die richtigen Charta-Zeichen wollten ihr einfach nicht einfallen, und wieso ihr beharrlich zwölf mal zwölf durch den Kopf ging, wenn sie Charta-Zeichen haben wollte...

Die Echos, die Mosrael ausgelöst hatte, verhallten, und in dem Moment der Stille, der darauf einsetzte, traf der Knauf auf etwas hohl Klingendes, und er schlug diesmal auch keine Funken. Es war unzweifelhaft Holz, Holz, das vorher dort nicht gewesen war. Eine Tür, hoch und seltsam schmal; silberne Charta-Symbole, die durch die Maserung funkelten, durchzogen das dunkle Eichenholz. Ein Eisenring, exakt in Handhöhe angebracht, berührte Sabriels Hüfte.

Sabriel ließ mit einem kleinen Jubelschrei ihr Schwert fallen, packte den Ring und zog. Nichts passierte. Sabriel zog erneut, wobei sie sich zur Hälfte umdrehte, um einen Blick über die Schulter zu werfen, schon im voraus zusammenzuckend vor dem, was sie sehen würde.

Das Mordicant bog um die letzte Ecke, und seine Blicke trafen ihre. Sabriel schloß die Augen, außerstande, den Haß und die Blutgier zu ertragen, die in des Mordicants Augen glühte wie ein Feuerhaken, der zu lange in der Esse gelegen hatte. Wieder heulte es auf, und es flog fast die restlichen Stufen herauf. Flammen troffen wie brennendes Öl aus seinem Maul, seinen Klauen und seinen Füßen.

Sabriel, die die Augen immer noch geschlossen hielt, drückte gegen den Ring. Die Tür flog auf, und sie stürzte hinein und krachte in einer Wolke von Schnee auf den Boden, noch im Fallen die Augen aufreißend. Verzweifelt wandte sie sich um, die Schmerzen in ihren Händen und Knien ignorierend. Sie langte hastig nach draußen, bekam zum Glück auf Anhieb den Griff ihres Schwertes zu fassen und riß es herein.

Genau in dem Moment, als die Klinge im Innern war, erreichte das Mordicant die Schwelle. Es drehte sich seitwärts, um sich durch die schmale Öffnung zu zwängen, und streckte einen Arm ins Innere. Flammen troffen aus seinem graugrünen Fleisch wie brennende Schweißperlen, und kleine Wolken aus schwarzem Qualm stiegen spiralförmig von den Flammen auf. Ein Gestank wie von verbranntem Haar machte sich breit.

Sabriel, die schutzlos auf dem Boden lag, konnte nur mit vor Angst weit aufgerissenen Augen starren, als die mit vier Krallen bewehrte Pranke der Kreatur sich langsam öffnete und nach ihr griff.

Kapitel Sieben

Aber die Klaue schloß sich nicht; die Krallen fielen kraftlos herunter, ehe sie Sabriels Fleisch zerfetzen konnten.

Statt dessen fühlte Sabriel eine jähe Woge von Charta-Magie, und Charta-Symbole loderten rings um die Türöffnung auf, so grell, daß sie rote Flecken auf ihrer Netzhaut hinterließen, die, als sie die Augen schloß, über ihr Gesichtsfeld tanzten.

Sie blinzelte geblendet und sah einen Mann aus den Steinen der Wand treten, einen großgewachsenen und augenscheinlich starken Mann mit einem Langschwert, das ein Zwilling von ihrem eigenen Schwert hätte sein können. Dieses Schwert sauste auf den Arm des Mordicants herab und riß ein Stück brennenden, fauligen Fleisches heraus. Es prallte zurück, doch nur, um erneut herabzusausen und ein weiteres Stück aus dem Arm des Mordicants herauszuhacken, so wie eine Axt, die kleine Holzspäne von einem Baumstamm wegspritzen läßt.

Das Mordicant heulte auf, mehr vor Wut als vor Schmerzen, aber es zog den Arm zurück, und der Fremde warf sich gegen die Tür und drückte sie mit dem vollen Gewicht seines in einen Kettenpanzer gehüllten Körpers ins Schloß. Merkwürdigerweise machte der Kettenpanzer kein Geräusch auf dem Holz der Tür, kein Klirren oder Rasseln kam von den Hunderten ineinander verschlungener stählerner Glieder. Und auch der Körper unter dem Panzer war außergewöhnlich, wie Sabriel jetzt sah, als die tanzenden roten Flecken vor ihren Augen verblaßten: Ihr Retter war mitnichten ein menschliches Wesen. Er war ihr auf den ersten Blick durchaus gediegen erschienen, doch nun erkannte sie, daß jeder Quadratzoll seines Körpers von winzigen, ständig sich bewegenden Charta-Zeichen umgrenzt wurde, und zwischen ihnen vermochte sie nichts als leere Luft zu erkennen.

Es... er war ein Charta-Geist, eine Entsendung.

Draußen heulte das Mordicant wieder auf wie eine Dampflok, die Druck von ihrem Kessel abläßt, und dann erbebte der ganze Korridor und die Scharniere protestierten mit lautem Quietschen, als die Kreatur sich mit aller Kraft gegen die Tür warf. Holz splitterte, und graue Staubwolken fielen von der Decke wie draußen der weiße Schnee.

Die Entsendung wandte sich Sabriel zu und reichte ihr die Hand, um ihr aufzuhelfen. Sabriel nahm die Hand und rappelte sich taumelnd auf die vor Kälte und Erschöpfung schmerzenden Beine, wie ein Boxer nach einem Niederschlag in der zehnten Runde. Von nahem betrachtet war die Illusion von Fleisch unvollkommen, flüchtig und beunruhigend. Das Gesicht der Entsendung wollte einfach keine feste Form annehmen; es changierte fortwährend zwischen Dutzenden von Möglichkeiten. Manche waren Frauen, manche waren Männer, doch eines hatten sie gemein: Alle hatten energische, kompetente Züge. Auch der Körper der Erscheinung und ihre Kleidung veränderten sich zusammen mit den Gesichtern, doch zwei Details blieben stets gleich: ein schwarzer Übermantel mit dem Wappen eines silbernen Schlüssels, und ein Langschwert, das von Charta-Magie durchdrungen war.

»Danke«, sagte Sabriel unruhig und zuckte zusammen, als das Mordicant sich erneut gegen die Tür warf. »Kann... glaubst du, daß es... die Tür durchbrechen kann?«

Die Entsendung nickte grimmig und ließ Sabriels Hand los, um in den langen Korridor zu deuten, aber sie sagte nichts. Sabriel wandte den Kopf um und schaute in die Richtung, in die die Hand wies, und sah einen dunklen Gang, der leicht anstieg und sich in der Dunkelheit verlor. Charta-Zeichen erhellten die Stelle, an der sie standen, aber wenige Schritte weiter im Gang war es stockfinster. Gleichwohl schien die Dunkelheit freundlich, und Sabriel glaubte die Charta-Magie, welche die staubige Luft des Korridors schwängerte, beinahe schmecken zu können.

»Ich muß weitergehen?« fragte Sabriel, als die Erscheinung wieder in den Gang zeigte, diesmal mit noch mehr Nachdruck. Die Erscheinung nickte und schwenkte die Hand hin und her, um deutlich zu machen, daß die Zeit drängte. Hinter ihr ließ ein erneuter dumpfer Schlag den Staub von der Decke rieseln, und die Tür hörte sich ganz so an, als würde sie einem abermaligen Rammstoß nicht standhalten können. Einmal mehr wehte der üble Brandgeruch des Mordicants durch die Luft.

Der Türsteher rümpfte die Nase und gab Sabriel einen leichten Schubser in die richtige Richtung, wie eine Mutter, die ein trödelndes Kind zum Weitergehen drängt. Aber Sabriel bedurfte solchen Drängens nicht: Nach wie vor brannte die Furcht in ihr. Kurzzeitig ausgelöscht durch ihre Rettung, bedurfte es nur des Brandgeruches des Mordicants, um sie erneut anzufachen. Sabriel wandte ihr Gesicht nach vorn und marschierte hinein in die Finsternis des Ganges.

Als sie sich nach ein paar Schritten noch einmal umwandte, sah sie den Türsteher an der Tür ausharren, das Schwert in Abwehrstellung. Im selben Moment erzitterte die Tür unter dem erneuten Ansturm des Mordicants. Die eisenbeschlagenen Bohlen wölbten sich unter einem mächtigen Rammstoß nach innen, zersplitterten, und ein Loch von der Größe eines Tellers tat sich auf.

Das Mordicant langte hindurch und brach weitere Planken weg – mit einer Leichtigkeit, als zerbräche es Zündhölzer. Es war offenbar wütend darüber, daß seine Beute zu entrinnen drohte, denn jetzt brannte es lichterloh am ganzen Leibe. Gelbrote Flammen schlugen mit prasselnder Wucht aus seinem Schlund, und schwarzer Qualm umhüllte es einem zweiten Schatten gleich, in wilden Wirbeln um es herumwogend.

Sabriel wandte sich ab und beschleunigte ihren Schritt. Aus dem Schritt wurde Trab, und schließlich rannte sie. Ihre Füße trommelten über den steinernen Boden, doch erst als sie fast schon im Sprinttempo dahinflog, wurde ihr plötzlich bewußt, warum sie überhaupt so schnell zu laufen vermochte: Ihr Rucksack und ihre Skier lagen noch unten an der Tür! Für den Bruchteil einer Sekunde stockte sie in ihrem Lauf, blieb fast stehen, doch ehe sie zu einem bewußten Gedanken gelangen konnte, war die spontane Neigung, zurückzulaufen und ihre Sachen zu bergen, auch schon wieder verflogen. Allerdings fühlten ihre Hände prüfend nach Schwert und Bandelier und schöpften Erleichterung und Zuversicht aus dem kühlen Metall des Schwertheftes und dem glatten Holz der Glockenschwengel.

Zudem war es hell, wie ihr im Laufen plötzlich bewußt wurde. Charta-Symbole rannten im Stein mit ihr mit. Charta-Symbole für Licht und für Schnelligkeit, und für viele andere Dinge, die sie nicht kannte. Fremdartige Symbole – viele: so viele, daß Sabriel sich fragte, wie sie jemals geglaubt haben konnte, daß eine Eins in Magie an einer ancelstierranischen Schule sie zu einer großen Magierin im Alten Königreich machen würde. Angst und Erkenntnis des eigenen Nichtwissens waren wirkungsvolle Medizin gegen törichten Stolz.

Lautes Geheul hallte durch den Gang und brandete

über sie hinweg, begleitet von krachendem Bersten von Holz, dumpfen Schlägen, dem Klirren von Stahl, der auf übernatürliches Fleisch trifft oder von Stein zurückprallt. Sabriel brauchte sich nicht umzudrehen, um zu wissen, daß das Mordicant durch die Tür gebrochen war und jetzt gegen den Türwächter kämpfte – oder ihn bereits überwunden hatte. Sabriel wußte wenig über solche Entsendungen, aber eine allgemein bekannte Schwäche der Türwächter-Variante dieser Species war ihre Unfähigkeit, ihren Posten zu verlassen. Sobald die Kreatur erst an ihm vorbei war, würde der Türsteher nutzlos sein, und ein weiterer wuchtiger Ansturm würde dem Mordicant dazu genügen.

Dieser Gedanke verlieh Sabriel noch einmal Flügel, aber sie wußte auch, daß sie nicht mehr lange durchhalten würde. Ihr Körper, gebeutelt von Furcht und geschwächt von Kälte und Anstrengung, würde über kurz oder lang schlappmachen. Ihre Beine waren steif, die Muskeln kurz vor dem Verkrampfen, und ihre Lunge schien ihr eher mit glühenden Nadeln gefüllt denn mit Luft.

Der Korridor wollte kein Ende nehmen, und immer noch stieg er an. Aber das Licht schien nur dort, wo sie rannte; es konnte also durchaus sein, daß der Ausgang nicht mehr weit war, vielleicht sogar schon gleich hinter dem nächsten Stückchen Dunkelheit...

Noch während ihr dieser Gedanke durch den Kopf ging, sah sie einen Lichtschein, der sich rasch zu den Konturen einer Türöffnung schärfte. Halb ächzte sie, halb schrie sie auf; beide menschlichen Lautäußerungen wurden übertönt von dem gräßlichen, unmenschlichen Kreischen des Mordicants. Es war an dem Türwächter vorbei.

Gleichzeitig vernahm Sabriel ein neues Geräusch, das von vorn kam, von der Türöffnung her, ein Geräusch, das sie anfänglich für das Pochen des Blutes in ihren

Ohren gehalten hatte, für das Klopfen eines vor Anstrengung wild rasenden Herzens. Aber es kam eindeutig von draußen: Ein tiefes, tosendes Geräusch, so tief, daß es fast wie ein dumpfes Vibrieren klang, ein Zittern, das sie mehr durch den Erdboden spürte, als daß sie es hörte.

Schwerlastverkehr, der auf irgendeiner Straße jenseits des Ganges vorüberdonnerte, dachte sie, bevor ihr einfiel, wo sie war. Im gleichen Augenblick erkannte sie das Geräusch: Irgendwo da draußen rauschte ein mächtiger Wasserfall. Und ein Wasserfall, der ein so gewaltiges Donnern erzeugte, mußte von einem ebenso mächtigen Strom gespeist sein.

Ein Fluß! Die Aussicht darauf befeuerte Sabriel mit jäher Hoffnung, und zusammen mit dieser Hoffnung kam die Kraft, die sie unerreichbar gewähnt hatte. In einem wilden Endspurt prallte sie fast gegen die Tür; ihre Hände klatschten gegen das Holz und tasteten hastig nach einem Ring oder einer Klinke.

Doch eine andere Hand war bereits auf dem Ring, als sie ihn berührte, eine Hand, die eine Sekunde vorher noch nicht dort gewesen war. Wieder umgrenzten Charta-Symbole die Hand, und Sabriel konnte die Maserung des Holzes und das Blau des Stahls durch die Handfläche einer weiteren Entsendung schimmern sehen.

Diese war kleiner und von unbestimmbarem Geschlecht, denn sie trug eine Mönchskutte und hatte die Kapuze tief ins Gesicht gezogen. Die Kutte war schwarz und trug das Emblem des silbernen Schlüssels sowohl auf der Brust als auch auf dem Rücken.

Die Entsendung verbeugte sich und drehte den Ring. Die Tür schwang auf. Silbernes Sternenlicht schien zwischen Wolkenfetzen hindurch, die vor dem wieder aufgefrischten Wind flüchteten. Das Tosen des Wasserfalls drang ungedämpft durch die offene Tür herein, begleitet von Gischtfetzen. Ohne zu zögern trat Sabriel durch die Tür nach draußen.

Der vermummte Türsteher kam mit und schloß die Tür hinter sich. Sodann zog er – sie? – ein feingittriges silbernes Fallgatter herunter und sicherte es mit einem eisernen Vorhängeschloß. Beide, Fallgatter wie Vorhängeschloß, kamen scheinbar aus dem Nichts. Sabriel betrachtete sie und fühlte die Kraft, die ihnen innewohnte, denn beide waren ebenfalls Charta-Entsendungen. Doch würden Tür, Fallgatter und Schloß das Mordicant allenfalls hemmen, nicht jedoch aufhalten. Der einzig mögliche Fluchtweg war einer, der eine reißende Strömung zwischen sie und das Mordicant legte – oder das unzeitige Strahlen einer mittäglichen Sonne.

Der erstere lag zu ihren Füßen, letzteres war noch viele Stunden entfernt. Sabriel stand auf einem schmalen Felsensims, der aus der Uferböschung eines Stromes von mindestens vierhundert Ellen Breite herausragte. Zu ihrer Rechten, nur wenige Schritte weiter, stürzte sich dieser mächtige Strom in einem wahrhaft grandiosen Wasserfall über die Klippe. Sabriel beugte sich ein Stück vor und schaute hinunter. Die gewaltigen Wassermassen, die dort in die Tiefe donnerten, erzeugten riesige Fahnen aus weißem Gischt, die ohne weiteres ihre gesamte Schule hätten verschlucken können, mitsamt neuem Flügel, Schulhof und allem Drum und Dran.

Es war ein sehr langer Wasserfall, und angesichts der Tiefe, gepaart mit der unglaublichen Wucht des herniederdonnernden Wassers, wurde ihr fast schwindlig, und sie wandte den Blick rasch wieder zurück auf den Fluß. Genau vor ihr, etwa in der Mitte des Stromes, konnte sie eine Insel ausmachen, eine Insel, die genau auf dem Rande des Wasserfalls kauerte und den Fluß zweiteilte. Es war keine sehr große Insel, etwa so groß wie ein Fußballplatz, aber sie ragte wie ein Schiff aus zerklüftetem Fels aus den reißenden Fluten.

Weiße Kalksteinmauern, so hoch wie sechs übereinanderstehende Männer, umfriedeten die Insel. Hinter diesen Mauern erhob sich ein Haus. Es war zu dunkel, um Genaueres erkennen zu können, aber es besaß einen Turm, dessen Silhouette von weitem an einen Bleistift gemahnte und in dessen roten Ziegeln sich die ersten Strahlen der aufgehenden Sonne zu fangen begannen. Unterhalb des Turmes ließen die Konturen einer dunklen Masse die Existenz eines herrschaftlichen Hauses mit einer Küche, Schlafgemächern, einer Rüsthalle, einer Kantine und eines Kellers erahnen. Das Studierzimmer, erinnerte Sabriel sich schlagartig wieder, nahm den Platz vom zweiten bis zum obersten Stock des Turmes ein. Das Obergeschoß beherbergte ein Observatorium – sowohl für den Sternenhimmel als auch für das umliegende Terrain.

Es war Abhorsens Haus. Ihr Zuhause, auch wenn sie es nur zwei- oder vielleicht dreimal besucht hatte, und das zu einer Zeit, als sie noch zu jung gewesen war, um Details in Erinnerung behalten zu können. Diese Phase ihres Lebens war ihr nur noch verschwommen im Gedächtnis, und die Erinnerungen drehten sich größtenteils um die Fahrenden, das Interieur ihrer Wagen und viele verschiedene Lagerplätze, die in ihrem Gedächtnis allesamt zu einem einzigen verschmolzen waren. Sie entsann sich nicht einmal mehr an den Wasserfall, wenngleich sein Rauschen doch ein gewisses Gefühl von Wiedererkennen in ihr anrührte – Wiedererkennen von etwas, das im Geiste einer Vierjährigen haften geblieben war.

Leider jedoch konnte sie sich nicht mehr daran erinnern, wie man zu dem Haus gelangte. Das einzige, woran sie sich erinnern konnte, waren die Worte, die ihre Mutter-Entsendung ihr mitgegeben hatte: Abhorsens Brücke.

Daß sie diese Worte laut ausgesprochen hatte, merkte

sie erst, als der kleine Torwächter sie am Ärmel zupfte und nach unten wies. Sabriel folgte seinem ausgestreckten Finger, und sie sah eine Treppe, die in die Uferböschung gehauen war, eine Treppe, die geradewegs hinunter zum Fluß führte.

Diesmal zögerte Sabriel nicht. Sie nickte der Charta-Entsendung zu, sagte leise »Ich danke dir« und machte sich an den Abstieg. Die Präsenz des Mordicants drängte sie erneut zur Hast, wie der heiße Atem eines Fremden, den man im Nacken spürt. Sie wußte, daß es inzwischen das obere Tor erreicht hatte, auch wenn sein wütendes Rütteln und Rammen vom Tosen des Wasserfalls übertönt wurde.

Die Treppe führte hinunter zum Fluß, aber der Pfad endete dort nicht. Von der Höhe des Felsensimses aus nicht zu erkennen, führten Schrittsteine zur Insel hinüber. Sabriel beäugte sie skeptisch und schaute auf das Wasser. Es war deutlich erkennbar sehr tief, und die Strömung war heftig. Die Schrittsteine ragten gerade eben über die turbulente Oberfläche hinaus, und obwohl sie breit waren und kreuzweise schraffiert, um höchstmögliche Griffigkeit zu gewährleisten, waren sie doch naß und glitschig vom Gischt und von Schnee- und Eisresten.

Sabriel blickte einer kleinen Eisscholle nach, die mit der Strömung an ihr vorübertrieb, und malte sich aus, wie sie in die Tiefe stürzen und unten in tausend Stücke zerspringen würde. Sie stellte sich vor, sie selbst wäre an ihrer Stelle… und dann dachte sie an das Mordicant, das ihr im Nacken saß, an den Toten Geist, den es anstelle eines Herzens in sich trug, an den Tod, den es bringen würde und an die Haft, die sie über den Tod hinaus erleiden würde.

Sie sprang. Ihre Stiefel rutschten ein bißchen weg auf dem schlüpfrigen Stein, und sie mußte mit den Armen rudern, um das Gleichgewicht zu halten, aber letztendlich landete sie sicher, zu einer halben Hocke vornübergebeugt. Sie vergeudete keine Zeit damit, das Gleichgewicht zu finden, sondern nutzte den Schwung, um gleich zum nächsten Stein weiterzuspringen, und von dort weiter zum nächsten und wieder zum nächsten und zum abernächsten, wie ein wildgewordener Frosch durch die Gischt und das Tosen des Flusses hüpfend. Als sie die Hälfte der Distanz zurückgelegt hatte, hundert Ellen reißender Strömung hinter sich, blieb sie stehen und blickte zurück.

Das Mordicant stand auf dem Felsensims, in den Klauen das aus seiner Verankerung gestemmte, verbogene Fallgatter. Von dem Torwächter war nichts zu sehen, aber das war nicht überraschend. Besiegt, würde es lediglich dahinschwinden, bis der Charta-Spruch sich wieder erneuerte – in Stunden, Tagen, vielleicht auch erst in Jahren.

Das Totenwesen war merkwürdig still, aber offensichtlich beobachtete es Sabriel. Selbst eine so mächtige Kreatur konnte diesen Fluß nicht überqueren, und sie unternahm auch gar nicht erst den Versuch. Im Gegenteil: Je länger Sabriel es anstarrte, desto mehr schien es ihr, als sei das Mordicant ganz zufrieden damit, zu warten. Es war ein Wächter, der ihr den, wie es aussah, einzigen Fluchtweg von der Insel abschnitt. Oder wartete es darauf, daß irgend etwas geschah oder daß irgend jemand kam?

Sabriel unterdrückte ein Schaudern und hüpfte weiter. Es war jetzt heller, der Sonnenaufgang kündigte sich an, und sie konnte eine Art hölzernen Landungssteg erkennen, der hinauf zu einem Tor in der weißen Kalksteinmauer führte. Auch wurden jetzt Baumwipfel hinter der Mauer sichtbar, Winterbäume, deren Geäst bar war von grünem Blätterschmuck. Vögel flogen zwischen den Baumwipfeln und dem Turm hin und her, kleine Vögel, die zur morgendlichen Nahrungssuche ausschwärmten. Es war ein Bild der Normalität, ein Bild des Friedens, wäre da nicht die mächtige, flammenumzüngelte Silhouette des Mordicants gewesen, das brütend auf dem Felsensims ausharrte.

Müde sprang Sabriel zum letzten Stein und sackte ermattet auf den Stufen des Landungssteges zusammen. Selbst ihre Augenlider ließen sich kaum noch bewegen, und ihr Gesichtsfeld hatte sich zu einem schmalen Schlitz direkt vor ihr verengt. Die Maserung der Planken des Landungssteges tauchte bedrohlich dicht vor ihr auf, als sie zum Tor hinaufkroch und mehr dagegen fiel als daß sie es aufdrückte.

Das Tor schwang auf, und sie fiel fast in den gepflasterten Hof. Auf Händen und Knien kroch sie den roten Ziegelpfad hinauf. Die Ziegel waren alt, ihr Rot hatte den Ton von verstaubten Äpfeln. Der Pfad führte hinauf zur Haustür, einer Tür von heiterem Himmelblau, die sich leuchtend gegen den weißgekalkten Stein abhob. Ein bronzener Türklopfer in Gestalt eines Löwenkopfes, der einen Ring im Maul hielt, glänzte im Kontrapunkt zu der weißen Katze, die zusammengerollt auf der Schilfmatte vor der Tür lag.

Sabriel lag auf den Ziegelsteinen und lächelte zu der Katze hinauf, dabei ihre Tränen wegzwinkernd. Die Katze zuckte und drehte den Kopf ein winziges Stück zur Seite, um sie aus ihren leuchtenden grünen Augen anzuschauen.

»Hallo Pussy«, krächzte Sabriel. Sie mußte husten, als sie sich noch einmal taumelnd aufraffte und vorwärts torkelte, bei jedem Schritt ächzend und stöhnend. Sie beugte sich hinunter, um die Katze zu streicheln, und erstarrte – denn als die Katze den Kopf hochreckte, sah sie das Band um ihren Hals und die kleine Glocke, die daran hing. Das Halsband war nur aus rotem Leder, aber der Charta-Spruch darauf war der stärkste, dauerhafteste, bindekräftigste Spruch, den Sabriel je gesehen oder gefühlt hatte – und die Glocke war eine Miniaturausgabe von Saraneth. Die Katze war keine Katze, sondern eine Freimagie-Kreatur von uralter Macht.

»Abhorsen«, miaute die Katze, und ihre kleine rosafarbene Zunge fuhr flink heraus und wieder rein. »Zeit, daß du kommst.«

Sabriel starrte sie einen Moment an, gab ein leises Stöhnen von sich und sackte ohnmächtig vornüber.

Kapitel Acht

Sabriel erwachte bei sanftem Kerzenschein, umhüllt von der Wärme eines Federbettes und von seidenen Laken, deren Glätte sie angenehm umschmeichelte. Ein Feuer prasselte im Kamin, und holzgetäfelte Wände schimmerten in der dunklen Rätselhaftigkeit von blankpoliertem Mahagoni. Ihr Blick fiel auf eine blau tapezierte Decke mit silbernen Sternen. Zwei gegenüberliegende Fenster flankierten das Zimmer, aber ihre Läden waren geschlossen, so daß Sabriel keine Ahnung hatte, wie spät es war, ebensowenig wie sie irgendeine Erinnerung hatte, wie sie in dieses Zimmer gelangt war. Es war eindeutig Abhorsens Haus, aber das letzte, woran sie sich erinnerte, war, daß sie auf der Schwelle in Ohnmacht gefallen war.

Vorsichtig – denn selbst der Hals tat ihr weh von ihrem langen Marsch und der langen Nacht angstvoller Flucht – hob Sabriel den Kopf, um sich umzusehen, und schaute erneut in die grünen Augen der Katze, die keine war. Das Wesen rekelte sich zu ihren Füßen, am Fußende des Bettes.

»Wer… was bist du?« fragte Sabriel unruhig, plötzlich ihrer Nacktheit nur allzu gewahr. Ein sinnlicher Genuß, ihren nackten Körper unter den seidig-glatten Laken zu spüren, aber zugleich auch ein unbehagliches Gefühl von Hilflosigkeit, von Ausgeliefertsein. Ihr Blick huschte zu ihrem Schwertgürtel und dem Glockenbandelier, die ordentlich über einem Wäschegestell nahe der Tür hingen.

»Ich habe viele Namen«, antwortete die Katze. Sie hatte eine seltsame Stimme, halb Miauen, halb Schnurren, mit einem Fauchen auf den Vokalen. »Du kannst mich Mogget nennen. Was ich bin? Nun, einst war ich viele Dinge, doch jetzt bin ich nur noch einzelne. Zuallervörderst freilich bin ich ein Diener Abhorsens, es sei denn, du bist so freundlich und nimmst mir das Halsband ab.«

Sabriel lächelte unbehaglich und schüttelte energisch den Kopf. Was immer Mogget war, das Halsband war die einzige Garantie dafür, daß sie – oder er, denn Sabriel hatte das Gefühl, daß die Katze etwas entschieden Männliches hatte – Diener von Abhorsen – oder sonstwem – blieb. Die Charta-Symbole auf dem Halsband ließen in diesem Punkt keinen Zweifel. Soweit Sabriel das beurteilen konnte, war der Bindungsspruch mehr als tausend Jahre alt. Es war durchaus möglich, daß Mogget ein Freimagie-Geist war, der so alt war wie der Wall oder sogar noch älter. Sie fragte sich, warum ihr Vater ihn nie erwähnt hatte, und sie wünschte sich in diesem Moment nichts sehnlicher, als daß sie beim Aufwachen nicht in Moggets, sondern in die Augen ihres Vaters geschaut hätte und mit einem Schlag ihrer beider Nöte beendet gewesen wären.

»Das dachte ich mir«, sagte Mogget, ein lässiges Achselzucken mit einem geschmeidigen Strecken seines Körpers verbindend. Er sprang mit einem eleganten Satz auf den Parkettboden und schlenderte hinüber zum Kamin. Sabriel beobachtete ihn; ihrem geübten Auge entging nicht, daß Moggets Schatten nicht immer der einer Katze war.

Ein Klopfen an der Tür riß sie aus ihren Betrachtungen. Sie fuhr erschreckt hoch; sie fühlte, wie ihr Nackenhaar sich sträubte.

»Das ist nur eines der Dienerwesen«, sagte Mogget in gönnerhaftem Ton. »Charta-Entsendungen, noch dazu von ziemlich niedrigem Range. Sie lassen immer die Milch anbrennen.«

Sabriel hörte nicht auf ihn und rief: »Herein!« Ihre Stimme bebte, und ihr wurde klar, daß Schwäche und ein dünnes Nervenkostüm noch für eine Weile ihre Begleiter bleiben würden.

Die Tür ging lautlos auf, und eine kleine, berobte Gestalt kam herein. Sie ähnelte dem oberen Torwächter insofern, als sie ihr Gesicht unter einer Kapuze verbarg, doch war ihre Kutte anders als die des Torwächter cremefarben. Sie trug ein schlichtes baumwollenes Unterkleid über dem einen Arm und ein dickes Handtuch über dem anderen. In ihren von Charta-Zeichen konturierten Händen hielt sie einen wollenen Überrock und ein Paar Pantoffeln. Wortlos ging sie zum Fußende des Bettes und legte die Kleidungsstücke auf Sabriels Füße. Sodann ging sie quer durch das Zimmer zu einem Porzellanwaschbecken, das in der Mitte eines gekachelten Areals links vom Kamin auf einem Ständer aus silbernem Filigran vor der Wand ruhte. Dort drehte sie an einem bronzenen Rad, worauf dampfend heißes Wasser aus einem Hahn in der Wand plätscherte, das den Geruch von etwas Schwefligem und Unangenehmem mit sich brachte. Sabriel rümpfte die Nase.

»Heiße Quellen«, erklärte Mogget. »Nach einer Weile riechst du es nicht mehr. Dein Vater sagte immer, das Privileg, stets warmes Wasser zu haben, sei es wert, den Geruch zu ertragen. Oder war es dein Großvater, der das sagte? Oder deine Urgroßtante? Ach, das Gedächtnis…«

Das Dienerwesen stand regungslos da, während das Becken sich füllte; es drehte das Wasser erst ab, als es über den Rand des Beckens schwappte und auf den Boden tropfte, ganz nahe bei Mogget, der hastig aufsprang und auf leisen Samtpfoten davontrippelte, gebührenden Sicherheitsabstand zwischen sich und die Charta-Entsendung legend. Ganz wie eine richtige Katze, dachte Sabriel. Vielleicht war es ja tatsächlich so, daß mit den Jahren – oder Jahrhunderten – die auferlegte Gestalt das Verhalten beeinflußte. Sabriel mochte Katzen. Die Schule hatte eine Katze als Maskottchen, einen pummeligen marmeladefarbenen Stubentiger, der auf den Namen Biscuit hörte. Sabriel dachte daran, wie er sich immer auf dem Fenstersims des Vertrauensschülerzimmers zusammenrollte, und dann schweiften ihre Gedanken zum Wyverley im allgemeinen ab, und sie fragte sich, was ihre Freundinnen wohl in diesem Moment machten. Ihre Augenlider wurden schwer, als sie sich eine Unterrichtsstunde im Fach Etikette vorstellte und sich ausmalte, wie die Lehrerin sich endlos über die ungeheuer wichtige Frage ausließ, in welcher Reihenfolge das Eßbesteck aufzutragen war...

Ein lautes Klirren ließ sie erneut hochschrecken, so heftig, daß ihr der Schmerz durch die müden Glieder schoß. Die Charta-Entsendung hatte mit dem Schürhaken aus dem Kamin gegen das bronzene Rad geschlagen. Sie war offensichtlich ungeduldig und wartete darauf, daß Sabriel endlich aufstand und sich wusch.

»Das Wasser wird kalt«, erklärte Mogget und sprang mit einem Satz wieder auf das Bett. »Und in einer halben Stunde servieren sie das Abendessen.«

»Sie?« fragte Sabriel. Sie setzte sich auf und langte nach dem Handtuch und den Pantoffeln.

»Die da meine ich«, sagte Mogget und schwenkte den Kopf in die Richtung der Entsendung, die von dem Becken zurückgetreten war und jetzt ein Stück Seife in der Hand hielt.

Sabriel schwang sich vorsichtig aus dem Bett, schlüpfte in die Pantoffeln, hüllte sich in das Handtuch und schlurfte zu dem Becken, wo sie zimperlich den Zeigefinger in das Wasser tauchte. Es war angenehm warm, aber bevor sie irgend etwas damit anstellen konnte, trat die Entsendung vor, riß ihr das Handtuch von den Schultern und schüttete ihr den gesamten Inhalt des Beckens über den Kopf.

Sabriel kreischte erschreckt auf, aber ehe sie in irgendeiner Weise reagieren konnte, hatte das Dienerwesen das Becken auch schon wieder auf den Ständer gestellt, das Wasser erneut aufgedreht und damit begonnen, sie von Kopf bis Fuß einzuseifen, wobei es besondere Aufmerksamkeit ihrem Kopf widmete, so als sei ihm daran gelegen, daß Sabriel Seife in die Augen bekam, oder als vermute es Läuse in ihrem Haar.

»Was machst du da!« protestierte Sabriel, als die seltsam kühlen Hände der Entsendung ihr erst den Rücken und dann – ganz ohne Hintergedanken – die Brüste und den Bauch schrubbten. »Willst du wohl aufhören! Ich bin alt genug, um mich selbst zu waschen!«

Aber Miss Priondes Techniken für den Umgang mit häuslichen Dienstboten schienen bei häuslichen Dienstboten-Entsendungen nicht zu wirken. Das dienstbare Gespenst seifte und schrubbte munter weiter, gelegentlich heißes Wasser über Sabriels Kopf kippend.

»Wie krieg ich es dazu, daß es aufhört?« fragte sie prustend Mogget, während sich ein neuer Schwall heißen Wassers über sie ergoß und die Entsendung sich daran machte, die südlichen Gefilde ihres Körpers einzuseifen.

»Gar nicht«, beschied ihr Mogget, den das Spektakel offensichtlich köstlich amüsierte. »Dieses hier ist besonders widerborstig.«

»Was meinst du mit... au!... laß das! Was meinst du mit ›dieses hier‹?«

»Es gibt hier im Haus jede Menge von der Sorte«, sagte Mogget. »Jeder Abhorsen scheint sich seine eigenen gemacht zu haben. Wahrscheinlich weil sie nach ein paar hundert Jahren so wie dieses hier werden. Privilegierte Familien-Inventarstücke, die immer glauben, alles besser zu wissen. Sozusagen menschlich, auf die schlimmstmögliche Art.«

Die Entsendung unterbrach ihr Geschrubbe gerade lange genug, um eine Handvoll Wasser Richtung Mogget zu spritzen, der vor Schreck in die falsche Richtung sprang und jaulte, als die Ladung ihn voll erwischte. Kurz bevor ein neuer Schwall sich über Sabriel ergoß, sah sie die Katze unter das Bett schießen.

»Jetzt reicht es aber auch! Danke!« knurrte sie, als der Rest des Seifenschaums glucksend in einem Abfluß im gekachelten Bereich verschwand. Wahrscheinlich ist es eh fertig, dachte Sabriel, als das Dienerwesen mit dem Schrubben aufhörte und anfing, sie mit dem Handtuch abzurubbeln. Sie entriß ihm das Handtuch und versuchte, sich selbst weiter abzutrocknen, aber die Entsendung ging dergestalt zur Gegenattacke über, daß sie anfing, ihr das Haar zu kämmen, was zu weiterem Gezerre führte. Irgendwie gelang es Sabriel, sich zwischendurch das Unterkleid und den Überrock überzustreifen, bevor sie sich einer Maniküre unterwarf.

Während sie noch dabei war, im Spiegel das winzige Motiv mit dem silbernen Schlüssel auf dem schwarzen Überrock zu bewundern, ertönte irgendwo im Haus ein Gong, und die Diener-Entsendung öffnete die Tür. Eine Winzigkeit später schoß Mogget durch die Tür, mit einem Jubelruf, der sich für Sabriel anhörte wie »Aamtessen!« Sie folgte dem Katzengeist in etwas gemessenerem Tempo. Das Dienerwesen schloß die Tür hinter ihr.

Das Abendessen wurde in der großen Halle serviert, einem langen, stattlichen Saal, der die Hälfte des Erdgeschosses einnahm und von dem riesigen, vom Boden bis zur Decke reichenden Buntglasfenster an der Westseite beherrscht wurde. Das Fenster zeigte eine Szene vom Bau des Walles und war, wie viele andere Dinge im Haus, von Charta-Magie durchdrungen. Vielleicht war es gar kein wirkliches Glas, dachte Sabriel, als sie dem Licht der Abendsonne dabei zuschaute, wie es in und auf den schwer schuftenden Figuren spielte, die den Wall errichteten. Wie bei den Entsendungen konnte man, wenn man nur nah genug hinschaute, sehen, daß winzige Charta-Symbole die Figuren und Muster umgrenzten. Es war schwierig, durch das Fenster zu blikken, aber der Sonne nach zu urteilen, war es fast Abend. Sabriel machte sich bewußt, daß sie fast einen vollen Tag geschlafen hatte, womöglich sogar zwei.

Ein Tisch, fast so lang wie der Saal, erstreckte sich vor ihr, eine blank polierte Tafel aus einem hellen, glänzenden Holz, reich beladen mit silbernen Salzfäßchen, Kandelabern und überaus phantastisch anmutenden Karaffen und bedeckten Schüsseln. Aber nur zwei Plätze waren vollständig gedeckt, mit einer Fülle von Messern, Gabeln, Löffeln und anderen Instrumenten, die Sabriel nur von obskuren Zeichnungen in ihrem Etikett-Lehrbuch kannte. Zum Beispiel hatte sie noch nie zuvor einen echt goldenen Strohhalm zum Aussaugen des Marks eines Granatapfels gesehen.

Eines der Gedecke war am Kopfende der Tafel vor einem Stuhl mit hoher Lehne, das andere war links davon aufgetragen, vor einem gepolsterten Hocker. Sabriel fragte sich, welcher der beiden Plätze ihrer war: Die Frage fand sogleich eine Antwort, als Mogget auf den Hocker sprang und sagte: »Komm, setz dich! Sie tragen erst auf, wenn du Platz genommen hast.«

»Sie«, das waren weitere Entsendungen, alles in allem ein halbes Dutzend, den cremefarben gekleideten Tyrannen aus dem Schlafzimmer mitgezählt. Sie waren mehr oder weniger alle von der gleichen Sorte: menschlich von Gestalt, aber vermummt oder verhüllt. Nur ihre Hände waren sichtbar, und die waren nahezu transparent, als hätte man Charta-Symbole in Prothesen aus echtem Adular hineingeätzt. Die Entsendungen standen um eine Tür gruppiert – die Küchentür, denn Sabriel sah Kochfeuer hinter ihnen und roch Küchendüfte – und starrten sie an. Sie fand es reichlich unangenehm, sich angegafft zu wissen, ohne die Augen der Gaffer sehen zu können.

»Ja, das ist sie«, sagte Mogget mit unverhohlenem Sarkasmus. »Eure neue Herrin. So, und jetzt wollen wir endlich zu Abend essen.«

Keine der Entsendungen rührte sich; erst als Sabriel einen Schritt in ihre Richtung machte, traten sie vor und knieten vor ihr nieder – wenn es denn Knie waren, worauf sie sich stützten: Ihre Kutten reichten bis zum Boden und zeigten nicht, was sich darunter verbarg. Jede von ihnen streckte Sabriel ihre bleiche, von Charta-Symbolen umgrenzte Rechte entgegen.

Sabriel starrte sie einen Moment unschlüssig an, aber dann wurde ihr klar, daß sie ihr ihre Dienste und ihre Loyalität anboten und erwarteten, daß sie in irgendeiner Form darauf reagierte. Sie ging zu ihnen und drückte jeder von ihnen die dargebotene Hand. Dabei fühlte sie die Charta-Magie, die sie erst zur Hand machten. Mogget hatte die Wahrheit gesprochen: einige der magischen Sprüche waren alt, weit älter als Sabriel erahnen konnte.

»Ich danke euch«, sagte sie langsam. »Im Namen meines Vaters und für die Freundlichkeit, die ihr mir entgegengebracht habt.«

Dies war offenbar angemessen, oder zumindest hinreichend. Die Entsendungen erhoben sich, machten eine Verbeugung und begaben sich wieder an ihr Tagwerk. Die in der cremefarbenen Kutte zog Sabriels Stuhl unter dem Tisch hervor und band ihr die Serviette um, als sie Platz genommen hatte. Sie war aus gestärktem weißem

Linnen und mit winzigen silbernen Schlüsseln bestickt, ein Meisterwerk der Handarbeit. Mogget, bemerkte Sabriel, hatte eine schlichte weiße Serviette mit Spuren von alten Flecken darauf.

»Ich mußte während der letzten zwei Wochen in der Küche essen«, beschwerte sich Mogget, als zwei Entsendungen aus der Küche nahten, beladen mit Tellern, die ihre Ankunft schon von weitem mit lukullischem Aroma ankündigten.

»Ich denke, das war gut für dich«, erwiderte Sabriel keck und trank einen Schluck Wein. Es war ein fruchtiger, trockener Weißwein. Zwar hatte Sabriel noch nicht soviel Kennerschaft entwickelt, als daß sie hätte bestimmen können, ob es ein hervorragender oder lediglich ein passabler Tropfen war, aber daß er ihr mundete, das konnte sie allemal beurteilen. Ihre ersten nennenswerten Erfahrungen mit Alkohol lagen mehrere Jahre zurück, eingeprägt in ihre Erinnerung als ein bedeutsames Erlebnis, welches sie mit zwei ihrer engsten Freundinnen geteilt hatte. Keine der drei hatte danach jemals wieder Branntwein angerührt, aber Sabriel hatte begonnen, ein Glas Wein zum Essen als überaus angenehme Bereicherung des Geschmackserlebnisses zu schätzen.

»Aber sag mal«, fragte sie, an Mogget gewandt, »woher wußtest du eigentlich, daß ich kommen würde? Erfuhr ich es doch selbst erst, als ich Vaters Botschaft erhielt.«

Die Katze antwortete nicht sofort. Sie hatte ihre ganze Aufmerksamkeit auf das Fischgericht gerichtet, das die Entsendung soeben vor ihr aufgetischt hatte – kleine, fast runde Fische, mit den glänzenden Augen und schimmernden Schuppen der frisch gefangenen. Sabriel bekam sie auch, aber ihre waren gegrillt und mit Tomaten und einer Knoblauch/Basilikumsauce angerichtet.

»Ich habe zehnmal so vielen deiner Vorfahren gedient

wie du alt an Jahren bist«, antwortete Mogget schließlich. »Und obwohl meine Kräfte in dem Maße schwinden, wie meine Zeit zur Neige geht, weiß ich immer noch, wann ein Abhorsen fällt und ein neuer seinen Platz einnimmt.«

Sabriel schluckte den Bissen, den sie gerade im Munde hatte, hastig herunter und legte ihr Besteck nieder. Jeglicher Appetit war ihr schlagartig vergangen. Sie trank einen Schluck Wein, um ihre Kehle durchzuspülen, aber auch der schien sich in Essig verwandelt zu haben, und sie mußte husten.

»Was meinst du mit ›fallen‹? Was weißt du? Was ist Vater zugestoßen?«

Mogget blickte zu Sabriel auf, die Lider halb geschlossen, und schaute ihr fest in die Augen, so wie es keine gewöhnliche Katze gekonnt hätte.

»Er ist tot, Sabriel. Auch wenn er das Letzte Tor noch nicht passiert hat – ins Leben wird er nicht mehr zurückkehren. Das heißt…«

»Nein!« fiel ihm Sabriel ins Wort. »Das kann nicht sein! Er kann nicht tot sein! Er ist Schwarzkünstler… er kann nicht sterben…«

»Deshalb hat er dir das Schwert und die Glocken gesandt, so wie seine Tante sie einst ihm sandte, als ihre Zeit gekommen war«, fuhr Mogget fort, Sabriels Ausbruch ignorierend. »Und er war kein Schwarzkünstler, er war Abhorsen.«

»Das verstehe ich nicht«, sagte Sabriel tonlos. Sie konnte Moggets Blick nicht mehr ertragen. »Ich weiß nicht… ich weiß nicht genug. Über ganz gleich was. Das Alte Königreich, Charta-Magie, selbst über meinen eigenen Vater. Warum sagst du seinen Namen so, als wäre er ein Titel?«

»Er ist ein Titel. Er war der Abhorsen. Jetzt bist du es.«

Sabriel verdaute diese Neuigkeiten schweigend. Sie

starrte auf die Fische und die Knoblauch/Basilikum-Sauce auf ihrem Teller, und die silbernen Schuppen und die roten Tomaten verschwammen zu einem Muster aus Schwertern und Feuer. Auch der Tisch verschwamm vor ihren Augen, und mit ihm das Zimmer, und sie fühlte, wie sie die Hand nach der Grenze zum Tode ausstreckte. Doch so sehr sie sich auch anstrengte, sie konnte sie nicht überqueren. Sie fühlte sie, aber es gab keine Möglichkeit, sie zu überwinden, weder in die eine noch in die andere Richtung – Abhorsens Haus war zu gut abgeschirmt. Aber sie fühlte doch etwas an der Grenze: Feindselige Wesen lauerten dort, die darauf warteten, daß sie hinüberging, aber es war dort auch ein ganz leiser Hauch von etwas Vertrautem, wie der Duft eines Parfüms, der noch eine Weile im Raum hängt, nachdem seine Trägerin ihn verlassen hat, oder das Aroma eines besonderen Pfeifentabaks. Sabriel konzentrierte sich darauf und warf sich erneut gegen die Barriere, die sie vom Tode trennte.

Nur um ins Leben zurückzuprallen, als scharfe Krallen über ihren Arm ratschten. Sie schlug die Augen auf, blinzelte ein paar Frostflocken weg und sah Mogget vor sich, mit gesträubtem Nackenfell und erhobener Pfote, der sich gerade anschickte, sie erneut zu kratzen.

»Närrin!« zischte er. »Du bist die einzige, die die Schutzschilde dieses Hauses durchbrechen kann, und darauf warten sie nur!«

Sabriel starrte die wütende Katze an und verkniff sich eine scharfe und stolze Erwiderung, als ihr die Wahrheit von Moggets Worten bewußt wurde. Tote Geister warteten dort, und wahrscheinlich würde auch das Mordicant die Gelegenheit nutzen, und sie hätte ihnen allein und ohne Waffen gegenübergestanden.

»Es tut mir leid«, murmelte sie und verbarg den Kopf in zwei frostkalten Händen. So schrecklich wie in diesem Moment hatte sie sich nicht mehr geschämt, seit sie einen der Rosensträucher der Schulleiterin mit einem außer Kontrolle geratenen Charta-Zauberspruch verbrannt hatte und dabei nur um Haaresbreite den alten, überaus beliebten Schulgärtner verfehlt hatte. Damals hatte sie geweint, aber sie war jetzt älter und konnte die Tränen zurückhalten.

»Vater ist noch nicht wirklich tot«, sagte sie nach einem Moment des Schweigens. »Ich habe seine Gegenwart gespürt, obwohl er hinter vielen Toren in der Falle sitzt. Ich könnte ihn zurückholen.«

»Das darfst du nicht«, sagte Mogget in einem Ton, der keine Widerrede duldete, und seine Stimme schien jetzt das ganze Gewicht von Jahrhunderten zu tragen. »Du bist Abhorsen und mußt die Toten zur Ruhe betten. Dein Weg ist vorgezeichnet.«

»Ich kann einen anderen Weg nehmen«, erwiderte Sabriel und hob trotzig den Kopf.

Einen Moment schien es, als wolle Mogget erneut protestieren, aber dann lachte er – ein boshaftes Lachen – und sprang zurück auf seinen Hocker.

»Tu, was du für richtig hältst«, sagte er. »Warum sollte ich dir widersprechen? Ich bin nur ein Sklave, verpflichtet, dir zu dienen. Warum soll ich weinen, wenn Abhorsen ins Verderben fällt? Es ist dein Vater, der dich verfluchen würde, und deine Mutter auch – und die Toten würden frohlocken.«

»Ich glaube nicht, daß er tot ist«, versetzte Sabriel. Rote Flecken von zurückgehaltener Erregung waren auf ihren bleichen Wangen aufgeblüht, und der Frost schmolz und rann an ihrem Gesicht herunter. »Sein Geist fühlte sich lebendig an. Er ist im Tode gefangen, aber sein Körper lebt. Müßte ich immer noch mit Schimpf und Schmähungen rechnen, wenn ich ihn dann zurückbrächte?«

»Nein«, sagte Mogget, wieder ruhig. »Aber er hat das

Schwert und die Glocken geschickt. Du wünschst dir nur, daß er lebt.«

»Ich fühle es«, sagte Sabriel. »Und ich muß herausfinden, ob mein Gefühl zutrifft.«

»Vielleicht ist es so, obwohl es schon seltsam wäre.« Mogget schien mehr mit sich selbst zu reden als mit ihr; seine Stimme glich einem leisen Schnurren. »Ich bin mit den Jahrhunderten abgestumpft. Dieses Halsband schnürt mir die Kehle zu, erstickt meinen Witz...«

»Hilf mir, Mogget«, flehte Sabriel plötzlich. Sie streckte die Hand aus und kraulte die Katze unter dem Halsband. »Ich muß wissen... ach, ich muß so vieles wissen!«

Mogget schnurrte behaglich; das Kraulen gefiel ihm offensichtlich. Doch als Sabriel sich weiter nach vorn beugte, konnte sie das leise Geläut der Miniatur-Saraneth durch das Schnurren hindurch vernehmen, welches sie daran erinnerte, daß Mogget keine Katze war, sondern eine Freimagie-Kreatur. Einen Moment lang fragte sie sich, welches wohl Moggets wahre Gestalt war und sein wahres Wesen.

»Ich bin ein Diener Abhorsens«, sagte Mogget schließlich. »Und da du jetzt Abhorsen bist, muß ich dir helfen. Aber du mußt mir versprechen, daß du deinen Vater nicht wiedererweckst, wenn sein Körper tot ist. Das würde er wahrhaftig nicht wollen.«

»Das kann ich dir nicht versprechen. Aber ich werde nichts tun, ohne genau zu überlegen. Und ich werde auf dich hören, wenn du bei mir bist.«

»Das hatte ich mir gedacht«, sagte Mogget und entwand seinen Kopf Sabriels kraulender Hand. »Es stimmt, daß du beklagenswert ignorant bist, sonst würdest du das Versprechen mit Eifer ablegen. Dein Vater hätte dich niemals hinter den Wall schicken dürfen.«

»Warum hat er es getan?« fragte Sabriel, und ihr Herz tat einen jähen Sprung, als sie die Frage stellte, die sie während ihrer ganzen Schulzeit gequält hatte und die Abhorsen stets mit einem Lächeln und einem lakonischen »weil es notwendig war« abgebogen hatte.

»Weil er Angst hatte«, erwiderte Mogget und wandte seine Aufmerksamkeit wieder dem Fisch zu. »Du warst in Ancelstierre sicherer.«

»Aber wovor hatte er Angst?«

»Iß deinen Fisch auf«, sagte Mogget, als zwei Entsendungen mit dem nächsten Gang aus der Küche kamen. »Wir reden später weiter, im Arbeitszimmer.«

Kapitel Neun

Laternen erhellten das Arbeitszimmer, alte Messinglaternen, die mit Charta-Magie anstelle von Öl brannten. Rauchlos, lautlos und niemals erlöschend, lieferten sie ein ebensogutes Licht wie die elektrischen Glühlampen Ancelstierres.

Unzählige Bücher säumten die Wände, der Rundung des Turmes folgend; frei waren nur die Stellen, wo die Treppe von unten heraufkam und wo die Leiter nach oben zum Observatorium führte.

Ein Tisch aus Rotholz nahm die Mitte des Raumes ein. Seine Beine waren mit Schuppen und Rundaugen verziert, und stilisierte Flammen züngelten aus den Mäulern der Drachenköpfe, die die vier Ecken der Tischplatte hielten. Ein Tintenfaß, Gänsekiele, Papierbögen und zwei bronzene Stechzirkel lagen auf dem Tisch. Stühle aus dem gleichen roten Holz umringten ihn; ihre schwarzen Sitzpolster zierte eine Spielart des allgegenwärtigen Silberschlüsselmotivs.

Der Tisch war eines der wenigen Dinge, an die sich Sabriel von ihren wenigen Kindheitsbesuchen erinnern konnte. ›Drachentisch‹ hatte ihr Vater ihn genannt, und sie erinnerte sich, daß sie sich einmal um eines jener Drachenbeine herumgewunden und daß sie mit dem Kopf nicht einmal an die Unterseite der Tischplatte herangereicht hatte.

Sabriel strich mit der Hand über das glatte, kühle Holz, und sie nahm sowohl das Gefühl der Erinnerung daran wahr als auch den jetzigen Sinneseindruck. Sie seufzte, zog einen Stuhl zu sich heran und legte die drei Bücher ab, die sie unter dem Arm klemmen hatte. Zwei davon legte sie zusammen in ihre Nähe, das dritte schob sie zur Mitte des Tisches. Dieses dritte Buch kam aus dem einzigen Bücherschrank zwischen den Regalen und lag jetzt da wie ein stilles Raubtier, das vielleicht schlummerte, vielleicht aber auch nur vor sich hin döste, jederzeit zum Sprung bereit. Sein Einband war aus blaßgrünem Leder, und in den silbernen Schnallen, die es geschlossen hielten, brannten Charta-Zeichen: *Das Buch der Toten.*

Verglichen damit waren die beiden anderen Bücher recht gewöhnlich. Beides waren Bücher mit Charta-Zaubersprüchen, die Zeichen für Zeichen auflisteten und beschrieben, wie sie zu benutzen waren. Die meisten der Zeichen ab dem vierten Kapitel des ersten Bandes kannte Sabriel überhaupt nicht. Jeder Band enthielt zwanzig Kapitel.

Bestimmt gab es viele andere Bücher, die nützlich sein würden, dachte Sabriel, aber sie fühlte sich immer noch zu müde und zu zittrig in den Knien, um sich mehr zuzumuten. Sie hatte vor, erst mit Mogget zu sprechen, dann eine oder zwei Stunden zu studieren und sich danach wieder ins Bett zu begeben. Selbst vier oder fünf Wachstunden schienen ihr noch zuviel nach all dem, was sie durchgemacht hatte, und die Bewußtlosigkeit, die mit dem Schlaf einherging, hatte plötzlich für sie etwas sehr Verlockendes.

Als hätte er gehört, daß Sabriel an ihn dachte, erschien Mogget am oberen Ende der Treppe und machte es sich auf einer gepolsterten Fußbank bequem.

»Wie ich sehe, hast du *das* Buch gefunden«, sagte er, und sein Schwanz huschte nach hinten und wieder nach vorn, während er sprach. »Paß auf, daß du nicht zuviel liest.«

»Ich habe es eh schon ganz durch«, erwiderte Sabriel schnippisch.

»Mag ja sein«, sagte die Katze. »Aber es ist nicht immer dasselbe Buch. Es ist genau wie ich mehrere Dinge, nicht nur ein einziges.«

Sabriel zuckte mit den Schultern, als wolle sie zeigen, daß sie alles über das Buch wußte. Aber das war nichts als Pfeifen im Walde – in Wahrheit fürchtete sich Sabriel vor dem *Buch der Toten.* Sie hatte sich unter der Anleitung ihres Vaters durch jedes Kapitel hindurchgearbeitet, aber ihr ansonsten ausgezeichnetes Gedächtnis hatte lediglich ausgewählte Seiten dieses Wälzers behalten. Wenn es seinen Inhalt ebenso änderte... Sie unterdrückte ein Zittern und sagte sich, daß sie alles wisse, was notwendig war.

»Mein erster Schritt muß sein, daß ich den Körper meines Vaters finde«, sagte sie. »Hierfür brauche ich deine Hilfe, Mogget.«

»Ich habe keine Ahnung, wo er sein Ende fand«, sagte Mogget mit einem Ausdruck von Endgültigkeit in der Stimme. Er gähnte und begann seine Pfoten zu lecken.

Sabriel runzelte die Stirn und ertappte sich dabei, daß sie die Lippen nach innen saugte, eine Unart, die sie bei der unbeliebten Geschichtslehrerin in der Schule, die ›schmallippig‹ wurde, wenn sie wütend oder gereizt war, immer bespöttelt hatte.

»Dann sag mir wenigstens, wann du ihn das letzte Mal gesehen hast und was für Pläne er hatte.«

»Warum liest du nicht sein Tagebuch«, schlug Mogget vor, für einen Moment in seinem Säuberungsritual innehaltend.

»Wo ist es?« fragte Sabriel aufgeregt. Ein Tagebuch wäre ungeheuer hilfreich.

»Wahrscheinlich hat er es mitgenommen«, antwortete Mogget. »Ich habe es jedenfalls nicht gesehen.«

»Ich dachte, du mußt mir helfen!« rief Sabriel empört, erneut die Stirn runzelnd und die Lippen zusammenpressend. »Beantworte mir bitte meine Frage!«

»Vor drei Wochen«, nuschelte Mogget, die Schnauze halb im Fell seines Bauches versenkt; seine rosa Zunge huschte zwischen Sprechen und Putzen hin und her. »Ein Bote kam aus Belisaere und bat ihn um Hilfe. Irgend etwas Totes, etwas, das die Schutzvorrichtungen überwinden konnte, mache, so der Bote, Jagd auf sie. Abhorsen – ich meine, der frühere Abhorsen – hatte den Verdacht, daß da mehr dahintersteckte, da Belisaere nun einmal Belisaere ist. Trotzdem machte er sich auf den Weg.«

»Belisaere. Der Name kommt mir irgendwie bekannt vor. Ist das eine Stadt?«

»Eine große Stadt. Die Hauptstadt. Zumindest war sie das, als es noch ein Königreich gab.«

»Gab?«

Mogget hörte auf sich zu putzen und schaute sie an, die Augen zu schmalen Schlitzen verengt. »Was haben sie dir in dieser Schule beigebracht? Es gibt seit zwei Jahrhunderten keinen König oder keine Königin mehr, und seit zwanzig Jahren nicht mal mehr einen Regenten. Deshalb versinkt das Königreich von Tag zu Tag mehr, in eine Finsternis, aus der sich niemand mehr erheben wird…«

»Die Charta…« begann Sabriel, aber Mogget unterbrach sie mit einem höhnischen Jaulen.

»Die Charta zerbröckelt ebenso«, miaute er. »Ohne einen Herrscher, und wenn ein Charta-Stein nach dem andern mit Blut zerbrochen wird und eine der Großen Chartae verdreh… verdreh… verdreht…«

»Was meinst du mit ›eine der Großen Chartae‹?« fiel Sabriel ihm ihrerseits ins Wort. Sie hatte von so einem Ding noch nie gehört. Nicht zum ersten Mal fragte sie sich auch, was man ihr in der Schule beigebracht hatte und warum ihr Vater sich immer so bedeckt gehalten hatte, wenn sie ihn nach dem Alten Königreich gefragt hatte.

Aber Mogget schwieg, als hätten die Dinge, die er bereits gesagt hatte, ihm den Mund versiegelt. Einen Moment lang schien es, als versuche er, Worte zu formen, aber nichts kam aus seiner kleinen roten Schnauze. Schließlich gab er es auf. »Ich kann es dir nicht sagen. Es ist Teil meiner Bindung – verflucht auch! Doch soviel kann ich sagen: Die ganze Welt schlittert ins Verderben, und es gibt viele, die ihr beim Schlittern helfen.«

»Und andere, die sich dem widersetzen«, sagte Sabriel. »Wie mein Vater. Wie ich.«

»Es hängt davon ab, was du tust«, sagte Mogget, als bezweifle er, daß jemand so eindeutig Nutzloses wie Sabriel daran irgend etwas ändern würde. »Nicht daß es mich kümmern würde...«

Das Geräusch der Falltür, die in diesem Moment über ihren Köpfen aufging, ließ die Katze mitten im Satz innehalten. Sabriel straffte sich und wandte den Blick nach oben, um zu sehen, wer oder was da die Leiter herunterkam, und atmete erleichtert auf, als sie sah, daß es nur eine weitere Charta-Entsendung war. Wie die Wächter an dem Felsenkorridor – aber anders als die anderen Hausdienstgeister – trug sie das Emblem des silbernen Schlüssels sowohl auf der Brust als auch auf der Rückseite ihrer schwarzen Kutte. Unten angekommen, verbeugte sie sich vor Sabriel und zeigte nach oben.

Sabriel wußte sofort, daß die Entsendung sie auf etwas aufmerksam machen wollte, das sie vom Observatorium aus entdeckt hatte, und eine böse Vorahnung beschlich sie. Widerstrebend stieß sie ihren Stuhl zurück und ging zur Leiter. Ein kühler Windzug, der die Kälte des Eises von weiter flußaufwärts mit sich trug, wehte ihr durch die offene Falltür entgegen. Sabriel erschauerte, als ihre Hände die kalten Metallsprossen berührten.

Als sie im Observatorium angekommen war, hörte

die Kälte auf, denn der Raum war immer noch erhellt von den letzten roten Strahlen der untergehenden Sonne, die ihr eine Illusion von Wärme vermittelten und sie blinzeln ließen. Sie hatte keine Erinnerungen an diesen Raum; um so erfreuter war sie, als sie sah, daß seine Wände vollständig aus Glas oder einem ähnlichen Material bestanden. Die nackten Balken des roten Ziegeldaches ruhten auf durchsichtigen Wänden, so klug miteinander vernutet, daß das Dach wie ein Kunstwerk war. Einzig der leise Luftzug schmälerte den Eindruck von Vollkommenheit ein wenig und erinnerte auf fast tröstliche Weise daran, daß es sich hier um ein von Menschenhand errichtetes Bauwerk handelte.

Ein mächtiges Teleskop aus blitzendem Glas und Bronze beherrschte das Observatorium. Wie triumphierend stand es auf einem Dreifuß aus dunklem Holz und noch dunklerem Eisen. Ein hoher Schemel und ein Lesepult standen daneben; auf letzterem lag noch eine Sternenkarte ausgebreitet. Den Fußboden bedeckte ein zum Barfußgehen geradezu einladender Teppich aus dicker, kräftig gefärbter Wolle. Er stellte zugleich eine Himmelskarte dar, auf der viele verschiedene farbenprächtige Sternbilder und wirbelnde Planeten abgebildet waren.

Die Entsendung, die Sabriel gefolgt war, ging zur nach Süden weisenden Wand und deutete hinüber zum südlichen Flußufer. Ihre bleiche, von Charta-Zeichen umgrenzte Hand zeigte genau auf die Stelle, an der Sabriel nach ihrer unterirdischen Flucht vor dem Mordicant aufgetaucht war.

Sabriel folgte der ausgestreckten Hand, ihr rechtes Auge gegen die Strahlen der untergehenden Sonne abschirmend. Ihr Blick glitt über die weißen Gischtkreisel auf dem Fluß und wanderte wie magisch angezogen zum Felsensims, trotz des inneren Widerstrebens vor dem, was sie dort sehen würde.

Wie sie befürchtet hatte, war das Mordicant immer

noch da. Aber mit dem, was sie als ihren ›Todesblick‹ bezeichnete, erkannte sie, daß es ruhte, daß es für den Augenblick lediglich eine unschön anzuschauende Statue war, ein Vordergrund für andere, aktivere Gestalten, die geschäftig hinter ihm umherhuschten.

Sabriel starrte noch eine Weile, dann ging sie zum Teleskop. Dabei stolperte sie fast über Mogget. Sie fragte sich, wie er die Leiter hinaufgekommen sein mochte, doch schob sie den Gedanken sogleich wieder beiseite und konzentrierte sich auf das, was sich draußen am Ufer abspielte.

Mit bloßem Auge hatte sie nicht exakt bestimmen können, worum es sich bei den Gestalten, die sich dort hinter dem Mordicant tummelten, eigentlich handelte. Doch nun, durch das Teleskop betrachtet, waren sie plötzlich so nahe, daß sie fast das Gefühl hatte, sie mit Händen greifen zu können.

Es waren Männer und Frauen – *lebendige, atmende* Menschen. Jeder war mit einer Eisenkette an das Bein eines Partners gefesselt, und sie schlurften paarweise umher, unter der allbeherrschenden Präsenz des Mordicants. Es waren Dutzende: Sie kamen aus dem unterirdischen Korridor und schleppten schwerbeladene Ledereimer und Holzplanken über den Sims und die Stufen hinunter zum Fluß. Sobald sie die Planken dort abgeladen und die Eimer geleert hatten, kehrten sie wieder zurück.

Sabriel schwenkte das Teleskop ein Stück nach unten und grollte fast vor Wut und Ärger, als sie die Szene unten am Fluß sah. Eine weitere Anzahl lebender Sklaven hämmerten dort aus den Bohlen lange Kisten zusammen und füllten diese mit Erde aus den Eimern. Sobald eine Kiste gefüllt war, schoben weitere Sklaven sie ins Wasser, um so die Kluft zwischen Ufer und Schrittstein zu überbrücken, und fixierten sie vermittels dicker Eisennägel, welche sie in den Stein trieben.

Dieser spezielle Teil der Operation wurde von etwas dirigiert, das auf halber Höhe der Treppe kauerte, in sicherer Distanz zum Fluß: ein menschenförmiges Gebilde aus schwärzester Schwärze, eine bewegliche Silhouette, die Schatten-Hand eines Schwarzkünstlers oder ein Totengeist mit freiem Willen, der die Benutzung eines Leibes verschmähte.

Sabriel verfolgte durch das Teleskop, wie die letzte von vier Kisten zum ersten Schrittstein geschoben wurde, dort verankert und sodann mittels einer Kette an den drei anderen befestigt wurde. Ein Sklave verlor dabei das Gleichgewicht und fiel kopfüber ins Wasser, eine Sekunde später gefolgt von seinem an ihn geketteten Leidensgenossen. Ihre Schreie – sofern sie überhaupt schrien – gingen im Tosen des Wasserfalls ebenso unter wie ihre Körper in den reißenden Fluten. Ein paar Sekunden darauf fühlte Sabriel, wie ihre Lebenslichter erloschen.

Die anderen Sklaven am Flußufer hielten für einen Augenblick in ihrer Arbeit inne, sei es, weil sie erschrocken waren über den jähen Verlust ihrer Leidensgenossen, oder sei es, daß sie für den Moment mehr Angst vor dem Fluß hatten als vor ihren Herrn. Aber die Schatten-Hand auf den Stufen bewegte sich auf sie zu; ihre Beine waren wie eine Melasse, die die Treppe herunter floß, zäh von Stufe zu Stufe sich ziehend. Mit einer ungeduldigen Geste bedeutete sie einigen der Sklaven, über die mit Erde gefüllten Kisten zu dem Schrittstein zu gehen. Sie folgten ihrem Geheiß, sich ängstlich in der Gischt zusammendrängend.

Die Schatten-Hand zögerte einen Augenblick, offenbar unschlüssig, aber das Mordicant auf dem Sims schien sich jetzt zu regen und ein Stück nach vorn zu wippen, worauf die schattige Schreckensgestalt zimperlich den Fuß auf die erste Kiste setzte – und nach erneutem kurzem Zaudern zum Schrittstein hinüberging, unbeschadet von den reißenden Wassern.

»Graberde«, kommentierte Mogget, der offensichtlich ohne das Teleskop auskam. »Herangekarrt von den Dörflern aus Qyrre und Robelsdorf. Ich frage mich, ob sie genug haben, um alle Steine zu überbrücken.«

»Graberde«, echote Sabriel düster, als sie eine Gruppe von Sklaven mit frisch gefüllten Eimern und weiteren Holzplanken aus dem Korridor auftauchen sah. »Ich hatte vergessen, daß Graberde fließendes Wasser negieren kann. Ich dachte … ich dachte, ich wäre hier für eine Weile sicher.«

»Nun, das bist du auch«, sagte Mogget. »Es wird mindestens bis morgen abend dauern, bis sie mit ihrer Brücke fertig sind, besonders wenn man ein paar Stunden um den Mittag herum mitberücksichtigt, wenn die Toten sich verstecken müssen, falls der Himmel nicht bedeckt ist. Gleichwohl zeigt ihr Vorgehen, daß dahinter Planung steckt, und das bedeutet, daß es einen Führer gibt. Nun denn, jeder Abhorsen hat Feinde. Vielleicht steckt dahinter ja lediglich irgendein kleiner Schwarzkünstler, dessen strategische Fähigkeiten halt stärker ausgeprägt sind als die der meisten anderen.«

»Ich habe am Gespaltenen Gipfel ein Totes Wesen zur Strecke gebracht«, sagte Sabriel langsam, laut denkend. »Es sagte, es werde Rache nehmen und drohte, den Dienern Kerrigors davon zu erzählen. Sagt dir dieser Name etwas?«

»Ich kenne ihn«, spie Mogget förmlich aus, und sein waagerecht nach hinten abstehender Schwanz zitterte. »Aber ich kann nichts über ihn sagen, außer, daß es eines der Größeren Toten und der schlimmste Feind deines Vaters ist. Sag bloß nicht, es lebt wieder!«

»Das weiß ich nicht«, erwiderte Sabriel und schaute auf die Katze hinunter, deren Körper seltsam verdreht schien, als befände sie sich im Zwiespalt zwischen Befehl und Widerstand. »Warum kannst du mir nicht mehr sagen? Liegt es an der Bindung?«

»Eine… eine Verdrehung der…«, krächzte Mogget mit Mühe. Obwohl seine grünen Augen vor Zorn über sein klägliches Versagen geradezu zu lodern schienen, brachte er nicht mehr heraus.

»Verwicklungen innerhalb von Verwicklungen«, bemerkte Sabriel gedankenvoll. Es schien alles darauf hinzudeuten, daß irgendeine böse Macht gegen sie arbeitete, von dem Augenblick an, da sie den Wall überquert hatte – oder sogar schon vorher: was, wenn nicht das Verschwinden ihres Vaters, konnte ein klarerer Beweis dafür sein?

Sie schaute wieder durch das Teleskop und schöpfte ein wenig Mut und Hoffnung aus dem baldigen Beginn der Nacht, der erst einmal eine Unterbrechung der Arbeit bedeuten würde, auch wenn sie gleichzeitig tiefes Mitleid mit den armen Teufeln empfand, die die Toten versklavt hatten. Viele von ihnen würden erfrieren oder an Erschöpfung sterben, nur um als stumpfsinnige Hände zurückzukehren. Lediglich diejenigen, die über den Wasserfall gingen, würden diesem Schicksal entgehen. Wahrlich, das Alte Königreich war ein schrecklicher Ort, wenn selbst der Tod kein Ende für Sklaverei und Verzweiflung bedeutete.

»Gibt es noch einen anderen Ausweg?« fragte sie, während sie das Teleskop um 180 Grad schwenkte, um einen Blick auf das Nordufer zu werfen. Auch dort waren Schrittsteine, und auch dort gab es hoch oben an der Uferböschung eine Tür, aber auch dort drängten sich dunkle Gestalten auf dem Sims bei der Tür: vier oder fünf Schatten-Hände, zu viele, als daß Sabriel sie allein hätte überwinden können.

»Anscheinend nicht«, beantwortete sie grimmig selbst ihre Frage. »Wie steht es mit Abwehrvorrichtungen? Können die Entsendungen kämpfen?«

»Die Entsendungen brauchen nicht zu kämpfen«, antwortete Mogget. »Aber es gibt da noch eine Abwehrvorrichtung, wenn auch eine sehr konstruktive. Und es gibt noch einen weiteren Ausweg; aber der wird dir wahrscheinlich nicht gefallen.«

Die Entsendung, die ihr am nächsten stand, nickte und stellte pantomimisch etwas mit ihrem Arm dar, das aussah wie eine Schlange, die sich durch Gras schlängelt.

»Was soll das darstellen?« fragte Sabriel und unterdrückte einen jähen Drang, in hysterisches Lachen auszubrechen. »Die Abwehrvorrichtung oder den Ausweg?«

»Die Abwehrvorrichtung«, sagte Mogget. »Es ist der Fluß selbst. Er kann dazu aufgerufen werden, fast bis zur Höhe der Inselmauern anzuschwellen – das Vierfache deiner Körpergröße, von den Schrittsteinen aus gemessen. Nichts kann eine solche Flut passieren, weder in die eine noch in die andere Richtung, bis sie nachläßt, was Wochen dauern kann.«

»Und wie käme ich dann raus?« fragte Sabriel. »Ich kann nicht wochenlang warten!«

»Eine deiner Vorfahren hat ein Fluggerät gebaut. Sie nannte es ›Papierflieger‹. Den kannst du benutzen. Du müßtest freilich über den Wasserfall hinweg starten.«

»Oh«, sagte Sabriel kleinlaut.

»Wenn du den Fluß anschwellen lassen möchtest«, fuhr Mogget fort, als hätte er Sabriels plötzliches Verstummen nicht bemerkt, »dann müssen wir sofort mit dem Ritual beginnen. Die Flut wird durch Schmelzwasser hervorgerufen, und die Berge sind viele Meilen stromaufwärts. Wenn wir die Wasser jetzt rufen, wird die Flut uns morgen abend erreichen.«

Kapitel Zehn

Die Vorboten der Flut waren große Eisschollen, die gegen die hölzerne Brücke aus Kisten voller Graberde krachten, wie vom Sturm getriebene Eisberge, die vor Anker liegende Schiffe rammen. Eis zerbarst, Holz splitterte: ein regelrechtes Trommelfeuer, welches die große Flutwelle ankündigte, die den Eisschollen folgen würde.

Tote Hände und lebende Sklaven hasteten zurück über die Brücke aus Gräbern. Die Schattenleiber der Toten verloren im Laufen ihre Gestalt und verwandelten sich in lange, dicke Würmer aus schwarzer Melasse, die sich über Felsen und Kisten wanden und schlängelten und die menschlichen Sklaven gnadenlos wegstießen, in ihrer Verzweiflung nur noch ein Ziel vor Augen: der alles zerstörenden Urgewalt zu entgehen, die da in Form einer gewaltigen Flutwelle den Fluß heruntergedonnert kam.

Sabriel, die das Geschehen vom Aussichtsturm aus beobachtete, fühlte, wie die Menschen starben; sie selbst verschluckte sich fast, als sie spürte, wie die armen Teufel mit ihrem letzten gurgelnden Atemzug Wasser statt Luft in ihre Lungen saugten. Einige von ihnen, zwei Paare mindestens, hatten sich absichtlich in die Fluten geworfen, den sicheren, endgültigen Tod der Gefahr ewiger Sklaverei vorziehend. Die meisten jedoch waren von den Toten hineingestoßen worden.

Die Flutwelle folgte dem Eis in kurzem Abstand. Ein lautes Kreischen erfüllte die Luft, ein höheres, grimmigeres Brüllen als das tiefe Dröhnen des Wasserfalls. Sabriel vernahm es mehrere Sekunden, ehe die Welle die letzte Biegung des Flusses umrundete, und dann war sie da: eine riesige, senkrechte Mauer aus Wasser, gekrönt von Eisbrocken, die anmuteten wie tanzende Zinnen aus Marmor, die den gesamten Schutt von vierhundert Meilen in ihrem brodelnden schlammbraunen Körper mit sich führte. Sie sah wahrlich gewaltig aus, weit höher als die Wälle der Insel, ja höher sogar als der Turm, auf dem Sabriel stand und starrte, erschrocken von der ungeheuren Kraft, die sie entfesselt hatte, einer Kraft, die sie nicht im Traum für möglich gehalten hatte, als sie sie am Abend zuvor heraufbeschworen hatte.

Letzteres war erstaunlich einfach gewesen. Mogget hatte sie in den Keller geführt und von da aus über eine enge Wendeltreppe nach unten. Je tiefer sie hinabstiegen, desto kälter wurde es, und schließlich gelangten sie in eine seltsame Grotte, von deren Decke Eiszapfen hingen. Sabriels Atem kondensierte zu weißen Wolken, aber es war nicht mehr kalt – oder vielleicht so kalt, daß sie die Kälte schon nicht mehr spürte. Ein Block aus reinem, blauweißem Eise ruhte dort auf einem Podest, beide, Eisblock wie Podest, von Charta-Zeichen bedeckt, von Zeichen, die ihr fremd waren und zugleich wunderschön. Auf Moggets Geheiß hatte sie einfach eine Hand auf das Eis gelegt und gesagt: »Abhorsen zollt dem Clayr ihren Respekt und bittet um die Gabe des Wassers.« Das war alles gewesen. Sie waren wieder nach oben gestiegen, eine Entsendung hatte die Kellertür hinter ihnen abgeschlossen, und eine zweite hatte Sabriel ein Nachthemd und eine Tasse heiße Schokolade gebracht.

Doch diese schlichte Zeremonie hatte etwas herbeizitiert, das jetzt völlig außer Kontrolle zu geraten schien. Sabriel sah, wie die Welle auf sie zugeschossen kam. Sie versuchte sich zu beruhigen, aber ihr Atem raste, und ihr Magen rebellierte. Just als die Welle über sie kam, schrie sie laut auf und duckte sich unter das Teleskop.

Der gesamte Turm erbebte, Steine kreischten, als sie aneinander prallten, und für eine Sekunde ging selbst das Tosen des Wasserfalls in einem Knall unter, der so gewaltig war, daß Sabriel glaubte, die gesamte Insel wäre unter der Wucht der Wassermassen dem Erdboden gleichgemacht worden.

Aber nach ein paar Sekunden hörte der Boden auf zu beben, und das Donnern der Flutwelle schwoll ab zu einem gleichmäßigen Tosen, wie ein herumgrölender Trunkenbold, der plötzlich merkt, daß er nicht allein im Raume ist. Sabriel zog sich an dem Dreifuß hoch und schlug die Augen auf.

Die Wälle hatten gehalten, und obwohl die Flutwelle jetzt vorüber war, rauschte der Fluß gerade mal eine Handbreit unterhalb den Befestigungsanlagen der Insel vorbei. Sein Spiegel erreichte fast die Tunneltüren in den beiden Uferböschungen. Von den Schrittsteinen, der Brücke aus Särgen, den Toten und den Lebenden war nichts mehr zu sehen – nur noch ein breiter, brauner, reißender Strom, der Trümmer aller Art mit sich führte. Bäume, Büsche, Teile von Gebäuden, Vieh, Eisbrocken: Die Flut hatte ihren Tribut von vierhundert Meilen Uferbänken gefordert.

Sabriel betrachtete diese Spuren der Zerstörung und überschlug innerlich die Anzahl der Dörfler, die ihr Leben auf den Grabkisten gelassen hatten. Wer vermochte zu ermessen, wieviele Menschen stromaufwärts ihr Leben oder ihre Existenz durch diese Flutwelle verloren hatten? Ein Teil von ihr versuchte, ihre Tat, das Entfesseln der Flut, vernünftig zu begründen, indem sie sich einredete, daß ihr keine andere Wahl geblieben war, wenn sie weiter gegen die Toten kämpfen wollte. Ein anderer Teil indes sagte, sie habe die Flut nur herbeizitiert, um sich selbst zu retten.

Mogget hatte keine Muße für derlei Innenschau, Trauer oder Gewissensbisse. Nachdem er sie eine Minute versonnen vor sich hin hatte starren lassen, ging er zu ihr und kratzte ihr zart den Fuß mit der Tatze.

»Autsch! Was hast du…«

»Du hast keine Zeit mit Landschaftsbesichtigung zu verschwenden«, sagte Mogget resolut. »Die Entsendungen sind dabei, die Papierschwinge auf dem östlichen Wall startklar zu machen. Und deine Kleider und deine Sachen liegen schon seit mindestens einer halben Stunde bereit.«

»Ich habe alles…« begann Sabriel, doch dann fiel ihr ein, daß ihr Rucksack und ihre Skier am unteren Ende des Korridors lagen, wahrscheinlich als ein Häufchen Asche.

»Die Entsendungen haben alles bereitgestellt, was du benötigst, darunter, wie ich sie kenne, mit Sicherheit auch einige Dinge, die du nicht benötigen wirst. Du kannst dich anziehen, packen und dich nach Belisaere aufmachen. Du willst doch nach Belisaere, oder?«

»Ja«, gab Sabriel kurzangebunden zur Antwort. Sie glaubte einen Unterton von Selbstgefälligkeit aus Moggets Stimme herauszuhören.

»Weißt du, wie du dorthin kommst?«

Sabriel blieb stumm. Mogget wußte doch schon, daß die Antwort »nein« lauten würde. Daher der selbstgefällige Ton.

»Hast du eine… eh… Karte?«

Sabriel schüttelte den Kopf und ballte dabei die Fäuste; nur mit Mühe widerstand sie dem Drang, sich nach vorn zu beugen und Mogget eins drüberzugeben oder ihn vielleicht einmal kräftig am Schwanz zu ziehen. Sie hatte das Arbeitszimmer durchforstet und mehrere von den Entsendungen gefragt, aber die einzige Karte im Haus schien die Sternenkarte im Turm zu sein. Die Karte, von der Colonel Horyse ihr erzählt hatte, mußte noch bei Abhorsen sein. Bei Vater, dachte Sabriel, plötzlich verwirrt von ihren Identitäten. Wenn sie jetzt Abhorsen war, wer war dann ihr Vater? Hatte er auch einmal einen Namen gehabt, der in der Verantwortung, Abhorsen zu sein, verlorengegangen war? Alles, was ihr in ihrem Leben noch vor wenigen Tagen so sicher und unverrückbar erschienen war, war dabei zu zerbröckeln. Sie wußte nicht einmal, wer sie wirklich war, und Probleme schienen von allen Seiten auf sie einzustürmen; sogar ein angeblicher Diener Abhorsens wie Mogget schien ihr mehr hinderlich als dienlich zu sein.

»Hast du zufällig auch irgend etwas Positives beizusteuern, irgend etwas, das mir tatsächlich hilfreich sein könnte?« fauchte sie ihn bissig an.

Mogget gähnte und zeigte ihr eine rosafarbene Zunge, die geradezu die Essenz von Spott verkörperte.

»Nun ja, schon. Natürlich. Ich kenne den Weg; ich sollte also besser mitkommen.«

»Mitkommen?« fragte Sabriel, wirklich überrascht. Sie öffnete ihre Fäuste, beugte sich hinunter und kraulte der Katze die Ohren, bis sie sich wegduckte.

»Irgend jemand muß ja auf dich aufpassen«, fügte Mogget hinzu. »Zumindest solange, bis du dich zu einem richtigen Abhorsen gemausert hast.«

»Danke«, sagte Sabriel. »Das denke ich auch. Trotzdem hätte ich gerne eine Karte. Da du ja das Land so gut kennst, wäre es dir da vielleicht möglich, mir es – wie soll ich sagen? – so zu beschreiben, daß ich mir eine Skizze machen kann?«

Mogget hustete, als hätte er sich plötzlich an einem Haarball verschluckt, und warf den Kopf zurück. »Du! Eine Skizze machen? Wenn du denn schon eine haben mußt, dann denke ich, wäre es wohl besser, wenn ich selbst das in die Hand nähme. Komm mit runter ins Arbeitszimmer und hole mir ein Tintenfaß und Papier.«

»Solange ich nur eine brauchbare Karte bekomme, ist

mir gleich, wer sie zeichnet«, versetzte Sabriel, während sie rückwärts die Leiter hinunterstieg. Sie legte den Kopf in den Nacken, um zuzuschauen, wie Mogget die Leiter herunterkletterte, aber alles, was sie sah, war die offene Falltür. Ein sarkastisches Miauen unter ihren Füßen verkündete, daß Mogget es einmal mehr geschafft hatte, ohne sichtbare Hilfsmittel von einem Stockwerk ins andere zu gelangen.

»Tinte und Papier«, befahl die Katze und war mit einem Satz auf dem Drachentisch. »Das dicke Papier. Die glatte Seite nach oben. Einen Gänsekiel brauch ich nicht.«

Sabriel tat wie geheißen. Dann schaute sie mit resignierter Herablassung, die sich rasch in Staunen verwandelte, zu, wie die Katze sich neben den Bogen Papier setzte. Ihr fremdartiger Schatten, der auf das weiße Blatt fiel, erinnerte Sabriel an einen dunklen Umhang, den jemand über weißen Sand geworfen hatte. Die rosa Zunge herausstreckend vor Konzentration, überlegte Mogget einen Augenblick, dann hob er eine seiner weißen Pfoten, fuhr eine seiner elfenbeinfarbenen Krallen aus, tauchte sie behutsam in das Tintenfaß – und begann zu zeichnen. Zuerst brachte er mit schnellen, kräftigen Strichen die groben Umrisse zu Papier, dann zeichnete er die wesentlichen geographischen Merkmale wie Berge, Täler, Flüsse und dergleichen ein, und schließlich fügte er in akribischer Feinarbeit die wichtigen Ortschaften und Stätten ein, jede einzelne mit einem in feinziselierten Lettern geschriebenen Namen versehen. Zum Schluß markierte er Abhorsens Haus mit einer kleinen Illustration, dann lehnte er sich zurück, um sein Werk zu bewundern und sich die Tinte von der Pfote zu lecken. Sabriel wartete ein paar Sekunden, um sicherzugehen, daß er fertig war, dann streute sie Sand über die Zeichnung, wartete abermals ein paar Sekunden, blies den Sand weg und betrachtete das

Werk. Sie versuchte, sich möglichst jedes Detail der Topographie des Alten Königreiches einzuprägen.

»Du kannst es dir später genauer anschauen«, sagte Mogget nach einigen Minuten, als seine Pfote wieder sauber war, aber Sabriel stand noch immer über den Tisch gebeugt, die Nasenspitze fast auf der Karte. »Die Zeit drängt. Du gehst dich jetzt besser anziehen. Komm schon, beeil dich!«

»Ich beeil mich«, sagte Sabriel lächelnd, den Blick immer noch auf der Karte. »Danke, Mogget.«

Die Entsendungen hatten einen großen Haufen Kleider und Ausrüstungsgegenstände in Sabriels Zimmer ausgelegt, und vier von ihnen halfen ihr beim Anziehen. Sie war noch nicht ganz zur Tür herein, da hatten sie ihr auch schon ihr Hausgewand und die Pantoffeln ausgezogen, und als sie sich gerade ihres Unterzeugs entledigt hatte, fühlte sie sich auch schon an diversen kitzligen Körperteilen von ihren allgegenwärtigen Geisterhänden befingert. Sie versuchte noch, ihnen zu entrinnen, aber es blieb beim Versuch. Ehe sie sich's versah, hatten sie ihr ein dünnes baumwollenes Unterhemd über den Kopf gezogen und einen sackartigen Schlüpfer über Beine und Hinterteil. Als nächstes kam ein Leinenhemd, gefolgt von einem hirschledernen Wams und Reithosen aus weichem Leder, die an Schenkeln, Knien und Schienbeinen mit harten, segmentierten Platten verstärkt waren. Der Hosenboden war dick wattiert.

Die kurze Erholungspause, die hierauf folgte, ließ Sabriel sich schon in dem Glauben wiegen, das sei's gewesen, aber die Entsendungen hatten lediglich die nächste Lage Kleider zur sofortigen Anprobe bereitgelegt. Zwei von ihnen stülpten ihr einen langen, gepanzerten Mantel über, der sich an den Seiten zu einer tiefen Falte knickte, während die beiden anderen ein Paar mit groben Nägeln beschlagene Stiefel aufschnürten.

Der Mantel war anders als alles, was Sabriel bisher getragen hatte, einschließlich der Ketten-Hauberk, die sie im Unterricht in den Kampfkünsten auf dem College angehabt hatte. Er war ebenso lang wie ein Hauberk, mit Rockschößen, die ihr bis zu den Knien gingen, und schwalbenschwanzartigen Ärmeln, aber er schien gänzlich aus winzigen, einander überlappenden Plättchen gefertigt, ähnlich den Schuppen von Fischen. Und wie letztere waren auch sie nicht aus Metall, sondern aus einer Art Keramik oder sogar Stein: viel leichter als Stahl, aber mindestens ebenso hart, wie eine der Entsendungen demonstrierte, indem sie einmal kräftig mit der Spitze eines Dolches darüber kratzte. Obwohl heftig Funken stoben, hinterließ die Dolchspitze nicht den geringsten Kratzer auf dem Material.

Sabriel glaubte – und hoffte – -, die Stiefel würden das Ensemble abschließend vervollständigen, aber da hatte sie sich geirrt. Während zwei der Entsendungen noch dabei waren, die Stiefel zuzuschnüren, legten ihre beiden Kollegen bereits wieder Hand an sie. Eine stülpte ihr eine Kopfbedeckung über, die aussah wie ein blau und silbern gestreifter Turban, sich aber, als sie ihn auf ihrem Kopf zurechtrückte, als ein mit Stoff bezogener Helm entpuppte, der aus demselben Material hergestellt war wie der Panzermantel.

Die andere Entsendung schwenkte unterdessen einen glänzenden tiefblauen, mit silbernen Schlüsseln bestickten Umhang, der das Licht in alle Richtungen reflektierte. Sie schwenkte den Umhang ein paarmal hin und her, dann zog sie ihn Sabriel über den Kopf und drapierte ihn mit geübtem Griff. Sabriel ließ die Hand über den seidig schimmernden Stoff gleiten und versuchte diskret, ihn an einer Ecke einzureißen, aber so dünn und leicht wie er war, so fest war er auch: Er ließ sich nicht einreißen.

Als letztes kamen Schwertgurt und Glockenbandelier an die Reihe. Die Entsendungen brachten ihr beides, machten aber keine Anstalten, sie ihr anzulegen. Das tat Sabriel selbst. Sorgfältig zog sie die Glocken und die Scheide mit dem Schwert zurecht. Der vertraute Druck des Glockengurts an Schulter und Brust und das Gewicht des Schwerts an ihrer Hüfte hatten etwas Beruhigendes. Als sie fertig war, begutachtete sie sich im Spiegel; was sie sah, gefiel ihr und beunruhigte sie zugleich. Sie sah stark und fähig aus, eine Person, die gut auf sich selbst aufpassen konnte. Zugleich aber sah sie weniger wie jemand aus, der Sabriel hieß, und mehr wie jemand, der Abhorsen hieß, oder genauer: *der* Abhorsen.

Sie hätte sich gern noch ein bißchen länger betrachtet, aber die Entsendungen zupften an ihrem Ärmel und lenkten ihre Aufmerksamkeit auf das Bett. Ein lederner Rucksack lag geöffnet darauf, und unter den Augen Sabriels packten die Entsendungen folgende Gegenstände hinein: ihre alten Kleider, einschließlich ihres Vaters Ölhaut, Unterwäsche zum Wechseln, Hosen und Jacke, Dörrfleisch und Zwieback, eine Wasserflasche sowie diverse kleine Lederbeutel mit nützlichen Dingen. Die Entsendungen machten jeden einzelnen auf und zeigten ihr den Inhalt: ein Fernrohr, Schwefelhölzer, ein Uhrwerk-Feueranzünder, Heilkräuter, Angelhaken nebst -schnur, Nähzeug und eine Vielzahl anderer kleiner nützlicher Dinge. Die drei Bücher aus der Bibliothek und die Landkarte wanderten, sorgfältig in Öltuch eingeschlagen, in eine Außentasche des Rucksacks.

Sabriel schnallte sich den Rucksack über und machte ein paar Bewegungsübungen. Zu ihrer Erleichterung engte der gepanzerte Mantel sie nicht allzusehr ein – eigentlich so gut wie gar nicht, wenngleich sie den Rucksack nicht unbedingt gern bei einem Kampf auf dem Rücken getragen hätte. Sie konnte sogar ihre Zehenspitzen mit den Fingern berühren, was sie denn auch gleich mehrere Male tat, bevor sie sich wieder aufrichtete, um sich bei den Entsendungen zu bedanken.

Doch die waren bereits wieder verschwunden. Statt dessen war Mogget da, der ihr auf mysteriöse Weise von der Mitte des Zimmers entgegengeschlichen kam.

»Nun, ich wäre denn so weit«, sagte Sabriel.

Mogget antwortete nicht, sondern setzte sich ihr zu Füßen und machte eine würgende Bewegung mit dem Kopf, die so aussah, als würde er sich jeden Moment übergeben. Sabriel wich angeekelt zurück, doch hielt sie inne, als ein kleiner metallener Gegenstand aus Moggets Mund fiel. Er kullerte ein Stück über den Fußboden und blieb dann liegen.

»Hätt ich fast vergessen«, sagte Mogget. »Den wirst du brauchen, wenn ich mit dir mitkommen soll.«

»Was ist das?« fragte Sabriel, während sie sich bückte und den Gegenstand aufhob. Es war ein kleiner silberner Ring mit einem Rubin. Die Fassung bestand aus zwei Klauen, die aus dem eigentlichen Reif wuchsen.

»Sehr alt«, antwortete Mogget geheimnisvoll. »Du wirst wissen, wenn du ihn gebrauchen mußt. Streif ihn über.«

Sabriel klemmte den Ring zwischen Daumen und Zeigefinger und hielt ihn gegen das Licht. Er fühlte sich ganz gewöhnlich an, und auch sonst konnte sie nichts Außergewöhnliches an ihm entdecken. Weder auf dem Stein noch auf dem Reif waren irgendwelche Charta-Zeichen, und er schien auch keine wie auch immer geartete Ausstrahlung oder Aura zu besitzen. Sie streifte ihn über ihren Ringfinger. Er fühlte sich erst kalt an, dann heiß, und plötzlich fiel sie, fiel in die Unendlichkeit, in eine Leere, die weder Anfang hatte noch Ende. Alles war weg, alles Licht, alle Substanz. Dann, ganz plötzlich, explodierten Charta-Zeichen rings um sie herum, und sie fühlte sich sanft von ihnen ergriffen, aufgefangen in ihrem rasenden Fall ins Nichts – und wieder zurückgeholt, zurück in ihren Körper, zurück in die Welt von Leben und Tod.

»Freie Magie«, sagte Sabriel und schaute hinunter auf den Ring, der an ihrem Finger funkelte. »Freie Magie, verbunden mit der Charta. Das verstehe ich nicht.«

»Du wirst wissen, wenn du ihn gebrauchen mußt«, wiederholte Mogget, fast so als sei es eine Lektion, die auswendig zu lernen war. Dann sagte er, wieder mit seiner gewöhnlichen Stimme: »Mach dir bis dahin keine Gedanken darüber. Komm – die Papierschwinge ist bereit.«

Kapitel Elf

Die Papierschwinge ruhte auf einer behelfsmäßigen, schwankenden Plattform aus frisch gesägten Kiefernholzbrettern, die über den östlichen Wall hinausragte. Sechs Entsendungen drängten sich um das Fluggerät und rüsteten es für den Start. Sabriel schaute zu ihm hoch, als sie die Treppe hinaufstieg, und ein Gefühl des Unbehagens machte sich in ihr breit. Sie hatte etwas Ähnliches erwartet wie die Flugzeuge, die sie von Ancelstierre her kannte, wie den Doppeldecker etwa, der im Wyverley College beim letzten Tag der offenen Tür seine Kunststücke vorgeführt hatte. Etwas mit zwei Flügeln, einem Aufbau und einem Propeller – obzwar sie schon eher mit einem magischen Antrieb gerechnet hatte als mit einem mechanischen.

Aber die Papierschwinge hatte nicht die geringste Ähnlichkeit mit einem ancelstierranischen Flugapparat. Sie erinnerte sie vielmehr an ein Kanu mit Falkenschwingen und einem Schwanz. Bei näherem Hinschauen sah Sabriel, daß der Rumpf tatsächlich auf einem Kanu basierte. Er lief an beiden Enden spitz zu und hatte genau in der Mitte ein Loch: das Cockpit. Aus beiden Seiten dieses Kanus sprossen Flügel – langgestreckte Pfeilflügel, die höchst zerbrechlich wirkten. Der keilförmige Schwanz sah nicht viel besser aus.

Je näher Sabriel dem Gebilde kam, desto mehr sanken ihre Erwartungen. Das Material, aus dem das Gerät gefertigt war, war jetzt klar zu erkennen: Es trug seinen Namen zu Recht. Das ganze Ding bestand aus zusammengepreßten laminierten Papierschichten. Blau angemalt, mit silbernen Bändern um den Rumpf und silbernen Zierstreifen auf den Flügeln und dem Schwanz, sah es schmuck, dekorativ und alles andere als flugtauglich aus. Allein die gelben Falkenaugen, die seinen spitzen Bug zierten, deuteten auf seine Flugtauglichkeit hin.

Sabriel sah sich die Papierschwinge noch einmal genau an, und dann wanderte ihr Blick zum Wasserfall. Jetzt, gespeist von der Flut, war er noch furchteinflößender als sonst. Gischt spritzte gut zwanzig Ellen hoch von seinem Rand auf – ein tosender Sprühnebel, durch den die Papierschwinge hindurch mußte, bevor sie den offenen Himmel würde gewinnen können. Sabriel wußte nicht einmal, ob das Ding wasserfest war.

»Wie oft ist dieses… Ding… schon geflogen?« fragte sie unruhig. Mit dem Verstande hatte sie bereits akzeptiert, daß sie bald in diesem fragilen Gebilde sitzen würde, um hinauszuschießen über die tosenden Wassermassen, doch ihr Unterbewußtsein und ihr Magen schienen sehr erpicht darauf zu sein, fest auf dem Boden zu bleiben.

»Schon viele Male«, antwortete Mogget und sprang behende von der Plattform ins Cockpit. Seine Stimme hallte für einen Moment hohl von dort wider, bis er zurückgeklettert kam und seinen Katzenkopf über den Rand steckte. »Der Abhorsen, der es fertigte, flog damit einmal an einem einzigen Nachmittag bis zum Meer und wieder zurück. Aber sie war eine große Wetter-Hexe und konnte die Winde zähmen. Ich nehme nicht an…«

»Nein«, sagte Sabriel, schmerzlich auf eine weitere Bildungslücke hingewiesen. Sie wußte, daß Wind-Magie größtenteils aus gepfiffenen Charta-Zeichen bestand, aber das war auch schon alles. »Nein, ich kann es nicht.«

»Nun ja«, fuhr Mogget nach einer Pause nachdenklichen Schweigens fort. »Die Papierschwinge verfügt schon über ein paar elementare Magien, die sie befähigen, auf den Winden zu reiten. Du wirst sie jedoch durch Pfeifen aktivieren müssen. Du kannst doch pfeifen, oder?«

Sabriel hörte nicht auf ihn. Alle Schwarzkünstler mußten musikalisch sein, mußten pfeifen, summen, singen können. Wenn sie ohne Glocken oder andere magische Instrumente im Tode festsaßen, dann waren ihre stimmlichen Fähigkeiten die letzte Waffe, auf die sie zurückgreifen konnten.

Eine Entsendung kam und half ihr, den Rucksack abzustreifen, um ihn sodann im hinteren Teil des Cockpits zu verstauen. Eine zweite faßte Sabriel beim Arm und dirigierte sie zum Pilotensitz, einer quer durch das Cockpit gespannten Hängematte aus Leder. Sie sah nicht sonderlich vertrauenerweckend aus, aber Sabriel zwang sich hineinzuklettern, nachdem sie ihr Schwert mitsamt der Scheide einer dritten Entsendung zum Festhalten in die Hand gedrückt hatte.

Zu ihrer Überraschung durchstießen ihre Füße nicht den papiernen Laminatboden des Flugapparates. Das Material fühlte sich im Gegenteil sogar erstaunlich solide an, und nach einer Minute des Hin-und-her-Rutschens, Vor-und-zurück-Rückens und Einstellens hatte sie eine richtig bequeme Sitzposition auf dem Hängemattensitz gefunden. Das Schwert und die Scheide fanden in einem Behältnis an der Seite des Cockpits Platz, und Mogget ließ sich auf den Gurten nieder, die ihren Rucksack festhielten, unmittelbar hinter ihren Schultern, denn bedingt durch die Bauart des Sitzes lehnte sie so weit nach hinten, daß sie mehr lag als saß.

Aus ihrer neuen Sitzposition heraus fiel Sabriels Blick genau auf einen kleinen ovalen Spiegel aus Silberglas, der unter dem Rand des Cockpits befestigt war. Er glitzerte in der Spätnachmittagssonne, und sie fühlte, wie er von Charta-Magie durchdrungen war. Irgend etwas an ihm reizte sie, ihn anzuhauchen, und er beschlug von ihrem heißen Atem. Wie von Geisterhand gemalt, erschien ein Charta-Zeichen auf seiner beschlagenen Oberfläche.

Sabriel studierte es sorgfältig und sog seinen Zweck und seine Wirkung in sich auf. Es kündete ihr von den Zeichen, die folgen würden: Zeichen zum Wecken der Auftriebwinde, Zeichen für den Sturzflug, Zeichen zum Herbeizitieren des Windes aus jedem Winkel der Windrose. Es gab weitere Zeichen für die Papierschwinge, und während Sabriel sie sich einprägte, erkannte sie, daß das gesamte Flugzeug von Charta-Magie durchdrungen war. Der Abhorsen, der es gebaut hatte, war mit großer Hingabe zu Werke gegangen und hatte viel Zeit, Mühe und Liebe hineingewirkt und etwas geschaffen, das eher schon ein magischer Vogel als ein Flugapparat war.

Zeit verstrich, und das letzte Zeichen verschwand, als der Spiegel wieder klar wurde und einmal mehr zu nichts weiter als einer Scheibe aus Silberglas wurde, die in der Sonne glänzte. Sabriel saß – oder lag – eine Weile schweigend in ihrem Sitz und prägte sich die Charta-Zeichen ins Gedächtnis ein, tief beeindruckt von der Macht und dem Geschick ihrer Urahnin, die dieses Kunstwerk geschaffen und diese Methode der Unterweisung ersonnen hatte. Vielleicht würde auch sie eines Tages die Meisterschaft besitzen, ein solches Gerät zu erschaffen.

»Der Abhorsen, der dieses Meisterwerk gebaut hat«, fragte Sabriel. »Wer war sie? Ich meine, in welchem Verwandtschaftsverhältnis stehe ich zu ihr?«

»Sie war eine Cousine«, schnurrte Mogget dicht hinter ihrem Ohr. »Die Base deiner Ur-ur-ur-Urgroßmutter. Die letzte ihrer Linie. Sie blieb kinderlos.«

Vielleicht war ja die Papierschwinge ihr Kind, dachte Sabriel, während sie mit der Hand fast zärtlich über die glatte Oberfläche des Rumpfes strich und die Charta-

Zeichen spürte, die in dem Werkstoff schlummerten. Sie fühlte sich jetzt schon weit besser, was ihren bevorstehenden Flug anbelangte.

»Wir sollten uns besser beeilen«, mahnte Mogget. »Es wird nur allzu bald dunkel sein. Hast du dir die Zeichen eingeprägt?«

»Ja«, erwiderte Sabriel mit fester Stimme. Sie wandte sich zu den Entsendungen um, die jetzt hinter den Flügeln aufgereiht standen und die Papierschwinge festhielten, bis es Zeit war, sie in den Himmel zu entlassen. Sabriel fragte sich, wie oft sie diese Übung wohl schon absolviert haben mochten, und für wieviele Abhorsens.

»Ich danke euch«, sagte sie zu ihnen. »Für all eure Mühen und eure Freundlichkeit. Lebt wohl.«

Mit diesem letzten Wort lehnte sie sich in den Hängemattensitz zurück, packte den Rand des Cockpits mit beiden Händen, rief sich die Charta-Zeichen, die den Auftriebwind weckten, bildlich ins Gedächtnis, und ließ sie nacheinander in ihre Kehle und ihre Lippen tropfen, auf daß sie sich in Töne verwandelten.

Die Töne drangen klar und rein aus ihrem Mund, und sofort erhob sich ein Wind, der um so stärker wurde, je lauter sie pfiff. Dann holte sie erneut Luft und pfiff einen fröhlichen Triller, wie ein Vogel, der sich an seinem eigenen Flug ergötzt, und die Charta-Zeichen flossen aus ihren gespitzten Lippen direkt in die Papierschwinge selbst. Mit diesem Triller schien die blaue und silberne Farbe regelrecht zum Leben zu erwachen. Sie flimmerte am Rumpf entlang und ergoß sich über die Flügel, einem leuchtenden, schimmernden Federkleid gleich. Das ganze Flugzeug zitterte und bebte, plötzlich flexibel und begierig darauf, sich in den Äther zu erheben.

Der Freudentriller endete mit einem einzigen langen, klaren Ton und einem Charta-Zeichen, das leuchtete wie die Sonne. Es tanzte zum Schnabel der Papierschwinge und sank in das Laminat ein. Eine Sekunde später blinzelten die gelben Falkenaugen, leuchteten auf, wild und stolz, und spähten hinauf zum Himmel.

Die Entsendungen mußten sich jetzt mächtig anstrengen; nur mit letzter Kraft vermochten sie die Papierschwinge noch festzuhalten. Der Auftriebwind wurde immer noch stärker, zerrte an dem silberblauen Gefieder, stemmte das Fluggerät mit Macht hoch. Sabriel fühlte die Spannung, die den papierenen Vogel erfaßt hatte, die Kraft, die in seinen Schwingen steckte, die frohe Heiterkeit jenes letzten Augenblickes, wenn die Freiheit nahe ist.

»Loslassen!« schrie Sabriel, und die Entsendungen gehorchten. Die Papierschwinge sprang in die Arme des Windes, schoß vorwärts und empor, rauschte durch die Gischtwolke des Wasserfalles, als wäre sie nicht mehr denn ein lauer Frühlingsschauer, und schwang sich hinauf in den Himmel und hinaus über das weite Tal jenseits des Wasserfalles.

Still war's und kalt tausend Fuß oder mehr über dem Tal. Die Papierschwinge segelte frisch und schwungvoll dahin, den Wind im Rücken, über sich den klaren, von keinem Wölkchen getrübten Äther. Sabriel lehnte sich in ihren Hängematten-Sitz zurück, entspannte sich und ließ sich die Charta-Zeichen, die sie gelernt hatte, immer wieder durch den Kopf gehen, um sie sich ganz fest einzuprägen. Sie fühlte sich frei und irgendwie rein, als wären die Gefahren der vergangenen Tage Schmutz gewesen, fortgeblasen vom frischen Wind, auf dem sie jetzt ritt.

»Halte dich mehr nach Norden«, ließ sich plötzlich Moggets Stimme hinter ihr vernehmen und riß sie aus ihrer sorglosen Stimmung. »Hast du die Landkarte im Kopf?«

»Ja«, antwortete Sabriel. »Sollen wir dem Fluß folgen? Dem Ratterlin? So heißt er doch, nicht? Er fließt die meiste Zeit nach Nord-Nordost.«

Mogget antwortete nicht sofort, obwohl Sabriel ihn dicht hinter ihrem Ohr schnurren hörte. Er schien nachzudenken. Schließlich sagte er: »Warum nicht? Wir können ihm eigentlich auch gleich bis zum Meer folgen. Er gabelt sich dort zu einem Delta, so daß wir uns eine Insel zum Kampieren für heute nacht suchen können.«

»Warum sollen wir nicht einfach weiterfliegen?« fragte Sabriel gutgelaunt. »Wenn ich die stärksten Winde rufe, könnten wir bis morgen abend in Belisaere sein.«

»Die Papierschwinge fliegt nicht gern bei Nacht«, erwiderte Mogget barsch. »Ganz zu schweigen davon, daß du mit ziemlicher Sicherheit die Kontrolle über die stärkeren Winde verlieren würdest; es ist viel schwieriger, als es zunächst erscheint. Und die Papierschwinge ist ohnedies viel zu auffällig. Hast du denn keinen gesunden Menschenverstand, Abhorsen?«

»Nenne mich Sabriel«, versetzte Sabriel ebenso barsch. »Mein Vater ist Abhorsen.«

»Wie Ihr wünscht, Herrin«, sagte Mogget mit beißendem Sarkasmus in der Stimme.

Die darauffolgende Stunde verging in gespanntem Schweigen, doch verrauchte Sabriels Zorn durch das neuartige Erlebnis des Fliegens schon bald wieder. Besonderen Gefallen fand sie daran, das Land aus der luftigen Höhe ihres zerbrechlichen Gefährts zu betrachten: den bunten Flickenteppich aus Feldern, Wäldern, Wiesen und Auen, durch den sich der Fluß einer dunklen, schimmernden Schlange gleich dahinwand; die winzigen Häuser, die hier und da auftauchten. Von weitem betrachtet, war alles so klein und scheinbar vollkommen.

Dann begann die Sonne zu sinken, und obgleich der rote Schein ihres schwindenden Lichts der Landschaft noch mehr Schönheit verlieh, spürte Sabriel das Verlangen der Papierschwinge, auf den Boden zurückzukehren, fühlte sie, wie der Blick der gelben Falkenaugen sich vom blauen Himmel abwandte und auf die grüne Erde richtete. Und als die Schatten immer länger wurden, verspürte Sabriel das gleiche Verlangen, und auch ihr Blick wandte sich zur Erde, auf der Suche nach einem geeigneten Platz zum Landen.

Der Fluß zerrann bereits in die Myriaden von Bächen und Rinnsalen, die das sumpfige Mündungsdelta des Ratterlin bilden würden, und ganz in der Ferne konnte Sabriel die dunkle Masse des Meeres ausmachen. Es gab unzählige Inseln in dem Delta, manche so groß wie Fußballplätze, von Bäumen und Büschen bedeckt, andere nicht größer als zwei Armspannen voller Matsch. Sabriel wählte eine von mittlerer Größe, in Form eines platten Diamanten, mit niedrigem, gelbem Gras, die ein paar Meilen voraus lag, und pfiff den Wind herunter.

Der Wind ebbte allmählich ab, und die Papierschwinge begann niederzugehen, gelegentlich sanft hierhin und dorthin gestupst durch Sabriels Pfeifen oder eigenes Schrägstellen eines Flügels. Beider Augen, ihre gelben und Sabriels tiefbraune, starrten nach unten auf den gelbbraunen Erdboden. Nur Mogget blickte, eigensinnig, wie er nun einmal war, nach hinten und nach oben.

Dennoch sah er ihre Verfolger erst, als sie aus der Sonne geschossen kamen, direkt über ihnen. Sein jaulender Warnschrei ließ Sabriel herumfahren. Es waren Hunderte, die da aus heiterem Himmel im Sturzflug auf sie herabstießen! Mehr aus dem Instinkt heraus denn bewußt handelnd rief sie sich Charta-Zeichen ins Gedächtnis, spitzte die Lippen und pfiff den Wind zurück, auf daß er anschwelle und sie nach Norden trage.

»Blutkrähen!« zischte Mogget, als die flappenden Gestalten ihren Sturzflug abbremsten und einschwenkten, um ihre plötzlich wieder zum Leben erwachte Beute zu verfolgen.

»Ja!« schrie Sabriel, obgleich sie nicht sicher war, warum sie überhaupt antwortete. Ihre Aufmerksamkeit war voll und ganz auf die Blutkrähen gerichtet; sie versuchte abzuschätzen, ob sie es schaffen würden, ihr den Weg abzuschneiden, oder nicht. Sie konnte bereits spüren, wie der Wind die Grenzen ihrer Fähigkeit testete. Ihn zu kontrollieren, ganz so wie Mogget es prophezeit hatte, und ihn noch weiter hochzupeitschen, würde womöglich unangenehme Folgen nach sich ziehen. Aber sie konnte auch die Gegenwart der Blutkrähen spüren, die Beimengung von Tod und Freier Magie, die ihren verrotteten Skelettgestalten Leben verlieh.

Blutkrähen hielten nicht lange in Sonne und Wind – diese mußten in der vergangenen Nacht gemacht worden sein. Ein Schwarzkünstler hatte ganz gewöhnliche Krähen in die Falle gelockt, sie mit Ritual und Zeremonie getötet und ihren toten Leibern sodann den gebrochenen, zertrümmerten Geist eines einzelnen toten Menschen eingeflößt. Nun waren sie wahrhaftige Aasvögel, die gelenkt wurden von einer einzigen, wenn auch stupiden Intelligenz. Sie flogen vermöge Freier Magie und töteten einfach vermöge ihrer Anzahl.

Trotz Sabriels rascher Reaktion beim Herbeizitieren des Windes holte der Schwarm immer noch schnell auf. Sie waren von hoch oben herabgestoßen und hatten ihre mörderische Geschwindigkeit beibehalten; sie jagten so schnell dahin, daß der Wind die Federn und das faulige Fleisch förmlich von ihren verzauberten Gebeinen fetzte.

Eine Sekunde lang spielte Sabriel mit dem Gedanken, eine Kehrtwende zu machen und direkt in das Zentrum dieses todbringenden Blutkrähengeschwaders hineinzustoßen, wie ein Racheengel, bewaffnet mit Schwert und Glocken. Aber es waren ganz einfach zu viele Blutkrähen, die sie hätte bekämpfen müssen, und das auch noch aus einem Fluggerät, das mehrere hundert Fuß über dem Erdboden dahinjagte. Ein übereifriger Schwertstreich konnte einen tödlichen Fall nach sich ziehen – wenn die Blutkrähen sie nicht auf dem Weg nach unten töteten.

»Ich muß einen stärkeren Wind herbeirufen!« schrie sie in Richtung Mogget, der jetzt genau auf ihrem Rucksack saß, mit gesträubtem Nackenfell, und den Blutkrähen Schmähungen entgegenjaulte. Sie waren jetzt ganz nahe und flogen in einer in ihrer Exaktheit geradezu unheimlich anmutenden Formation: zwei langgezogene Reihen, ausgestreckten Armen gleich, die im Begriff waren, die fliehende Papierschwinge vom Himmel zu reißen. Kaum etwas von ihrem einst schwarzen Federkleid hatte den rasenden Sturzflug überstanden; weiße Knochen schimmerten im letzten Licht der untergehenden Sonne durch ihr verderbtes Fleisch. Aber ihre scharfen Schnäbel waren noch immer von einem glänzenden Schwarz, und Sabriel konnte jetzt das rötliche Glimmen des zertrümmerten Toten Geistes in ihren leeren Augenhöhlen sehen.

Mogget gab keine Antwort. Möglicherweise hatte er sie gar nicht gehört bei seinem eigenen Gejaule und dem Gekrächze der Blutkrähen auf den letzten paar Ellen bis zur Attacke, ein unheimliches, hohles Krächzen, so tot wie ihr Fleisch.

Eine von Panik erfüllte Sekunde lang fühlte sich Sabriel außerstande, ihre trockenen Lippen zu schürzen, doch dann fuhr sie sich einmal mit der Zunge darüber, und der ersehnte Pfiff kam, langsam und ungleichmäßig zunächst. Die Charta-Zeichen fühlten sich zäh und plump in ihrem Kopf an, als versuche sie, eine schwere Last auf einem Karren zu bewegen, dessen Räder klemmten; doch dann, mit einem letzten, befreienden Ruck, lösten sie sich aus ihrer Starre und flossen wie von selbst in ihre geflöteten Töne ein.

Anders als bei ihren früheren Rufen, die den Wind gleichmäßig hatten anschwellen lassen, kam er diesmal mit der jähen Wucht einer wütenden Sturmbö. Mit ungestümer Gewalt kam er von hinten herangeheult, packte die Papierschwinge und schleuderte sie in die Höhe wie eine Riesenwelle, die ein kleines Boot mit sich reißt. Der Wind katapultierte sie mit solcher Urgewalt vorwärts, daß Sabriel kaum noch den Erdboden unten erkennen konnte, und die einzelnen Inseln des Deltas verschmolzen zu einem einzigen verschwommenen Band.

Sie kniff die Lider zusammen und reckte den Kopf nach hinten. Der Wind klatschte ihr wie eine Ohrfeige ins Gesicht. Die Blutkrähen, eben noch wenige Ellen hinter ihnen, waren von der Gewalt des Windes über den ganzen Himmel geblasen worden, wie kleine schwarze Punkte vor dem Rot und Purpur des Sonnenuntergangs. Verzweifelt anflatternd gegen die übermächtige Kraft des Sturmes, versuchten sie, wieder zusammenzukommen und ihre Formation wiederzuerlangen, aber die Papierschwinge war schon mehr als eine Meile enteilt. Sie hatten keine Chance mehr, sie noch einmal einzuholen.

Sabriel atmete erleichtert durch, aber schon drohte neues Ungemach. Der Wind trug sie mit furchterregender Geschwindigkeit vorwärts, und er begann sich nach Norden zu drehen, was er eigentlich nicht sollte. Sabriel konnte jetzt schon die ersten Sterne funkeln sehen, und die Papierschwinge schwenkte auf den Knick zu.

Es war ein mühevolles Unterfangen, die Charta-Zeichen erneut aufzurufen und den Zauber zu pfeifen, der den Wind besänftigte und ihn wieder nach Osten drehte, aber Sabriel gelang es. Nur – der Zauber wollte nicht wirken! Im Gegenteil: der Wind wurde noch stärker und drehte sich noch mehr, bis sie schließlich geradewegs nach Norden jagten, genau auf den Knick zu!

Sabriel, die mit laufender Nase, tränenden Augen und vor Kälte gerötetem Gesicht im Cockpit kauerte, versuchte es erneut, all ihre Willenskraft zusammenraffend, um die Charta-Zeichen in den Wind zu zwingen.

Doch selbst sie vermochte ihr Pfeifen kaum zu hören, und die Charta-Zeichen gingen einmal mehr im Heulen des Sturmes unter. Da wurde ihr klar, daß sie die Kontrolle verloren hatte.

Schlimmer noch: fast war es so, als hätte der Zauber die entgegengesetzte Wirkung heraufbeschworen, denn der Wind wurde immer noch heftiger und schleuderte die Papierschwinge in einer riesigen Spirale nach oben, wie einen Ball, den sich ein Kreis von Riesen gegenseitig zuwirft, wobei der letzte Riese immer größer ist als sein Vorgänger. Ihr wurde schwindlig, und sie fror immer stärker, und ihr Atem wurde immer schneller und flacher, während sie verzweifelt versuchte, genug Luft zu schnappen, um am Leben zu bleiben. Ein weiteres Mal versuchte sie, die Winde zu besänftigen, aber sie konnte nicht genug Luft erringen, um zu pfeifen, und zu allem Überfluß schlüpften ihr die Charta-Zeichen aus dem Geist. Alles, was sie jetzt noch tun konnte, war, sich mit letzter Kraft an den Gurten ihres Hängemattensitzes festzuklammern und auf eine günstige Wendung ihres Schicksals zu hoffen, während die Papierschwinge ihr Bestes tat, um die Sturmböen auszureiten.

Dann, plötzlich, ohne jede Vorwarnung, legte sich der Wind. Er hörte einfach auf, und die Papierschwinge, die eben noch wie von einem Katapult geschleudert in die Höhe geschossen war, fiel wie ein Stein in die Tiefe. Sabriel schnellte nach oben, so heftig, daß sie mit den Knien hart gegen die Unterkante des Cockpits prallte, und Mogget zerriß mit seinen Krallen fast den Stoff des Rucksacks, als es ihm gerade noch gelang, sich daran festzuklammern. Sabriel, schlagartig wieder wachgerüttelt von dieser neuen Entwicklung, spürte, wie ihre Erschöpfung verflog. Sie versuchte, den Aufwind herbeizupfeifen, aber auch der Versuch überstieg ihre Kräfte. Die Papierschwinge schien durch nichts in ihrem rasenden Fall gebremst werden zu können. Ihre Nase neigte sich immer weiter nach unten, bis sie schließlich in fast senkrechtem Sturzflug in die Tiefe schossen, wie ein Hammer, der auf den Amboß des Erdbodens zurast.

Es war ein langer Weg bis nach unten. Sabriel schrie einmal, dann versuchte sie, etwas von der Kraft, die ihr die Angst verlieh, auf die Papierschwinge zu übertragen. Aber die Zeichen flossen in ihr Pfeifen, ohne irgendeine Wirkung zu zeitigen, bis auf ein goldenes Funkeln, das für einen kurzen Augenblick ihr weißes, durchfrorenes Gesicht erleuchtete. Die Sonne war inzwischen vollständig untergegangen, und die dunkle Masse des Erdbodens, die ihnen entgegengerast kam, sah allzu sehr wie der graue Fluß des Todes aus – der Fluß, in den ihr Geist in wenigen Minuten eintauchen würde, um nie wieder ins warme Licht des Lebens zurückzukehren.

»Löse mein Halsband«, miaute eine Stimme an Sabriels Ohr, gefolgt von dem seltsamen Gefühl, wie Moggets Krallen sich in ihren Panzer gruben, als er auf ihren Schoß kletterte. »Löse mein Halsband!«

Sabriel schaute ihn an, auf den Erdboden, auf das Halsband. Sie hatte das Gefühl, daß ihr Kopf leer war; sie sah sich außerstande, eine Entscheidung zu treffen. Das Halsband war Teil einer uralten Bindung, ein schrecklicher Wächter von ungeheurer Macht. Es wurde nur benutzt, um etwas unaussprechlich Böses oder eine unbeherrschbare Kraft in Schach zu halten.

»Vertrau mir!« heulte Mogget. »Löse mein Halsband, und denk an den Ring!«

Sabriel schluckte, schloß die Augen, nestelte am Verschluß des Halsbandes und betete, daß sie das Richtige tat. »Vater, vergib mir«, dachte sie, aber dieses Stoßgebet richtete sie nicht nur an ihren Vater, sondern an alle Abhorsens, die ihr vorausgegangen waren, besonders an den, der das Halsband einst gefertigt hatte.

Überraschend bei so einem uralten Bannspruch, spürte sie kaum mehr als ein leises Prickeln in den Fingern, als sie den Verschluß löste. Dann war das Halsband auf – und wurde plötzlich schwer, wie eine Lotleine oder eine mit einer Kugel beschwerte Eisenkette. Sabriel ließ es vor Schreck beinahe fallen, doch dann wurde es plötzlich wieder leicht und verlor seine Substanz. Als Sabriel die Augen wieder öffnete, hatte das Halsband ganz einfach aufgehört zu existieren.

Mogget saß still auf ihrem Schoß, scheinbar unverändert – doch dann begann er plötzlich von innen her zu leuchten und sich gleichzeitig auszudehnen, bis er an den Rändern verschwamm. Das Licht wurde immer heller. Nach wenigen Sekunden war von einer Katzengestalt nichts mehr zu sehen, nur noch ein gleißender Lichtschein, der zu hell war, als daß Sabriel ihn hätte anschauen können. Er schien einen Moment lang zu zögern, und Sabriel spürte, wie seine Aufmerksamkeit zwischen Aggression gegenüber ihr, Sabriel, und irgendeinem inneren Konflikt oszillierte. Fast schien er sich wieder in die Katzengestalt zurückzuverwandeln, doch dann spaltete er sich plötzlich in vier gleißende weiße Lichtstrahlen. Einer schoß vorwärts, einer rückwärts, und zwei schienen in die Flügel des Papierfliegers zu fahren.

Im Nu war der ganze Papierflieger von einem grellweißen, blendenden Licht umhüllt, und er ging abrupt aus seinem rasenden Sturzflug in einen Gleitflug über. Sabriel wurde heftig nach vorn geschleudert, in die Gurte; dennoch schlug sie fast mit dem Kopf gegen den silbernen Spiegel, und sie mußte die Nackenmuskeln bis zum Äußersten spannen, um den Kopf gerade zu halten.

Auch wenn die unmittelbare Gefahr zunächst abgewendet war: Sie rasten immer noch mit mörderischer Geschwindigkeit dem Erdboden entgegen. Sabriel, die die Hände jetzt hinter ihrem heftig schmerzenden Nakken verschränkt hielt, sah den Boden auf sich zukommen, bis er den Horizont erfüllte. Baumwipfel tauchten plötzlich vor ihr auf, und die gleißende Papierschwinge streifte die obersten Zweige mit einem Geräusch, wie wenn Hagel auf ein Blechdach prasselt. Und weiter ging's abwärts; in einer Höhe von nur wenigen Fuß jagten sie dahin über ein Feld, immer noch viel zu schnell, um eine Landung wagen zu können.

Mogget, oder wer oder was auch immer Mogget geworden war, bremste die Papierschwinge erneut ab, in einer Serie von stockernden Ruckbewegungen, die Sabriel jedesmal nach vorn in die Gurte schleuderten. Und zum ersten Mal spürte sie die unglaubliche Erleichterung, welche aus dem Wissen erwuchs, daß sie überleben würden. Noch ein letztes Bremsmanöver, und die Papierschwinge würde sicher landen, noch ein kurzes Stück auf dem weichen Gras weiterrutschen, und dann stehenbleiben.

Mogget bremste, und Sabriel stieß einen Jubelschrei aus, als die Papierschwinge sanft mit dem Bauch auf der Wiese aufsetzte und zu einer, wie es schien, perfekten Landung ausglitt. Doch der Jubelschrei schlug jählings in einen Entsetzensschrei um, als das Gras aufhörte und der Rand eines riesigen dunklen Loches direkt in ihrer Bahn sichtbar wurde.

Zu tief, um noch einmal aufzusteigen, und nun auch zu langsam, um über einen Schlund von mindestens fünfzig Ellen Breite hinwegzugleiten, erreichte die Papierschwinge den Rand, kippte vornüber und trudelte hilflos dem Grunde des Schlundes entgegen, Hunderte von Fuß in die Tiefe.

Kapitel Zwölf

Sabriel erlangte langsam das Bewußtsein wieder; es war, als ringe ihr Hirn darum, die Verbindungen zu ihren Sinnen wiederherzustellen. Als erstes kam das Hören zurück, aber es nahm nur ihr eigenes angestrengtes Atmen wahr und das Knarzen ihres gepanzerten Mantels, als sie sich mühsam in ihrem Sitz aufrichtete. Sehen konnte sie nichts, und bei dem Gedanken, womöglich erblindet zu sein, geriet sie in Panik; doch dann kam die Erinnerung zurück. Es war Nacht, und sie befand sich auf dem Grunde eines Loches, eines riesigen, runden Schachtes, in die Erde gebohrt entweder auf natürliche oder auf künstliche Weise. Dem kurzen Blick nach zu urteilen, den sie bei ihrem Sturz in die Tiefe noch hatte erhaschen können, maß das Loch gut fünfzig Ellen im Durchmesser und war mindestens hundert Ellen tief. Tageslicht würde seinen Grund wahrscheinlich so weit erhellen, daß nähere Einzelheiten auszumachen waren, aber das Licht der Sterne reichte dazu nicht aus.

Als nächstes, der Erinnerung hart auf den Fersen, folgte der Schmerz: tausend Prellungen und wehe Stellen, aber zum Glück keine ernsten Verletzungen. Sabriel bewegte die Zehen und Finger, spannte die Muskeln von Armen, Rücken und Beinen. Sie taten zwar allesamt weh, schienen aber zu funktionieren.

Sie entsann sich vage der letzten paar Sekunden vor dem Aufprall. Mogget – oder die weiße Kraft – hatte ihren Fall unmittelbar vor dem Aufschlag gebremst.

Aber es konnte gut sein, daß der eigentliche Crash überhaupt nie stattgefunden hatte, denn sie konnte sich nicht an ihn erinnern. Ein Schock, dachte sie, auf abstrakte Weise, fast so, als diagnostiziere sie jemand anderen.

Ihr nächster Gedanke kam eine Weile später, und mit ihm die Erkenntnis, daß sie wieder in Ohnmacht gefallen sein mußte. Nach diesem zweiten Erwachen waren ihre Sinneswahrnehmungen schon ein wenig schärfer; ihr Geist schien wie von einer leichten Brise erfaßt, die sie aus der mentalen Flaute heraustrug. Sie löste ihre Gurte und tastete nach ihrem Rucksack. Bei ihrem gegenwärtigen Zustand war selbst an einen simplen Charta-Spruch für Licht nicht zu denken, aber in ihrem Rucksack waren Kerzen und Zündhölzer sowie der Uhrwerkzünder.

Als das Streichholz aufflammte, bekam Sabriel einen Schreck. In dem kleinen, flackernden Kegel aus gelbem Licht sah sie, daß von der Papierschwinge lediglich der mittlere Teil des Rumpfes mit dem Cockpit heil geblieben war – der traurige blausilberne Leichnam einer einst stolzen, wunderbaren Schöpfung. Ihre Flügel lagen zerrissen und zerknittert unter dem Rumpf, und die Nase lag, vollkommen abgerissen, ein paar Schritte entfernt. Ein Auge starrte hinauf zu dem kreisförmigen Himmelsausschnitt, aber es war nicht mehr wild und lodernd. Es war nur noch gelbe Farbe und laminiertes Papier.

Sabriel starrte auf das Wrack, von Bedauern und Kummer durchpulst, bis die Flamme des Streichholzes ihr die Finger verbrannte. Sie zündete noch eines an, und dann eine Kerze.

Weitere Bestandteile der Papierschwinge lagen über eine große, offene Fläche verstreut. Vor Anstrengung ächzend, stemmte sich Sabriel aus dem Cockpit, um den Boden des Schachtes näher in Augenschein zu nehmen.

Die Inspektion ergab, daß der Schacht von Menschenhand gemacht war: Der Boden bestand aus sorgfältig gefugten Fliesen. Gras wuchs aus den Fugen zwischen den Steinen, und sie selbst waren von Flechten überzogen: kein Werk jüngeren Datums also. Sabriel setzte sich auf die kühlen Steine und fragte sich, warum jemand sich mit dem Boden eines Schachtes eine solche Arbeit gemacht haben mochte.

Das Nachdenken verlieh ihrem benebelten Geist frischen Schwung, und sie begann sich auch noch über ein paar andere Dinge zu wundern. Wo zum Beispiel war die Kraft, die einmal Mogget gewesen war? Und was für eine Kraft war das? Dieser Gedanke wiederum brachte sie auf die Idee, ihr Schwert zu holen und nach den Glocken zu schauen.

Ihr turbanartiger Helm hatte sich auf ihrem Kopf gedreht und saß fast falsch herum. Vorsichtig drehte sie ihn wieder herum; dabei spürte sie jede auch noch so leise Bewegung bis in ihren steifen, höllisch schmerzenden Nacken hinein.

Sie klebte die Kerze mit ein paar Tropfen Wachs auf dem steinernen Fußboden fest, zerrte ihren Rucksack und ihre Waffen aus dem Wrack der Papierschwinge und zündete zwei weitere Kerzen an. Die eine stellte sie neben die erste auf den Boden, die andere behielt sie in der Hand, um Licht zu haben. Sodann ging sie um die zerstörte Papierschwinge herum, nach Mogget Ausschau haltend. Am abgebrochenen Schnabel des Flugapparates hielt sie inne und berührte fast zärtlich die Augen; sie wünschte sich, sie könnte sie zudrücken.

»Es tut mir leid«, sagte sie leise. »Vielleicht werde ich eines Tages imstande sein, einen neuen zu fertigen. Es sollte einen neuen geben, der deinen Namen weiterbewahrt.«

»Sentimental, Abhorsen?« sagte eine Stimme irgendwo hinter ihr, eine Stimme, die gleichzeitig wie Mogget und überhaupt nicht wie er klingen konnte. Sie war lauter, härter, weniger menschlich, und jedes Wort schien zu knistern wie die Stromgeneratoren, die sie vom Physikunterricht auf dem Wyverley her kannte.

»Wo steckst du?« fragte Sabriel und drehte sich um. Die Stimme hatte so geklungen, als sei sie ganz dicht hinter ihr, aber innerhalb des Kreises, den der Kerzenschein ausleuchtete, war nichts zu sehen. Sabriel hob ihre Kerze ein Stück höher und wechselte sie von der rechten in die linke Hand.

»Hier«, kicherte die Stimme, und Sabriel sah Linien weißen Feuers unter dem zerborstenen Rumpf hervorlaufen, Linien, die das Papierlaminat entzündeten, so daß innerhalb weniger Sekunden das gesamte Wrack der Papierschwinge in hellen Flammen stand. Gelbrote Feuerzungen tanzten unter dickem weißem Qualm, der alles einhüllte, auch das, was da unter dem Wrack aufgetaucht war.

Kein Todessinn zuckte, doch konnte Sabriel die Freie Magie fast riechen: mit ihrem fauligen, unnatürlichen, an den Nerven zerrenden Gestank verpestete sie den natürlichen Brandgeruch. Im selben Moment sah sie die weißen Feuerlinien wieder; sie schossen unter dem Qualm hervor, liefen aufeinander zu und vereinigten sich schließlich, und aus dem lodernden Scheiterhaufen, auf dem die Papierschwinge zu Asche verbrannte, trat eine blauweiß gleißende Kreatur.

Sabriel konnte sie nicht direkt anschauen, aber aus den Augenwinkeln sah sie etwas Menschenähnliches, größer als sie, und dünn, ja geradezu dürr. Es hatte keine Beine; der Rumpf und der Kopf balancierten auf einer Säule aus wirbelnder Energie.

»Frei – bis auf den Blutpreis«, sagte das Gebilde, während es sich auf sie zu bewegte. Jede Spur von Moggets Stimme war nun verschwunden, untergegangen in knisternder Bedrohung.

Sabriel hatte keinen Zweifel, was ›Blutpreis‹ bedeutete und wer ihn entrichten würde. All ihre noch verbliebene Energie zusammenraffend, rief sie drei Charta-Zeichen an die Vorderfront ihres Geistes und schleuderte sie auf das Ding, dabei ihre Namen herausschreiend.

»Anet! Calew! Ferhan!«

Die Zeichen verwandelten sich in blitzende silberne Klingen, als sie ihre Hand, ihren Geist und ihre Stimme verließen und schneller als jedes Wurfmesser durch die Luft wirbelten – um durch die gleißende Gestalt hindurchzugehen, ohne die geringste Wirkung zu erzielen.

Die Gestalt lachte – es klang eher wie das Jaulen eines schmerzgepeinigten Hundes – und glitt langsam vorwärts, direkt auf Sabriel zu. Ihre trägen, fast lässig anmutenden Bewegungen schienen ausdrücken zu wollen, daß sie keine Probleme damit haben würde, Sabriel zu erledigen, ebensowenig, wie sie Probleme damit gehabt hatte, die Papierschwinge in ein Häufchen Asche zu verwandeln.

Sabriel zückte ihr Schwert und wich zurück, fest entschlossen, nicht in Panik zu verfallen, wie sie es angesichts des Mordicants getan hatte. Ihr Blick huschte hastig nach links und nach rechts, als sie das Gelände neben und hinter sich taxierte, ohne dabei ihren Kontrahenten aus den Augen zu lassen. Fieberhaft überlegte sie, welche Möglichkeiten sie hatte. Vielleicht eine der Glocken – aber das würde bedeuten, daß sie die Kerze fallenlassen mußte. Konnte sie darauf rechnen, daß das gleißende Licht, das die Kreatur ausstrahlte, ihr den Weg ausleuchten würde?

Fast so als könne es Gedanken lesen, begann das Geschöpf plötzlich an Leuchtkraft einzubüßen und Dunkelheit in seinen wirbelnden Leib einzusaugen wie ein Schwamm die Tinte. Binnen weniger Sekunden wurde es so dunkel, daß Sabriel es kaum noch zu erkennen vermochte: eine furchterregende Silhouette vor der orangefarbenen Glut der verglimmenden Papierschwinge.

Verzweifelt versuchte Sabriel sich zu erinnern, was sie über die Grundlagen der Freien Magie wußte. Ihr Vater war nur selten darauf eingegangen, und Magistrix Greenwood hatte das Thema auch nur in seinen Grundzügen behandelt. Sabriel kannte die Bindungsformeln für zwei der geringeren Verwandten der Freimagie-Wesen, aber die Kreatur, mit der sie es hier zu tun hatte, war weder Margrue noch Stilken.

»Denk gut nach, Abhorsen!« höhnte die Kreatur, während sie weiter vorrückte. »Schade nur, daß dein Kopf nicht allzu gut funktioniert.«

»Du hast ihn davor bewahrt, nie wieder zu funktionieren«, versetzte Sabriel müde. Immerhin hatte er – es – die Papierschwinge vor dem Absturz bewahrt; vielleicht war ja doch noch irgendwo ein Fünkchen Gutes in ihm, irgendein Überrest von Mogget: wenn sie es nur irgendwie herauskitzeln konnte.

»Gefühlsduseleien«, erwiderte das Ding, immer noch lautlos gegen Sabriel vorrückend. Es lachte erneut sein heulendes Lachen, und ein dunkler, tentakelartiger Arm schnellte plötzlich aus ihm hervor, überwand in Blitzesschnelle den freien Raum zwischen der Kreatur und Sabriel und versetzte ihr einen peitschenartigen Hieb quer über das Gesicht.

»Eine Erinnerung – hiermit ausgelöscht!« schnarrte die Kreatur, während Sabriel unter der Wirkung des Schlages zurücktaumelte und ihr Schwert hochriß, um einen zweiten Hieb des Tentakels zu parieren. Anders als zuvor die Silberklingen traf die Schneide ihres Schwertes auf Widerstand, als sie das unnatürliche ›Fleisch‹ der Kreatur berührte, doch die einzige Wirkung war die, daß Sabriel sich den Arm dabei verletzte.

Auch ihre Nase blutete; der warme, nach Salz schmeckende Strom biß ihr in die vor Kälte aufgesprungenen Lippen. Sie versuchte die Blutung zu ignorieren und statt dessen die Schmerzen, die, wie sie fürchtete, von einem gebrochenen Nasenbein herrührten, dazu zu benutzen, um ihren Geist wieder auf normale Denkgeschwindigkeit zu bringen.

»Erinnerungen, ja, ja, viele Erinnerungen«, fuhr die Kreatur fort. Sie umkreiste Sabriel jetzt, drängte sie wieder dorthin zurück, woher sie gekommen waren, zurück zu dem verglimmenden Wrack der Papierschwinge. Die Glut würde bald verlöschen, und dann würde nur noch Dunkelheit um sie herum sein, denn Sabriels Kerze war nur mehr ein Klumpen Wachs, längst erloschen. Sie warf sie fort.

»Jahrtausende der Knechtschaft, Abhorsen. An dich gekettet durch Betrug und Verrat... Gefangener in einer widerwärtigen fleischlichen Form... aber du wirst dafür zahlen... langsam, nicht schnell – ganz und gar nicht schnell!«

Ein Tentakel schoß heraus, diesmal tief, auf Wadenhöhe, um Sabriel zum Straucheln zu bringen. Sie sprang behende darüber und stieß gleichzeitig mit der Klinge nach der Brust der Kreatur. Doch die glitt blitzschnell zur Seite und fuhr dabei einen weiteren Tentakel aus, der sie mitten im Sprung packte und zu der Kreatur hinzerrte.

Der Tentakel pinnte Sabriels Schwertarm an ihrer Hüfte fest und zog sie immer näher an die Kreatur heran, bis ihr Gesicht einen Fingerbreit von ihrem brodelnden, in ständiger Bewegung befindlichen Fleisch entfernt war; es war, als summten Milliarden winziger Insekten hinter einer Membrane aus vollkommener Finsternis.

Ein weiterer Tentakel packte sie an der Rückseite ihres Helmes und zwang sie aufzublicken, bis sie den Kopf der Kreatur sah, genau über ihr. Ein Ding von gröbster Anatomie: die Augen waren wie schwarze Löcher ohne sichtbaren Grund. Eine Nase fehlte, aber ein Maul spaltete die scheußliche Visage in zwei Hälften, ein Maul, das leicht geöffnet war, so daß Sabriel dahinter den blauweißen Glast sehen konnte, den die Kreatur anfangs als Leib benutzt hatte.

Alle Charta-Magie war aus Sabriels Geist gewichen. Ihr Schwert war gefesselt, desgleichen ihre Glocken, und selbst wenn sie es nicht gewesen wären, hätte sie nicht gewußt, wie sie diese ihre Waffen gegen eine nicht-tote Kreatur hätte einsetzen sollen. Trotzdem überlegte sie fieberhaft weiter, verzweifelt nach irgendeiner Möglichkeit fahndend, die Hilfe versprach.

In höchster Not fiel ihrem gepeinigten Geist der Ring wieder ein. Er stak an ihrer linken, ihrer freien Hand – ein kühler silberner Reif an ihrem Zeigefinger.

Nur – sie wußte nicht, was sie damit tun sollte, und der Kopf der Kreatur beugte sich jetzt zu ihr herab: Der Hals dehnte sich, wurde lang und immer länger, bis der Kopf dem einer Schlange glich, die sich drohend über ihr auftürmte. Das Maul öffnete sich noch ein Stück weiter, und weißglühende, zischende Funken stoben heraus und fielen auf ihren Helm und ihr Gesicht, versengten Stoff und Haut, winzige Brandwunden hinterlassend, wie tausend Stiche mit einer glühenden Nadel. Der Ring fühlte sich plötzlich locker an ihrem Finger an. Sabriel schloß instinktiv die Hand, aber der Ring fühlte sich wie zum Trotze noch lockerer an. Er glitt an ihrem Zeigefinger herunter, dehnte sich aus, wuchs, bis Sabriel auch ohne hinzuschauen wußte, daß sie einen silbernen Reif in der Hand hielt, der größer war als der schlanke Schlangenkopf der Kreatur. Und mit einem Mal wußte sie, was sie tun mußte.

»Als erstes reiße ich dir ein Auge heraus«, schnarrte die Kreatur, und ihr funkenstiebender Brodem versengte Sabriel das Gesicht. Die Kreatur neigte den Kopf seitwärts und riß ihr Maul noch weiter auf, so weit, daß der Unterkiefer aus seinen Scharnieren sprang.

Sabriel riskierte einen letzten, prüfenden Blick, ehe sie die Augen zukniff, um von dem harten, grellweißen Feuer nicht geblendet zu werden, und warf den silbernen Reif über den Kopf der Kreatur, inständig hoffend, daß sie ihn nicht verfehlte.

Für eine Sekunde, während die Hitze größer wurde und sie einen fürchterlichen, brennenden Schmerz an ihrem linken Auge spürte, glaubte sie, sie habe den Kopf verfehlt. Dann wurde ihr der Reif aus der Hand gerissen, und sie wurde weggeschleudert wie eine Spielzeugpuppe.

Sie landete hart auf den kalten Fliesen. Sie schüttelte den Kopf und schlug die Augen auf. Das linke brannte wie Feuer und war tränenverschleiert, aber es war noch da – und es funktionierte noch.

Sie hatte den Silberreif in der Tat über den Kopf der Kreatur geworfen, und nun rutschte er langsam an dem langen Schlangenhals herunter. Dabei schrumpfte er langsam wieder zusammen, taub gegen die verzweifelten Versuche der Kreatur, sich von ihm zu befreien. Sie hatte jetzt sechs oder sieben mit Fingern versehene Tentakel, die allesamt versuchten, sich unter den Ring zu zwängen. Aber das Metall vertrug sich offenbar nicht mit der Substanz der Kreatur: sobald die Finger den Reif berührten, erklang ein Zischen, wie wenn ein Wassertropfen in eine heiße Bratpfanne fällt, und die Finger zuckten wieder zurück, außerstande, die Berührung auch nur eine Sekunde zu ertragen.

Auch die Dunkelheit, die das Geschöpf umhüllte, begann zu verschwinden; ihr Pegel sank langsam nach unten, wie als versickere eine dunkle Flüssigkeit durch ein unsichtbares Loch im Boden eines Gefäßes. Was blieb, war zischende, weißblau pulsierende Grellheit. Und immer noch kämpfte die Kreatur verzweifelt mit dem Ring: Ihre lodernden Hände formten sich immer wieder aufs Neue, ihr gleißender Leib zappelte, drehte und wand sich, ja er bockte sogar wie ein störrisches Pferd, als könne er dadurch den Ring abwerfen wie einen lästigen Reiter.

Schließlich gab die Kreatur den sinnlosen Kampf auf und wandte sich jaulend und prasselnd dem Quell ihrer Pein zu: Sabriel. Zwei lange Arme schnellten aus ihrer gleißenden Mitte hervor und fielen klatschend auf den Steinboden. Krallen wuchsen aus ihren Händen, die über die Fliesen auf Sabriel zukrochen wie Spinnen auf ihr Opfer und dabei tiefe Furchen in den Stein kratzten; doch einen Schritt vor Sabriel endeten die Arme, und die tödlichen Krallen verfehlten ihr Ziel.

»Nein!« heulte das Ding, und sein ganzer zuckender, sich windender Körper schoß vorwärts, mit ausgestreckten Armen. Wieder verfehlten die Krallen ihr Ziel, als Sabriel sich blitzschnell zur Seite wälzte.

Der silberne Ring zog sich noch mehr zusammen, und ein markerschütternder Schrei aus Angst, Wut und Verzweiflung kam aus der Mitte des weißglühenden Gebildes. Die Arme schrumpften wieder zurück in den Rumpf; der Kopf versank zwischen den Schultern, und der ganze Körper schmolz zu einem amorphen Klumpen von schimmerndem Weiß, umgürtet von einem silbernen Reif, dessen Rubin wie ein Blutstropfen glitzerte.

Sabriel starrte ihn an, außerstande, den Blick abzuwenden oder überhaupt irgend etwas zu tun; sie vermochte nicht einmal den Blutfluß aus ihrer Nase zu stillen, der jetzt ihr halbes Gesicht und ihr Kinn bedeckte. Ihre Lippen waren mit getrocknetem und geronnenem Blut regelrecht zusammengeklebt. Sie hatte das Gefühl, daß irgend etwas noch ungetan war, etwas, das sie, Sabriel, tun mußte.

Als sie vorsichtig näher an den gleißenden Klumpen herankroch, sah sie, daß der Ring keine Charta-Zeichen aufwies, die ihr hätten sagen können, was zu tun war. Müde raffte sie sich auf die Knie und nestelte an ihrem

Glockenbandelier. Saraneth war schwer, fast zu schwer, aber irgendwie gelang es Sabriel, sie aus ihrer Tasche zu ziehen und zu läuten. Ihre tiefe, gebieterische Stimme scholl machtvoll durch das Loch; sie schien die weißlodernde, reifumgürtete Masse geradewegs zu durchdringen.

Der Ring summte wie zur Antwort auf das Geläut der Glocke und sonderte einen birnenförmigen Tropfen seiner eigenen Substanz ab, der, als er abkühlte, sich zu einer Miniatur-Saraneth formte. Zur gleichen Zeit veränderte der Ring sowohl seine Farbe als auch seine Konsistenz. Das Rot des Rubinsteines schien zu zerlaufen, und ein roter Schimmer durchdrang das Silber. Eine Sekunde später war es stumpf und gewöhnlich – kein silbernes Band mehr, sondern ein rotes Lederhalsband mit einer Miniatur-Silberglocke.

Während diese Verwandlung sich vollzog, begann die weiße Masse zu erzittern und wieder grell aufzuleuchten, so grell, daß Sabriel die Augen mit den Händen abschirmen mußte. Als die Schatten wieder zusammenwuchsen, schaute Sabriel wieder hin, und da saß Mogget, mit einem roten Lederhalsband und einem Gesichtsausdruck, als würde er jeden Moment einen Haarball hochwürgen.

Es war aber kein Haarball, sondern ein Silberring mit einem Rubin, der Moggets inneres Licht widerspiegelte. Er kam mit einem leisen Klimpern auf Sabriel zugerollt. Sie hob ihn auf und steckte ihn sich zurück an den Finger.

Das Licht in Moggets Innerem verblaßte, und auch die letzte Glut der Papierschwinge war jetzt erloschen: Sie war nur noch ein trauriges Häuflein Asche. Die Dunkelheit war zurückgekehrt und hatte Sabriel eingehüllt, mit all ihren Schmerzen und Ängsten. Sie saß stumm und apathisch da; sie dachte nicht einmal mehr.

Ein Weilchen später spürte sie, wie eine weiche Katzennase gegen ihre gefalteten Hände stupste. Und sie fühlte eine Kerze, die Mogget in seinem Maul hielt.

»Deine Nase blutet immer noch«, sagte eine vertraute, belehrend klingende Stimme. »Zünde die Kerze an, putz dir die Nase und hol ein paar Decken raus, damit wir schlafen können. Es wird langsam kalt hier.«

»Willkommen daheim, Mogget«, flüsterte Sabriel.

KAPITEL DREIZEHN

WEDER SABRIEL noch Mogget erwähnten die Geschehnisse der vorausgegangenen Nacht, als sie erwachten. Während Sabriel ihre dick geschwollene Nase mit ein wenig Wasser aus ihrer Feldflasche abtupfte, dachte sie, daß sie wahrlich kein gesteigertes Interesse daran hatte, diesen Wach-Alptraum noch einmal in der Erinnerung zu durchleben, und Mogget schwieg zerknirscht. Doch wie auch immer: ungeachtet dessen, was später passiert war, hatte die Befreiung von Moggets Alter Ego – oder was immer es war – sie vor der sicheren Vernichtung durch den Sturm gerettet.

Wie erwartet hatte das Morgengrauen ein wenig Licht in ihr Gefängnis gebracht, und im Laufe des Tages war es zumindest so hell geworden, daß Sabriel lesen und Gegenstände in ihrer unmittelbaren Nähe erkennen konnte. Alles, was weiter als zwanzig oder dreißig Schritte entfernt war, blieb indes im Dunkeln.

Das Loch maß vielleicht hundert Schritte im Durchmesser, nicht fünfzig, wie sie zuerst geschätzt hatte, als sie hineingestürzt waren. Der gesamte Boden war gepflastert, mit einem kreisförmigen Abfluß in der Mitte, und es gab mehrere Tunneleingänge, die in den steil abfallenden Fels führten, Tunnel, von denen sie wußte, daß sie keine andere Wahl haben würde, als sie zu benutzen, denn es gab nirgendwo Wasser. Und die Chancen, daß es regnen würde, schienen ebenfalls gering. Es war zwar kühl, aber bei weitem nicht so kalt wie auf dem Plateau in der Nähe von Abhorsens Haus. Das Klima wurde gemildert von der Nähe zum Ozean und von einer Höhe, die allenfalls auf dem Niveau des Meeresspiegels, wenn nicht gar darunter lag, denn bei Tageslicht sah Sabriel, daß das Loch mindestens hundert Ellen tief war.

Sie hielt ihre Feldflasche ans Ohr und schüttelte sie. Das Gluckern des Wassers hatte etwas Beruhigendes: Die Flasche war noch immer mindestens halbvoll. Sie machte es sich so gut es ging auf ihrem leicht angesengten Rucksack bequem, rieb ihre Prellungen mit Kräutersalbe ein und linderte das Brennen auf ihrer Stirn und ihren Wangen mit einem Brei aus übelriechenden Tanmaril-Blättern. Was ihre Nase anbelangte, so war eine Behandlung hier nicht so einfach: Sie war zum Glück zwar nicht gebrochen, aber sie war dick angeschwollen und schmerzte höllisch – zu sehr, als daß Sabriel das getrocknete Blut, mit dem sie dick verkrustet war, vollständig hätte entfernen können.

Nach einer Stunde schüchternen Schweigens löste Mogget sich aus seiner Erstarrung und begann das Terrain zu erkunden, das von Sabriel dargebotene Frühstück aus Keksen und Dörrfleisch unberührt stehenlassend. Sie schätzte, daß er statt dessen eine Ratte oder etwas ähnlich Appetitanregendes aufstöbern würde. In gewisser Hinsicht war sie ganz froh, als er weg war. Die Erinnerung an die Freimagie-Bestie, die sich hinter dem possierlichen weißen Kätzchen verbarg, machte ihr immer noch mächtig zu schaffen.

Doch als die Sonne so weit aufgestiegen war, daß sie als kleine Scheibe inmitten des größeren, durch den Rand des Loches begrenzten Ringes aus Licht auszumachen war und Mogget noch immer nicht zurückgekehrt war, begann sie sich langsam Sorgen zu machen. Sie raffte sich steifbeinig auf und humpelte, ihr Schwert als Krückstock benutzend und bei jedem Schritt vor Schmerzen die Zähne zusammenbeißend, zu der Tunnelöffnung, die er gewählt hatte.

Und – wie hätte es auch anders sein können? – just in dem Moment, als sie vor der Tunnelmündung eine Kerze anzündete, tauchte Mogget hinter ihr auf.

»Suchst du nach mir?« miaute er unschuldig.

»Nach wem sonst?« raunzte Sabriel. »Hast du irgendwas gefunden? Irgend etwas Nützliches, meine ich. Wasser zum Beispiel.«

»Nützlich?« fragte Mogget und rieb sich das Kinn zwischen den Vorderpfoten. »Vielleicht. Jedenfalls aber interessant. Wasser? Ja, auch.«

»Wie weit entfernt von hier?« fragte Sabriel, ihres schmerzbedingt eingeschränkten Aktionsradius' nur allzu gewahr. »Und was meinst du mit ›interessant‹? Gefährlich?«

»Nicht weit – durch diesen Tunnel«, erwiderte Mogget. »Es ist nicht ganz ungefährlich, dort hinzugelangen – eine Falle und einige andere Kleinigkeiten, aber nichts, was dir etwas anhaben könnte. Und was den interessanten Teil angeht, da wirst du dir schon selbst ein Bild machen müssen, Abhorsen.«

»Sabriel«, korrigierte ihn Sabriel automatisch, während sie versuchte, vorauszudenken. Sie brauchte mindestens zwei Tage, um sich zu erholen, aber mehr auch nicht. Jeder Tag, den sie verlor, bis sie den materiellen Körper ihres Vaters fand, konnte sich als Katastrophe erweisen. Sie mußte ihn einfach so schnell wie möglich finden. Ein Mordicant, Schattenhände, Blutkrähen – es war jetzt ganz offensichtlich, daß ein furchtbarer Feind sich gegen Vater und Tochter gleichermaßen in Stellung gebracht hatte. Dieser Feind hatte ihren Vater bereits in der Falle; es mußte sich also um einen sehr potenten Schwarzkünstler handeln, oder um irgendeine Größere Tote Kreatur. Vielleicht war es dieser Kerrigor…

»Ich hole meinen Rucksack«, entschied sie und humpelte zurück. Mogget huschte ihr dabei kreuz und quer vor den Beinen herum wie ein herumtollendes Kätzchen, so daß sie ein paarmal fast über ihn stolperte. Sabriel führte dies auf die Unergründlichkeit des Wesens von Katzen im allgemeinen zurück und enthielt sich eines Kommentars.

Wie Mogget es versprochen hatte, war der Tunnel nicht lang, und seine sorgfältig gemauerten Stufen und der gepflasterte Fußboden machten ihr das Vorankommen leicht, außer an der Stelle, wo sie der kleinen Katze exakt über die Steine folgen mußte, um einer geschickt getarnten Fallgrube auszuweichen. Ohne Moggets Hilfe wäre sie gewiß hineingefallen.

Es gab aber auch magische Abwehrvorrichtungen. Uralte, feindselige Zauberbanne lauerten wie Motten in den Ecken und Winkeln des Tunnels und warteten darauf, bei ihrem Erscheinen aufzustieben, sie zu umzingeln und sie mit ihrer Macht zu ersticken; aber irgend etwas hemmte schon ihre erste Reaktion, und sie ließen sich wieder in ihren Ecken und Winkeln nieder. Einige Male spürte Sabriel eine geisterhafte Berührung, wie von einer Hand, die sich nach ihr ausstreckte und über das Charta-Mal auf ihrer Stirn strich, und kurz vor dem Ende des Tunnels sah sie zwei Wacht-Entsendungen in den Fels zurückschmelzen. Die Spitzen ihrer Hellebarden blitzten noch kurz im Schein der Kerze auf, ehe auch sie mit dem Gestein eins wurden.

»Wohin gehen wir?« flüsterte sie unruhig, als die Tür vor ihnen sich knarrend öffnete, ohne daß eine Kraft sichtbar wurde, die dies bewirkte.

»Ein weiteres Loch«, sagte Mogget nüchtern. »Der Ort, wo das Erste Blut… rrrgh.«

Er würgte, zischte und faßte dann seinen Satz neu mit den Worten: »Ein bemerkenswerter Ort.«

»Was willst du damit sagen?« fragte Sabriel, aber sie verstummte sogleich, als sie durch die Tür traten: Magische Kraft zupfte plötzlich an ihrem Haupthaar, ihren Händen, ihrem Umhang, dem Griff ihres Schwertes.

Mogget standen sofort die Haare seines Fells zu Berge, und sein Halsband drehte sich von selbst um eine halbe Umdrehung, bis die Charta-Zeichen der Bindung oben und deutlich lesbar waren, hell abgehoben gegen das Leder.

Dann waren sie durch. Sie standen am Grunde eines zweiten Loches. Frühes Zwielicht erhellte das Areal um sie herum. Die Sonne war bereits im Begriff, über den Rand des kreisförmigen ›Horizontes‹ am oberen Ende des Loches hinwegzuwandern.

Dieses Loch war weitaus größer als das erste: Sein Durchmesser betrug bestimmt eine Meile, und es war gewiß mehr als sechshundert Fuß tief. Offenbar handelte es sich um einen Einsturztrichter. Trotz ihrer gewaltigen Größe war die gesamte Grube nach oben durch ein glänzendes, spinnwebfeines Netz abgeschottet, das auf etwa drei Viertel der Gesamthöhe übergangslos in der steinernen Wand des Loches zu verschwinden schien. Sabriel mußte durch ihr Fernrohr schauen, um die feine Diamantstruktur des Gespinstes klar erkennen zu können. Es wirkte von unten nicht gerade so, als sei es besonders reißfest, aber die ausgedörrten Vogelleiber, die auf ihm verstreut lagen, deuteten auf beträchtliche Festigkeit hin. Sabriel vermutete, daß die bemitleidenswerten Kreaturen sich in ihm verheddert hatten, als sie auf der Suche nach Nahrung in das Loch hineingeflattert waren.

In dem Loch selbst herrschte beachtliche, wenngleich wenig aufregende, Vegetation. Vornehmlich verkrüppelte Bäume und mißgebildete Sträucher und Büsche. Aber Sabriel hatte nur wenig Aufmerksamkeit für die Bäume übrig, denn in den freien Räumen zwischen den einzelnen Flecken von Vegetation befanden sich mit Steinen gepflasterte Flächen, und auf jedem dieser gepflasterten Areale ruhte ein Schiff.

Vierzehn einmastige Langschiffe lagen dort, die

schwarzen Segel gehißt, um einen nicht vorhandenen Wind einzufangen, die Riemen klar, um gegen eine imaginäre Flut anzukämpfen. Ihre Flaggen und Fahnen hingen schlaff an Mast und Takelage, doch brauchte Sabriel sie nicht entfaltet zu sehen, um zu wissen, welch seltsame Fracht diese Schiffe trugen. Sie hatte von dieser Stätte gehört – wie jedes Kind in den nördlichen Regionen Ancelstierres, nahe der Grenze zum Alten Königreich. Hunderte Legenden und Geschichten von Abenteuern, Romanzen und sagenhaften Schätzen rankten sich um diesen schaurigen Hafen.

»Totenschiffe«, sagte Sabriel. »Königliche Schiffe.«

Weitere Bestätigung hierfür lieferten ihr die Bindungs-Zauberformeln, die in den Schmutz zu ihren Füßen am Tunneleingang hineingewirkt waren, Formeln endgültigen Todes, die nur von einem Abhorsen gesprochen worden sein konnten. Kein Schwarzkünstler würde jemals einen der alten Herrscher des Alten Königreiches erwecken.

»Die berühmte Grabstätte des Ersten... chkk... der Könige und Königinnen des Alten Königreiches«, brachte Mogget mit einiger Mühe heraus. Er tanzte um Sabriels Füße herum, dann stellte er sich auf die Hinterläufe und vollführte weitausholende Gesten, wie ein Zirkusdirektor in weißem Pelz. Schließlich schoß er davon zu den Bäumen.

»Komm mit, hier gibt's eine Quelle, eine Quelle, eine Quelle!« sang er fröhlich, im Takt seiner Worte auf und ab hüpfend.

Sabriel folgte ihm zögernd. Sie schüttelte den Kopf und fragte sich verwundert, was wohl geschehen sein mochte, daß Mogget so heiter gestimmt war. Sie fühlte sich zerschunden, müde und niedergeschlagen. Die Erinnerung an das Freimagie-Monstrum erfüllte sie noch immer mit Grauen, und der Gedanke an die verbrannte Papierschwinge stimmte sie traurig.

Auf dem Weg zur Quelle kamen sie dicht an zweien der Schiffe vorbei. Mogget führte sie in einem lustigen Tanz um beide Schiffe herum, in einer rasenden Umrundung aus Hüpfern, Sprüngen und Drehungen, aber die Wände der Schiffe waren zu hoch, als daß Sabriel einen Blick in ihr Inneres hätte werfen können, und sie verspürte kein Verlangen, an einem der Riemen hochzuklimmen. Sie blieb jedoch stehen, um sich die Galionsfiguren anzuschauen – beidesamt beeindruckende Männer, einer in den Vierzigern, der andere ein wenig älter. Beide trugen einen Bart, hatten den gleichen ehrfurchtgebietenden Blick und trugen Panzer ähnlich dem von Sabriel, schwer behangen mit Medaillen, Ketten und anderem Zierrat. Jeder von beiden hielt ein Schwert in der Rechten, und in der Linken ein halb entrolltes Pergament: die heraldische Darstellung der Charta.

Das dritte Schiff war anders als die ersten beiden. Es war kürzer und schmuckloser; kein schwarzes Segel zierte seinen nackten Mast. Auch ragten keine Riemen aus seinen bretternen Flanken, und als Sabriel den Quell erreichte, der unter seinem Heck murmelte, gewahrte sie unkalfaterte Fugen zwischen dem Geplänk, und sie begriff, daß das Schiff unvollendet war.

Neugierig geworden, setzte sie ihren Rucksack neben dem kleinen Quell ab und schritt um den Bug herum. Auch der war anders als die vorigen, denn die Galionsfigur war ein junger Mann, ein nackter junger Mann, vollkommen bis in die kleinste Einzelheit geschnitzt.

Sabriel errötete ein wenig, denn die Figur war wirklich vollkommen, als wäre ein leibhaftiger junger Mann aus Fleisch und Blut in eine hölzerne Figur verwandelt worden, und der einzige nackte Mann, den sie je gesehen hatte, war der aus mehreren übereinandergelegten transparenten Folien bestehende aus ihrem Biologiebuch auf dem Wyverley. Seine Muskeln waren schlank und wohlgestaltet, sein Haar war kurz und kleingelockt. Seine Hände, wohlgeformt und elegant, waren halb erhoben, als wolle er irgendein Übel abwehren.

Die Detailtreue erstreckte sich sogar auf einen beschnittenen Penis, den Sabriel verstohlen begutachtete, bevor sie den Blick wieder auf das Gesicht des jungen Mannes lenkte. Es war nicht unbedingt hübsch, aber gewiß auch nicht unansehnlich. Es war ein verantwortungsvolles Gesicht, und es trug den erschreckten Ausdruck von jemandem, der verraten worden ist und es eben erst gemerkt hat. Auch Furcht war zu erkennen, und so etwas wie Haß. Er sah mehr als nur ein bißchen zornig aus. Sein Gesichtsausdruck beunruhigte sie, erschien er ihr doch als zu menschlich, als daß er das Werk eines Holzschnitzers hätte sein können, ganz gleich wie begabt dieser auch gewesen sein mochte.

»Zu lebensecht«, murmelte Sabriel und wich einen Schritt vor der Galionsfigur zurück. Ihre Hand glitt zum Griff ihres Schwertes, ihre magischen Sinne tasteten feinen Antennen gleich ihre unmittelbare Umgebung ab, nach einer Falle oder einer Täuschung fahndend.

Da war keine Falle, und dennoch fühlte Sabriel etwas in oder an der Galionsfigur. Eine Empfindung ähnlich der bei einem Toten Geist, aber nicht ganz die gleiche – ein Gefühl, das sie nicht einzuordnen vermochte.

Während sie versuchte, das Gefühl zu erkennen, untersuchte sie die Galionsfigur aufs Neue. Sie betrachtete sie eingehend aus allen Blickwinkeln. Der Körper des Mannes war jetzt ein Problem des Verstandes, weshalb sie ihn ohne jedes Gefühl von Verlegenheit musterte: Sie studierte seine Finger, seine Fingernägel und seine Haut. Wie perfekt sie nachgebildet waren! Selbst kleinste Details wie die winzigen Narben auf der Hand, das Ergebnis von ausgiebigen Übungen im Umgang mit Schwert und Dolch, waren liebevoll nachempfunden. Auch das Charta-Taufmal auf der Stirn, blaß zwar, doch deutlich erkennbar, sowie die feinen Äderchen auf den Augenlidern fehlten nicht.

Die Inspektion führte sie zur Gewißheit über das, was sie entdeckt hatte, aber sie zögerte noch hinsichtlich der Maßnahmen, die zu ergreifen waren, und machte sich statt dessen auf die Suche nach Mogget. Nicht daß sie viel Vertrauen in Ratschläge oder Antworten von dieser Seite gesetzt hätte, zog man Moggets augenblickliche Neigung in Betracht, sich wie eine ziemlich alberne Katze aufzuführen; aber vielleicht war das auch nur eine Reaktion auf sein kurzes Erlebnis, wieder eine Freimagie-Bestie zu sein, ein Erlebnis, das er womöglich seit Jahrtausenden nicht mehr hatte goutieren können. Die Wiedererlangung der Katzengestalt bedeutete wahrscheinlich eine willkommene Erleichterung.

Tatsächlich war überhaupt kein Rat von Mogget zu bekommen. Sabriel fand ihn schlafend in einem Blumenfeld gleich bei der Quelle, mit zuckendem Schwanz und zuckenden Pfoten: Wahrscheinlich träumte er von tanzenden Mäusen. Sabriel betrachtete die strohgelben Blumen, schnupperte an einer, kraulte Mogget hinter den Ohren und ging zurück zu der Galionsfigur. Die Blumen waren Katzenmelissen, was sowohl Moggets vorherige manische Stimmung als auch seinen jetzigen Tiefschlaf erklärte. Sie würde ihre Entscheidung allein treffen müssen.

»So«, sagte sie, die Galionsfigur wie ein Anwalt vor Gericht ansprechend. »Ihr seid also das Opfer Freier Magie und schwarzkünstlerischer Tücke. Euer Geist liegt weder im Leben noch im Tode, sondern irgendwo dazwischen. Ich könnte in das Reich des Todes hinüberwechseln und würde Euch, da bin ich sicher, irgendwo in der Nähe der Grenze finden; aber ich könnte dort auch auf eine Menge Probleme stoßen. Und Probleme kann ich mir in meinem derzeitigen beklagenswerten Zustand nicht leisten. Was soll ich also tun? Was täte

Vater – Abhorsen… oder jeder andere Abhorsen – an meiner Stelle?«

Sie dachte eine Weile darüber nach, während sie auf und ab schritt, ihre Prellungen für einen Moment vergessend. Jene letzte Frage schien ihr ihre Pflicht deutlich zu machen. Sabriel war sicher, daß ihr Vater den Mann befreien würde. Das war sein Beruf, dafür lebte er. Es war die Pflicht eines Abhorsen, unnatürliche Schwarzkunst und Freimagie-Hexerei zu vereiteln und ihre Folgen zu beheben.

Weiter als bis zu diesem Punkt dachte sie nicht – vielleicht aufgrund ihres unbesonnenen Schnupperns an den Katzenmelissen. Sie bedachte nicht einmal, daß ihr Vater wahrscheinlich gewartet hätte, bis er sich körperlich wieder besser gefühlt hätte, vielleicht bis zum nächsten Tag. Schließlich war dieser junge Mann schon viele Jahre mit seinem physischen Körper in seinem hölzernen Kerker gefangen, und sein Geist saß irgendwo im Tode fest. Da würden ihm ein paar Tage länger auch nichts mehr ausmachen. Ein Abhorsen mußte nicht sofort jede Pflicht übernehmen, die sich ihm präsentierte…

Doch zum ersten Mal seit sie den Wall überquert hatte, fühlte Sabriel, daß es ein klar umrissenes Problem für sie zu lösen gab. Ein Unrecht, das es wiedergutzumachen galt, und noch dazu eines, das nicht mehr als ein paar Minuten Aufenthalt an der Grenze zum Tode erfordern würde.

Ein kleiner Rest von Vorsicht blieb ihr jedoch. Sie ging zu Mogget, hob ihn auf und legte die schlummernde Katze der Galionsfigur zu Füßen. Sie hoffte, daß er aufwachen werde, sollte irgendeine körperliche Gefahr drohen, obwohl dies unwahrscheinlich war in Anbetracht der Wächter und Abwehrzauber an den Zugängen zu dem Loch. Es gab sogar Barrieren, die es schwierig machen würden, in das Reich des Todes hineinzugelangen, und die es etwas Totem fast unmöglich machen würden, ihr zurück ins Leben zu folgen. Alles in allem schien es der beste Ort zu sein, um eine kleinere Rettungsaktion zu unternehmen.

Sie überprüfte noch einmal die Glocken, ließ die Hände über das glatte Holz ihrer Griffe gleiten, fühlte ihre Stimmen, die begierig darauf warteten, ertönen zu können. Dieses Mal war es Ranna, die sie aus ihrer Ledertasche befreite. Ranna war die unauffälligste der Glocken; sie lullte die, die sie vernahmen, sanft ein, verführte sie zu Schläfrigkeit oder Unaufmerksamkeit.

Warnende Gedanken streiften Sabriel wie tastende Finger, aber sie mißachtete sie. Sie fühlte sich zuversichtlich, gerüstet für das, was nicht mehr als ein kleiner Spaziergang in den Tod sein würde, umfassend abgesichert durch die Schutzvorrichtungen dieser königlichen Nekropole. Das Schwert in der einen Hand, die Glocke in der andern, schritt sie in den Tod.

Eiseskälte schlug ihr entgegen, und die unerbittliche Strömung zerrte an ihren Waden, aber sie behauptete ihren Stand. Sie spürte immer noch die Wärme des Lebens auf ihrem Rücken. Dies war genau die Schwelle zwischen den beiden Reichen, die Stelle, von der aus sie sich normalerweise vorwärts bewegen würde. Diesmal freilich blieb sie stehen und benutzte ihren fortdauernden schwachen Kontakt mit dem Leben als Anker, um sich gegen die Wasser des Todes zu behaupten.

Alles schien still, bis auf das konstante Gurgeln des Wassers an ihren Waden und das ferne Tosen des Ersten Tores. Nichts regte sich, keine Gestalten tauchten aus dem grauen Licht vor ihr auf. Behutsam setzte Sabriel ihren Todessinn ein, um zu erspüren, ob irgend etwas dort lauerte, um den schwachen Funken des gefangenen, aber noch lebendigen Geistes des jungen

Mannes zu ertasten. Zurück im Leben, war sie ihm physisch nahe, also mußte sie hier in der Nähe seines Geistes sein.

Und sie spürte auch etwas, aber es schien tiefer im Tode zu sein, als sie erwartet hatte. Sie versuchte es zu erspähen, blinzelte angestrengt in das eigentümliche Grau, das es unmöglich machte, Entfernungen zu schätzen, aber nichts war zu sehen. Was immer dort war, es lauerte unter der Wasseroberfläche.

Sabriel zögerte noch einen Moment, dann watete sie darauf zu, vorsichtig ihren Weg ertastend, behutsam einen Schritt vor den anderen setzend, immer der zerrenden Strömung gegenwärtig. Da draußen war ganz eindeutig etwas Merkwürdiges. Sie fühlte es ganz stark; es mußte der gefangene Geist sein. Sie überhörte die leise Stimme in ihrem Hinterkopf, die sie mahnte, es könne womöglich eine auf Abwege geratene Tote Kreatur sein, die stark genug war, um sich gegen die reißende Strömung des Flusses zu behaupten...

Dennoch, als sie nur noch ein paar Schritte von ihm entfernt war, ließ sie Ranna erklingen, ein gedämpftes, schläfriges Läuten, welches die Vorstellung von einem Gähnen mit sich trug, von einem Seufzen, von schweren Augenlidern, von einem auf die Brust sackenden Kopf – ein unwiderstehliches Schlaflied fürwahr.

Wenn das Etwas dort vor ihr eine Tote Kreatur war, dann, so folgerte Sabriel, würde sie jetzt ruhiggestellt sein. Sie legte ihr Schwert und Ranna beiseite, begab sich in eine gute Position und griff mit beiden Händen ins Wasser.

Ihre Hände berührten etwas, das kalt und hart war wie Eis, etwas völlig Unidentifizierbares. Sie fuhr zurück, dann tauchte sie die Arme erneut hinein und tastete, bis ihre Hände an etwas stießen, das eindeutig eine Schulter war. Sie tastete sich langsam hinauf, bis sie zum Haupt gelangte, und fuhr mit den Fingerspitzen den Gesichtszügen nach. Manchmal hatte ein Geist nur wenig mit dem physischen Körper gemein, und manchmal verzogen und verformten sich lebende Geister, wenn sie zu viel Zeit im Tode verbrachten, aber dieser hier war eindeutig das Gegenstück zu der Galionsfigur. Er lebte auch, irgendwie eingehüllt und vor dem Tode geschützt, so wie der lebende Körper in Holz eingebettet und konserviert war.

Sabriel packte die Geist-Form unter den Achseln und zog. Sie stieg aus dem Wasser auf wie ein Mörderwal, leichenblaß und starr wie eine Statue. Sabriel taumelte zurück, und der Fluß, stets auf der Lauer, zerrte an ihren Waden mit tückischen Strudeln; aber sie fing sich wieder und gewann Halt, bevor die Strömung sie mit sich reißen konnte.

Sie veränderte ihre Griffhaltung ein wenig und begann die Geist-Form zurück zum Leben zu schleppen. Es war ein schwieriges Unterfangen, viel schwerer, als sie gedacht hatte. Die Strömung erschien ihr viel zu stark für diese Seite des Ersten Tores, und der kristallisierte Geist – oder was immer es war – war viel, viel schwerer, als ein Geist es hätte sein dürfen.

Da Sabriel alle Konzentration darauf verwandte, sich aufrecht zu halten und in die richtige Richtung zu waten, entging ihr fast das plötzliche Nachlassen des Rauschens, welches anzeigte, daß irgend etwas das Erste Tor passierte. Aber sie hatte während der vergangenen Tage gelernt, stets wachsam und auf der Hut zu sein.

Sie horchte gespannt und vernahm ein leises *Platsch – Platsch.* Etwas bewegte sich halb watend, halb kriechend, so leise es konnte gegen die Strömung. In ihre Richtung. Etwas Totes, das hoffte, sie überraschen zu können.

Offenbar war irgendein Alarm oder Ruf hinter dem Ersten Tor hinausgegangen, und das Etwas, das sich jetzt auf sie zu bewegte, hatte auf diesen Ruf reagiert. Sich im stillen für ihre Dummheit scheltend, blickte Sabriel an ihrer Geist-Last hinunter. Und gleich beim ersten genauen Hinsehen konnte sie den dünnen schwarzen Faden entdecken, der von seinem Arm ins Wasser führte – und von dort aus weiter in die tieferen, dunkleren Regionen des Todes. Es war keine Kontroll-Leine, sondern eine, die einem Adepten irgendwo in der Ferne anzeigte, wenn der Geist bewegt wurde. Nachdem sie sie Ranna geläutet hatte, hätte sich die Botschaft zum Glück ein wenig verlangsamt; aber war sie nahe genug am Leben?

Sie beschleunigte ihren Schritt ein wenig, aber nicht zu sehr, um dem, was sie jagte, nicht zu verraten, daß sie es bemerkt hatte. Was immer es war, es schien ihm irgendwie zu widerstreben, sie einzuholen.

Sabriel beschleunigte ihren Schritt noch einmal; das Adrenalin, das durch ihren Körper schoß, und die wachsende Spannung verliehen ihr zusätzliche Kräfte. Wenn das Etwas sie noch weiter hetzte, würde sie den Geist fallenlassen müssen, und das bedeutete, daß er von der Strömung fortgerissen werden würde – auf Nimmerwiedersehen. Welche Magie auch immer seinen lebenden Geist hier an der Grenze behütet hatte, wenn er erst hinter dem Ersten Tor war, würde sie sich nicht mehr behaupten können. Wenn es dazu kam, dachte sie, müßte sie sich vorwerfen, seinen Tod herbeigeführt zu haben.

Vier Schritte zum Leben – dann noch drei. Das Ding kam jetzt immer näher heran; Sabriel sah es, unten im Wasser; es kroch immer noch, aber schneller jetzt als vorher. Es war offenbar ein Bewohner des Dritten oder sogar eines noch späteren Tores, denn sie konnte nicht erkennen, was es einmal gewesen war. Jetzt jedenfalls sah es aus wie eine Kreuzung aus einem Schwein und einem Gliederwurm, und es bewegte sich mit einer Mischung aus Trippelschritten und Schlängelbewegungen vorwärts.

Noch zwei Schritte. Sabriel wechselte ihre Griffhaltung erneut: Sie schlang den linken Arm ganz um den Brustkorb des Geistes und balancierte das Gewicht auf ihrer Hüfte, um den rechten Arm frei zu haben. Trotzdem konnte sie immer noch nicht ihr Schwert zücken oder die Glocken aus ihren Futteralen ziehen.

Das Schwein/Wurm-Wesen begann zu grunzen und zu zischen, während es in einen grotesken Galopp fiel. Seine langen, gelbverkrusteten Stoßzähne pflügten durch das Wasser, sein langgestreckter Wurmleib schlängelte sich hinterher.

Sabriel trat einen Schritt zurück, drehte sich um und stürzte sich und ihre kostbare Fracht kopfüber ins Leben zurück, all ihren Willen zusammennehmend, um sie beide durch die magischen Schutzvorrichtungen auf dem Grunde des Loches zu zwängen. Für einen winzigen Augenblick schien es, als würden sie zurückgestoßen, doch dann, wie eine Stecknadel durch ein Gummiband, glitten sie hindurch.

Schrilles Gekreisch folgte ihr, aber sonst nichts. Sabriel fand sich mit dem Gesicht nach unten auf dem Boden liegend. Ihre Hände waren leer, Eiskristalle fielen mit leisem Klirren von ihrem rauhreifbedeckten Körper ab und rieselten auf die Erde. Sie wandte den Kopf und blickte genau in die Augen Moggets. Er starrte sie einen Moment an, dann schloß er die Augen und legte sich wieder schlafen.

Sabriel wälzte sich herum und raffte sich auf die Beine – langsam, sehr langsam. Die Schmerzen, die sie vorher gehabt hatte, meldeten sich mit Nachdruck zurück, und sie fragte sich, warum sie es so eilig damit gehabt hatte, sich in wagemutige Rettungsaktionen zu stürzen. Wie auch immer, sie hatte es vollbracht. Der

Geist des jungen Mannes war wieder dort, wo er hingehörte: im Leben.

So dachte sie zumindest – bis sie die Galionsfigur sah. Sie hatte sich äußerlich überhaupt nicht verändert, wenngleich Sabriel jetzt den lebendigen Geist deutlich in ihr fühlen konnte. Verdutzt berührte sie das reglose Gesicht des Mannes; ihre Finger spürten der Maserung des Holzes nach.

»Du mußt ihn küssen«, ließ sich Moggets verschlafene Stimme vernehmen. »Nun ja, einmal anhauchen würde es auch schon tun. Aber irgendwann wirst du ja wohl eh mal mit dem Küssen anfangen müssen, denke ich.«

Sabriel sah die Katze an und fragte sich, ob dies das neueste Symptom katzenmelissenbedingter Spinnerei war. Aber Mogget erschien ihr ziemlich nüchtern. Offenbar war es ernstgemeint.

»Anhauchen?« fragte sie. Sie wollte nicht einfach irgendeinen hölzernen Mann küssen. Nett aussehen tat er ja, aber *war* er es auch von seinem Wesen her? Ein Kuß erschien ihr doch ziemlich forsch. Womöglich würde er sich daran erinnern und sich falsche Hoffnungen machen…

»So?« Sie holte tief Luft, beugte sich vor, blies ihm ins Gesicht und trat dann einen Schritt zurück, um zu sehen, was geschah – falls überhaupt etwas geschah.

Nichts tat sich.

»Katzenmelisse!« rief Sabriel und schaute Mogget an. »Du solltest nicht…«

Ein leises Geräusch ließ sie innehalten. Ein leises Schnaufen, das weder von ihr kam noch von Mogget. Die Galionsfigur hatte zu atmen begonnen! Luft wich pfeifend aus ihren geschnitzten hölzernen Lippen – wie aus einem betagten, lange nicht mehr benutzten Blasebalg.

Das Atmen wurde kräftiger. Gleichzeitig begann Farbe in das Gesicht zu fließen; das stumpfe Holz nahm den samtigen Schimmer von Fleisch an. Ein Husten, und der hölzerne Brustkorb begann sich zu heben und zu senken, als der Mann zu keuchen begann wie ein Sprinter kurz nach dem Rennen.

Er schlug die Augen auf, und sein Blick traf den von Sabriel. Es waren schöne graue Augen, aber ihr Blick war verschleiert und ging ins Leere. Er schien sie nicht wahrzunehmen. Seine Hände öffneten und schlossen sich, und seine Füße scharrten, als trete er auf der Stelle. Schließlich löste sich sein Rücken vom Bugspriet des Schiffes. Er trat einen Schritt nach vorn und sank Sabriel in die Arme.

Sie bettete ihn hastig auf dem Boden und war sich der Tatsache nur allzu bewußt, daß sie einen nackten jungen Mann in den Armen hielt – und das unter Umständen, die sich doch beträchtlich unterschieden von den Szenarien, die sie sich für ein solches Ereignis mit ihren Freundinnen in der Schule ausgemalt hatte oder von denen sie von den erdnäheren und privilegierteren Tagesschülerinnen gehört hatte.

»Ich danke dir«, lallte er wie ein Betrunkener. Sein Blick wurde klarer, und er schien jetzt sie – oder ihren Mantel – zum ersten Mal wahrzunehmen. »Abhorsen«, fügte er hinzu.

Dann schlief er ein, ein friedliches Lächeln im Gesicht. Er sah jünger aus als die Galionsfigur mit ihren eingefrorenen Gesichtszügen.

Sabriel blickte auf ihn hinunter; dabei versuchte sie, die eigenartig zärtlichen Gefühle zu überhören, die von irgendwoher gekommen waren, Gefühle, die denen ähnelten, die sie dazu gebracht hatten, Jacintas Kaninchen zurückzuholen.

»Ich hole ihm wohl besser eine Decke«, sagte sie widerstrebend, während sie sich verwundert fragte, was in aller Welt sie geritten hatte, daß sie ihre ohnehin schon verwirrende und schwierige Situation auch noch um diese Komplikation hatte verschärfen müssen. Sie würde wohl nicht umhin kommen, ihn zumindest in Sicherheit und eine zivilisierte Umgebung zu bringen – wenn sich eine solche überhaupt irgendwo finden ließ.

»Ich kann auch eine Decke für ihn holen, wenn du ihn lieber weiter anstarren willst«, sagte Mogget schalkhaft, wobei er sich in einer sinnenfrohen Pavane um ihre Knöchel herumschlängelte.

Sabriel wurde sich bewußt, daß sie ihn tatsächlich anstarrte, und wandte verlegen den Blick ab.

»Nein, laß, ich hole sie schon. Und mein Ersatzhemd wohl auch. Die Reithose dürfte ihm mit ein bißchen gutem Willen wohl auch passen – wir sind ungefähr gleich groß. Paß du inzwischen auf ihn auf, Mogget. Ich bin gleich wieder zurück.«

Mogget schaute ihr nach, als sie davonhumpelte, dann wandte er sich wieder dem Schlafenden zu. Lautlos huschte er zu ihm und berührte mit seiner rosa Zunge das Charta-Mal auf der Stirn des Mannes. Das Mal leuchtete auf, aber Mogget wich nicht zurück, bis es wieder verblaßt war.

»Aha«, murmelte Mogget, während er seine eigene Zunge schmeckte, indem er sie zurückrollte. Er schien ein wenig überrascht – und mehr als nur ein bißchen wütend. Er leckte erneut an dem Mal, und schüttelte angewidert den Kopf. Die Miniatur-Saraneth an seinem Halsband läutete dabei leise. Es war kein Läuten der Freude.

Kapitel Vierzehn

Grauer Nebel waberte auf, wand sich um ihn wie eine Kletterranke, schlang sich um seine Arme und Beine, schnürte ihn ein, würgte ihn, gnadenlos, unerbittlich – so fest, daß es kein Entkommen gab, so eng, daß er nicht einmal die Muskeln beugen, ja, nicht einmal die Augenlider bewegen konnte. Und nichts war zu sehen als Flecken von noch dunklerem Grau, die zickzackförmig über sein Gesichtsfeld stoben, wie vom Wind getriebener Abschaum auf einem stinkenden Tümpel.

Dann, plötzlich, grellrotes Licht, explodierender Schmerz überall, von den Zehen bis ins Hirn und wieder zurück schießend. Der graue Nebel löst sich auf, die Bewegungsfähigkeit kommt zurück. Keine grauen Flecke mehr, sondern verschwommene Farben, die allmählich an Schärfe und Kontur gewinnen. Eine Frau, die auf ihn herunterblickt, eine junge Frau, bewaffnet und gepanzert, das Gesicht… geschwollen und übersät von blauen Flecken. Nein, keine Frau. Der Abhorsen, denn sie trägt das Wappen und die Glocken. Aber sie ist zu jung, nicht der Abhorsen, den er kannte, oder irgend jemand aus der Familie…

»Ich danke dir«, sagte er, und die Worte kamen heraus wie eine Maus, die aus einer verstaubten Speisekammer gekrochen kommt. »Abhorsen.«

Dann fiel er in Ohnmacht. Sein Körper sank freudig in echten, wirklichen Schlaf, wahre Bewußtlosigkeit und erholsame Ruhe.

Er erwachte unter einer Decke und fühlte für einen kurzen Moment Panik, als er die dicke graue Wolle auf seinem Mund und seinen Augen spürte. Er kämpfte mit ihr, riß sie keuchend weg, und entspannte sich, als er frische Luft auf seinem Gesicht spürte und gedämpftes Sonnenlicht von oben hereinfallen sah. Er blickte hoch und sah an dem rötlichen Schimmer, daß es kurz nach Sonnenaufgang sein mußte. Der Einsturztrichter verwirrte ihn für ein paar Sekunden. Er fühlte sich desorientiert und schwindlig, bis er die hohen Masten um sich herum sah, die schwarzen Segel und das unvollendete Schiff genau neben ihm.

»Holehallow«, murmelte er mit gerunzelter Stirn. Er erinnerte sich jetzt wieder. Aber was tat er hier? Völlig nackt unter einer groben Wolldecke?

Er setzte sich auf und schüttelte den Kopf. Er hatte Kopfweh, und seine Schläfen pochten, anscheinend die Nachwirkungen eines schweren Katers. Aber er war sicher, daß er nichts getrunken hatte. Das letzte, woran er sich erinnerte, war, daß er die Stufen hinuntergegangen war. Rogir hatte ihn gefragt... nein... das letzte, woran er sich erinnern konnte, war der flüchtige Anblick eines blassen, besorgt dreinblickenden Gesichts, das verquollen und mit verkrustetem Blut bedeckt war, schwarzen Haares, das in Fransen unter einem Helm hervorlugte. Ein dunkelblauer Umhang, bestickt mit silbernen Schlüsseln. Der Abhorsen.

»Sie wäscht sich an der Quelle«, riß ihn eine sanft klingende Stimme aus seinen Gedanken. »Sie ist vor dem Sonnenaufgang aufgestanden. Reinlichkeit ist etwas Wunderbares.«

Die Stimme kam scheinbar aus dem Nichts, bis der Mann an dem Schiff gleich neben ihm hochschaute. Im Bug, dort, wo die Galionsfigur hätte sein müssen, klaffte ein großes, unregelmäßiges Loch. In diesem Loch lag zusammengerollt eine weiße Katze, die ihn aus grünen Augen mit unnatürlich scharfem Blick beäugte.

»Was bist du?« fragte der Mann, wobei er verstohlen nach links und nach rechts lugte, nach einer Waffe Ausschau haltend. Ein Haufen Kleider war das einzige, was sich in seiner Nähe befand: Er bestand aus einem Hemd, einer Hose und Unterzeug und war mit einem dicken Stein beschwert. Er streckte die Hand nach dem Stein aus.

»Keine Angst«, sagte die Katze. »Ich bin ein treuer Gefolgsmann des Abhorsen. Mein Name ist Mogget. Im Augenblick jedenfalls.«

Die Hand des Mannes legte sich um den Stein, aber er hob ihn nicht auf. Langsam kehrten die Erinnerungen in seinen benommenen Geist zurück, wie Eisenspäne, die von einem Magneten angezogen werden – unter ihnen Erinnerungen an verschiedene Abhorsens, Erinnerungen, die ihm eine Ahnung davon brachten, was diese Katzenkreatur war.

»Du warst größer, als wir uns das letzte Mal begegneten«, sagte er aufs Geratewohl. Es war ein Schuß ins Blaue.

»Sind wir uns denn schon einmal begegnet?« erwiderte Mogget und gähnte. »Na sowas! Ich kann mich nicht entsinnen. Wie war doch gleich der Name?«

Eine gute Frage, dachte der Mann. Er konnte sich nicht an seinen Namen erinnern. Er wußte zwar, wer er war, im großen und ganzen zumindest, aber sein Name wollte ihm nicht einfallen. Andere Namen fielen ihm indessen sofort ein, wie auch einige Erinnerungsfetzen hinsichtlich dessen, was er für seine unmittelbare Vergangenheit hielt. Er knurrte und schnitt eine Grimasse, als sie kamen, und ballte die Fäuste vor Schmerz und Zorn.

»Ungewöhnlicher Name«, sagte Mogget. »Klingt mehr nach dem Namen eines Bären, dieses Knurren. Hast du etwas dagegen, wenn ich dich Prüfstein nenne?«

»Was?« rief der Mann beleidigt. »Das ist ein idiotischer Name! Wie kannst du es wagen...«

»Ist er denn so unpassend?« fiel ihm Mogget ungerührt ins Wort. »Du erinnerst dich doch, was du getan hast?«

Der Mann verstummte, denn urplötzlich fiel ihm wieder ein, was er getan hatte, wenn auch nicht, warum, oder welche Folgen es gehabt hatte.

Auch erinnerte er sich, daß, seit dies so war, es keinen Sinn hatte, wenn er versuchte, sich an seinen Namen zu erinnern. Er war nicht mehr in der Lage, ihn zu ertragen.

»Ja, ich entsinne mich«, flüsterte er. »Du kannst mich Prüfstein nennen. Aber weißt du, wie ich dich nennen werde? Ich werde dich...«

Er verschluckte sich, schaute überrascht, und versuchte es noch einmal.

»Du kannst ihn nicht sagen«, sagte Mogget. »Ein Bann, der geknüpft ist an die Korruption von – aber ich kann es weder sagen, noch irgend jemandem von seinem Wesen erzählen, oder wie man es in Ordnung bringt. Du wirst auch nicht imstande sein, darüber zu reden, und es könnte auch noch andere Auswirkungen haben. Ganz sicher hat es mich betroffen.«

»Ich verstehe«, erwiderte Prüfstein düster. Er versuchte gar nicht erst noch einmal, den Namen auszusprechen. »Sag, wer regiert das Königreich?«

»Niemand«, sagte Mogget.

»Eine Regentschaft also. Das ist vielleicht...«

»Nein. Keine Regentschaft. Niemand regiert. Niemand herrscht. Es gab zuerst eine Regentschaft, aber sie verfiel... mit Hilfe.«

»Was meinst du mit ›zuerst‹?« fragte Prüfstein. »Was genau ist geschehen? Wo bin ich die ganze Zeit gewesen?«

»Die Regentschaft dauerte hundertachtzig Jahre«, verkündete Mogget teilnahmslos. »Während der letzten zwanzig Jahre herrschte Anarchie, gemildert durch das, was ein paar verbliebene Loyalisten tun konnten. Und du, mein Junge, hast während der letzten zweihundert Jahre den Bug dieses Schiffes als Holzklumpen geziert.«

»Die Familie?«

»Allesamt tot und durch das Letzte Tor hindurch, bis auf einen. Du weißt, wen ich meine.«

Für einen Moment schien diese Nachricht Prüfstein wieder in seinen hölzernen Zustand zurückzuversetzen. Er saß wie erstarrt da, nur die sanfte Auf- und Abbewegung seiner Brust ließ erkennen, daß er noch lebte. Dann schossen ihm Tränen in die Augen, und sein Kopf sank ihm langsam in die Hände.

Mogget schaute teilnahmslos zu, bis der junge Mann aufhörte zu schluchzen.

»Weinen nützt nichts«, sagte die Katze hart. »Viele Menschen sind bei dem Versuch zugrunde gegangen, die Dinge wieder in Ordnung zu bringen. Vier Abhorsens sind allein in diesem Jahrhundert gefallen, als sie versuchten, mit den Toten, mit den geborstenen Steinen und mit dem… dem ursprünglichen Problem fertigzuwerden. Mein gegenwärtiger Abhorsen liegt ganz gewiß nicht herum und heult sich die Augen aus. Mach dich nützlich und hilf ihr.«

»Kann ich das denn?« fragte Prüfstein freudlos und wischte sich das Gesicht mit der Decke ab.

»Wieso nicht?« schnaubte Mogget. »Wie wär's, wenn du zum Beispiel damit anfangen würdest, daß du dich anziehst? Es sind auch ein paar Sachen für dich hier an Bord. Schwerter und dergleichen.«

»Aber ich bin nicht fähig, das königliche Schwert zu…«

»Tu, was ich dir sage«, befahl Mogget in einem Ton, der keinen Widerspruch zuließ. »Sieh dich einfach als Abhorsens verschworener Schwertmann, wenn du dich damit besser fühlst, wenngleich du bald feststellen wirst, daß in der gegenwärtigen Ära gesunder Menschenverstand wichtiger ist als Ehre.«

»Nun gut«, murmelte Prüfstein demutsvoll. Er stand auf und zog sich das Unterzeug und das Hemd an. Bei der Hose freilich mußte er passen; er vermochte sie beim besten Willen nicht über seine muskelbepackten Oberschenkel zu zerren.

»In einer der Kisten hier sind ein Kilt und Strumpfhosen«, sagte Mogget, als er sah, wie Prüfstein auf einem Bein herumhüpfte, das andere in das zu enge Lederhosenbein eingezwängt.

Prüfstein nickte, befreite sich aus dem Hosenbein und kletterte durch das Loch ins Innere des Schiffes, peinlich darauf bedacht, sich so weit wie irgend möglich von Mogget fernzuhalten. Auf halbem Wege hielt er inne, sich mit den Händen an den Rändern des Loches festklammernd.

»Du wirst es ihr nicht sagen?« fragte er.

»Wem? Und was soll ich nicht sagen?«

»Abhorsen. Bitte, ich werde alles tun, was ich kann, um zu helfen. Aber es war nicht beabsichtigt. Mein Teil, meine ich. Bitte sag ihr nicht...«

»Verschone mich mit deinem Gejammer«, sagte Mogget in angewidertem Ton. »Ich kann es ihr nicht sagen, du kannst es ihr nicht sagen. Die Korruption ist umfassend, und der Bann macht keinen Unterschied. Beeil dich! Sie wird gleich wieder zurück sein. Ich erzähle dir den Rest unserer augenblicklichen Sage, während du dich anziehst.«

Als Sabriel von der Quelle zurückkam, fühlte sie sich gesünder, sauberer und glücklicher. Sie hatte gut geschlafen, und die morgendlichen Waschungen hatten die restlichen Blutspuren entfernt. Die Prellungen, Schwellungen und Rötungen hatten gut auf die Heilkräuterbehandlung angesprochen. Alles in allem fühlte sie sich fast ganz wieder hergestellt, und sie freute sich darauf, beim Frühstück zur Abwechslung einmal andere Gesellschaft zu haben als den ewig stichelnden Mogget. Nicht, daß er nicht auch seine nützlichen Seiten gehabt hätte, zum Beispiel das Bewachen von ohnmächtigen oder schlafenden Menschen. Auch hatte er ihr versichert, daß er das Charta-Mal auf der Stirn des Galionsfigur-Mannes geprüft und nichts gefunden hatte, was auf eine Besudelung durch Freie Magie oder Schwarzkunst hingedeutet hätte.

Da sie fest damit gerechnet hatte, daß der Mann noch schlafen würde, spürte sie einen leisen Schauer der Überraschung und Gespanntheit, als sie eine Gestalt am Bug des Schiffes stehen sah, mit dem Rücken zu ihr. Instinktiv zuckte ihre Hand zum Schwertgriff, doch dann sah sie Mogget, der sich auf der Reling räkelte.

Gespannt trat sie näher. Ihre Neugier wurde gezügelt durch ihr Wissen um die Notwendigkeit, vor Fremden auf der Hut zu sein. Angezogen sah er anders aus. Älter und ein wenig einschüchternd, zumal er ihre schlichte Kleidung verschmäht und statt dessen einen roten Kilt mit goldenen Streifen angezogen hatte, mit dazu passenden rot-gold-gestreiften Beinkleidern, die in Stiefeln aus rostbraunem Hirschleder verschwanden. Er trug jedoch ihr Hemd und schickte sich gerade an, ein rotes Lederkoller anzuziehen. Es hatte abnehmbare Schnürärmel, die ihm einige Mühe zu bereiten schienen. Zwei Schwerter lagen, in Dreiviertelscheiden steckend, zu seinen Füßen; ihre funkelnden Spitzen ragten vier Zoll aus dem Leder. Ein breiter Gürtel mit den dazugehörigen Haken umspannte bereits seine Taille.

»Diese verdammten Schnüre!« fluchte er, als sie noch etwa zehn Schritte von ihm entfernt war. Eine nette Stimme, tief und sonor, aber im Moment ziemlich gereizt klingend.

»Guten Morgen«, sagte Sabriel.

Blitzschnell drehte er sich um, ließ die Ärmel fallen und tauchte fast nach seinen Schwertern, bevor er Sabriel erkannte und die Abwärtsbewegung in eine Verbeugung umwandelte, deren Höhepunkt ein formvollendeter Kniefall war.

»Guten Morgen, Milady«, sagte er heiser und mit gesenktem Haupt, darauf bedacht, ihr nicht in die Augen zu schauen. Sie sah, daß er ein paar Ohrringe gefunden hatte: große goldene Reife, die er sich ungeschickt durch die durchstoßenen Ohrläppchen gesteckt hatte, denn sie waren blutverschmiert. Außer ihnen konnte sie nur seinen Lockenschopf sehen.

»Ich heiße nicht ›Milady‹«, sagte Sabriel, während sie sich fragte, welche von Miss Priontes Etikette-Prinzipien auf diese Situation passen mochten. »Mein Name ist Sabriel.«

»Sabriel? Aber Ihr seid der Abhorsen«, erwiderte der Mann langsam. Er klang nicht so, als sei er übermäßig helle, dachte Sabriel mit sinkenden Erwartungen. Womöglich würde es mit der Unterhaltung beim Frühstück doch nicht so sehr viel auf sich haben.

»Nein, mein Vater ist der Abhorsen«, sagte sie mit einem gestrengen Blick Richtung Mogget. »Ich bin so eine Art Ersatzmann, oder besser: -frau. Es ist ein bißchen kompliziert; ich erkläre es dir später genauer. Wie heißt du denn?«

Er zögerte einen Moment, dann murmelte er. »Ich kann mich nicht erinnern, Milady. Bitte nennt mich… nennt mich Prüfstein.«

»Prüfstein?« fragte Sabriel. Das klang irgendwie vertraut, aber sie wußte im Moment nicht, wo sie den Namen hinstecken sollte. »Prüfstein? Aber das ist ein Ulkname, ein Narrenname. Warum soll ich dich so nennen?«

»Weil ich das bin«, sagte er matt, ohne erkennbare Melodie in der Stimme.

»Nun ja, irgendwie muß ich dich ja nennen«, fuhr Sabriel fort. »Prüfstein also. Wie du ja vielleicht weißt, gibt es die Tradition des weisen Narren. Vielleicht ist der Name ja also gar nicht so schlecht. Ich nehme an, du hältst dich für einen Narren, weil du als Galionsfigur eingekerkert warst – und im Tode natürlich.«

»Im Tode!« schrie Prüfstein entsetzt. Er blickte auf, und seine grauen Augen schauten in die Sabriels. Zu ihrer Überraschung hatte er einen klaren, intelligenten Blick. Vielleicht besteht ja doch noch ein wenig Hoffnung für ihn, dachte sie, während sie erklärte: »Dein Geist war irgendwie gleich hinter der Schwelle zum Tode konserviert, und dein Körper war in Gestalt der hölzernen Galionsfigur aufgehoben. Sowohl Freie Magie als auch Schwarzkunst müssen hier beteiligt gewesen sein. Sehr machtvolle Magie – die eine wie die andere. Mich interessiert brennend, warum sie auf dich angewandt wurden.«

Prüfstein blickte erneut beiseite, und Sabriel spürte eine gewisse Verlegenheit. Sie vermutete, daß die hierauf folgende Erklärung eine Halbwahrheit sein würde – bestenfalls.

»Ich erinnere mich nicht sehr gut«, sagte er langsam. »Obwohl die Dinge langsam wiederkommen. Ich bin… ich war… Gardist. Mitglied der Königlichen Garde. Es gab eine Art Angriff auf die Königin… ein Hinterhalt in der – am unteren Ende der Treppe. Ich erinnere mich, daß ich gekämpft habe, mit Klinge und Charta-Magie; wir waren allesamt Charta-Magier, alle Angehörigen der Garde. Ich dachte, wir wären in Sicherheit, aber es war Verrat im Spiel… und dann… dann war ich hier. Wie ich hierhergekommen bin, weiß ich nicht.«

Sabriel hörte aufmerksam zu und fragte sich unterdessen, wieviel von dem, was er da erzählte, der Wahrheit entsprach. Es war zu vermuten, daß sein Erinnerungsvermögen beeinträchtigt war, aber daß er Mitglied der Königlichen Garde war, lag durchaus im Rahmen des Möglichen. Vielleicht hatte er einen Schutz-Diamanten ausgelegt... das konnte der Grund gewesen sein, warum seine Feinde ihn nur einsperren, nicht aber hatten töten können. Aber gewiß hätten sie warten können, bis die Schutzmagie ihre Wirkung verlor. Warum die bizarre Methode der Einkerkerung? Und – das Wichtigste – wie hatte die Galionsfigur es bewerkstelligt, an diesen so hochgradig geschützten Ort zu gelangen?

Sie stellte alle diese Fragen für spätere Nachforschungen zurück, denn ein anderer Gedanke war ihr in den Sinn gekommen. Wenn er tatsächlich Mitglied der Königlichen Garde war, dann mußte die Königin, die er bewacht hatte, seit mindestens zweihundert Jahren tot sein, und mit ihr jeder und alles, was er gekannt hatte.

»Du warst lange gefangen«, sagte sie sanft, unsicher, wie sie ihm die Nachricht beibringen sollte. »Hast du... warst du... nun ja, ich will sagen, es ist viel Zeit seither vergangen...«

»Zweihundert Jahre«, flüsterte Prüfstein. »Dein Günstling hier hat es mir gesagt.«

»Deine Familie...«

»Ich habe keine«, sagte er. Sein Gesicht war starr, so regungslos wie sein hölzernes Ebenbild vom Vortag. Vorsichtig streckte er die Hand aus und zog eines seiner Schwerter, um es Sabriel mit dem Griff nach vorn darzubieten.

»Milady, ich möchte Euch im Kampfe gegen die Feinde des Königreiches dienen.«

Sabriel nahm das Schwert nicht entgegen, obwohl seine Bitte den Reflex in ihr auslöste, ihre Hand nach der Waffe auszustrecken. Doch nach kurzer Überlegung schloß sie die Hand wieder und ließ sie sinken. Sie blickte zu Mogget, der den Vorgang mit unverfrorener Neugier beobachtete.

»Was hast du ihm erzählt, Mogget?« fragte sie argwöhnisch.

»Vom Zustand des Königreiches ganz allgemein«, antwortete die Katze. »Von den jüngsten Ereignissen. Von unserem Absturz, mehr oder weniger. Von deiner Pflicht als Abhorsen, die mißliche Lage zu beheben.«

»Hast du ihm auch von dem Mordicant erzählt? Von den Schattenhänden? Den Blutkrähen? Dem Toten Adepten, wer immer es auch sein mag?«

»Eigentlich nicht«, sagte Mogget fröhlich. »Ich dachte mir, er könne sich das schon denken.«

»Wie du siehst«, sagte Sabriel ziemlich wütend, an Prüfstein gewandt, »war mein ›Günstling‹ nicht ganz aufrichtig zu dir. Ich bin hinter dem Wall aufgewachsen, in Ancelstierre, und habe daher nur wenig Ahnung von dem, was hier vor sich geht. Ich habe gewaltige Wissenslücken, was das Alte Königreich angeht, und zwar auf allen Gebieten, von der Geographie über die Geschichte bis hin zur Charta-Magie. Ich stehe mehreren schlimmen Feinden gegenüber, die wahrscheinlich allesamt unter der Kontrolle eines der Größeren Toten stehen, eines Schwarzkünstler-Adepten. Und ich bin nicht ausgezogen, um das Königreich zu retten, sondern nur, um meinen Vater zu finden, den wahren Abhorsen. Daher will ich weder deine Dienste noch deinen Treueschwur oder irgend etwas dergleichen, zumal wir uns gerade erst kennengelernt haben. Ich würde mich freuen, wenn du uns bis zum nächsten halbwegs zivilisierten Ort begleiten würdest, aber ich habe keine Ahnung, was ich danach tun werde. Und vergiß bitte nicht, ich bin für dich ›du‹ und ›Sabriel‹. Nicht ›Milady‹ oder ›Abhorsen‹. So, und jetzt denke ich, ist es Zeit fürs Frühstück.«

Mit diesen Worten marschierte sie zu ihrem Rucksack und packte Hafermehl und einen kleinen Kochtopf aus. Prüfstein starrte ihr einen Moment hinterher, dann erhob er sich aus seiner knienden Position, hängte sich seine Schwerter an den Gürtel, zog das ärmellose Wams an, steckte die Ärmel in seinen Gürtel und schlenderte zur nächsten Baumgruppe.

Mogget folgte ihm und schaute ihm dabei zu, wie er Reisig und tote Äste aufschichtete, um Feuer zu machen.

»Sie ist wirklich in Ancelstierre aufgewachsen«, sagte die Katze. »Ihr ist nicht bewußt, daß sie dich kränkt, indem sie deinen Schwur zurückweist. Und was ihre Ahnungslosigkeit und ihre Wissenslücken anbetrifft, so hat sie leider nur allzu recht. Das ist einer der Gründe, warum sie deine Hilfe braucht.«

»Ich kann mich an kaum etwas erinnern«, sagte Prüfstein, während er mit beträchtlichem Grimm einen Ast in der Mitte durchbrach. »Außer an meine jüngste Vergangenheit. Alles, was davor war, erscheint mir wie ein Traum. Ich bin nicht sicher, ob es echt ist oder ob es nur in meiner Phantasie stattgefunden hat. Und ich war nicht gekränkt. Mein Schwur ist nicht viel wert.«

»Aber du wirst ihr helfen«, sagte Mogget. Es war keine Frage.

»Nein«, sagte Prüfstein. »Helfen tut man Ebenbürtigen. Ich werde ihr dienen. Das ist alles, wozu ich nutze bin.«

Wie Sabriel befürchtet hatte, wurde während des Frühstücks wenig gesprochen. Mogget begab sich auf die Suche nach seinem eigenen Morgenimbiß, und Prüfstein und Sabriel waren dadurch behindert, daß es nur einen einzigen Topf und nur einen Löffel gab, so daß sie sich mit dem Essen abwechselten, bis jeder die Hälfte des Haferbreis verzehrt hatte. Doch selbst wenn man diese widrigen Umstände mit in Rechnung stellte, war Prüfstein nicht sehr gesprächig. Sabriel versuchte immer wieder, durch Fragen eine Unterhaltung in Gang zu bringen, aber da seine Antwort jedesmal lautete: »Es tut mir leid, aber ich kann mich nicht erinnern«, gab sie es schließlich auf.

»Ich nehme an, du kannst dich auch nicht erinnern, wie man aus diesem Einsturztrichter herauskommt«, fragte sie gereizt nach einer besonders langen Phase des Schweigens. Selbst für sie klang das so, als rede sie mit einem Zwölfjährigen, der gerade etwas ausgefressen hatte.

»Nein, es tut mir leid, aber...« begann Prüfstein automatisch, doch dann hielt er plötzlich inne, und sein Mundwinkel kräuselte sich zu einem Ausdruck der Freude. »Wartet! Ja, doch – ich erinnere mich! Es gibt eine verborgene Treppe – nördlich von König Janeurls Schiff! Aber o weh... ich erinnere mich nicht mehr, welches sein Schiff ist...«

»Es gibt nur vier Schiffe in der Nähe des nördlichen Randes«, sagte Sabriel. »Es wird nicht allzu schwer sein, das richtige zu finden. Wie steht's mit deinem geographischen Erinnerungsvermögen? Bezüglich des Königreiches zum Beispiel?«

»Ich bin nicht sicher«, erwiderte Prüfstein vorsichtig und senkte erneut den Kopf. Sabriel schaute ihn an und atmete laut einmal tief durch, um die Aufwallungen von Zorn zu besänftigen, die immer stärker in ihrem Inneren rumorten. Seine Gedächtnislücken konnte sie ja noch entschuldigen; die waren schließlich die Folge magischer Einkerkerung. Aber die unterwürfige Art, die damit einherging, erschien ihr affektiert und heuchlerisch. Er kam ihr vor wie ein schlechter Schauspieler, der einen Butler mimte – oder genauer: ein schauspielerischer Laie, der versuchte, so gut wie möglich einen Butler zu verkörpern. Aber warum nur?

»Mogget hat mir eine Landkarte gezeichnet«, sagte sie – mehr, um sich selbst zu besänftigen, als um wirklich eine Unterhaltung mit ihm in Gang zu bringen. »Aber da er Abhorsens Haus während der vergangenen tausend Jahre offenbar nur für ein paar Wochenenden verlassen hat, sind selbst zweihundert Jahre alte Erinnerungen...«

Sabriel verstummte und biß sich auf die Lippe; ihr wurde plötzlich bewußt, daß ihre Verärgerung über ihn sie gehässig machte. Er hob den Kopf, als sie zu sprechen aufhörte, aber in seinem Gesicht war keine Regung zu erkennen. Er hätte ebensogut immer noch eine geschnitzte Holzfigur sein können.

»Ich will damit sagen«, fuhr Sabriel bedächtig fort, »es hülfe mir sehr, wenn du mir die beste Route nach Belisaere zeigen könntest und die wichtigen Erkennungsmerkmale und Orte auf dem Weg dorthin.«

Sie nahm die Landkarte aus der Spezialtasche in ihrem Rucksack und entfernte die schützende Ölhaut. Prüfstein hielt ein Ende fest, als sie sie entrollte, und beschwerte es an beiden Ecken mit Steinen, während Sabriel ihr Ende mit dem Etui des Fernrohres fixierte.

»Ich glaube, wir sind ungefähr hier«, sagte sie, während sie mit dem Finger von Abhorsens Haus der Route der Papierschwinge bis zu einem Punkt nördlich des Ratterlin-Deltas folgte.

»Nein«, sagte Prüfstein, und zum ersten Mal klang er bestimmt. Er stach mit seinem Finger auf einen Punkt etwa einen Zoll nördlich von der Stelle, die Sabriel markiert hatte. »Das hier ist Holehallow. Es ist nur zehn Meilen von der Küste entfernt und liegt auf demselben Breitengrad wie der Anarson.«

»Gut!« rief Sabriel lächelnd. Der Ärger wich von ihr. »Du erinnerst dich also doch. Nun, welches ist der günstigste Weg nach Belisaere, und wie lange braucht man bis dorthin?«

»Ich kenne die gegenwärtigen Umstände nicht, Mi... Sabriel«, antwortete Prüfstein. Seine Stimme wurde sanfter, gedämpfter. »Nach dem was Mogget sagt, befindet sich das Königreich in einem Zustand der Anarchie. Bestimmte Städte und Dörfer existieren womöglich gar nicht mehr. Banditen werden ihr Unwesen treiben, die Toten, ungezügelte Freie Magie, grausame Kreaturen…«

»Das alles einmal außer acht gelassen«, fragte Sabriel, »welche Route hast du normalerweise gewählt?«

»Von Nestowe aus, dem Fischerdorf hier«, sagte Prüfstein, mit dem Finger auf einen Punkt an der Küste östlich von Holehallow tippend, »sind wir immer den Küstenpfad entlang nach Norden geritten und haben an den Poststationen die Pferde gewechselt. Bis nach Callibe braucht man vier Tage. Dort einen Tag Rast. Dann über den Oncet-Paß auf der Landstraße nach Norden. Bis nach Aunden braucht man alles in allem sechs Tage. Einen Tag Rast in Aunden, und dann vier Tage bis nach Orchyre. Von dort aus entweder eine Tagesreise mit der Fähre oder einen Zweitagesritt bis zum Westtor von Belisaere.«

»Das wären selbst ohne die zwei Tage Rast achtzehn Tage zu Pferde und mindestens sechs Wochen zu Fuß. Das ist zu lange. Gibt es noch einen anderen Weg?«

»Per Schiff oder Boot von Nestowe aus«, ließ sich unerwartet Mogget vernehmen, der lautlos hinter Sabriel aufgetaucht war und mit der Pfote auf die Karte tippte. »Falls wir eins finden und falls einer von euch beiden es segeln kann.«

Kapitel Fünfzehn

Die Treppe befand sich nördlich des mittleren der vier Schiffe. Versteckt durch Magie wie durch Kunstfertigkeit, schien sie beim ersten Hinsehen wenig mehr zu sein als eine besonders nasse Stelle in dem feuchten Kalkstein, der die Wand des Einsturztrichters bildete, aber man konnte geradewegs durch sie hindurchgehen, denn sie war in Wahrheit eine offene Tür mit einer Treppe dahinter.

Sie beschlossen, diese Treppe am nächsten Morgen hinaufzusteigen, nach einem weiteren Tag der Erholung. Sabriel wollte unbedingt so schnell wie möglich weiter, denn sie befürchtete, daß die Gefahr, in der ihr Vater schwebte, sich nur verschlimmern konnte, aber sie war auch vernünftig genug, um einzusehen, daß sie selbst noch der Erholung bedurfte. Auch Prüfstein, vermutete sie, brauchte noch ein wenig Ruhe. Sie hatte versucht, ihm weitere Informationen zu entlocken, während sie nach der Treppe suchten, aber es war ihm sichtlich zuwider, auch nur den Mund aufzumachen, und wenn er es tat, fand Sabriel seine Demutsbekundungen ärgerlicher denn je. Nachdem sie die Tür gefunden hatten, gab sie es endgültig auf und ließ sich statt dessen neben der Quelle im Gras nieder und las in den Büchern ihres Vaters über Charta-Magie. *Das Buch der Toten* freilich blieb in seiner Hülle aus Ölhaut. Doch selbst dann noch spürte sie seine Gegenwart, sein düsteres Brüten in ihrem Rucksack…

Prüfstein blieb am anderen Ende des Schiffes, in der

Nähe des Bugs, und führte eine Reihe von Fechtübungen mit seinen Zwillingsschwertern durch, welche er durch Dehnübungen und einige akrobatische Kunststückchen vervollständigte. Mogget schaute ihm dabei aus dem Unterholz zu; seine grünen Augen funkelten, als lauere er einer Maus auf.

Das Mittagessen war sowohl kulinarisch als auch unterhaltungstechnisch ein Reinfall: Gedörrtes Rindfleisch, garniert mit Brunnenkresse vom Rande der Quelle, und einsilbige Antworten von Prüfstein. Er verfiel sogar wieder in sein ›Milady‹ und ›Ihr‹, obwohl Sabriel ihn mehrmals aufforderte, sie zu duzen und bei ihrem Namen zu nennen. Daß Mogget sie wiederholt mit ›Abhorsen‹ anredete, war dabei auch nicht gerade hilfreich. Nach dem Essen wandte sich jeder wieder seiner eigenen Beschäftigung zu. Sabriel nahm ihr Buch, Prüfstein fuhr mit seinen gymnastischen Übungen fort und Mogget verfolgte das Ganze interessiert.

Das Abendessen verlief ähnlich freudlos. Sabriel versuchte, ein Gespräch mit Mogget anzufangen, aber der schien sich bei Prüfstein angesteckt zu haben, zumindest was dessen Einsilbigkeit anbetraf, freilich ohne die bei letzterem damit einhergehende Unterwürfigkeit. Sobald sie aufgegessen hatten, verließ jeder die zusammengescharrten glimmenden Reste ihres Lagerfeuers – Prüfstein Richtung Westen, Mogget Richtung Norden und Sabriel Richtung Osten – und machte es sich so gut es unter den Umständen ging zur Nachtruhe bequem.

Irgendwann in der Nacht wachte Sabriel auf. Ohne aufzustehen sah sie, daß das Feuer wieder angefacht worden war. Prüfstein saß davor und starrte in die Flammen; seine Augen spiegelten das flackernde rotgoldene Licht wider. Sein Gesicht sah irgendwie verzerrt aus, fast krank.

»Alles in Ordnung bei dir?« fragte Sabriel leise und stützte sich auf einen Ellenbogen.

Prüfstein fuhr hoch, wippte auf den Fersen zurück und kippte fast hintüber. Für einmal klang er nicht wie ein mürrischer Diener.

»Eigentlich nicht. Ich erinnere mich an Dinge, an die ich mich nicht erinnern wollte, und vergesse Dinge, die ich nicht vergessen sollte. Verzeih mir.«

Sabriel gab keine Antwort. Die letzten beiden Worte hatten dem Feuer gegolten, nicht ihr.

»Bitte legt Euch wieder schlafen, Milady«, schlüpfte Prüfstein wieder in seine Lakaienrolle. »Ich werde Euch am Morgen wecken.«

Sabriel öffnete den Mund, um irgend etwas Sarkastisches zur Arroganz vorgetäuschter Servilität zu sagen, besann sich dann aber eines Besseren und schlüpfte statt dessen wieder unter ihre Decke. Konzentriere dich nur darauf, Vater zu retten, dachte sie. Das ist das einzige, was zählt. Die Rettung Abhorsens. Zerbrich dir nicht den Kopf über Prüfsteins Probleme oder Moggets kurioses Wesen. Rette Abhorsen. Rette Abhorsen. Rette Abhorsen… rette…

»Aufwachen!« rief Mogget genau in ihr Ohr. Sie wälzte sich auf die andere Seite, aber er sprang über ihren Kopf und schnurrte es in ihr anderes Ohr: »Aufwachen!«

»Ich *bin* wach!« knurrte Sabriel und setzte sich auf, den Oberkörper fest in die Decke eingehüllt. Sie fühlte die frühmorgendliche Kühle auf dem Gesicht und den Händen. Es war stockfinster. Die einzigen Lichtquellen waren der unstete Flackerschein des Feuers und die ersten Vorboten des Morgengrauens hoch oben über dem Loch. Prüfstein war bereits mit dem Zubereiten des Haferbreis zugange. Er hatte sich auch gewaschen und rasiert, letzteres offenbar mit Hilfe eines Dolches, den Schnittwunden an Kinn und Hals nach zu urteilen.

»Guten Morgen, Milady«, sagte er. »Der Haferbrei wird in fünf Minuten fertig sein.«

Sabriel stöhnte erneut ob dieser Anrede auf, nahm ihr Hemd und ihre Hose und stapfte Richtung Quelle davon, einen geeigneten Busch zum Anziehen zu suchen.

Das eiskalte Wasser der Quelle vollendete das Aufwachen auf höchst unfreundliche Weise. Sabriel setzte sich dem kalten Naß und der nur unerheblich wärmeren Luft nicht länger als die zehn Sekunden aus, die es dauerte, bis sie sich ihres Unterhemdes entledigt, sich gewaschen und wieder angezogen hatte. Sauber, wach und bekleidet kehrte sie zum Lagerfeuer zurück und verzehrte ihren Anteil vom Haferbrei. Nach ihr aß Prüfstein, während Sabriel Panzer, Schwert und Glocken anlegte. Mogget aalte sich unterdessen am Feuer und wärmte sich den weißbepelzten Bauch. Nicht zum ersten Mal fragte sich Sabriel, ob er überhaupt essen mußte. Daß er gerne aß, war offensichtlich, aber er schien mehr aus Spaß zu essen denn aus der Notwendigkeit zur Nahrungsaufnahme.

Prüfstein erfüllte auch nach dem Frühstück seine Rolle als Diener perfekt: Er säuberte den Topf und den Löffel, löschte das Feuer und räumte alles ordentlich weg. Als er sich jedoch anschickte, Sabriels Rucksack auf seinen Rücken zu wuchten, fiel sie ihm in den Arm.

»Nein, Prüfstein. Das ist mein Rucksack. Vielen Dank, aber den trage ich selbst.«

Er zögerte einen Augenblick, dann überreichte er ihr das Gepäckstück. Er hätte ihr auch geholfen, es sich aufzuschnallen, aber sie hatte bereits die Arme durch die Gurte geschoben und sich den Sack auf den Rücken geschwungen, ehe er sein Vorhaben in die Tat umsetzen konnte.

Eine halbe Stunde später, nachdem sie ungefähr ein Drittel der engen steinernen Treppe bewältigt hatten, bereute Sabriel ihre Entscheidung, den Rucksack selbst zu tragen. Sie hatte sich immer noch nicht völlig von dem Papierschwingenabsturz erholt, und die Treppe war ungemein steil und so schmal, daß sie Schwierigkeiten hatte, den spiralförmigen Windungen zu folgen, ohne ständig mit dem Rucksack an der Innen- oder Außenwand entlangzuschrammen.

»Vielleicht sollten wir uns doch besser mit dem Tragen des Rucksacks abwechseln«, sagte sie schließlich mit Widerstreben, als sie an einer Art Nische hielten, um wieder zu Atem zu kommen. Prüfstein, der vorneweg gegangen war, nickte und kam ein paar Stufen zurück, um den Rucksack zu übernehmen.

»Jetzt gehe ich vorneweg«, sagte Sabriel, während sie ihren Rücken und ihre Schultern lockerte, leicht zusammenschaudernd, als sie den Schweiß auf ihrem Rücken und unter ihren Kleidern spürte. Sie hob ihre Kerze von der Bank auf, auf der sie sie abgestellt hatte, und stapfte weiter.

»Nein«, sagte Prüfstein und trat ihr in den Weg. »Es gibt Wachen – und Wächter – auf dieser Treppe. Ich kenne die Parolen und Zeichen, die man braucht, um an ihnen vorbeizukommen. Da Ihr der Abhorsen seid, lassen sie Euch vielleicht durch, aber sicher bin ich da nicht.«

»Deine Erinnerung scheint allmählich wiederzukehren«, bemerkte Sabriel, ein wenig erstaunt über diese Zurückweisung. »Sag, ist dies die Treppe, die du gemeint hast, als du sagtest, die Königin sei in einen Hinterhalt geraten?«

»Nein«, versetzte Prüfstein lakonisch. Nach kurzem Zögern setzte er hinzu: »Jene Treppe befand sich in Belisaere.«

Mit diesen Worten wandte er sich wieder um und stieg weiter die Treppe hinauf. Sabriel folgte ihm, ihrerseits dicht gefolgt von Mogget. Befreit von der hinderlichen Last ihres Rucksacks, fühlte sie sich bei weitem reger und wacher. So entging ihr nicht, daß Prüfstein gelegentlich innehielt und leise ein paar Worte vor sich hinmurmelte. Und jedesmal, wenn er dies tat, spürte sie den leisen, federleichten Hauch von Charta-Magie. Feinste Magie, viel klüger und subtiler als unten im Tunnel. Schwerer zu entdecken und wahrscheinlich viel tödlicher, dachte Sabriel. Nun da sie wußte, daß er da war, fing sie auch den leisen Hauch von Tod auf. Diese Treppe hatte Morde erlebt – vor langer, langer Zeit.

Schließlich gelangten sie in eine große Kammer, mit einer doppelten Flügeltür auf einer Seite. Licht sickerte durch eine große Anzahl kleiner runder Löcher im Dach herein, oder, wie Sabriel gleich darauf sah, durch ein fast zur Gänze zugewuchertes Gitter, das einstmals für Luft und Himmel offen gewesen war.

»Das da ist die Außentür«, bestätigte Prüfstein Sabriels Vermutung bezüglich der Flügeltür. Er blies seine Kerze aus, nahm Sabriels Kerze, die inzwischen kaum mehr als ein heruntergebrannter Wachsstummel war, und steckte beide in eine Tasche, die auf die Vorderseite seines Kilts aufgenäht war. Sabriel verkniff sich eine lustige Bemerkung über das heiße Wachs und den möglichen Schaden, den es an dieser heiklen Stelle, unweit seines Gemächtes, anrichten konnte. Prüfstein war keiner, der solche Scherze schätzte.

»Wie kann man sie öffnen?« fragte Sabriel, auf die Tür zeigend. Sie konnte weder eine Klinke noch ein Schloß oder einen Schlüssel entdecken. Und auch keine Türangeln.

Prüfstein schwieg und starrte ins Leere. Dann lachte er, ein bitteres leises Lachen.

»Ich erinnere mich nicht! Da sind wir nun den ganzen weiten Weg heraufgestiegen, und all die vielen Worte und Signale… und alles nutzlos! Nutzlos!«

»Wenigstens hast du uns die Treppe hinaufgeführt«, versuchte Sabriel, aufgeschreckt von der Heftigkeit seiner Eigenschelte, ihn aufzumuntern. »Ohne dich würde ich noch immer an der Quelle sitzen und ihr beim Plätschern zuschauen!«

»Ihr hättet den Weg nach draußen schon selbst gefunden«, murmelte Prüfstein. »Und wenn nicht Ihr, dann Mogget. Eine Holzfigur! Ja, zu mehr als das tauge ich nicht…«

»Prüfstein!« zischte Mogget, ihm ins Wort fallend. »Schluß mit dem Gebarme! Du sollst dich nützlich machen, hast du das vergessen?«

»Nein«, antwortete Prüfstein. Sein Atem wurde sichtlich ruhiger, und seine Züge entspannten sich wieder. »Es tut mir leid, Mogget. Milady.«

»Bitte, bitte, hör endlich auf, mich ›Milady‹ zu nennen!« sagte Sabriel fast flehentlich. »Ich bin gerade erst mit der Schule fertig – ich bin erst achtzehn! ›Milady‹ genannt zu werden, das kommt mir geradezu lächerlich vor.«

»Nun gut, Sabriel also«, sagte Prüfstein nach kurzem Zögern. »Ich werde versuchen, daran zu denken. ›Milady‹ zu sagen ist eine Angewohnheit… es erinnert mich an meine Stellung in der Welt. Es fällt mir leichter…«

»Es ist mir egal, was dir leichter fällt!« blaffte Sabriel. »Hör auf, mich ›Milady‹ zu nennen und dich wie ein Blödmann aufzuführen! Sei einfach du selbst. Verhalte dich ganz normal. Ich brauche keinen Lakaien, ich brauche einen hilfreichen… Freund!«

»Sehr wohl, Sabriel«, sagte Prüfstein mit besonderer Betonung auf ihrem Namen. Er war jetzt wütend, aber das war immer noch besser als sein unterwürfiges Geschleime, dachte Sabriel.

»Nun«, sagte sie, an den schelmisch grinsenden Mogget gewandt, »hast du eine Idee, wie wir diese Tür öffnen könnten?«

»Aber ja«, erwiderte Mogget. Er huschte zwischen ihren Beinen hindurch zu der schmalen Fuge, die den

Spalt zwischen den beiden Blättern der Tür markierte. »Drücken. Jeder auf einer Seite.«

»Drücken?«

»Warum nicht?« fragte Prüfstein mit einem Achselzucken. Er stellte sich vor den linken Flügel, versetzte den linken Fuß ein Stück nach hinten, um mehr Kraft zu haben, und legte die Hände auf das metallbeschlagene Holz. Nach kurzem Zögern stellte sich Sabriel in der gleichen Position vor den rechten Flügel.

»Eins, zwei, drei – hauruck!« gab Mogget das Kommando.

Sabriel drückte bei ›hau‹, und Prüfstein bei ›ruck‹, so daß ihre vereinte Anstrengung erst nach einer kurzen zeitlichen Verzögerung auch zu einer gleichzeitigen geriet.

Die Flügel öffneten sich mit leisem Knarren; Sonnenlicht fiel als leuchtender Balken herein und kletterte vom Fußboden zur Decke, tanzende Staubpartikel in seiner Bahn.

»Es fühlt sich seltsam an«, sagte Prüfstein. Das Holz vibrierte unter seinen Händen wie die angeschlagenen Saiten einer Laute.

»Ich höre Stimmen!« rief Sabriel zur gleichen Zeit; ihre Ohren waren voll von Wortfetzen, Lachen, fernem Gesang.

»Ich kann Zeit sehen«, wisperte Mogget so leise, daß seine Worte untergingen.

Und dann war die Tür geöffnet. Sie durchquerten sie. Das Sonnenlicht blendete sie, und sie mußten die Augen mit den Händen abschirmen. Eine kühle Brise zwickte ihnen in die Haut, der frische, würzige Duft von Nadelholz stieg ihnen in die Nase und reinigte sie vom muffigen Staub der Tiefe. Mogget nieste dreimal hintereinander in kurzen Abständen und rannte einmal im Kreis herum. Die Türflügel glitten wieder in ihre Ausgangsstellung zurück – mit dem gleichen leisen

Knarren, mit dem sie sich geöffnet hatten, und auf ebenso unerklärliche Weise.

Sie standen auf einer kleinen Lichtung inmitten eines Kiefernwaldes, oder besser: einer Kiefernschonung, denn die Bäume standen in Reihe und Glied. Die Flügeltür hinter ihnen befand sich in der Seite eines kleinen, mit Gras und verkrüppelten Büschen bewachsenen Hügels. Eine dicke Schicht Kiefernnadeln bedeckte den Erdboden; alle paar Schritte lugten Kiefernzapfen hervor, wie Schädel auf einem alten, frisch umgepflügten Schlachtfeld.

»Der Wachwald«, sagte Prüfstein. Er sog mehrere Male tief Luft ein. Dann wandte er den Blick zum Himmel und seufzte. »Es ist Winter, schätze ich, oder beginnender Frühling?«

»Winter«, erwiderte Sabriel. »Drunten nahe des Walls schneite es ziemlich stark. Hier kommt es mir viel milder vor.«

»Der größte Teil des Walls, die Langen Klippen und Abhorsens Haus liegen auf dem Südplateau«, erklärte Mogget. »Das Plateau liegt zwischen tausend und zweitausend Fuß oberhalb der Küstenebene. Die Gegend um Nestowe, wo wir ja hin wollen, liegt größtenteils unter dem Meeresspiegel und ist trockengelegt worden.«

»Stimmt«, sagte Prüfstein. »Ich erinnere mich wieder. Der Lange Deich, die Entwässerungskanäle, die windgetriebenen Pumpen...«

»Ihr seid ja beide zur Abwechslung mal richtig gesprächig!« bemerkte Sabriel. »Wäre vielleicht einer von euch so freundlich, mir mal etwas zu erzählen, was ich wirklich wissen möchte? Zum Beispiel, was die ›Großen Chartae‹ sind?«

»Das kann ich nicht«, sagten Mogget und Prüfstein wie aus einem Mund. Und Prüfstein fuhr stockend fort: »Es liegt ein Bann... ein Bindungszauber auf uns. Aber jemand, der kein Charta-Magier oder anderweitig eng an die Charta gebunden ist, könnte vielleicht reden. Ein Kind vielleicht, das mit dem Charta-Mal getauft ist, aber nicht in die Macht hineingewachsen ist.«

»Du bist klüger als ich dachte«, bemerkte Mogget. »Nicht, daß das viel besagen würde.«

»Ein Kind«, sagte Sabriel. »Warum sollte ein Kind es wissen können?«

»Wenn du eine anständige Ausbildung erhalten hättest, wüßtest du's auch«, sagte Mogget. »Eine Verschwendung von gutem Silber, diese Schule da, auf der du warst.«

»Vielleicht«, pflichtete Sabriel ihm bei. »Aber jetzt wo ich mehr über das Alte Königreich weiß, habe ich den Verdacht, daß ich der Tatsache, daß ich in Ancelstierre auf der Schule war, mein Leben zu verdanken habe. Doch genug davon. Welchen Weg nehmen wir jetzt?«

Prüfstein blickte zum Himmel – blau über der Lichtung, dunkel, wo der Ring aus Kiefern sich schloß. Die Sonne wurde gerade über den Wipfeln sichtbar; sie stand vielleicht eine Stunde vor ihrem mittäglichen Zenit. Prüfstein schaute von ihr zu den dunklen Schatten der Bäume, dann zeigte er mit dem Finger die Richtung: »Nach Osten. Dort müßten eine Reihe von Charta-Steinen sein, die von hier zum östlichen Rande des Wachwaldes führen. Diese Stätte hier ist schwer geschützt mit Magie. Es gibt… es gab viele Steine.«

Die Steine waren immer noch da, und beginnend mit dem ersten, schlängelte sich eine Art Tierpfad von einem Stein zum nächsten. Es war kühl unter den Kiefern, aber angenehm. Die gleichmäßige Gegenwart der Charta-Steine vermittelte Sabriel und Prüfstein ein beruhigendes Gefühl. Sie konnten sie spüren wie Leuchttürme in einem Meer von Bäumen.

Es waren insgesamt sieben Steine, und obwohl keiner von ihnen geborsten war, empfand Sabriel jedesmal, wenn sie sich von einem entfernten und zum nächsten weiterzogen, eine unruhige Spannung, und jedesmal schoß ihr ein Bild durch den Kopf: der blutbefleckte, zerborstene Stein vom Gespaltenen Gipfel.

Der letzte Stein stand genau am Rande des Kiefernwaldes auf der Spitze eines steil aufragenden Granitfelsens von dreißig oder vierzig Ellen Höhe, der den östlichen Rand des Waldes und das Ende des Südplateaus markierte.

Sie standen neben dem Stein und spähten hinaus, hinaus auf die endlose, ruhelose, blau-graue See, auf die weißen Gischtkämme, die fortwährend gegen das Ufer anrollten. Unter ihnen lagen die platten, tiefliegenden Felder von Nestowe, trockengehalten durch ein Netz von hochliegenden Kanälen, Pumpen und Deichen. Das Dorf selbst, eine Dreiviertelmeile entfernt, thronte hoch auf einem weiteren Granitfelsen. Der Hafen war von ihrer Warte aus nicht zu sehen: Er befand sich auf der anderen Seite des Felsens.

»Die Felder sind überflutet«, sagte Prüfstein verblüfft, als traue er seinen Augen nicht.

Sabriel folgte seinem Blick und sah, daß das, was sie für irgendeine Art von Feldfrüchten gehalten hatte, in Wirklichkeit Schlick und Wasser waren. Die kleeblattförmigen Schaufeln der Windmühlen, die die Kraft für die Pumpen lieferten, standen still, obwohl eine salzige Brise vom Meer her wehte.

»Aber die Pumpen waren charta-verzaubert!« rief Prüfstein. »Dem Wind zu folgen, ohne Wartung zu arbeiten...«

»Es sind keine Leute auf den Feldern; niemand ist auf dieser Seite des Dorfes«, fügte Mogget hinzu, dessen Augen schärfer waren als das Fernrohr in Sabriels Rucksack.

»Der Charta-Stein von Nestowe muß geborsten sein«, murmelte Sabriel mit zusammengepreßten Lippen. »Und ich nehme einen bestimmten Geruch in der Brise wahr. Es sind Tote in dem Dorf.«

»Der schnellste Weg nach Belisaere wäre der per Boot, und ich bin ganz zuversichtlich, was meine Segelkünste anbelangt«, meldete sich Prüfstein zu Wort. »Aber wenn die Toten dort sind, sollten wir dann nicht…«

»Wir gehen runter und nehmen uns ein Boot«, bestimmte Sabriel mit fester Stimme. »Solange die Sonne noch hoch im Zenit steht.«

Kapitel Sechzehn

Es gab einen ausgebauten Pfad durch die überfluteten Felder, aber der stand knöcheltief – und gelegentlich auch hüfttief – unter Wasser. Nur die erhöhten Entwässerungskanäle erhoben sich über das brackige Wasser, aber sie liefen allesamt nach Osten, nicht zum Dorf, so daß Sabriel und Prüfstein gezwungen waren, den Pfad entlangzuwaten. Mogget indes brauchte seine Tatzen natürlich nicht zu benetzen: Er hatte seine schlanke Gestalt einem weißen Fuchspelz gleich elegant um Sabriels Hals drapiert.

Wasser und Schlamm im Verein mit schlüpfrigem Untergrund machten das Gehen zu einer mühseligen Angelegenheit. Sie brauchten mehr als eine Stunde, um eine knappe Meile zurückzulegen, und so kam es, daß der Tag weiter vorangeschritten war als Sabriel lieb war, als sie schließlich aus dem Wasser stiegen und den felsigen Anstieg gewannen, der den Anfang des Dorfes markierte. Wenigstens ist der Himmel klar, dachte Sabriel mit einem Blick nach oben. Die Wintersonne war nicht gerade das, was man als heiß bezeichnen würde, und auch grell konnte man sie beim besten Willen nicht nennen, aber sie war sicherlich intensiv genug, um die meisten Arten der Geringeren Toten davon abzuschrecken, sich aus ihren Löchern zu wagen.

Trotzdem ließen sie Vorsicht walten, als sie zum Dorf hinauf gingen: Sabriel hatte eine Hand am Schwert, die andere an den Glocken. Der Pfad wand sich serpentinenförmig in einer Reihe von in den Fels gehauenen

Stufen bergan, hier und da verstärkt durch Ziegel und Mörtel. Das Dorf selbst nistete auf der Spitze des Felsens. Es bestand aus ungefähr dreißig gemütlichen Ziegelkotten, gedeckt mit hölzernen Dachpfannen, manche farbenfroh gestrichen, andere in eher gedeckten Tönen, wieder andere grau und verwittert.

Es herrschte vollkommene Stille, bis auf das seltsame Heulen des Windes oder den gelegentlichen trauervollen Schrei einer Möwe, die über ihren Köpfen dahinschoß. Sabriel und Prüfstein rückten dichter zueinander; fast Schulter an Schulter marschierten sie die Straße – offenbar die Hauptstraße des Dorfes – hinauf. Beide hatten ihre Schwerter jetzt gezückt, und ihre Blicke huschten über verschlossene Türen und verrammelte Fenster. Beide fühlten sich unbehaglich und gespannt – ein häßliches, kribbelndes Gefühl kroch ihnen vom Rücken herauf zum Nacken und von dort über die Kopfhaut zum Charta-Mal auf der Stirn. Sabriel spürte auch die Gegenwart von Toten Kreaturen. Es waren Geringere Tote, die sich vor dem Sonnenlicht verkrochen und irgendwo in der Nähe lauerten, in Häusern oder Kellern.

Am Ende der Hauptstraße, am höchsten Punkt des Felsens, ruhte auf einem sorgfältig gepflegten Stück Rasen ein Charta-Stein. Die Hälfte des Steines war weggesprengt; die Bruchstücke lagen auf dem grünen Rasen verstreut. Vor dem Stein lag, an Händen und Füßen gefesselt, eine Leiche. Der klaffende Schnitt quer über die Gurgel verriet klar und deutlich, woher das Blut gekommen war – das Blut für das Opfer, das den Stein gesprengt hatte.

Sabriel kniete sich neben die Leiche, den Blick von dem zerborstenen Stein abgewandt. Er war erst vor kurzer Zeit zersprengt worden, das fühlte sie ganz deutlich, aber die Tür zum Tode öffnete sich bereits knarrend. Fast konnte sie die Kälte der Strömung hinter ihr fühlen, wie sie rings um den Stein leckte und die Wärme und das Leben aus der Luft sog. Auch Kreaturen lauerten dort, gleich hinter der Grenze. Sie spürte deren Hunger nach Leben, die Ungeduld, mit der sie dem Anbruch der Nacht entgegenfieberten.

Wie nicht anders erwartet, gehörte die Leiche einem Charta-Magier, oder vielmehr, wie Sabriel bei näherem Hinschauen zu ihrer Überraschung feststellte, einer Charta-Magierin. Die breiten Schultern und der muskulöse Körperbau hatten sie einen Moment lang getäuscht, aber es bestand kein Zweifel: Die Gestalt, die da mit geschlossenen Augen, aufgeschlitzter Kehle und blutverkrustetem Haar vor ihr lag, war die einer Frau mittleren Alters.

»Die Dorfheilerin«, sagte Mogget und deutete mit der Nase auf ein Armband an ihrem Handgelenk. Sabriel schob die Fesseln beiseite, um besser sehen zu können. Das Armband war aus Bronze, mit eingelegten Charta-Zeichen aus Grünstein – tote Zeichen jetzt, denn die Bronze war mit getrocknetem Blut besudelt, und kein Puls schlug mehr in dem Fleisch unter dem Metall.

»Sie wurde vor drei oder vier Tagen getötet«, sagte Sabriel. »Der Stein wurde zur gleichen Zeit zersprengt.«

Prüfstein schaute sie an und nickte grimmig; dann wandte er den Blick wieder auf die Häuser gegenüber. Seine Schwerter hingen ihm locker in den Händen, aber Sabriel blieb nicht verborgen, daß sein gesamter Körper sich in einem Zustand höchster Anspannung befand, wie ein zusammengedrücktes Schachtelmännchen, das darauf wartete, blitzartig emporzuschnellen.

»Wer immer... was immer... sie getötet und den Stein zerbrochen hat, ihren Geist hat er – es – nicht versklavt«, fügte Sabriel leise hinzu, mehr an sich selbst denn an die der anderen gerichtet. »Ich frage mich, warum.«

Weder Prüfstein noch Mogget antworteten. Für einen

Augenblick erwog Sabriel, die Frau selbst zu fragen, aber ihr ungestümes Verlangen nach Reisen in den Tod hatte durch ihr jüngstes Erlebnis einen kräftigen Dämpfer erhalten. Statt dessen durchtrennte sie die Fesseln der Frau und bettete ihren leblosen Leib so gut sie es vermochte, bis es aussah, als liege die Frau in friedlichem Schlaf.

»Ich kenne deinen Namen nicht, Heilerin«, sagte Sabriel leise. »Aber ich hoffe, du gelangst rasch hinter das Letzte Tor. Leb wohl!«

Sie trat einen Schritt zurück und beschrieb die Charta-Zeichen für Einäscherung über dem Leichnam, wobei sie leise die Namen der Zeichen sprach – doch ihre Finger begannen zu zittern und die Worte mißrieten: Der unheilvolle Einfluß des zerborstenen Steines bedrängte sie, einem Ringer gleich, der ihre Handgelenke umklammerte und ihren Kopf zusammenpreßte. Schweißperlen traten auf ihre Stirn, und Schmerz schoß ihr durch die Glieder. Ihre Hände zitterten wie Espenlaub, die Zunge lag ihr wie ein unförmiger Kloß im Munde.

Doch dann spürte sie, wie Hilfe nahte. Neue Kraft durchströmte ihren Körper: Ihre Hände hörten auf zu zittern, ihre Stimme wurde wieder klar. Sie vollendete die Litanei, und ein Funke stob über der Frau auf, schwoll zu einer züngelnden Flamme, welche zu einer grimmen, weißgrellen Waberlohe anwuchs, die innerhalb kürzester Zeit den gesamten Körper der Frau einhüllte und verzehrte. Zurück blieb nur ein Häufchen Asche, leichte Beute für die Meeresbrise.

Die frische, zusätzliche Kraft kam durch Prüfsteins Hand, die er auf Sabriels Schulter gelegt hatte. Als Sabriel sich aufrichtete, ging der Kontakt verloren. Und als sie sich umdrehte, zückte Prüfstein gerade sein rechtes Schwert, den Blick auf die Häuser geheftet, als hätte er nichts damit zu tun gehabt.

»Ich danke dir«, sagte Sabriel. Prüfstein war ein starker Charta-Magier, vielleicht gar so stark wie sie selbst. Das überraschte sie, obgleich sie nicht zu sagen vermochte, warum. Er hatte kein Geheimnis daraus gemacht, daß er ein Charta-Magier war, sie hatte nur angenommen, daß er lediglich ein paar der Zeichen und Zauber kannte, die mit dem Kämpfen zu tun hatten. Kleinmagie, sozusagen.

»Wir sollten weiterziehen«, drängte Mogget, der aufgeregt hin und her pirschte, wobei er peinlich darauf achtete, nur ja nicht mit den Bruchstücken des zerborstenen Steines in Berührung zu kommen. »Suchen wir uns ein Boot und stechen wir noch vor Anbruch der Nacht in See.«

»Zum Hafen geht's da lang«, fügte Prüfstein rasch hinzu und deutete mit der Schwertspitze in die Richtung, wo der Hafen lag. Sowohl er als auch die Katze schienen sehr erpicht darauf zu sein, sich möglichst rasch aus der Umgebung des zerbrochenen Steines zu entfernen, befand Sabriel. Aber mir geht es schließlich nicht anders, dachte sie. Selbst bei hellem Tageslicht schien er noch die Farben rings herum zu dämpfen. Der Rasen war bereits mehr gelb als grün, und sogar die Schatten schienen dichter und tiefer, als sie es sein sollten. Sie erschauerte bei dem Gedanken an den Gespaltenen Gipfel und die Kreatur namens Thralk.

Der Hafen lag auf der Nordseite des Felsens. Zu erreichen war er über eine weitere Reihe von Stufen in dem felsigen Hang, oder, wenn es Fracht dorthin zu schaffen galt, über einen der Scherenkräne, die den Rand des Felsens säumten. Lange hölzerne Landungsstege ragten wie dunkle Finger in das klare blaugrüne Wasser, gegen den Wind geschützt durch ein Felseneiland, das wie ein kleinerer Bruder jenes Felsens anmutete, auf dem das Dorf nistete. Eine lange Buhne aus riesigen Felsbrocken verband Insel und Ufer miteinander, den Schutz des Hafens gegen Wind und Wellen vervollständigend.

Weder an der Kaimauer noch an den Landungsstegen lagen Boote vertäut, nicht einmal eine kleine Jolle. Sabriel stand auf der Treppe und schaute hinunter auf den Hafen, für den Augenblick bar irgendwelcher anderen Pläne. Sie betrachtete das Wirbeln des Wassers um die muschelbewachsenen Pfeiler der Landungsstege; die huschenden Schatten in den blauen Fluten: kleine Fischschwärme, die ihrem Daseinszweck nachgingen. Mogget saß schweigend zu ihren Füßen und hielt schnuppernd das Näschen in die Luft. Prüfstein stand ein Stück weiter oben, ihren Rücken absichernd.

»Was nun?« fragte Sabriel, auf den leeren Hafen unten deutend. Ihr Arm bewegte sich im gleichen Rhythmus wie die Dünung.

»Es sind Leute auf der Insel«, sagte Mogget, die Augen gegen den Wind zusammenkneifend. »Und es liegen Boote zwischen den beiden Felsenausbissen auf der Südwestseite.«

Sabriel spähte hinüber zu dem Eiland, aber sie vermochte weder Leute noch Boote auszumachen. Sie ging zu Prüfstein und holte das Fernrohr aus ihrem Rucksack, den er immer noch für sie trug. Er stand völlig regungslos, während sie an den Schnallen herumnestelte, stumm wie das menschenleere Dorf. Jetzt spielt er wieder den Hölzernen, dachte Sabriel, aber es machte ihr eigentlich nichts aus. Er war hilfreich, und das, ohne alle paar Minuten einen Kratzfuß zu machen.

Durch das Fernrohr sah sie, daß Mogget recht hatte. Mehrere Boote lagen, teilweise verdeckt, zwischen zwei Felsvorsprüngen, und es gab mehrere Anzeichen von Besiedlung: hier ein Stück Wäscheleine, das vom Wind um die Ecke eines hohen Felsens geweht wurde; dort eine rasche Bewegung zwischen zwei der sechs oder sieben baufälligen Holzhäuser, die auf der Südwestseite der Insel standen.

Sie schwenkte das Fernrohr auf die Buhne und folgte ihr über ihre ganze Länge. Wie sie schon fast erwartet hatte, klaffte eine Lücke genau in ihrer Mitte, durch die die See mit beträchtlicher Kraft hindurchbrandete. Ein Stapel Holzplanken auf der dem Eiland zugewandten Seite der Buhne deutete darauf hin, daß sich dort einst eine Brücke befunden hatte, die jetzt abgerissen worden war.

»Sieht so aus, als wären die Dörfler auf die Insel geflüchtet«, sagte sie und klappte das Fernrohr wieder zu. »In der Buhne ist eine Lücke, so daß zwischen Insel und Ufer ständig Wasser hin und her fließt. Ein ideales Bollwerk gegen die Toten. Ich glaube, nicht mal ein Mordicant würde es wagen, tiefes Gezeitenwasser zu durchqueren…«

»Dann laßt uns gehen«, murmelte Prüfstein. Er klang wieder unruhig und getrieben. Sabriel blickte zu ihm, dann über seinen Kopf hinweg, und sah, warum er so unruhig war. Wolken zogen von Südosten her auf, hinter dem Dorf – dunkle, regenschwere Wolken. Die Luft war ruhig, aber nun da sie die Wolken sah, wußte Sabriel, daß es die Ruhe vor dem Sturm war. Die Sonne würde sie nicht mehr lange behüten, und die Nacht würde ein früher Gast sein.

Ohne weiteres Drängen machte sie sich auf den Weg die Treppe hinunter zur Hafenseite, und von dort aus über die Buhne. Prüfstein folgte ihr etwas langsamer; er drehte sich alle paar Schritte um, um sie nach hinten abzusichern. Mogget tat das Gleiche; sein kleines Katzengesicht drehte sich ständig nach hinten um und spähte angespannt zu den Häusern hinauf.

Hinter ihnen gingen Läden einen Spaltbreit auf, und fleischlose Augen starrten sie aus dem Schutz der Dunkelheit an; beobachteten, wie das Trio sich über die Buhne bewegte, immer noch in hartes Sonnenlicht getaucht, flankiert von rollenden Wogen schrecklichen Wassers. Verfaulte, braunstumpige Zähne mahlten und knirschten in knöchernen Mündern. Ein Stück weiter hinten, in sicherem Abstand zu den Fenstern, wirbelten und waberten Schatten schwärzer als jene, die von Licht geworfen werden konnten, in grimmiger Enttäuschung, ohnmächtiger Wut – und quälender Angst. Sie alle wußten, wer da soeben vorbeigekommen war.

Ein solcher Schatten gab, per Losentscheid bestimmt und von seinen Mit-Schatten genötigt, seine Existenz im Leben mit einem stummen Schrei auf und schied in den Tod. Ihr aller Herr war viele, viele Meilen weit weg, und der schnellste Weg zu ihm lag im Tode. Natürlich würde der Bote, sobald er seine Botschaft übermittelt hatte, durch die Tore fallen und sein endgültiges Ende finden. Aber das kümmerte den Herrn nicht.

Die Lücke in der Buhne war mindestens fünfzehn Fuß breit, und das Wasser war doppelt so tief, wie Sabriel groß war: die See brandete mit roher Gewalt hindurch. Darüber hinaus wurde sie durch Bogenschützen vom Eiland abgesichert, wie sie feststellten, als ein Pfeil gegen die Felsbrocken vor ihnen prallte und ins Wasser trudelte.

Sofort stellte sich Prüfstein schützend vor Sabriel, und sie fühlte, wie Charta-Magie aus ihm strömte, als seine Schwerter einen großen Kreis in der Luft vor ihnen beschrieben. Leuchtende Spuren folgten der Bahn der Schwerter, bis ein schimmernder Kreis aus Licht in der Luft hing.

Vier Pfeile kamen von der Insel herübergeflogen. Einer prallte gegen den Kreis und löste sich einfach in Luft auf. Die anderen drei verfehlten sie weit und prallten gegen Felsen oder fielen ins Meer.

»Pfeilabwehr«, keuchte Prüfstein. »Sehr wirkungsvoll, aber ungeheuer schwer aufrechtzuerhalten. Treten wir den Rückzug an?«

»Noch nicht«, antwortete Sabriel. Sie konnte fühlen, wie sich die Toten im Dorf hinter ihnen zu regen begannen, und sie konnte jetzt auch die Bogenschützen ausmachen. Es waren vier an der Zahl, zwei Paare, jedes hinter einem der großen Steinhaufen, die die Stelle markierten, an der die Buhne sich mit dem Eiland verband. Sie sahen jung und unruhig aus und stellten, wie sich bereits gezeigt hatte, keine große Bedrohung dar.

»Haltet ein!« schrie Sabriel. »Wir sind Freunde!«

Es kam keine Antwort, aber die Bogenschützen schossen auch keine neuen Pfeile ab.

»Wie lautet der Titel des Dorfführers oder Dorfältesten – für gewöhnlich, meine ich? Wie nennt man ihn?« fragte Sabriel Prüfstein hastig. Einmal mehr bereute sie, nicht mehr über das Alte Königreich und seine Sitten und Bräuche zu wissen.

»Zu meiner Zeit…«, begann Prüfstein stockend, während er mit seinen Schwertspitzen die Pfeilabwehr erneuerte, was ihm ein Höchstmaß an Konzentration abverlangte, »zu meiner Zeit nannte man ihn den Dorfältesten – bei einem Dorf von dieser Größe.«

»Wir würden gern mit eurem Dorfältesten sprechen!« schrie Sabriel. Sie deutete auf die Wolkenfront, die hinter ihr heranrückte, und fügte hinzu: »Bevor die Dunkelheit anbricht!«

»Wartet!« kam die Antwort, und einer der Bogenschützen kletterte von den Felsbrocken herunter und rannte zu den Häusern, die, wie Sabriel bei nochmaligem, genauerem Hinschauen erkannte, vermutlich Bootshäuser oder dergleichen waren.

Der Bogenschütze kam nach einigen Minuten zurück, begleitet von einem älteren Mann, der über die Felsbrocken hinter ihm her humpelte. Als die drei anderen Bogenschützen ihn gewahrten, ließen sie ihre Waffen sinken und steckten die Pfeile in ihre Köcher zurück. Daraufhin hielt Prüfstein die Pfeilabwehr nicht weiter aufrecht. Sie hing noch für einen kurzen Augenblick in der Luft, dann zerstob sie, einen Regenbogen hinterlassend, der seinerseits kurz darauf verschwand.

Der Älteste trug diese Bezeichnung – und den Titel – zu Recht, wie sie sahen, als er die Buhne entlanghumpelte. Langes weißes Haar umwehte sein hageres, runzliges Gesicht wie feine Spinnennetze, und er bewegte sich mit der zittrigen Betulichkeit eines Greises. Er schien keine Angst zu haben; vielleicht war er erfüllt von dem gleichgültigen Mut von einem, der dem Tode nahe ist.

»Wer seid ihr?« fragte er, als er die Bresche erreichte. Wie er da über den brodelnden Wassern stand, mit seinem schütteren weißen Haupthaar und seinem wallenden, im Winde flatternden dunkelorangenen Umhang, mutete er an wie ein Prophet aus der Legende. »Was wollt ihr?«

Sabriel öffnete den Mund, um zu antworten, doch Prüfstein kam ihr zuvor.

»Ich bin Prüfstein«, verkündete er mit donnernder Stimme, »verschworener Schwertmann des Abhorsen, den Ihr hier vor Euch stehen seht. Sind Pfeile Euer Willkommensgruß für Leute wie uns?«

Der alte Mann antwortete nicht sogleich. Aus tief in den Höhlen liegenden Augen musterte er Sabriel scharf, als könne er jede Täuschung und jedes Trugbild allein mit seinem Blick durchschauen. Sabriel hielt seinem Blick stand, aber aus dem Mundwinkel zischte sie Prüfstein zu: »Was fällt dir ein, für mich zu sprechen! Wäre eine freundliche Begrüßung nicht besser gewesen? Und seit wann bist du mein Verschworener…«

Sie hielt inne, als der alte Mann sich räusperte, um zu antworten, und ins Wasser spie. Für einen Moment glaubte sie, das sei schon seine Antwort, aber da weder die Bogenschützen noch Prüfstein irgendeine Reaktion zeigten, hatte das Spucken offensichtlich keinerlei Bedeutung.

»Es sind schlechte Zeiten«, sagte der Dorfälteste. »Wir waren gezwungen, Heim und Herd gegen wacklige, qualmende Schuppen und Wärme und Behaglichkeit gegen den Meereswind und den Gestank von Fisch einzutauschen. Viele der Bewohner Nestowes sind tot – oder schlimmeres. Fremde und Reisende sind selten in solchen Zeiten, und sie sind nicht immer das, was sie zu sein scheinen.«

»Ich bin der Abhorsen«, sagte Sabriel mit einer gewissen Selbstüberwindung. »Feind der Toten.«

»Ich entsinne mich«, erwiderte der alte Mann langsam. »Abhorsen kam hierher, als ich ein junger Mann war. Er kam, um den Spuk zu bannen, den der Gewürzhändler brachte – die Charta möge ihn verfluchen. Abhorsen. Ich erinnere mich an den Umhang, den Ihr da tragt: blau wie das Meer in zehn Klaftern Tiefe, bestickt mit den silbernen Schlüsseln. Aber da war auch noch ein Schwert...«

Er hielt inne und schaute sie erwartungsvoll an. Sabriel stand schweigend da und wartete darauf, daß er fortfuhr.

»Er möchte das Schwert sehen«, sagte Prüfstein leise, als das Schweigen peinlich zu werden drohte.

»Oh!« sagte Sabriel und errötete.

Wie dumm von ihr! Das lag natürlich auf der Hand. Vorsichtig, um die Bogenschützen nicht aufzuschrekken, zog sie das Schwert aus der Scheide und hielt es hoch in die Sonne, so daß die Charta-Zeichen deutlich zu erkennen waren, silberne Tänzer auf funkelnder Klinge.

»Ja«, seufzte der Dorfälteste und ließ erleichtert die greisen Schultern sacken. »Das ist das Schwert. Sie ist der Abhorsen!«

Er drehte sich um und humpelte zu den Bogenschützen zurück. Seine alte, brüchige Stimme steigerte sich zu einem krächzenden Frohlocken. »Los, ihr vier! Rasch, beeilt euch mit der Brücke! Wir haben Gäste! Helft endlich mit!«

Sabriel blickte zu Prüfstein, die Augenbrauen hochziehend angesichts der Bedeutung der letzten drei Worte des alten Mannes. Zu ihrer Überraschung erwiderte Prüfstein ihren Blick und hielt ihm stand.

»Es ist uralte Tradition, daß jemand von hohem Range, jemand wie Ihr also, von seinem verschworenen Schwertmann angekündigt wird«, sagte er ruhig. »Und für mich ist die einzig mögliche Weise, mit Euch zu reisen, die, Euer verschworener Schwertmann zu sein. Andernfalls werden die Leute annehmen, daß wir – bestenfalls – ein heimliches Liebespaar sind. Euren Namen in solcher Form mit meinem verknüpfen zu lassen, würde Euch in den Augen der meisten herabsetzen. Versteht Ihr?«

»Aha«, sagte Sabriel und schluckte heftig. Sie spürte, wie ihr die Verlegenheitsröte ins Gesicht schoß. Sie fühlte sich fast genau so, als wäre sie gerade vor der versammelten Klasse von Miss Prionte heruntergeputzt worden. Sie hatte nicht einmal darüber nachgedacht, wie es für andere aussähe, wenn sie beide zusammen reisten. Gewiß, in Ancelstierre würden die Leute es als ungehörig empfinden, aber dies hier war das Alte Königreich, wo die Dinge anders waren. Aber anscheinend nur manche Dinge...

»Lektion zweihundertsieben«, ließ sich Mogget vernehmen, der irgendwo in der Nähe ihrer Füße hockte. »Drei von zehn. Ich frage mich, ob sie wohl frischgefangenen Wittling hier haben. Ich hätte gern einen kleinen, einen, der noch zappelt...«

»Sei still!« fuhr ihm Sabriel dazwischen. »Du solltest besser für eine Weile so tun, als wärst du eine ganz gewöhnliche Katze.«

»Sehr wohl, Milady – Abhorsen«, erwiderte Mogget und stolzierte zu Prüfstein, um sich an dessen Seite niederzulassen.

Sabriel wollte ihm gerade eine scharfe Erwiderung geben, als sie ein leises Zucken an Prüfsteins Mundwinkel wahrzunehmen glaubte. Prüfstein und grinsen? Sie war so verdutzt, daß sich ihre Erwiderung auf der Zunge verhaspelte, und sie vergaß sie gänzlich, als die vier Bogenschützen eine Planke über die Bresche wuchteten.

»Bitte sputet euch«, drängte der Dorfälteste das Trio, während die Bogenschützen die Planke sicherten. »Es sind jetzt viele üble Kreaturen im Dorf, und ich fürchte, der Tag ist fast vorüber.«

Wie um seine Worte zu bestätigen, fielen Wolkenschatten über sie, noch während er sprach, und der frische Geruch von herannahendem Regen vermengte sich mit dem salzigen Aroma des Meeres. Ohne weiter zu säumen, rannte Sabriel hurtig über die Planke, gefolgt von Mogget. Prüfstein bildete den Schluß.

Kapitel Siebzehn

Alle überlebenden Bewohner von Nestowe waren in der größten der Fischräucherkaten versammelt, bis auf die vier, die zur Zeit als Bogenschützen an der Buhne wachten. Eine Woche zuvor hatte das Dorf noch hundertsechsundzwanzig Einwohner gezählt – jetzt waren es noch einunddreißig.

»Bis heute morgen waren es noch zweiunddreißig«, berichtete der Dorfälteste Sabriel, während er ihr einen Pokal schmackhaften Weines und ein Stück Dörrfisch auf einer Scheibe altbackenen Brotes darreichte. »Wir dachten, auf dem Eiland wären wir in Sicherheit, doch heute früh, gleich nach dem Morgengrauen, fanden wir Monjer Stowarts Knaben, ausgesaugt wie eine Hülse. Als wir ihn berührten, fühlte es sich an wie... verbranntes Papier, das noch seine Form behalten hat... und bei der Berührung zerfiel er zu Flocken von... etwas wie Asche.«

Sabriel ließ den Blick umherschweifen, während der alte Mann sprach, und sie bemerkte die vielen Laternen, Kerzen und Binsenlichter, die sowohl zur Beleuchtung als auch zu der rauchgeschwängerten Luft in dem Schuppen beitrugen. Die Überlebenden waren eine sehr gemischte Gruppe – Männer, Frauen und Kinder, von ganz jungen bis zum Dorfältesten selbst. Ihre einzige Gemeinsamkeit war die Angst, die ihre Gesichter zeichnete und die sich in ihren fahrigen, abgehackten Bewegungen Ausdruck schuf.

»Wir glauben, daß eines von ihnen hier ist«, sagte

eine Frau; ihre Stimme war von kraftloser Schicksalsgläubigkeit geprägt, jede Angst schien bereits aus ihr gewichen. Sie stand allein, begleitet und umhüllt von Tragik. Sabriel vermutete, daß sie ihre Familie verloren hatte. Mann, Kinder – vielleicht auch Eltern und Geschwister, denn sie war noch nicht über vierzig.

»Es wird uns holen, einen nach dem andern«, fuhr die Frau nüchtern fort; ihre Stimme erfüllte den Schuppen mit schrecklicher Gewißheit. Die Leute um sie herum scharrten unruhig mit den Füßen und mieden ihren Blick, als würde ihr in die Augen zu schauen bedeuten, gleichzeitig auch ihre Worte zu bestätigen. Die meisten schauten Sabriel an, und sie sah Hoffnung in ihren Augen. Nicht blindes Vertrauen oder vollkommene Zuversicht, sondern die Hoffnung eines Spielers, ein neues Pferd könne vielleicht seine Pechsträhne beenden.

»Der Abhorsen, der kam, als ich jung war«, fuhr der Dorfälteste fort, und Sabriel sah, daß er, alt wie er war, diese Erinnerung mit keinem der Anwesenden teilen konnte. »Dieser Abhorsen erzählte mir, sein Daseinszweck liege darin, die Toten zu töten. Er rettete uns vor den Geistern, die in der Karawane des Gewürzhändlers kamen. Ist es immer noch so, Lady? Wird Abhorsen uns vor den Toten bewahren?«

Sabriel dachte kurz nach. Im Geiste blätterte sie die Seiten des *Buches der Toten* durch; sie fühlte, wie es sich in dem Rucksack bewegte, der zu ihren Füßen stand. Ihre Gedanken schweiften zu ihrem Vater; zu ihrer bevorstehenden Reise nach Belisaere; zu den Toten Feinden, die, wie es schien, von einem planvoll handelnden Geist gegen sie aufgeboten wurden.

»Ich werde dafür sorgen, daß dieses Eiland von den Toten gesäubert wird«, sagte sie schließlich. Sie sprach laut und deutlich, damit alle sie hören konnten. »Aber ich kann nicht auch das Dorf von ihnen befreien. Es gibt da noch ein größeres Übel, das sein Unwesen im Königreich treibt – dasselbe Übel, das euren Charta-Stein zerbrochen hat. Das muß ich finden und besiegen, so rasch ich kann. Sobald das geschehen ist, werde ich zurückkehren – ich hoffe, mit anderer Hilfe – und Dorf und Charta-Stein wiederherstellen.«

»Wir verstehen«, erwiderte der Dorfälteste. Er schien traurig, nahm es aber mit philosophischer Gelassenheit hin. Er fuhr fort, und seine Worte waren mehr an seine Leute denn an Sabriel gerichtet: »Wir können hier überleben. Wir haben die Quelle und den Fisch. Wir haben Boote. Wenn Callibe noch nicht an die Toten gefallen ist, können wir Gemüse und andere Waren kaufen.«

»Ihr müßt die Buhne weiterhin im Auge behalten«, brachte sich Prüfstein zu Gehör. Er stand hinter Sabriels Stuhl, die geradezu vollkommene Verkörperung eines grimmen Leibwächters. »Die Toten – oder ihre lebenden Sklaven – werden womöglich versuchen, die Bresche mit Steinen aufzufüllen oder eine Brücke über sie zu schlagen. Sie können fließendes Wasser überwinden, indem sie Brücken aus mit Graberde gefüllten Kisten errichten.«

»Dann werden wir also belagert«, sagte ein Mann. »Aber was machen wir mit dieser Toten Kreatur, die sich bereits hier auf der Insel herumtreibt und uns nachstellt? Wie wollt Ihr sie finden?«

Schlagartig kehrte gespannte Stille ein, denn dies war die eine, die alles entscheidende Antwort, die alle hören wollten. Der Regen trommelte auf das Dach der Kate, kräftiger Dauerregen, wie er bereits seit dem späten Nachmittag fiel. Die Toten hassen den Regen, ging es Sabriel nebenher durch den Kopf, während sie über die Frage nachdachte. Regen zerstörte die Toten nicht, aber er verletzte und verstörte sie. Wo immer das Tote sich auf der Insel aufhielt, es würde ein Ort sein, an dem es gegen den Regen geschützt war.

Mit diesem Gedanken stand sie auf. Einunddreißig Augenpaare starrten sie erwartungsvoll an; kaum einer blinzelte, trotz des beißenden Rauchs von den Laternen, Kerzen und Binsenlichtern. Prüfstein beobachtete die Dörfler; Mogget begutachtete ein Stück Räucherfisch; Sabriel schloß die Augen und streckte ihre Sinnesfühler aus, um die Präsenz des Toten zu erspüren.

Da war es, eine schwache, versteckte Ausdünstung, wie ein kaum zu ortender Hauch von etwas Verdorbenem, Verrottetem. Sabriel konzentrierte sich mit all ihren Sinnen darauf, spürte ihm nach – und fand es, gleich hier in der Kate. Das Tote verbarg sich irgendwie unter den Dorfbewohnern.

Sie öffnete langsam die Augen und wandte den Blick geradewegs auf den Punkt, wo ihre Sinne die Tote Kreatur geortet hatten. Sie sah einen Fischer, mittleren Alters, mit rotem, wettergegerbtem Gesicht und sonnengebleichtem Haar. Er schien nicht anders zu sein als die, die um ihn herum standen: Er stand nur da und wartete gespannt auf ihre Antwort. Aber es war unwiderlegbar etwas Totes in ihm – oder ganz dicht bei ihm. Er trug einen Überzieher, was ihr merkwürdig vorkam in Anbetracht der Hitze, die aufgrund der vielen Menschen und Lichter in der Räucherkate herrschte.

»Sagt«, fragte Sabriel schließlich, »hat irgendeiner eine große Kiste mit auf die Insel gebracht? Etwa so groß wie ein Sarg? Und schwer müßte sie sein – denn sie ist mit Graberde gefüllt.«

Die Frage löste erstauntes Gemurmel aus; Nachbarn wandten sich einander zu und befragten sich unter kleinen Aufwallungen von Furcht und Argwohn. Unterdessen ging Sabriel zwischen ihnen hindurch, unauffällig ihr Schwert in der Scheide lockernd. Sie gab Prüfstein verstohlen ein Zeichen, er solle sich dicht bei ihr halten. Während er ihr folgte, ließ er den Blick von Dörfler zu Dörfler huschen. Mogget schaute von seinem Fisch auf, reckte sich und stolzierte lässig hinter Prüfstein her, nicht ohne den zwei Katzen, die den zur Hälfte verzehrten Kopf seiner Fischmahlzeit gierig beäugten, einen warnenden Blick zuzuwerfen.

Sorgsam darauf bedacht, keinen Verdacht bei dem Fischer zu wecken, bewegte Sabriel sich im Zickzack durch den Schuppen und lauschte den Dörflern mit bemühter Aufmerksamkeit, den blonden Fischer nicht eine Sekunde aus den Augen lassend. Er war in ein heftiges Gespräch mit einem anderen Mann verwickelt, der von Sekunde zu Sekunde argwöhnischer zu werden schien.

Nun, da sie ganz dicht bei ihm stand, war Sabriel sicher, daß der Fischer ein Vasall der Toten war. Genau genommen war er noch am Leben, aber ein Toter Geist hatte seinen Willen unterdrückt und benutzte seinen Körper als Marionette. Etwas höchst Unangenehmes, wußte sie, würde halb versenkt in seinem Rücken stekken, unter dem schwarzen Umhang. Mordaut, so hießen diese Kreaturen, erinnerte sich Sabriel. Eine ganze Seite war diesen Parasitengeistern im *Buch der Toten* gewidmet. Sie hielten ihren Wirtskörper gern am Leben und schlüpften nachts hinaus, um ihren Hunger nach anderer lebender Beute zu stillen – vorzugsweise mit Kindern.

»Ich bin sicher, dich mit solch einer Kiste gesehen zu haben, Patar«, sagte der Fischer, der Verdacht geschöpft hatte, gerade. »Jall Stowart hat dir geholfen, sie an Land zu schaffen. Heh, Jall!«

Der vom Toten Geist besessene Patar reagierte blitzschnell. Er schlug den Frager mit beiden Armen zu Boden und stürmte zur Tür mit der stummen Wucht eines Rammbocks.

Aber Sabriel hatte das schon erwartet. Sie stellte sich ihm entgegen, mit gezücktem Schwert, und zog mit der Linken Ranna, die süße Schlafbringerin, aus dem Bandelier. Sie hatte noch immer die Hoffnung, den Mann zu retten, indem sie das Mordaut überwältigte.

Patar kam schliddernd zum Stehen und wandte sich zur Umkehr, aber Prüfstein war schon hinter ihm. Seine gezückten Zwillingsschwerter waren von dem unheimlichen, lodernden Glanz pulsierender Charta-Zeichen umhüllt; silberne Flammen schlugen aus ihren Schneiden. Sabriel starrte überrascht auf die Klingen; sie hatte nicht gewußt, daß sie verzaubert waren.

Und dann schwang Ranna frei in ihrer Hand, aber das Mordaut wartete nicht auf das unvermeidliche Schlaflied. Patar kreischte urplötzlich auf und erstarrte; die Röte verschwand schlagartig aus seinem Gesicht und wich einem fahlen Grau. Und dann schrumpelte sein Fleisch zusammen und zerfiel, und sogar seine Knochen zerbröselten zu flockiger Asche, als das Mordaut in einem gierigen Zug alles Leben aus ihm saugte. Frisch gestärkt, schlüpfte die Tote Kreatur aus dem zu Boden sinkenden Umhang, eine Pfütze glucksender Dunkelheit. Im Fließen nahm es Gestalt an, die Gestalt einer riesigen, ekelerregenden Ratte. Schneller als jede natürliche Ratte huschte es zu einem Loch in der Wand.

Sabriel sprang vor und ließ ihr Schwert herniedersausen; ihre Klinge rieß Splitter aus den Fußbodenplanken, verfehlte aber die Ratte knapp.

Prüfstein aber verfehlte sie nicht. Sein rechtes Schwert schnitt funkensprühend durch den Leib der Kreatur und trennte ihr den Kopf ab; das linke durchbohrte mit der Spitze den sehnigen Rumpf des Mordaut. An den Boden gespießt, drehte und wand sich die Kreatur, mit dem Ziel, ihren Schattenstoff von der Klinge zu befreien. Gleichzeitig formte sie ihren Körper neu, um der Falle zu entrinnen.

Blitzesschnell stand Sabriel über ihr, Ranna sanft schwingend. Ihr süßer, betörender Klang erfüllte den Schuppen.

Noch ehe das Echo verhallt war, hörte das Mordaut auf, sich zu winden. Um die Hälfte seines Leibes verkleinert durch Prüfsteins gleißende Klinge, lag es da wie ein zitternder Klumpen verkohlter Leber, immer noch auf dem Fußboden aufgespießt.

Sabriel steckte Ranna in ihr Futteral zurück und zückte Saraneth. Ihre kraftvolle Stimme wob ein Netz der Beherrschung über die üble Kreatur. Das Mordaut unternahm keine Anstrengung, sich zu widersetzen, ja es formte nicht einmal einen Mund, um um Gnade zu winseln. Über das Medium Saraneth fühlte Sabriel, wie das Mordaut sich ihrem Willen unterwarf.

Sie steckte die Glocke wieder weg, zögerte aber einen Moment, als ihre Hand dabei Kibeth berührte. Schlafbringerin und Binderin hatten gut gesprochen, aber die Geleiterin hatte manchmal ihre eigenen Vorstellungen, und sie regte sich verdächtig unter ihrer Hand. Am besten, sie wartete einen Moment, um sich zu beruhigen, dachte Sabriel und zog ihre Hand vom Bandelier zurück. Sie steckte das Schwert in die Scheide und ließ ihren Blick durch den Schuppen schweifen. Zu ihrer Überraschung lagen alle bis auf Prüfstein und Mogget in tiefem Schlummer. Dabei hatten sie nur das Echo von Ranna vernommen, was eigentlich nicht hätte ausreichen dürfen. Gewiß, Ranna konnte mitunter listig sein, aber ihre Listigkeit war weit weniger beunruhigend.

»Dies ist ein Mordaut«, sagte sie zu Prüfstein, der ein Gähnen unterdrückte. »Ein schwacher Geist, katalogisiert als eines der Geringeren Toten. Sie benutzen gern einen Lebenden als Wirt – dringen gewissermaßen in seinen Körper ein, steuern ihn und saugen allmählich seinen Geist auf. Das macht es so schwer, sie aufzuspüren.«

»Und was tun wir nun mit ihm?« fragte Prüfstein, den zitternden Klumpen Schatten mit Abscheu beäugend. Fest stand, daß er weder in Stücke gehackt, noch durch Feuer oder irgend etwas anderes ihm Bekanntes zerstört werden konnte.

»Ich werde es bannen und zurücksenden, auf daß es einen wirklichen Tod sterben kann«, antwortete Sabriel. Sie zog Kibeth aus ihrem Futteral, beide Hände benutzend. Sie empfand noch immer Unbehagen, denn die Glocke wand sich in ihrem Griff und versuchte, von selbst zu ertönen – ein Klang, der sie, Sabriel, in den Tod geleiten würde.

Sie umfaßte den Griff fester und schwang die Glocke in der orthodoxen Rückwärts-vorwärts-Spirale, wie ihr Vater es sie gelehrt hatte. Kibeths Stimme erscholl, sang eine fröhliche Weise, eine wilde Gigue, die Sabriel beinahe selbst in die Beine fuhr. Nur mit Mühe gelang es ihr, stillzustehen.

Das Mordaut indes besaß solch freien Willen nicht mehr. Einen Moment lang glaubte Prüfstein, es würde entwischen, als der Schattenklumpen plötzlich mit solchem Schwung emporschnellte, daß das unwirkliche Fleisch fast bis zum Heft des Schwertes an der Klinge hochflutschte. Doch dann glitt es wieder herunter, und verschwand. Zurück in den Tod, um von der Strömung fortgerissen zu werden, heulend, kreischend, so es denn eine Stimme besaß, bis es schließlich hinter dem Letzten Tor verschwinden würde.

»Danke«, sagte Sabriel zu Prüfstein. Sie schaute hinunter auf seine zwei Schwerter, die immer noch in den hölzernen Dielen staken. Der lodernde Glanz und die silbernen Flammen waren wieder erloschen, aber sie erkannte die Charta-Zeichen, die sich auf den Klingen bewegten.

»Ich wußte nicht, daß deine Schwerter verzaubert sind«, fuhr sie fort. »Aber ich bin froh, daß sie es sind.«

Prüfstein schaute sie mit einem Ausdruck der Verwirrung an.

»Ich dachte, Ihr – du wüßtest es«, sagte er. »Ich nahm

sie vom Schiff der Königin mit. Es waren die Schwerter eines Königlichen Recken. Ich wollte sie ja nicht mitnehmen, aber Mogget sagte, Ihr – du…«

Er verstummte mitten im Satz, als Sabriel einen tiefen, von Herzen kommenden Seufzer ausstieß.

»Nun, wie auch immer«, fuhr er fort. »Die Legende sagt, daß der Erbauer des Walles sie einst fertigte, zur gleichen Zeit, als er – oder sie – dein Schwert schmiedete.«

»Mein Schwert?« fragte Sabriel, und ihre Hand berührte leicht die abgewetzte Bronze des Stichblatts. Sie hatte nie darüber nachgedacht, wer das Schwert gemacht hatte – es war halt da. »Ich wurde für Abhorsen gemacht, auf daß er die töte, die schon Tot sind«, lautete die Inschrift. Es war also vermutlich vor langer Zeit geschmiedet worden, in ferner Vergangenheit, als auch der Wall errichtet wurde. Mogget weiß Genaueres darüber, dachte sie. Er würde es ihr wahrscheinlich nicht sagen – oder sagen können – aber er wüßte es.

»Ich denke, wir sollten jetzt besser die Leute wieder aufwecken«, sagte sie und stellte damit weitere Vermutungen über Schwerter erst einmal hintan.

»Gibt es hier noch mehr Tote?« fragte Prüfstein, während er mit einem kräftigen Ruck seine Schwerter aus dem Holz zog.

»Ich glaube, nicht«, erwiderte Sabriel. »Das Mordaut war sehr gewitzt, denn es zehrte nur ganz sparsam vom Geist des armen… Patar, so daß seine Präsenz von seinem, Patars, Leben überdeckt wurde. Es muß in der Kiste mit Graberde auf das Eiland gelangt sein; wahrscheinlich hat es den armen Kerl mit Anweisungen durchdrungen, bevor sie das Festland verließen. Ich bezweifle, daß irgendwelche anderen das gleiche getan hätten. Ich kann zumindest keine spüren. Am besten, ich überprüfe auch die anderen Schuppen und mache einen Rundgang um das Eiland, um ganz sicher zu sein.«

»Jetzt sofort?« fragte Prüfstein.

»Ja, jetzt sofort«, bekräftigte Sabriel. »Aber laß uns zuerst alle aufwecken und ein paar Leute beauftragen, die Laternen für uns tragen. Und wir sollten mit dem Dorfältesten wegen eines Bootes für morgen früh reden.«

»Und wegen eines schönen Vorrats an getrocknetem Fisch«, ließ sich Mogget, der sich wieder seinem halb aufgegessenen Wittling gewidmet hatte, mit heller Stimme über das Geschnarche der schlummernden Fischersleute hinweg vernehmen.

Es gab keine weiteren Toten auf der Insel, wenngleich die Bogenschützen meldeten, sie hätten während der wenigen kurzen Regenpausen seltsame Lichter im Dorf hin und her huschen sehen. Sie hätten auch Geräusche auf der Buhne vernommen und Brandpfeile auf die Steine gefeuert, aber nichts gesehen, bevor die mit Öllappen umwickelten Pfeile erloschen seien.

Sabriel ging daraufhin hinaus auf die Buhne und stellte sich vor die Bresche, ihren Ölhaut-Umhang lose über die Schultern geworfen. Sie konnte durch den Regen und die Dunkelheit nichts erkennen, aber sie konnte die Toten deutlich spüren. Es waren mehr, als sie anfänglich gespürt hatte, oder aber sie waren deutlich stärker geworden. Und plötzlich, mit einem Gefühl lähmenden Entsetzens, wurde ihr klar, daß diese Kraft einem einzigen Wesen gehörte, das just in diesem Moment aus dem Tode emporstieg, den zerbrochenen Stein als Pforte benutzend. Eine Sekunde später erkannte sie es.

Das Mordicant hatte sie gefunden.

»Prüfstein«, sagte sie, mit äußerster Anstrengung das Zittern in ihrer Stimme unterdrückend. »Kannst du auch im Dunkeln ein Boot steuern?«

»Ja«, antwortete Prüfstein. Seine Stimme war wieder unpersönlich. Sein Gesicht war in der Dunkelheit und dem Regen nicht zu erkennen; der Fackelschein von den hinter ihm stehenden Dörflern fiel nur auf seinen Rücken und seine Füße. Er zögerte, als stünde es ihm nicht an, seine Meinung zu äußern, und fügte dann hinzu: »Aber das wäre viel gefährlicher. Ich kenne diese Küste nicht, und die Nacht ist sehr dunkel.«

»Mogget kann im Dunkeln sehen«, sagte Sabriel leise, ein Stück näher an Prüfstein heranrückend, damit die Dorfbewohner sie nicht hören konnten.

»Wir müssen sofort aufbrechen«, flüsterte sie, während sie so tat, als zupfe sie ihre Ölhaut zurecht. »Ein Mordicant ist gekommen. Dasselbe, das mich schon vorher verfolgt hat.«

»Aber was wird dann aus den anderen Leuten hier?« fragte Prüfstein, so leise, daß seine Worte beinahe im Prasseln des Regens untergingen. Gleichwohl hörte Sabriel den vorwurfsvollen Unterton heraus.

»Das Mordicant ist hinter mir her«, erwiderte Sabriel. Sie konnte spüren, wie es sich von dem Stein entfernte und tastend seine anderweltlichen Sinne aussandte, um sie aufzuspüren. »Wenn ich gehe, wird es mir folgen.«

»Wenn wir bis morgen früh bleiben«, flüsterte Prüfstein zurück, »sind wir dann nicht trotzdem sicher? Sagtet Ihr nicht, selbst ein Mordicant könne diese Kluft nicht überwinden?«

»Ich sagte, ›ich glaube‹«, schwächte Sabriel ab. »Es ist stärker geworden. Sicher kann ich nicht sein...«

»Das Ding da in der Kate, das Mordaut, das war nicht schwer zu zerstören«, flüsterte Prüfstein mit dem Selbstvertrauen des Ahnungslosen in der Stimme. »Ist dieses Mordicant denn soviel schlimmer?«

»Viel schlimmer«, erwiderte Sabriel lakonisch.

Das Mordicant hatte aufgehört, sich zu bewegen. Der Regen schien nicht nur seine Sinne zu dämpfen, sondern auch sein Verlangen, sie zu finden und zu töten. Sabriel starrte angestrengt in die Dunkelheit; sie versuchte, durch die Regenwand hindurchzuspähen, um die Gewißheit, die ihre nekromantischen Sinne ihr vermittelten, auch durch Augenschein zu bestätigen.

»Riemer«, sagte sie, nun wieder laut, an den Dörfler gewandt, der die Laternenträger anführte. Er kam hurtig nach vorn. Sein regennasses, ingwerfarbenes Haar klebte platt an seinem runden Schädel, das Wasser tropfte von seiner hohen Stirn auf die Spitze seiner Knollennase und spritzte von da aus in alle Richtungen.

»Riemer, sag den Bogenschützen, sie sollen besonders scharf achtgeben. Sag ihnen, sie sollen auf alles schießen, was sich auf der Buhne blicken läßt – da draußen ist jetzt nichts Lebendes mehr. Nur noch die Toten. Wir müssen zurück und mit eurem Dorfältesten reden.«

Sie gingen schweigend zurück. Das einzige Geräusch, das sie begleitete, war das Platschen ihrer Stiefel in den Pfützen und das stetige Trommeln des Regens. Mindestens die Hälfte von Sabriels Aufmerksamkeit blieb bei dem Mordicant: ein bösartiges, Bauchgrimmen verursachendes Monstrum auf der anderen Seite des dunklen Wassers. Sie fragte sich, warum es wartete. Wartete es darauf, daß der Regen aufhörte, oder vielleicht darauf, daß das jetzt gebannte Mordaut von innen attackierte? Welches auch immer seine Gründe sein mochten, es gab ihnen ein bißchen Zeit, um ein Boot zu beschaffen und davonzusegeln. Und vielleicht bestand ja wirklich die Möglichkeit, daß es nicht imstande war, die Bresche in der Buhne zu überwinden...

»Wann kommt die Ebbe?« fragte sie Riemer. Ein neuer Gedanke war ihr plötzlich gekommen.

»Eine Stunde vor dem Morgengrauen«, antwortete der Fischer. »So um die sechste Stunde.«

Der Dorfälteste erwachte mürrisch aus seinem zweiten Schlaf. Er war dagegen, daß sie in die Nacht hinausgingen, aber Sabriel spürte, daß mindestens die Hälfte seines Widerstrebens der Tatsache geschuldet war, daß sie ein Boot haben wollten. Die Dorfbewohner hatten nämlich nur noch fünf. Die anderen waren von den Toten mit Steinbrocken im Hafen versenkt worden, um möglichst viele von ihrer lebenden Beute an der Flucht zu hindern.

»Es tut mir leid«, wiederholte Sabriel, »aber wir brauchen ein Boot, und wir brauchen es jetzt. Drüben im Dorf ist eine schreckliche Tote Kreatur; sie ist hartnäckig wie ein Spürhund, und die Fährte, der sie folgt, ist meine. Wenn ich bleibe, wird sie versuchen, auf das Eiland zu gelangen, und bei Ebbe könnte sie womöglich die Bresche in der Buhne überwinden. Wenn ich gehe, wird sie mir folgen und euch in Ruhe lassen.«

»Na schön«, stimmte der Dorfälteste zähneknirschend zu. »Ihr habt das Eiland für uns gesäubert; Ihr mögt das Boot bekommen. Riemer wird es mit Proviant und Wasser bestücken. Riemer! Der Abhorsen kriegt Landalins Boot – sorg dafür, daß es seefest gemacht und daß ausreichend Wasser und Proviant an Bord geschafft wird! Nimm die Segel von Jaleds Boot, falls das von Landalin mangelhaft oder verrottet ist.«

»Danke«, sagte Sabriel. Müdigkeit lastete schwer auf ihr, Müdigkeit und das Gewicht des Wissens – des Wissens um ihre Feinde, welches wie ein dunkler Schleier ständig den Rand ihres Gesichtsfeldes umschattete. »Wir werden jetzt gehen. Meine guten Wünsche und meine besten Hoffnungen mögen bei euch bleiben, daß ihr in Sicherheit seid.«

»Möge die Charta uns alle behüten«, fügte Prüfstein hinzu und verbeugte sich vor dem alten Mann. Der Alte erwiderte die Verbeugung, eine gebeugte, würdevolle Gestalt, soviel kleiner als sein Schatten, der drohend an der Wand hinter ihm aufragte.

Sabriel wandte sich zum Gehen, doch auf dem Wege zur Tür bildete sich eine lange Reihe von Dorfbewohnern. Alle wollten eine Verbeugung oder einen Knicks vor ihr machen, ein scheues Dankeschön oder Lebewohl murmeln. Sabriel nahm die Dankesbezeugungen mit einem Gefühl von Verlegenheit und, beim Gedanken an Patar, von Schuld, entgegen. Gewiß, sie hatte das Tote verbannt, aber ein weiteres Leben war dabei auf der Strecke geblieben. Ihr Vater wäre bestimmt nicht so ungeschickt gewesen...

Die vorletzte Person in der Reihe war ein kleines Mädchen, dessen schwarzes Haar zu zwei Zöpfen geflochten war, einer auf jeder Seite ihres Kopfes. Als Sabriel sie sah, mußte sie an etwas denken, was Prüfstein gesagt hatte. Sie blieb stehen und faßte das Mädchen bei den Händen.

»Wie heißt du, mein Kind?« fragte sie lächelnd. Das Gefühl eines Déjà-vu-Erlebnisses überkam sie, als die kleinen Finger die ihren berührten – die Erinnerung an eine verängstigte Erstkläßlerin, die zögernd die Hand nach der älteren Schülerin ausstreckt, die für ihren ersten Tag auf dem Wyverley College ihre Begleiterin und Ratgeberin sein würde. Sabriel hatte beide Seiten kennengelernt.

»Aline«, sagte das Mädchen und lächelte zurück. Seine Augen waren wach und lebendig, zu jung, um von der angstvollen Verzweiflung getrübt zu werden, die den Blick der Erwachsenen überschattete. Eine gute Wahl, dachte Sabriel.

»Nun, dann erzähl mir doch mal, was du in der Schule über die Große Charta gelernt hast«, sagte Sabriel, in den vertrauten mütterlichen und eher belanglosen Frageton der Schulinspizientin verfallend, die zweimal im Jahr jede Klasse im Wyverley heimsuchte.

»Ich kann den Reim...«, antwortete Aline ein wenig unsicher, ihre kleine Stirn kräuselnd. »Soll ich ihn singen, wie wir es im Unterricht tun?«

Sabriel nickte.

»Wir tanzen auch um den Stein«, fügte Aline zutraulich hinzu. Sie reckte sich hoch, setzte einen Fuß vor und verschränkte ihre Hände hinter dem Rücken.

Fünf Große Chartae verknüpfen das Land
Einander verbunden Hand in Hand
Eine in denen, die die Krone tragen
Zwei in denen, die die Toten verjagen
Drei und Fünf wurden Stein und Speis
Vier sieht alles in Wasser, gefroren zu Eis.

»Danke, Aline«, sagte Sabriel. »Das war sehr hübsch.«

Sie strich dem Kind mit der Hand über den Kopf und beeilte sich, die Verabschiedungsrunde hinter sich zu bringen. Sie wollte jetzt nur noch eines: raus aus dem Qualm und dem Fischgestank, hinaus an die frische, vom Regen gereinigte Luft, wo sie klar denken konnte.

»Jetzt weißt du es also«, flüsterte Mogget, wobei er mit einem Satz in ihre Arme sprang, um den Pfützen zu entgehen. »Ich kann es dir immer noch nicht sagen, aber du weißt jetzt, daß eine in deinem Blut ist.«

»Zwei«, korrigierte ihn Sabriel kühl. »›Zwei in denen, die die Toten verjagen.‹ Was ist nun aber... eh... ich kann auch nicht darüber sprechen!«

Aber sie dachte über die Fragen nach, die sie stellen wollte, als Prüfstein ihr in das kleine Fischerboot half, das gleich vor dem schmalen, muschelübersäten Strand lag, der dem Eiland als Hafen diente.

Eine der Großen Chartae lag im königlichen Blut. Die zweite lag in Abhorsens Blut. Was waren drei und fünf – und vier, die alles ›in Wasser, gefroren zu Eis‹ sah? Sie war sicher, daß viele Antworten in Belisaere zu finden waren. Ihr Vater konnte wahrscheinlich noch mehr beantworten, denn viele Dinge, die im Leben gebunden waren, wurden im Tode enträtselt. Und dann war da noch ihre Mutter-Entsendung, für jene dritte und letzte Befragung in diesen sieben Jahren.

Prüfstein stieß das Boot vom Ufer ab, kletterte an Bord und setzte sich an die Riemen. Mogget sprang aus Sabriels Armen und setzte sich an den Bug, als Galionsfigur gewissermaßen; auf diese Weise konnte er sich als nachtsichtiger Ausguck betätigen und gleichzeitig Prüfstein ein bißchen hänseln.

Hinter ihnen an Land stieß das Mordicant plötzlich einen langgezogenen, durchdringenden Schrei aus, der weit über das Wasser hallte und sowohl den Fischern als auch den dreien auf dem Boot das Blut in den Adern gefrieren ließ.

»Ein wenig mehr nach Steuerbord«, sagte Mogget in die Stille nach dem Schrei hinein. »Wir brauchen mehr Seeräume.«

Prüfstein kam dieser Aufforderung nur zu gerne nach.

Kapitel Achtzehn

Am Morgen des sechsten Tages nach ihrer Abreise von Nestowe hatte Sabriel das Leben auf See von ganzem Herzen satt. Sie waren buchstäblich ohne Pause durchgesegelt, abgesehen von kurzen mittäglichen Landgängen, um Trinkwasser aufzunehmen – und das auch nur, wenn die Sonne schien. Die Nächte verbrachten sie unter Segel, oder, wenn Prüfstein von Erschöpfung übermannt wurde, beigedreht vor Anker, mit Mogget als schlaflosem Wächter. Zum Glück war das Wetter freundlich gewesen.

Es waren recht ereignislose fünf Tage gewesen. Zwei Tage hatten sie von Nestowe bis zur Bärtigen Landzunge gebraucht, einer wenig einnehmenden Halbinsel, deren einzige landschaftlichen Reize in einem feinen Sandstrand und einem klaren Bach bestanden. Bar jeden Lebens, war sie auch frei von den Toten. Hier konnte Sabriel zum ersten Mal das Mordicant nicht mehr spüren. Ein guter, kräftiger Südostwind hatte sie vorangetrieben – zu schnell, als daß es ihnen hätte folgen können.

Drei Tage hatte die Fahrt von der Bärtigen Landzunge bis zu der Insel Ilgard gedauert, einem schroff aufragenden, pockennarbigen grauen Felseneiland, Heimstatt von Zehntausenden von Meeresvögeln. Sie passierten Ilgard am späten Nachmittag, das einzige Segel bis zum Bersten gefüllt, der klinkergebaute Rumpf in guter Seitenlage, vor dem Bug eine kräftige Säule Gischt, die Mund, Augen und Körper tüchtig einsalzte.

Einen halben Tag später erreichten sie Belismünde, die schmale Meerenge, die den Ozean mit der Saeresee verband. Sie bei Nacht zu passieren, war ein zu heikles Unterfangen; also drehten sie bei und verbrachten die Nacht auf See, um auf das Tageslicht zu warten.

»Quer vor der Einfahrt in die Meerenge ist eine Sperrkette gespannt«, erklärte Prüfstein, als er das Segel hißte und Sabriel den Treibanker lichtete und über den Bug einholte. Die Sonne ging gerade hinter ihm auf, hatte sich aber noch nicht aus dem Meer erhoben, so daß Prüfstein nicht mehr als ein verschwommener Schatten im Heck des Bootes war. »Sie wurde errichtet, um Piraten und anderes Gesindel von der Saeresee fernzuhalten. Ihr macht Euch keine Vorstellung von der Größe der Kette, mir ist ein Rätsel, wie sie geschmiedet oder über die Einfahrt gespannt werden konnte.«

»Ob sie immer noch da ist?« fragte Sabriel behutsam. Sie wollte Prüfstein auf keinen Fall in seiner ungewohnten Redseligkeit bremsen.

»Da bin ich ganz sicher«, erwiderte Prüfstein. »Wir werden als erstes die Türme an den beiden Ufern sehen, den Windenpfahl auf der Südseite, den Spierenhaken auf der Nordseite.«

»Keine besonders einfallsreichen Namen«, bemerkte Sabriel, die es sich nicht verkneifen konnte, ihn zu unterbrechen. Es machte einfach soviel Spaß, endlich mal reden zu können! Prüfstein hatte sich während des größten Teils der Reise wieder in sein Schneckenhaus zurückgezogen, wofür er freilich diesmal eine triftige Entschuldigung hatte: das Fischerboot achtzehn Stunden lang ununterbrochen zu steuern, verlangte einem selbst bei gutem Wetter soviel Kraft und Konzentration ab, daß für Konversation nicht viel Energie übrigblieb.

»Sie sind nach ihrem Daseinszweck benannt«, erwiderte Prüfstein. »Was ja auch sinnvoll ist.«

»Wer entscheidet, ob Schiffe durchgelassen werden

oder nicht?« fragte Sabriel. Sie dachte bereits voraus, machte sich Gedanken über Belisaere. Sah es dort womöglich wie in Nestowe aus? Eine Geisterstadt, in Besitz genommen von den Toten?

»Ah«, sagte Prüfstein. »Daran hatte ich nicht gedacht. Zu meiner Zeit gab es einen Königlichen Kettenmeister, mit einer Garde und einem Geschwader kleiner, wendiger Wachschiffe. Wenn, wie Mogget sagt, die Stadt in Anarchie versunken ist...«

»Es könnte auch sein, daß es dort Leute gibt, die für die Toten – oder im Bund mit ihnen – arbeiten«, fügte Sabriel nachdenklich hinzu. »Selbst wenn wir also die Sperre bei Tageslicht passieren, könnte es Schwierigkeiten geben. Ich glaube, ich drehe besser meinen Umhang auf links und verberge meine Helmumhüllung.«

»Und was ist mit den Glocken?« fragte Prüfstein. Er lehnte sich an ihr vorüber, um das Hauptschot ein Stück anzuholen, mit der rechten Hand der Pinne einen leichten Stoß gebend, um ein Umspringen des Windes auszunutzen. »Sie sind, gelinde ausgedrückt, ziemlich auffällig.«

»Dann werde ich halt wie eine Schwarzkünstlerin aussehen«, erwiderte Sabriel. »Eine salzverkrustete, ungewaschene Schwarzkünstlerin.«

»Ich weiß nicht«, sagte Prüfstein, der nicht sehen konnte, daß Sabriel nur einen Scherz machte. »Kein Schwarzkünstler käme in die Stadt hinein oder heil wieder heraus...«

»Zu deiner Zeit«, fiel ihm Mogget, der auf seinem Lieblingsposten im Bug hockte, ins Wort. »Aber jetzt ist jetzt, und ich bin sicher, daß Schwarzkünstler und Schlimmeres kein ungewohnter Anblick in Belisaere sind.«

»Ich werde einen Umhang tragen...« wollte Sabriel sagen.

»Wenn du das sagst«, sagte Prüfstein gleichzeitig. Es war klar, daß er der Katze nicht glaubte. Belisaere war die königliche Hauptstadt, eine riesige Metropole, Heimat von mindestens fünfzigtausend Menschen. Prüfstein konnte sich nicht vorstellen, daß sie gefallen sein konnte, abgestorben und in der Hand der Toten. Seinen inneren Ängsten und seinem geheimen Wissen zum Trotz konnte er nicht anders als fest darauf zu vertrauen, daß das Belisaere, das sie ansteuerten, nicht viel anders war als die zweihundert Jahre alten Bilder, die er in seiner Erinnerung bewahrte.

Seine Zuversicht erhielt einen ersten Dämpfer, als die Türme von Belismünde am Horizont auftauchten. Zuerst waren sie nicht mehr als dunkle Punkte, die in dem Maße größer wurden, wie Wind und Wellen ihnen das Boot entgegentrugen. Durch ihr Fernrohr sah Sabriel, daß sie aus einem wunderschönen rosafarbenen Stein erbaut waren und einst dem Betrachter einen prachtvollen Anblick geboten haben mußten. Jetzt waren sie größtenteils rußgeschwärzt, und ihr Glanz war dahin. Windenpfahl hatte von seinen ehemals sieben Stockwerken die obersten drei eingebüßt; Spierenhaken wies zwar immer noch seine volle Höhe auf, aber das Sonnenlicht, das durch die klaffenden Löcher in der Außenwand fiel, zeigte, daß das Innere des Turms eine ausgebrannte Ruine war. Es gab keine Anzeichen für irgendeine Art von Besatzung: weder Wachsoldaten noch ein Mautner waren zu sehen, noch Windenmaultiere oder überhaupt irgend etwas Lebendiges.

Die große Sperrkette lag noch immer vor der Meerenge. Riesige Eisenglieder, jedes so breit und so lang wie das Fischerboot, tauchten an den Rändern grünspan- und muschelbewachsen aus dem Wasser auf und verschwanden in den Türmen. Einzelne Segmente der Kette tauchten zur Mitte der Fahrrinne hin hier und da aus den Wellentälern der Dünung auf, grün und glitschig und triefend wie ein schleimiges Ungeheuer aus der Tiefe.

»Wir müssen so dicht wie möglich an den Windenpfahlturm heran segeln, dann den Mast herausnehmen und unter der Kette hindurchrudern«, erklärte Prüfstein, nachdem er die Kette mehrere Minuten durch das Fernrohr studiert hatte, um abzuschätzen, ob sie tief genug abgesunken war, um ihnen eine ungefährdete Passage zu ermöglichen. Doch selbst mit ihrem recht plattbödigen Fischerboot hatten sie immer noch zuviel Tiefgang, so daß das Wagnis zu groß wäre, und auf die Flut am späten Nachmittag zu warten, trauten sie sich nicht. Irgendwann in der Vergangenheit, vielleicht zu der Zeit, als die Türme aufgegeben wurden, war die Kette auf ihre höchstmögliche Spannung gewunden worden. Die Ingenieure, die sie konstruiert hatten, wären stolz gewesen, hätten sie ihr Werk jetzt betrachten können, denn die Kette hatte an Straffheit kaum eingebüßt.

»Mogget, du gehst zum Bug und hältst nach etwaigen Hindernissen im Wasser Ausschau«, befahl Prüfstein. »Und du, Sabriel, würdest du bitte das Ufer und den Turm im Auge behalten, falls irgend jemand oder irgend etwas versuchen sollte, uns anzugreifen?«

Sabriel nickte, froh darüber, daß Prüfsteins Amt als Kapitän ihres kleinen Nachens eine Menge dazu beigetragen hatte, ihm seine alberne Diener-Attitüde auszutreiben und einen sich halbwegs normal verhaltenden Menschen aus ihm zu machen. Mogget jedenfalls sprang ohne Protest auf den Bug, ungeachtet der Gischt, die ihm gelegentlich ins Gesicht spritzte, als sie schräg zum Wellengang auf den Windenpfahlturm zusteuerten – dem kleinen Chancen-Dreieck zwischen Ufer, Meer und Kette entgegen.

Sie segelten so nahe heran, wie sie sich trauten, bevor sie den Mast aushängten. Die Dünung war hier schwächer, denn Belismünde war gut geschützt durch die beiden Landarme, aber die Gezeiten hatten gewechselt, und das Wasser begann jetzt vom Ozean in die Saeresee zurückzufluten. Und so wurden sie auch ohne Mast und Segel hurtig zu der Kette hin getragen; Prüfstein ruderte aus Leibeskräften, nur um das Boot steuerfähig zu halten. Rasch zeigte sich, daß dies unmöglich war; also übernahm Sabriel einen Riemen und sie ruderten gemeinsam, während Mogget laut miauend Richtungsanweisungen gab.

Alle paar Sekunden, am Ende eines vollen Zuges, wenn ihr Rücken fast auf einer Höhe mit der Ducht war, warf Sabriel einen raschen Blick über die Schulter. Sie hielten auf die schmale Durchfahrt zu, das Nadelöhr zwischen der hohen, aber zerbröckelnden Kaimauer des Windenpfahlturmes und der gewaltigen Kette, die in einer weißen Schaumhülle aus der schnell dahinströmenden See aufstieg. Sie hörte das melancholische Ächzen der Glieder, das wie ein Chor gepeinigter Walrösser klang. Selbst diese gigantische Kette wiegte sich nach der Laune des Meeres.

»Ein Stück nach Backbord!« jaulte Mogget. Prüfstein ruderte einen kräftigen Zug in Gegenrichtung, und dann kam die Katze heruntergesprungen und schrie: »Riemen einholen und ducken!«

Sabriel und Prüfstein holten die Riemen ein und legten sich einfach auf den Rücken, während Mogget sich irgendwo zwischen sie drapierte. Das Boot schaukelte und stampfte, und das Ächzen der Kette kam immer näher und klang immer bedrohlicher. Und hatte Sabriel gerade noch klaren blauen Himmel über sich gesehen, so wurde ihr Blickfeld im nächsten Moment jählings von grünem, seetang- und muschelüberzogenem Eisen ausgefüllt. Als die Dünung das Boot emporhob, hätte sie, wenn sie gewollt hätte, die Hand ausstrecken und die legendäre Kette von Belismünde mit den Fingern berühren können.

Als sie unten durch waren, Prüfstein bereits seinen

Riemen wieder ins Wasser tauchte und Mogget seinen Posten am Bug wieder bezog, hätte Sabriel am liebsten noch eine Weile so dagelegen und einfach zum Himmel hinauf geschaut, aber die halbverfallene Kaimauer des Windenpfahls war nicht weiter als eine Riemenlänge entfernt. Sie setzte sich auf und brachte ihren Riemen wieder zu Wasser.

Das Wasser veränderte in der Saeresee seine Farbe. Sabriel tauchte die Hand hinein und staunte über den klaren türkisfarbenen Schimmer. Bei all seiner Farbe war es dennoch unglaublich transparent. Es war sehr tief, aber sie konnte mindestens drei Klafter hinunter blicken und die kleinen Fische beobachten, die sich unter den Bläschen ihres Kielwassers tummelten.

Sie fühlte sich erleichtert, ja für einen Moment fast sorgenfrei; all die Ängste und Nöte, die vor und hinter ihr lagen, verloren sich für einen kurzen Augenblick in der entspannten Betrachtung der klaren, blaugrünen Fluten. Hier gab es keine Toten, kein ständiges Bewußtsein der vielen Türen zum Tode. Sogar Charta-Magie löste sich auf See in Wohlgefallen auf. Ein paar Minuten lang vergaß sie Prüfstein und Mogget. Selbst ihr Vater verschwand für einen Moment aus ihrem Bewußtsein. Es gab nur noch das Meer, seine Farbe und seine Kühle an ihrer Hand.

»Wir werden die Stadt bald sehen können«, beendete Prüfsteins Stimme jäh ihre gedanklichen Ferien. »Das heißt, wenn die Türme noch stehen.«

Sabriel nickte gedankenvoll und zog langsam, als scheide sie von einem teuren Freund, ihre Hand wieder aus dem Wasser.

»Es muß schlimm für dich sein«, sagte sie, fast zu sich selbst, eigentlich mit keiner Antwort von ihm rechnend. »Zweihundert Jahre warst du fort, und während du schliefst, ist das Königreich allmählich zerfallen.«

»Ich habe es zuerst nicht glauben wollen«, erwiderte

Prüfstein. »Doch seit ich Nestowe gesehen habe und dann die Türme von Belismünde, muß ich mich wohl allmählich auf das Schlimmste gefaßt machen. Jetzt habe ich Angst – sogar um eine große Stadt, von der ich nie geglaubt habe, daß sie sich jemals wirklich verändern könnte.«

»Keine Phantasien«, mahnte Mogget streng. »Keine Gedanken im voraus. Ein Makel in deinem Charakter. Ein fataler Makel.«

»Mogget!« rief Sabriel entrüstet, wütend, daß die Katze schon wieder eine gerade sich anbahnende Unterhaltung abwürgte. »Warum bist du so grob zu Prüfstein?«

Mogget fauchte, und sein Nackenfell sträubte sich.

»Ich bin nicht grob, sondern genau!« giftete er und kehrte ihnen mit demonstrativer Verachtung den Rükken zu. »Er hat es nicht anders verdient.«

»Jetzt reicht's mir aber!« explodierte Sabriel. »Prüfstein, was weiß Mogget, das ich nicht weiß?«

Prüfstein blieb stumm, die Knöchel weiß am Ruder, den Blick starr auf den fernen Horizont gerichtet, als könne er schon die Türme von Belisaere ausmachen.

»Irgendwann wirst du es mir eh sagen müssen«, sagte Sabriel mit einem nicht überhörbaren Nebenton von Vertrauensschülerin in der Stimme. »So schlimm kann es doch wohl nicht sein, oder?«

Prüfstein fuhr sich mit der Zunge über die Lippen, zögerte noch einen Moment, und dann sprach er.

»Es war Dummheit von meiner Seite, keine Boshaftigkeit, Milady. Vor zweihundert Jahren, als die letzte Königin regierte... ich glaube... ich weiß, daß ich teilweise mitverantwortlich für den Zusammenbruch des Königreiches bin, für das Ende der königlichen Linie.«

»Wie bitte?« entfuhr es Sabriel. »Wie könntest du das sein?«

»Ich bin es«, fuhr Prüfstein zerknirscht fort. Seine

Hände zitterten so stark, daß er das Ruder verriß und das Kielwasser eine Schlangenlinie beschrieb. »Es war ein... das heißt...«

Er stockte, holte tief Luft, setzte sich eine Spur gerader und fuhr fort, als erstatte er einem Vorgesetzten Meldung:

»Ich weiß nicht, wieviel ich Euch erzählen darf, da es die Großen Chartae berührt. Wo soll ich anfangen? Bei der Königin, denke ich. Sie hatte vier Kinder. Ihr ältester Sohn, Rogir, war ein Spielkamerad von mir. Er war immer der Anführer, bei allen unseren Spielen. Er hatte die Ideen – wir befolgten sie. Später, als wir heranwuchsen, wurden seine Ideen sonderbarer, weniger harmlos. Wir lebten uns auseinander. Ich trat in die Garde ein, er verfolgte seine eigenen Interessen. Heute weiß ich, daß zu diesen Interessen auch Freie Magie und Schwarzkunst gehört haben müssen; damals wäre ich nicht im Traum darauf gekommen. Ich weiß, ich hätte es mir denken müssen, aber er war sehr verschlossen, und oft fort.

Gegen Ende... ich meine, ein paar Monate, bevor es passierte... nun, Rogir war einige Jahre fort gewesen. Er kam kurz vor dem Mittwinterfest zurück. Ich freute mich, ihn wiederzusehen, denn er schien wieder mehr so zu sein, wie er es als Kind gewesen war. Er hatte das Interesse an den bizarren Dingen, die ihn so sehr angezogen hatten, verloren. Wir verbrachten wieder mehr Zeit miteinander; mit der Falkenjagd, mit Reiten, Trinken, Tanzen.

Dann, eines späten Nachmittags, eines kalten, klaren Nachmittags, kurz vor Sonnenuntergang – ich hatte Dienst, bewachte die Königin und ihre Hofdamen. Sie spielten Cranaque. Rogir kam zu ihr und bat sie, mit ihm hinunterzukommen zu der Stelle, wo die Großen Steine sind... hey, ich kann es sagen!«

»Ja«, mischte sich Mogget ein. Er sah abgekämpft aus,

wie eine Hinterhofkatze, die einen Tritt zuviel abgekriegt hat. »Das Meer wäscht alle Dinge rein, für gewisse Zeit. Wir können – für eine Weile zumindest – von den Großen Chartae sprechen. Ich hatte vergessen, daß es so war.«

»Erzähl weiter«, drängte Sabriel aufgeregt. »Laß uns diesen Zustand ausnutzen, solange wir können. Die Großen Steine wären dann also die ›Stein und Speis‹ aus dem Reim, die Dritte und Fünfte Große Charta?«

»Ja«, antwortete Prüfstein vage, so als sage er eine Lektion auf, »mit dem Wall. Die Leute – oder wer immer die Großen Chartae gemacht haben – legten drei in Blutlinien und zwei in feste Konstruktionen: den Wall und die Großen Steine. Alle geringeren Steine ziehen ihre Kraft aus dem einen oder dem andern.

Die Großen Steine... Rogir kam und sagte, es stimme dort etwas nicht, und die Königin müsse sich das anschauen. Er war zwar ihr Sohn, aber die Königin hielt nicht viel von seiner Klugheit oder glaubte ihm, wenn er von Schwierigkeiten mit den Steinen sprach. Sie war Charta-Magierin und fühlte nichts Verkehrtes. Und da sie außerdem gerade eine Gewinnsträhne beim Cranaque hatte, sagte sie zu ihm, er solle bis zum nächsten Morgen warten. Daraufhin wandte Rogir sich an mich und bat mich, für ihn zu sprechen, und – Charta hilf mir – ich tat es. Ich glaubte Rogir. Ich vertraute ihm, und mein Glaube überzeugte die Königin. So kam es, daß sie schließlich einwilligte. Inzwischen war die Sonne untergegangen. Mit Rogir, meiner Wenigkeit, drei Wachen und zwei Hofdamen gingen wir hinunter, hinunter zu dem Bassin, wo die Großen Steine sind.«

Prüfsteins Stimme sank zu einem heiseren Flüstern, als er fortfuhr, und bekam einen belegten Klang.

»In der Tat stimmte etwas nicht, drunten bei den Steinen! Schreckliches war geschehen, aber es war Rogirs Werk, nicht seine Entdeckung. Sechs Große Steine befinden sich dort unten, und zwei wurden genau in dem Augenblick zerbrochen, zerbrochen mit dem Blute seiner eigenen Schwestern, die von seinen Freimagie-Günstlingen geopfert wurden, just während wir uns der Stätte des Grauens näherten. Ich wurde Zeuge ihrer letzten Sekunden, der verzweifelten Hoffnung, die in ihren getrübten Augen aufleuchtete, als die Barke der Königin über das Wasser geglitten kam. Ich spürte den Schock, als die Steine zerbarsten, und habe noch genau vor Augen, wie Rogir plötzlich hinter der Königin hervortrat und ihr mit einem Sägezahndolch blitzschnell die Kehle durchschnitt. Er hatte einen Pokal, einen goldenen Pokal, einen aus dem Privatbesitz der Königin, um das Blut darin aufzufangen, aber ich war zu langsam, zu langsam...«

»Dann war also die Geschichte, die du mir in Holehallow erzähltest, gar nicht wahr«, sagte Sabriel tonlos, als Prüfsteins Stimme versagte und Tränen über sein Gesicht zu rollen begannen. »Die Königin hat also nicht überlebt...«

»Nein«, murmelte Prüfstein. »Aber ich wollte wirklich nicht lügen. In meinem Kopf war alles durcheinandergeraten.«

»Was geschah denn nun wirklich?«

»Die beiden anderen Gardisten waren Männer Rogirs«, fuhr Prüfstein fort, das Gesicht tränenüberströmt, die Stimme fast erstickt vor Kummer. »Sie griffen mich an, aber Vlare, eine der Hofdamen, warf sich ihnen entgegen. Ich wurde von wildem Furor gepackt, vom Blutrausch, und tötete beide Wachen. Rogir war unterdessen aus der Barke gesprungen und watete zu den Steinen, den Pokal in der Hand haltend. Seine vier Hexer warteten bereits, in dunkle Kutten gehüllt, beim dritten Stein, dem nächsten, der zerbrochen werden sollte. Ich wußte, daß ich ihn nicht mehr rechtzeitig einholen konnte. Also schleuderte ich mein Schwert. Es flog gerade wie ein Pfeil und traf ihn genau über dem Herzen. Er schrie auf. Das Echo hallte über das Wasser, immer und immer wieder. Und dann wandte er sich um und kam zurückgewatet, genau auf mich zu! Mein Schwert hatte ihn durchbohrt und ragte aus seinem Rücken, aber er hielt sich immer noch auf den Beinen und stemmte den schaurigen Pokal empor, als wolle er ihn mir zum Trunk darreichen!

›Du kannst diesen Körper in Stücke hauen‹, sagte er, während er auf mich zu watete. ›Du kannst ihn zerfetzen wie einen alten Lappen. Aber ich kann nicht sterben.‹

Er kam bis auf eine Armeslänge an mich heran, und ich konnte nur in sein Gesicht schauen, in das Böse, das so nahe hinter den vertrauten Zügen lag… dann war da plötzlich ein blendendes weißes Licht, das Geläut von Glocken – Glocken wie deinen, Sabriel – und Stimmen, barsche, rauhe Stimmen… Rogir prallte zurück, der Pokal entglitt seinen Händen, und das Blut breitete sich auf dem Wasser des Bassins aus wie eine Öllache. Ich drehte mich um, sah Gardisten auf der Treppe; eine zuckende Säule aus weißem Feuer; einen Mann mit Schwertern und Glocken… und dann wurde ich ohnmächtig oder wurde bewußtlos geschlagen. Als ich wieder zu mir kam, war ich in Holehallow und schaute in dein Gesicht. Ich weiß nicht, wie ich dorthin gelangt bin, wer mich dorthin gebracht hat… ich erinnere mich nur noch in Fetzen und Bruchstücken.«

»Du hättest es mir erzählen sollen«, sagte Sabriel, bemüht, soviel Mitgefühl in ihre Stimme zu legen, wie sie konnte. »Aber vielleicht mußte es warten, bis die See dich von diesem Bindungsbann befreite. Sag, jener Mann mit dem Schwert und den Glocken, war das der Abhorsen?«

»Das weiß ich nicht«, erwiderte Prüfstein. »Wahrscheinlich.«

»Allerhöchstwahrscheinlich war er es, würde ich sagen«, fügte Sabriel hinzu. Sie blickte zu Mogget und dachte an die Säule aus züngelndem Feuer. »Du warst auch da, Mogget, nicht wahr? Ungebunden, in deiner anderen Gestalt.«

»Ja, ich war da«, sagte die Katze. »Mit dem Abhorsen jener Zeit. Ein sehr mächtiger Charta-Magier und ein wahrer Meister mit den Glocken, aber ein bißchen zu gutherzig, um mit Verrat fertigzuwerden. Ich hatte schreckliche Mühe, ihn dazu zu bringen, nach Belisaere zu gehen, und am Ende kamen wir nicht mehr rechtzeitig genug, um die Königin oder ihre Töchter zu retten.«

»Was geschah?« fragte Prüfstein im Flüsterton. »Was geschah?«

»Rogir war bereits einer von den Toten, als er nach Belisaere zurückkam«, sagte Mogget müde, als erzähle er in einer Runde hartgesottener Kumpane ein zynisches Garn. »Aber das hätte nur ein Abhorsen erkannt, und der war nicht da. Rogirs richtiger Körper war irgendwo versteckt… ist irgendwo versteckt… und er trug ein Freimagie-Konstrukt als physische Gestalt.

Irgendwo auf dem Pfad seiner Studien hatte er echtes Leben gegen Macht eingetauscht, und wie alle Toten mußte er ständig Leben nehmen, um sich aus dem Tode herauszuhalten. Aber die Charta machte ihm das ungeheuer schwer, wo immer er sich auch im Königreich aufhielt. Deshalb entschloß er sich, die Charta zu brechen. Er hätte sich darauf beschränken können, ein paar der geringeren Steine zu brechen, irgendwo weit draußen, aber das hätte ihm nur ein winziges Revier für seine Beutezüge eingebracht, und der Abhorsen hätte ihn schon bald aufgespürt und zur Strecke gebracht. Also beschloß er, die Großen Steine zu brechen, und dafür benötigte er königliches Blut – das Blut seiner eigenen Familie. Oder natürlich das Blut Abhorsens oder das Der Clayr, aber da war viel schwerer dranzukommen.

Da er der Sohn der Königin war, klug und sehr mächtig, hätte er seine Ziele beinahe erreicht. Zwei der sechs Großen Steine waren gebrochen. Die Königin und ihre Töchter waren tot. Abhorsen schritt ein wenig zu spät ein. Zwar gelang es ihm, ihn tief in den Tod zu treiben; da aber sein richtiger Körper niemals gefunden wurde, existiert Rogir weiter. Sogar noch aus dem Tod heraus hat er die Vernichtung des Königreiches betrieben – eines Königreiches ohne Königsfamilie, eines Königreiches, von dessen Großen Chartae eine verkrüppelt ist und all die anderen verdorben und geschwächt. Er wurde nicht vollkommen besiegt in jener Nacht – nur ein Stück zurückgeworfen, und seit zweihundert Jahren nun versucht er zurückzukommen, zurück ins Leben…«

»Und es ist ihm gelungen, nicht wahr?« unterbrach ihn Sabriel. »Er ist das Ding mit Namen Kerrigor, gegen das die Abhorsens seit Generationen kämpfen in dem fortwährenden Bestreben, es im Tode zu verhaften. Er ist der, der zurückkam, der Größere Tote, der die Patrouille beim Gespaltenen Gipfel mordete, der Herr des Mordikants.«

»Ich weiß es nicht«, erwiderte Mogget. »Dein Vater glaubte es jedenfalls.«

»Er ist es«, ließ sich Prüfstein leise, aber unmißverständlich vernehmen. »Kerrigor war Rogirs Spitzname als Kind. Ich ersann ihn an dem Tag, als wir die Schlammschlacht austrugen. Sein voller Name lautete Rogirek.«

»Er – oder seine Schergen – müssen meinen Vater nach Belisaere gelockt haben, unmittelbar bevor er aus dem Tode hervorkam«, dachte Sabriel laut. »Ich frage mich, warum er so nahe beim Wall ins Leben trat.«

»Sein Körper muß in der Nähe des Walles sein. Kerrigor muß nahe bei seinem Körper sein«, sagte Mogget. »Das solltest du wissen. Um den Meister-Bannspruch zu erneuern, der ihn davor bewahrt, jemals das Letzte Tor zu passieren.«

»Ja«, antwortete Sabriel, sich die entsprechenden Passagen aus dem *Buch der Toten* ins Gedächtnis zurückrufend. Sie zitterte, konnte das Zittern aber unterdrücken, bevor es sich zu einem Schluchzen auswuchs. Ihr war zum Heulen zumute. Am liebsten wäre sie zurück nach Ancelstierre geflohen, weit weg vom Wall, von den Toten und von der Magie, so weit nach Süden wie irgend möglich. Aber sie kämpfte diese Aufwallungen nieder und sagte: »Ein Abhorsen hat ihn schon einmal bezwungen. Warum sollte ich es nicht wieder können? Aber zuerst müssen wir den Körper meines Vaters finden.«

Für einen Moment war es still, bis auf den Wind, der das Segel blähte, und das leise Summen der Takelage. Prüfstein wischte sich mit dem Handrücken über die Augen und schaute Mogget an.

»Eins würde ich gern wissen. Wer schaffte meinen Geist in den Tod und machte meinen Körper zur Galionsfigur?«

»Ich habe nie erfahren, was aus dir wurde«, antwortete Mogget. Seine grünen Augen erwiderten Prüfsteins Blick, und es war nicht die Katze, die als erste blinzelte. »Aber es muß Abhorsen gewesen sein, der das tat. Du warst von Sinnen, als wir dich aus dem Bassin holten. Du warst verrückt geworden, wahrscheinlich durch das Brechen der Großen Steine. Keine Erinnerung, nichts. Wie es scheint, sind zweihundert Jahre nicht zu lang für eine Erholungskur. Er muß etwas in dir gesehen haben – oder Die Clayr sahen etwas im Eis... ach, das war schwer zu sagen. Wir müssen uns der Stadt nähern, und der Einfluß des Meeres läßt nach. Die Bindung setzt wieder ein...«

»Nein, Mogget!« schrie Sabriel. »Ich will wissen, ich muß wissen, wer du bist! In welcher Beziehung stehst du zu den Großen...«

Die Worte blieben ihr im Halse stecken; das einzige, was herauskam, war ein verdattertes Gurgeln.

»Zu spät«, sagte Mogget. Er begann sein Fell zu putzen. Seine rosafarbene Zunge fuhr heraus und huschte flink über das weiße Fell.

Sabriel seufzte und schaute erst hinaus auf die türkisfarbene See, dann hinauf zur Sonne, einer gelben Scheibe vor einem weißgemaserten blauen Hintergrund. Eine leichte Brise blähte das Segel und zerzauste ihr Haar. Möwen flogen vorbei, schlossen sich einem kreischenden Schwarm ihrer Artgenossen an, die sich an einem Schwarm silbrig unter der Oberfläche blitzender Fische gütlich taten.

Alles war lebendig, bunt, voll praller Lebenslust. Selbst die Salzkruste auf ihrer Haut, der Gestank nach Fisch und der Geruch ihres eigenen ungewaschenen Körpers waren irgendwie satt und lebendig. Weit, weit weg von Prüfsteins grausiger Vergangenheit, der Bedrohung durch Rogir/Kerrigor und dem frostigen Grau des Todes.

»Wir werden sehr vorsichtig sein müssen«, sagte Sabriel schließlich, »und wir müssen hoffen, daß... was hast du doch gleich zu dem Dorfältesten von Nestowe gesagt, Prüfstein?«

Er wußte sofort, was sie meinte.

»Hoffen, daß die Charta uns alle behütet.«

Kapitel Neunzehn

Sabriel hatte damit gerechnet, daß Belisaere in Trümmern lag, verfallen und bar jeglichen Lebens. Aber das war nicht der Fall. Als sie von Ferne ihre Türme und die wahrhaft beeindruckende Mauer sichtete, die die Halbinsel umfriedete, auf welcher die Stadt erbaut war, gewahrte sie auch Fischerboote von der gleichen Größe wie ihr eigenes. Menschen fischten aus ihnen – gewöhnliche, freundliche Menschen, die winkten und riefen, als sie an ihnen vorbeifuhren. Einzig ihr Gruß mochte darauf hindeuten, wie die Dinge in Belisaere standen. »Gute Sonne und schnelles Wasser« war zu Prüfsteins Zeiten jedenfalls nicht die gebräuchliche Grußfloskel gewesen.

Der Haupthafen der Stadt war von Westen her zu erreichen. Eine breite, durch Bojen markierte Fahrrinne verlief zwischen zwei klotzigen Verteidigungsbollwerken hindurch und führte zu einem riesigen Becken, das eine Fläche von mindesten zwanzig, wenn nicht dreißig, Spielfeldern einnahm. Landungsstege säumten drei Seiten des Hafenbeckens, aber die meisten davon waren ledig. Auf der Nord- und der Südseite erhoben sich verfallene Lagerhäuser hinter den leeren Stegen; ihre zerborstenen Mauern und durchlöcherten Dächer zeugten von langer Nichtbenutzung.

Allein auf dem ostwärtigen Dock herrschte Leben. Zwar lagen dort nicht mehr die großen Handelsschiffe vergangener Tage, dafür aber zahlreiche kleine Küstenfahrzeuge, die Ladung aufnahmen oder löschten. Ladebäume schwenkten hin und her; Schauerleute schleppten Bündel und Kisten über Landungsstege; kleine Kinder planschten und schwammen zwischen den Booten. Lagerhäuser standen nicht hinter diesen Landungsstegen – ihre Statt nahmen hunderte kleiner dachloser Buden ein, kaum mehr denn bunt verzierte Lattenverschläge, die ein Stück Fläche umgrenzten, mit Tischen für die Waren und Schemeln für die Verkäufer und Kunden. An letzteren, bemerkte Sabriel, während Prüfstein einen vakanten Liegeplatz ansteuerte, schien es im großen und ganzen keinen Mangel zu geben. Überall wimmelte es von Menschen; sie wirkten irgendwie gehetzt, als sei ihre Zeit arg knapp bemessen.

Prüfstein fierte das Hauptsegel und stellte das Boot gerade so rechtzeitig in den Wind, daß sie Fahrt verloren und in schiefem Winkel gegen die Fender glitten, die den Anlegesteg säumten. Sabriel warf eine Leine, aber bevor sie auf den Steg springen und sie an einem Belegpoller festmachen konnte, hatte ihr ein Straßenbengel diese Arbeit bereits abgenommen.

»Penny für den Knoten!« schrie er mit hoher Knabenstimme, die schrill durch das dumpfe Gemurmel der Menge schnitt. »Penny für den Knoten, Lady?«

Sabriel lächelte angestrengt und schnippte dem Knaben einen Silberpenny zu. Er fing ihn auf, grinste und tauchte in den Strom von Fußgängern ein, der sich auf dem Dock entlangbewegte. Gleich darauf verging Sabriel das Lächeln. Sie konnte hier viele, viele Tote spüren… oder vielleicht nicht exakt hier, sondern weiter oben in der Stadt. Belisaere war auf vier flachen Hügeln erbaut, die sich um ein Tal in ihrer Mitte herum erhoben; letzteres lag zum Meer hin offen. So weit Sabriels Sinne sie nicht trogen, war nur das Tal frei von den Toten – warum, wußte sie nicht. Die Hügel, die mindestens zwei Drittel des Stadtgebietes ausmachten, waren von ihnen verseucht.

Von diesem Teil der Stadt hingegen konnte man mit Fug und Recht behaupten, daß er vor Leben geradezu strotzte. Sabriel hatte vergessen, wie laut eine Stadt sein konnte. Auch in Ancelstierre hatte sie selten etwas Größeres als Bain besucht, eine Stadt von nicht mehr als zehntausend Einwohnern. Natürlich war Belisaere keine große Stadt nach ancelstierranischen Maßstäben, und es fehlten ihr auch die knatternden Omnibusse und privaten Kraftfahrzeuge, die während der letzten zehn Jahre den Lärmpegel in den ancelstierranischen Städten enorm hatten anschwellen lassen, aber diesen Mangel an großstädtischem Flair machte Belisaere spielend durch die brodelnde Geschäftigkeit wett, die ihre Menschen an den Tag legten. Allenthalben in diesem Teil der Stadt herrschte hektisches Getriebe: Da wurde geschwatzt, gezankt, gefeilscht, gezetert, gekeift, gekauft und verkauft, gelacht und gesungen, daß es nur so eine Art war.

»War es früher hier auch so?« rief sie Prüfstein zu, als sie auf den Anlegesteg klommen und sich vergewisserten, daß sie auch all ihre Habe bei sich hatten.

»Eigentlich nicht«, antwortete Prüfstein. »Das Hafenbecken war meistens voll, und die Schiffe, die hier lagen, waren größer, und hier standen Lagerhäuser und kein Markt. Und es war ruhiger, und die Leute hatten es nicht so schrecklich eilig.«

Sie standen am Rande des Anlegesteges, beobachteten den Strom von Menschen und Gütern, hörten den Tumult und nahmen all die neuen Gerüche auf, die die Frische der vom Meer her wehenden Brise überlagerten: Essensgerüche, das würzige Aroma von brennendem Holz, von Räucherwerk und Öl, das Ganze untermengt mit dem Gestank von Kloakenwasser...

»Und es war viel sauberer«, fügte Prüfstein hinzu. »Hört, ich denke, wir sollten uns einen Gasthof oder eine Herberge suchen. Irgendwas, wo wir uns ein bißchen ausruhen und etwas essen können.«

»Ja«, sagte Sabriel. Es widerstrebte ihr, in den Menschenstrom einzutauchen. Soweit sie es wahrnehmen konnte, befanden sich keine Toten unter ihnen, aber es mußte irgendein Arrangement oder Abkommen mit den Toten geben, und das stank ihr viel mehr, als es die übelriechendste Kloake vermocht hätte.

Prüfstein zupfte einen vorüberkommenden Knaben am Ärmel, während Sabriel naserümpfend weiter die Menge beobachtete. Die beiden sprachen kurz miteinander, ein Silberpenny wechselte den Besitzer, und dann schlüpfte der Knabe in den Menschenstrom, gefolgt von Prüfstein. Er blickte zurück, sah Sabriel geistesabwesend vor sich hin starren, packte sie bei der Hand und zog sowohl sie als auch Mogget hinter sich her.

Es war das erste Mal, daß Sabriel ihn berührte, seit er wieder zum Leben erweckt worden war, und sie war überrascht von dem Schrecken, den es ihr versetzte. Nun ja, gewiß, sie hatte gerade an andere Dinge gedacht, und die Berührung war plötzlich und unerwartet gekommen… seine Hand fühlte sich größer an, als Sabriel erwartet hätte, und auf interessante Weise schwielig. Hastig entzog sie ihm ihre Hand wieder und konzentrierte sich darauf, ihm und dem Jungen zu folgen, der sich geschickt durch den Strom der Passanten schlängelte.

Sie gingen mitten durch den unüberdachten Markt, einer der schmalen Budengassen folgend – offenbar die Fisch- und Geflügelgasse. An ihrem hafenseitigen Ende stapelten sich Kisten und Körbe voller frisch gefangener Fische, die, noch klaren Auges, ihrem Tode entgegenzappelten. Verkäufer schrien ihre Preise oder priesen wortreich ihre günstigsten Angebote an, und Kunden taten ihre Gebote oder ihr Erstaunen über die Höhe der Preise kund. Körbe, Tüten und Kisten voller Fisch, Hummer, Tintenfisch oder Schalentieren wechselten den Besitzer. Münzen wanderten von einer Handfläche in die andere, und hier und da löschten ganze Geldbeutel ihren schimmernden Inhalt klirrend in die Gürteltaschen der Budenbesitzer.

Zum anderen Ende hin wurde die Gasse ein wenig stiller. In und vor den Buden hier stapelten sich Käfige mit Hühnern, aber ihr Verkauf ging langsamer vonstatten, und viele der Tiere wirkten alt und verkrüppelt. Als Sabriel einen Mann sah, der ein Huhn nach dem andern köpfte und dann in eine Kiste warf, konzentrierte sie sich darauf, sich gegen das bestürzende Todeserlebnis der Tiere abzuschotten.

Hinter dem Markt erstreckte sich freies Gelände. Es war offensichtlich mit Absicht gerodet worden, erst mit Feuer, dann mit Hacke und Schaufel. Sabriel fragte sich, warum, bis sie den Aquädukt sah, der hinter und parallel zu diesem Streifen Brachland verlief. Die Stadtbewohner, die in dem Tal lebten, hatten kein Abkommen mit den Toten, ihr Teil der Stadt war von Aquädukten umgrenzt, und die Toten konnten ebensowenig unter fließendem Wasser hergehen wie darüber.

Die Räumung des Geländes war eine Vorsichtsmaßnahme, ermöglichte das freie Terrain doch, daß die Aquädukte bewacht werden konnten; und siehe da, als Sabriel den Blick hob, entdeckte sie eine Streife Bogenschützen, die auf dem Aquädukt patrouillierten. Die im Gleichschritt sich vorwärtsbewegenden Gestalten hoben sich als Silhouetten gegen den Himmel ab. Der Bursche führte sie zu einem zentralen Bogen, der sich durch zwei der vier Lagen des Aquäduktes wölbte, und dort waren weitere Bogenschützen postiert. Auf jeder Seite schlossen sich weitere kleinere Bögen an, die den Hauptkanal des Aquäduktes trugen, doch waren diese von Dornbüschen überwuchert, um den unbefugten Zutritt durch die Lebenden zu verhindern, während das rasch fließende Wasser oben die Toten abhielt.

Sabriel zog ihren Bootsumhang enger, als sie unter

dem Bogengewölbe hindurchgingen, aber die Wachen widmeten ihnen nicht mehr Aufmerksamkeit, als erforderlich war, um Prüfstein einen Silberpenny abzunötigen. Es schien sich um drittklassige – nein, eher sogar viertklassige – Soldaten zu handeln, die wahrscheinlich mehr Schutz- oder Wachmänner als alles andere waren. Keiner trug das Charta-Mal oder hatte irgendeine Spur von Freier Magie an sich.

Jenseits des Aquäduktes mündeten mehrere Straßen auf einen uneben gepflasterten Platz, dessen Mitte ein exzentrisch anmutender Springbrunnen zierte; das Wasser sprudelte aus den Ohren eines Standbildes, der Statue eines Mannes mit einer imposanten Krone auf dem Haupte.

»König Anstyr der Dritte«, erläuterte Prüfstein, auf das Standbild deutend. »Er hatte fürwahr eine seltsame Art Humor. Ich freue mich, daß es immer noch da steht.«

»Wohin gehen wir?« fragte Sabriel. Sie fühlte sich besser, seit sie wußte, daß die Stadt nicht im Bunde mit den Toten war.

»Der Bursche hier sagt, er kenne einen guten Gasthof«, antwortete Prüfstein und zeigte auf den zerlumpten Rotzlümmel, der sich außerhalb der Reichweite der stets erwarteten Ohrfeige einen grinste.

»Der Gasthof zu den Drei Zitronen«, sagte der Bengel. »Das erste Haus am Platze.«

Er hatte sich gerade wieder zum Weitergehen gewandt, als der laute Klang einer schlecht gegossenen Glocke aus der Gegend des Hafens herüberscholl. Er ertönte dreimal und die Tauben auf dem Platz stoben erschrocken auf.

»Was war das?« fragte Sabriel. Der Bursche starrte sie mit offenem Mund an. »Die Glocke.«

»Sonnenuntergang«, erwiderte der Junge, als er begriffen hatte, was sie wissen wollte. Er sagte es, als bestätige er das Offensichtliche. »Früh, finde ich. Müssen wohl Wolken heraufziehen oder sowas.«

»Kommen alle herein, wenn die Glocke zum Sonnenuntergang läutet?« fragte Sabriel.

»'türlich!« schnaubte der Bursche. »Sonst holen einen die Geister oder die Ghlims!«

»Verstehe«, sagte Sabriel. »Laßt uns weitergehen.«

Zu ihrer Überraschung waren die »Drei Zitronen« ein recht freundlich anmutendes Wirtshaus. Weiß getüncht und über vier Stockwerke sich erhebend, lag es an einem kleineren Platz etwa zweihundert Schritte von dem Platz mit König Anstyrs wasserspeiendem Standbild entfernt. Drei riesige Zitronenbäume standen in der Mitte des Platzes, prall von betörend duftenden Blättern und – der Jahreszeit zum Trotz – dicht behangen mit üppiger Frucht. Charta-Magie, dachte Sabriel, und richtig: zwischen den Bäumen lag ein verborgener Charta-Stein, beschriftet mit uralten magischen Sprüchen der Fruchtbarkeit, Wärme und Fülle. Sabriel sog die würzige Luft dankbar ein, froh, daß ihr Zimmer ein Fenster zum Platz hatte.

Hinter ihr füllte eine Magd eine Zinkwanne mit heißem Wasser. Mehrere große Eimer waren bereits hineingegangen – dieser würde der letzte sein. Sabriel schloß das Fenster und trat zu der Wanne, um voller Vorfreude das dampfende Wasser zu betrachten.

»Wäre das dann alles, Fräulein?« fragte die Magd mit einem angedeuteten Knicks.

»Ja, danke«, erwiderte Sabriel. Die Magd verschwand durch die Tür, und Sabriel schob den Riegel vor. Sodann entledigte sie sich ihres Mantels und des stinkenden, schweiß- und salzverkrusteten Panzers und der anderen Kleider, die nach fast einer Woche auf See buchstäblich an ihr klebten. Schließlich entblößt, lehnte sie das Schwert an den Rand des Zubers – so, daß es leicht zu erreichen war – und ließ sich dankbar in das heiße Wasser sinken. Dann nahm sie das bereitliegende Stück Seife mit Zitronenduft und begann den festgebackenen Dreck von ihrem Körper zu waschen.

Durch die Wand konnte sie eine Männerstimme vernehmen – Prüfsteins Stimme. Dann hörte sie das Plätschern von Wasser, begleitet vom Kichern der Magd. Sabriel hielt mit dem Einseifen inne und konzentrierte sich auf die Geräusche im Nebenzimmer. Sie waren nur sehr gedämpft zu hören, aber jetzt kam erneutes Kichern, dann eine tiefe, undeutliche Männerstimme, gefolgt von einem lauten Platschgeräusch. Als lägen zwei Leiber in einer Badewanne statt eines einzelnen.

Für einen Moment herrschte Stille, dann vernahm sie wieder Plätschern, Keuchen, Kichern. War das Prüfstein, der da lachte? Jetzt kam eine Reihe von kurzen scharfen Stöhnlauten, weiblichen Stöhnlauten. Sabriel errötete und biß sich gleichzeitig auf die Zähne, dann tauchte sie kurzentschlossen den Kopf unter Wasser, um die Geräusche nicht weiter hören zu müssen. Nur die Nase und den Mund ließ sie herausschauen. Unter Wasser war alles still, bis auf das dumpfe Pochen ihres Herzens, das ihr in den Ohren hallte.

Na und? dachte sie trotzig. Was sollte es ihr schon ausmachen? Sie sah Prüfstein eigentlich nicht als Mann. Liebemachen war das letzte, an was sie dachte. Das brachte bloß neue Komplikationen mit sich, Überlegungen hinsichtlich Empfängnisverhütung und darüber hinaus Verwirrung und Gefühlsaufwallungen. Sie hatte wahrlich schon genug Probleme. Konzentrier dich auf das Naheliegende, mahnte sie sich, auf das Wesentliche. Denk an das, was vor dir liegt. Es lag bloß daran, daß Prüfstein der erste junge Mann war, den sie außerhalb der Schule kennengelernt hatte, das war alles. Was ging sie an, was der Kerl da im Nebenzimmer trieb? Sie kannte ja nicht einmal seinen richtigen Namen…

Ein dumpfes Klopfgeräusch an der Wand ihres Zubers veranlaßte sie, den Kopf aus dem Wasser zu heben – gerade rechtzeitig, um ein sehr selbstzufriedenes, maskulines und langgezogenes Stöhnen aus dem Nebenzimmer zu vernehmen. Sie wollte gerade wieder den Kopf zurück ins Wasser tauchen, als Moggets rosafarbene Nase über den Rand des Zubers lugte. Sie setzte sich auf, und das Wasser, das ihr aus den Haaren am Gesicht herunterlief, spülte die Tränen fort, von denen sie sich einredete, sie seien nicht vorhanden. Wütend verschränkte sie die Arme vor der Brust und fragte: »Was willst du?«

»Ich dachte mir nur, es würde dich vielleicht interessieren, daß Prüfsteins Zimmer dort liegt«, sagte Mogget und zeigte auf das stille Zimmer, das dem mit dem lauten Liebespaar gegenüberlag. »Es hat keine Badewanne, und er würde gerne wissen, ob er deine benutzen kann, sobald du fertig bist. Er wartet solange unten und hört sich ein bißchen um.«

»Oh«, sagte Sabriel. Sie schaute zu der fernen, stummen Wand, und dann zurück auf die nahe Wand, hinter der die Liebeslaute jetzt fast gänzlich im Ächzen der Bettfedern untergingen. »Sag ihm, ich bin gleich fertig.«

Zwanzig Minuten später schlurfte eine frisch gebadete Sabriel in einem geborgten Gewand, das so gar nicht zu ihrem Schwertgürtel paßte (das Glockenbandelier lag unter ihrem Bett, und Mogget schlief obendrauf), in Pantoffeln durch den zum größten Teil verwaisten Schankraum und tippte dem salz- und dreckverkrusteten Prüfstein so unvermittelt auf die Schulter, daß der vor Schreck sein Bier verschüttete.

»Du kannst jetzt baden, mein übelriechender Schwertrecke«, sagte sie fröhlich. »Ich habe den Zuber gerade neu füllen lassen. Mogget ist übrigens auch in dem Zimmer. Ich hoffe, das stört dich nicht.«

»Warum sollte mich das stören?« fragte Prüfstein,

mindestens genauso verblüfft über ihre Art wie über die Frage. »Ich will nur sauber werden, das ist alles.«

»Gut«, erwiderte Sabriel. »Ich werde veranlassen, daß das Abendessen auf deinem Zimmer serviert wird, damit wir beim Essen planen können.«

Das Planen dauerte nicht lange, und es dauerte auch nicht lange, bis es auf die Stimmung des ansonsten vergleichsweise festlichen Anlasses drückte. Für den Augenblick indes waren sie sicher, sauber und satt und konnten für eine kurze Weile vergangene Nöte und künftige Ängste beiseite schieben.

Doch sobald der letzte Gang, ein Tintenfisch-Schmortopf mit Knoblauch, Gerste, gelbem Brei und Estragon-Essig, aufgezehrt und abgeräumt war, verschaffte sich die Gegenwart wieder Geltung, mit all ihren Sorgen und Nöten.

»Ich glaube, am ehesten dürften wir den Körper meines Vaters an dem Ort finden, wo die Königin getötet wurde«, sagte Sabriel langsam. »Dem Bassin. Wo ist es überhaupt?«

»Unter dem Palasthügel«, antwortete Prüfstein. »Es gibt mehrere unterschiedliche Wege, um dort hineinzugelangen. Sie liegen alle hinter diesem vom Aquädukt abgeschirmten Tal.«

»Du hast wahrscheinlich recht, wenn du glaubst, daß dein Vater sich dort befindet«, kommentierte Mogget aus seinem Nest aus Decken mitten in Prüfsteins Bett. »Aber das ist zugleich auch der gefährlichste Ort für uns. Charta-Magie wird dort in hohem Maße verzerrt sein, einschließlich verschiedener Bindungen, und es besteht die Möglichkeit, daß unser Feind …«

»Kerrigor«, unterbrach ihn Sabriel. »Aber vielleicht ist er ja nicht dort. Und selbst wenn er es ist, können wir uns vielleicht hineinschleichen …«

»Wir könnten uns vielleicht um die Ecken hineinstehlen«, warf Prüfstein ein. »Das Bassin ist riesengroß, und es sind dort Hunderte von Säulen. Aber Waten macht Lärm, und das Wasser ist sehr still – jedes Geräusch hallt dort sehr weit. Und die sechs… du weißt schon… sind genau in der Mitte.«

»Wenn es mir gelingt, meinen Vater zu finden und seinen Geist zurück in seinen Körper zu bringen«, blieb Sabriel unbeirrt, »dann können wir mit allem fertigwerden, was sich uns entgegenstellt. Das ist das erste und wichtigste Ziel. Meinen Vater zu finden. Alles weitere ergibt sich dann schon von selbst.«

»Ich darf also festhalten«, meldete sich Mogget zu Wort, »dein Plan besteht darin, daß wir uns hineinstehlen, so weit wir können, den Körper deines Vaters finden, der, wie wir hoffen wollen, an irgendeinem sicheren Ort liegt, und dann schauen, was passiert?«

»Wir werden mitten an einem klaren, sonnigen Tag gehen…« begann Sabriel.

»Das Bassin liegt unter der Erde«, gab Mogget zu bedenken.

»Dann haben wir jedenfalls Sonnenlicht, in das wir uns zurückziehen können.« Sabriel blieb stur.

»Und es gibt Lichtschächte«, fügte Prüfstein hinzu. »Um die Mittagszeit herrscht dort unten eine Art Dämmerlicht, mit ein paar Tupfern schwachen Sonnenlichts auf dem Wasser.«

»Also«, fuhr Sabriel fort, »wir finden Vaters Körper, bringen ihn hierher in Sicherheit, und… nehmen Dinge von dort mit.«

»Klingt nach einem schrecklich großartigen Plan«, sagte Mogget mit spöttischem Ton. »Der Genius der Einfachheit…«

»Fällt dir vielleicht was Besseres ein?« blaffte Sabriel. »Mir jedenfalls nicht! Ich wünschte, ich könnte zurück nach Ancelstierre fahren und die ganze Sache vergessen – aber dann würde ich Vater niemals wiedersehen, und die Toten würden einfach alles Lebende in diesem ganzen verrotteten Königreich auffressen. Vielleicht gelingt es nicht, aber ich werde es wenigstens versucht haben, wie es sich gehört für den Abhorsen, der ich angeblich bin und von dem du mir immer sagst, daß ich es nicht bin!«

Schweigen folgte auf diesen Ausbruch. Prüfstein schaute verlegen beiseite. Mogget sah sie an, gähnte und zuckte die Achseln.

»Zufällig fällt mir auch nichts Besseres ein. Ich bin mit den Jahrtausenden blöde geworden – sogar noch blöder als die Abhorsens, denen ich diene.«

»Ich finde, der Plan ist nicht besser und nicht schlechter als jeder andere«, ließ sich Prüfstein unerwartet vernehmen. Er stockte einen Moment, dann fügte er hinzu: »Trotzdem habe ich Angst.«

»Die habe ich auch«, flüsterte Sabriel. »Aber wenn morgen ein sonniger Tag ist, werden wir die Sache in Angriff nehmen.«

»Ja«, sagte Prüfstein. »Bevor wir zuviel Angst bekommen.«

Kapitel Zwanzig

Den sicheren, aquäduktbewehrten Bereich Belisaeres zu verlassen, erwies sich als ein schwierigeres Unterfangen, als in ihn hineinzugelangen, besonders durch den nördlichen Bogengang, der auf eine verlassene Straße mit verfallenen Häusern führte, die sich zu den nördlichen Hügeln der Stadt hinaufwand.

Die sechs Wachtposten, die den Bogengang bewachten, machten einen weit aufgeweckteren und tüchtigeren Eindruck als die, die den Zugang von den Docks bewachten. Vor Sabriel und Prüfstein war eine weitere Gruppe, die darauf wartete, passieren zu dürfen. Neun Männer, denen allesamt die Gewalttätigkeit geradezu ins Gesicht geschrieben stand, ein Eindruck, der von der Art, wie sie redeten und sich bewegten, noch verstärkt wurde. Jeder von ihnen war bewaffnet, mit Mordwerkzeugen aller Art, vom Dolch bis hin zur schweren Streitaxt. Die meisten von ihnen trugen darüber hinaus Bogen – kurze, stark gekrümmte Bogen.

»Wer sind diese Leute?« fragte Sabriel Prüfstein. »Warum gehen sie hinaus in den Toten Teil der Stadt?«

»Das sind Plünderer«, antwortete Prüfstein. »Einige der Leute, mit denen ich gestern abend sprach, erwähnten sie. Teile der Stadt wurden den Toten sehr schnell preisgegeben, und es gibt dort immer noch eine Menge Beute zu holen. Ein riskantes Geschäft, denke ich…«

Sabriel nickte nachdenklich und wandte den Blick wieder auf die Männer, die größtenteils vor der Aquäduktmauer saßen oder hockten. Ein paar von ihnen beäugten sie ziemlich mißtrauisch. Einen Moment lang glaubte sie, sie hätten die Glocken unter ihrem Umhang gesehen und sie als Schwarzkünstlerin erkannt, doch dann wurde ihr bewußt, daß sie und Prüfstein wahrscheinlich wie Rivalen ausschauten. Wer sonst würde sich aus dem geschützten Bereich entfernen wollen, wenn nicht andere, die das gleiche Ziel hatten? Ein bißchen kam sie sich auch vor wie ein hartgesottener Plünderer. Auch wenn sie frisch gebadet und gestriegelt war, sah sie mit ihrem martialischen Panzer nicht gerade so aus, als wolle sie zu einer Lustpartie aufbrechen. Ihre Kleider waren immer noch ein wenig feucht, und der Bootsumhang, der sie umhüllte, war am Saum noch ziemlich naß, weil er nach dem Waschen nicht ordentlich aufgehängt worden war. Als erfreulich war indessen zu verzeichnen, daß alles herrlich nach Zitronen duftete, denn die Wäscherinnen von den Drei Zitronen hatten Seife mit Zitronenduft benutzt.

Sabriel hatte gedacht, die Plünderer hätten auf die Wachen gewartet, aber nun zeigte sich, daß sie auf etwas ganz anderes gewartet hatten, auf etwas, das sie plötzlich hinter ihr, Sabriel, sichteten. Die sitzenden oder kauernden Männer rappelten sich murrend und fluchend auf und formierten sich zu etwas, das große Ähnlichkeit mit einer Reihe hatte.

Sabriel schaute über ihre Schulter, um zu sehen, was sie sahen, und erstarrte: Dem Bogengang näherten sich zwei Männer – und etwa zwanzig Kinder, allesamt im Alter zwischen sechs und sechzehn. Die Männer hatten die gleichen gewalttätigen Visagen wie die anderen Plünderer und trugen lange, vierzüngige Peitschen. Die Kinder waren an den Fußgelenken gefesselt, und die Fesseln waren an einer langen Kette befestigt. Einer der Männer hielt die Kette und führte die Kinder entlang der Straßenmitte. Sein Kumpan folgte hinter den Kindern und ließ immer wieder lässig seine Peitsche über ihren Köpfen knallen, wobei hin und wieder einer der vier Riemen über ein Ohr oder einen der kleinen Köpfe wischte.

»Davon habe ich auch gehört«, murmelte Prüfstein und trat näher an Sabriel heran, die Hände auf den Griffen seiner Schwerter. »Aber ich hielt es für eine Biertischgeschichte. Die Plünderer benutzen Kinder – Sklaven – als Lockvögel oder Köder für die Toten. Sie lassen sie in einem Gebiet zurück, um die Toten aus dem Gebiet fortzulocken, das sie durchstöbern wollen.«

»Das ist… widerwärtig!« schnaubte Sabriel. »Unmoralisch! Das sind Sklaventreiber, keine Plünderer! Wir müssen ihnen Einhalt gebieten!«

Sie machte Anstalten, zu den Männern zu gehen, im Geiste bereits einen Charta-Spruch formend, der sie blenden und verwirren würde, aber ein stechender Schmerz an ihrem Hals ließ sie zurückfahren. Mogget, der auf ihren Schultern saß, hatte ihr seine Krallen in die Haut unter ihrem Kinn gegraben. Blut rann in haarfeinen Rinnsalen ihren Hals hinunter, während er ihr ins Ohr zischte: »Warte! Es sind hier neun Plünderer und sechs Wachen, und weitere halten sich in der Nähe auf. Was nützt es diesen Kindern und all den anderen, die ihnen noch folgen, wenn du getötet wirst? Die Toten sind die Wurzel all diesen Übels, und Abhorsens Aufgabe ist es, ihnen den Garaus zu machen!«

Sabriel blieb stehen, schaudernd, Tränen der Wut und des Zorns in den Augen. Aber sie griff nicht an. Sie stand lediglich da und beobachtete die Kinder. Sie schienen ihrem Schicksal ergeben, stumm, bar jeder Hoffnung. Sie rührten sich nicht einmal in ihren Ketten, sondern standen ruhig da, mit hängenden Köpfen, bis die Plünderer sie mit einem Peitschenknall wieder hochschreckten und sie in einen kläglichen Schlurfgang fielen, zum Bogengang hin.

Wenig später waren sie hinter dem Bogen und schlurften die verfallene Straße hinauf, gefolgt von der Plündererhorde. Die Sonne schien hell auf das Kopfsteinpflaster und spiegelte sich in Panzern und Waffen – und einmal kurz auf dem blonden Schopf eines kleinen Jungen. Gleich darauf bogen sie nach rechts ab, in die Straße, die hinauf zum Münzschlägerhügel führte, und entschwanden Sabriels Blick.

Sabriel, Prüfstein und Mogget folgten ihnen nach zehnminütigem zähem Verhandeln mit den Wachen. Zuerst wollte der Anführer, ein vierschrötiger Kerl in einem fleckigen Lederküraß, eine ›amtliche Plünderlizenz‹ sehen, ein Begehren, welches sich rasch als eine harmlos umschriebene Forderung nach Bestechungsgeld entpuppte. Danach ging es nur noch um die Höhe des letzteren, und nach einigem Gefeilsche einigte man sich auf eine Gebühr von je drei Silberpennys für Sabriel und Prüfstein und einen Silberpenny für die Katze. Seltsame Rechnung, dachte Sabriel, aber sie war froh, daß Mogget ruhig blieb und nicht die Meinung äußerte, er fühle sich unterbewertet.

Einmal hinter dem Aquädukt und der beruhigenden Barriere aus fließendem Wasser angelangt, spürte Sabriel sogleich die unmittelbare Präsenz der Toten. Sie waren überall, in den verfallenen Häusern, in Kellern und Abflußrohren, lauerten überall dort, wo das Licht nicht hinreichte. Im Schlafzustand verharrend, solange die Sonne schien, dem Dunkel der Nacht entgegenfiebernd.

In vielerlei Hinsicht waren die Toten von Belisaere das genaue Gegenstück zu den Plünderern. Sie verbargen sich bei Tage und nahmen sich was sie konnten bei Nacht. Es gab viele, viele Tote in Belisaere, aber sie waren schwach, feige und eifersüchtig. Ihr vereinter Appetit war enorm, aber der Nachschub an Opfern war arg begrenzt. Jeder neue Morgen sah Dutzende von ihnen den Halt am Leben verlieren und in den Tod zurückfallen. Aber es kamen immer mehr…

»Es sind Tausende von Toten hier«, sagte Sabriel, während ihr Blick wachsam von der einen Straßenseite zur anderen und wieder zurück huschte. »Sie sind größtenteils schwach – aber es sind so schrecklich viele!«

»Gehen wir geradewegs zum Bassin?« fragte Prüfstein. Sabriel wußte sofort, worauf er hinauswollte. Sollten sie – konnten sie – zuerst die Kinder retten?

Sie schaute zum Himmel und zur Sonne, bevor sie antwortete. Sie hatten noch ungefähr vier Stunden hellen Sonnenlichtes, falls keine Wolken aufzogen. Wenig genug in jedem Fall. Angenommen, es gelang ihnen, die Plünderer unschädlich zu machen, konnten sie die Suche nach ihrem Vater dann noch bis zum nächsten Morgen warten lassen? Es wurde mit jedem Tag unwahrscheinlicher, daß sich sein Geist und sein Körper wieder zueinander finden würden. Ohne ihn konnten sie Kerrigor nicht besiegen – und Kerrigor mußte bezwungen werden, wenn auch nur die geringste Hoffnung bestehen bleiben sollte, daß sie die Steine der Großen Charta wieder zusammenfügen – und die Toten aus dem Königreich vertreiben konnten…

»Wir gehen geradewegs zum Bassin«, sagte Sabriel schweren Herzens, bemüht, eine plötzlich aufflackernde Erinnerung zu verdrängen: der Glanz des Sonnenscheins auf dem Blondschopf des kleinen Jungen, die gefesselten, schlurfenden Füßchen…

»Vielleicht können wir… vielleicht können wir die Kinder ja auf dem Rückweg retten.«

Prüfstein schritt kühn voran; er hielt sich in der Straßenmitte, wo die Sonne am hellsten war. Fast eine Stunde lang stapften sie bergan durch leere, verwaiste Straßen. Das einzige Geräusch, das sie vernahmen, war das harte, metallische *Klack-klack* ihrer genagelten Absätze auf dem Kopfsteinpflaster. Es gab weder Vögel noch Straßentiere. Nicht einmal Insekten. Nur Ruin und Verfall.

Schließlich erreichten sie einen umzäunten Park, der sich um den Fuß des Palasthügels herumzog. Oben auf der Kuppe des Hügels ragten rauchgeschwärzte, ausgebrannte Ruinen in den Himmel: die Überreste des Königspalastes.

»Die letzte Regentin brannte ihn nieder«, sagte Mogget, als alle drei stehenblieben und hinauf zu den traurigen Ruinen blickten. »Vor etwa zwanzig Jahren. Er war immer stärker mit Toten verseucht, trotz all der Wachen und Abwehrmaßnahmen, die verschiedene dort zu Gast weilende Abhorsens errichtet hatten. Es heißt, die Regentin habe den Verstand verloren und versucht, sie auszuräuchern.«

»Was wurde aus ihr?« fragte Sabriel.

»Sie starb in der Feuersbrunst«, antwortete Mogget. »Oder die Toten holten sie. Und jenes Ereignis kennzeichnet das Ende aller Versuche, das Königreich zu regieren.«

»Es war ein wunderschönes Gebäude«, erinnerte sich Prüfstein wehmütig. »Man hatte von dort aus einen herrlichen Blick über die Saere-See. Es gab hohe Wände und ein ausgeklügeltes System von Öffnungen und Schächten, um das Licht und die Meeresbrise einzufangen. Irgendwo im Palast war stets Musik und Tanz, und wenn ich an die Mittsommerdiners auf dem Dachgarten denke, mit tausend brennenden Duftkerzen…«

Er seufzte und zeigte auf ein Loch im Zaun des Parks.

»Wir können ebensogut hier durchschlüpfen. Es gibt einen Zugang zum Bassin in einer der Zierhöhlen im Park. Von dort sind es nur fünfzig Stufen bis hinunter zum Wasser; vom Palast selbst sind es immerhin hundertfünfzig.«

»Hundertsechsundfünfzig, so weit ich mich erinnere«, beckmesserte Mogget.

Prüfstein zuckte mit den Achseln und stieg durch das Loch auf den federnden Rasen des Parks. Es war niemand – und nichts – zu sehen; trotzdem zückte er seine Schwerter. In der Nähe gab es große Bäume und dementsprechend: Schatten.

Sabriel folgte ihm. Mogget sprang von ihren Schultern, schlenderte ein Stück voraus und hielt schnuppernd die rosige Nase in die Luft. Sabriel zog ebenfalls ihr Schwert, ließ aber die Glocken stecken. Es waren eindeutig Tote zugegen, aber keiner in nächster Nähe. Der Park lag zu sehr offen im Tageslicht.

Die Zierhöhlen waren nur fünf Minuten entfernt. Sie befanden sich hinter einem stinkenden Teich, den einst sieben wasserspeiende Tritonenstatuen gespeist hatten. Deren Münder waren jetzt mit verrottetem Laub verstopft, und der Teich war fast zugewachsen mit gelbgrünem Schleim.

Drei Höhleneingänge lagen nebeneinander. Prüfstein führte sie zum mittleren, der gleichzeitig der größte war. Eine Marmortreppe führte die ersten drei oder vier Schritte hinunter, und Marmorsäulen trugen das Eingangsportal.

»Sie geht lediglich etwa vierzig Schritte in den Hügel hinein«, erklärte Prüfstein, als sie vor dem Eingang ihre Kerzen anzündeten. Der stechende Gestank der Schwefelhölzer vermischte sich mit dem dumpfig-feuchten Mief, der ihnen aus der Höhle entgegenschlug. »Die Höhlen wurden für Picknicks im Hochsommer gebaut. Am hinteren Ende dieser Höhle befindet sich eine Tür. Sie ist wahrscheinlich verschlossen, dürfte aber mit einem Charta-Spruch zu knacken sein. Die Treppe ist unmittelbar dahinter, und sie verläuft ziemlich gerade, aber es gibt keine Lichtschächte. Und sie ist sehr eng.«

»Dann gehe ich vorneweg«, sagte Sabriel mit einer Entschlossenheit in der Stimme, die dem Zittern ihrer Knie und dem flauen Gefühl in ihrem Magen Hohn sprach. »Ich kann keine Toten spüren, aber es könnten welche da sein…«

»Na schön«, sagte Prüfstein nach kurzem Zögern.

»Du mußt nicht mitkommen, wenn du nicht willst«, brach es plötzlich aus Sabriel heraus, als sie vor der Höhle standen, in der Hand die töricht im Sonnenschein flackernden Kerzen. Sie fühlte sich plötzlich schrecklich verantwortlich für ihn. Er sah bange aus, viel bleicher, als er es hätte sein sollen, fast so bleich wie ein vom Tode leergesogener Schwarzkünstler. Er hatte schreckliche Dinge in dem Bassin erlebt, Dinge, die ihn seinerzeit in den Wahnsinn getrieben hatten, und trotz seiner Selbstvorwürfe glaubte Sabriel nicht, daß es seine Schuld gewesen war. Es war nicht sein Vater, der dort unten war. Er war kein Abhorsen.

»Muß ich wohl«, versetzte Prüfstein trotzig. Er biß sich auf die Unterlippe. »Ich muß es. Sonst werde ich meine Erinnerungen niemals abschütteln können. Ich muß etwas tun, muß mir neue Erinnerungen schaffen, bessere. Ich muß Wiedergutmachung suchen, Erlösung. Außerdem bin ich immer noch Angehöriger der Königlichen Garde. Es ist meine Pflicht, dort hinunterzugehen.«

»So sei es denn«, sagte Sabriel. »Wie auch immer, ich bin jedenfalls froh, daß du hier bist.«

»Ich auch – auf eine seltsame Art und Weise«, sagte Prüfstein, und fast hätte er gelächelt.

»Ich nicht«, ließ sich Mogget im Brustton der Überzeugung vernehmen. »Gehen wir endlich und bringen es hinter uns. Wir vergeuden Tageslicht.«

Die Tür war verschlossen, aber sie öffnete sich problemlos, als Sabriel ihren Zeigefinger auf das Schlüsselloch legte und die – recht simplen – Charta-Symbole für Aufschließen und Öffnen aus ihrem Geist in den Zeigefinger fließen ließ. Doch obgleich der Spruch erfolgreich war, war es ihr doch vergleichsweise schwer gefallen, ihn zu formen. Selbst hier draußen noch übten die zerbrochenen Steine der Großen Charta einen Einfluß aus, der Charta-Magie zertrümmerte.

Der flackernde Kerzenschein fiel auf feuchte, bröckelnde Stufen, die geradewegs in die Tiefe führten. Keine Kurven oder Windungen, nur eine gerade Treppe in die Dunkelheit.

Sabriel schritt behutsam vorneweg. Sie fühlte, wie der mürbe Stein unter ihren schweren Stiefeln zerbröckelte, und achtete darauf, daß sie den Fuß bei jedem Schritt möglichst weit hinten aufsetzte. Das führte dazu, daß sie nur langsam vorankamen. Prüfstein ging dicht hinter ihr. Der Schein seiner Kerze warf Sabriels Schatten auf die Stufen vor ihr, so daß sie sich als groteskes, langgestrecktes Zerrbild sah, das immer tiefer in die Dunkelheit jenseits des Kerzenscheins hinunterglitt.

Sie roch das Bassin, noch bevor sie es sah, irgendwo um die neununddreißigste Stufe herum. Ein eisiger, feuchter Geruch, der ihr in Nase und Lunge stach und sie mit der Vorstellung einer kalten, weiten Fläche erfüllte.

Die Treppe endete schließlich an einer Tür am Rand einer riesigen rechteckigen Halle eines gewaltigen Saals, dessen sechzig Fuß hohes Dach auf einem wahren Wald von steinernen Säulen ruhte und dessen Boden nicht aus Stein bestand, sondern aus Wasser, das so kalt und still dalag, als wäre es Stein. Ringsherum an den Wänden stachen bleiche Balken Sonnenlichts in Gegenbewegung zu den Säulen nach unten und hinterließen Lichtpunkte auf dem Wasser. So würde der Rand des Bekkens zu einem vielfältigen Ereignis von Licht und Schatten, während die Mitte unbekanntes Terrain blieb, in tiefes Dunkel gehüllt.

Sabriel fühlte, wie Prüfstein ihre Schulter berührte, und dann hörte sie ihn flüstern: »Es ist ungefähr hüfttief. Versuche, so leise wie möglich hineinzugehen. Komm, ich übernehme deine Kerze.«

Sabriel nickte, überreichte ihm die Kerze, steckte ihr Schwert zurück in die Scheide und setzte sich auf die letzte Stufe, bevor sie sich langsam in das Wasser gleiten ließ.

Es war kalt, aber nicht unerträglich. Obwohl Sabriel bemüht war, so wenig Wellen wie möglich zu machen, ließ sich das doch nicht ganz verhindern: Kleine Wellen kräuselten sich silbrig funkelnd um sie herum, und ein ganz leises Plätschern war zu vernehmen. Ihre Füße berührten den Grund, und nur unvollkommen unterdrückte sie ein Japsen. Nicht wegen der Kälte, sondern weil sie plötzlich die zwei zerbrochenen Steine der Großen Charta wahrnahm. Es traf sie wie der überfallartige Ausbruch einer Magengrippe, mit Magenkrämpfen, Schweißausbrüchen und Schwindelgefühlen. Vornübergekrümmt krallte sie sich an der Stufe fest, bis die ersten Wellen stechenden Schmerzes einem dumpfen Druck wichen. Es war viel schlimmer als bei den geringeren, am Gespaltenen Gipfel und in Nestowe gebrochenen Steinen.

»Was hast du?« flüsterte Prüfstein.

»Ach... die gebrochenen Steine«, murmelte Sabriel. Sie holte tief Atem und verdrängte durch pure Willenskraft die Schmerzen und das Unbehagen. »Ich kann's aushalten. Paß auf, wenn du hineingehst.«

Sie zog ihr Schwert und nahm ihre Kerze zurück von Prüfstein, der sich dafür rüstete, ins Wasser zu gehen. Obwohl sie ihn vorgewarnt hatte, sah sie ihn zusammenzucken, als seine Füße den Grund berührten, und der Schweiß, der auf seine Stirn trat, spiegelte die Wellen wieder, die sich ringförmig um ihn ausdehnten.

Sabriel rechnete damit, daß Mogget aufgrund seiner Abneigung gegenüber Prüfstein auf ihre Schulter springen würde, aber zu ihrer Überraschung wählte er die Schulter des letzteren. Auch Prüfstein war darüber sichtlich verblüfft, aber er erholte sich gut von dem

Schreck. Mogget drapierte sich um Prüfsteins Nacken und miaute leise.

»Halt dich am Rand, wenn du kannst. Die Verderbnis – der Bruch – wird um so unangenehmere Nebenwirkungen haben, je näher man zur Mitte kommt.«

Sabriel hob ihr Schwert, um ihre Zustimmung zu bekunden, und watete voraus, immer dicht am linken Rand entlang, bemüht, die Oberflächenspannung des Wassers so wenig wie möglich zu brechen. Aber das leise Platschen, das die Bewegung der beiden Körper im Wasser auslöste, erschien gleichwohl sehr laut; es hallte von den Wänden wider und vereinte sich mit dem einzigen anderen Geräusch, das in der riesigen Zisterne zu vernehmen war – dem regelmäßigen *Plitsch-platsch* des von der Decke herabtropfenden und von den Säulen herunterrinnenden Wassers.

Sie konnte keine Toten spüren, aber sie war sich nicht sicher, wie sehr das auf den Einfluß der gebrochenen Steine zurückzuführen war. Sie ließen ihren Kopf schmerzen wie ein beständiges, zu lautes Geräusch. Ihr Magen krampfte sich zusammen; in ihrem Mund hatte sie den beißenden Geschmack von Galle.

Sie hatten gerade die nordwestliche Ecke erreicht und befanden sich genau unter einem der Lichtschächte, als das Licht plötzlich verschwand und schlagartig Dunkelheit eintrat, bis auf die winzigen Flammen ihrer Kerzen.

»Eine Wolke«, wisperte Prüfstein. »Sie wird vorüberziehen.«

Sie hielten den Atem an und starrten gebannt nach oben zu dem winzigen, verschwommenen Lichtfleck – und wurden belohnt, als gleich darauf Sonnenlicht durch die Öffnung in der Decke hereinflutete. Erleichtert wateten sie weiter, der langen West-Ost-Wand folgend. Aber die Erleichterung war nur von kurzer Dauer: Eine weitere Wolke schob sich vor die Sonne, irgendwo an der frischen Luft weit über ihnen, und wieder hielt Dunkelheit Einzug. Weitere Wolken folgten, bis schließlich nur noch kurze Augenblicke der Helligkeit kamen, unterbrochen von langen Phasen völliger Finsternis.

Das Bassin schien kälter ohne die Sonne, selbst einer Sonne, deren Kraft auf dem weiten Weg durch lange Lichtschächte bis tief in die Erde dahinschwand. Sabriel spürte die Kälte jetzt ganz stark; sie wurde begleitet von der plötzlich aufflammenden, unbegründeten Furcht, daß sie zu lange geblieben waren und wieder auftauchen würden in eine Nacht voller lebenshungriger Toter, die nur darauf warteten, ihre Gier nach Leben an ihnen zu stillen. Auch Prüfstein fühlte die Kälte, und er empfand sie als noch bitterer, aufgrund seiner Erinnerungen an jenen schrecklichen Abend vor zweihundert Jahren, als er in diesem selben Wasser gewatet war und mitansehen hatte müssen, wie die Königin und ihre zwei Töchter geopfert und die Großen Steine zerbrochen wurden. Damals hatte sich Blut auf dem Wasser ausgebreitet, und dieses Blut sah er immer noch – ein Anblick, der sich so tief in sein Gedächtnis eingebrannt hatte, daß er ihn niemals wieder vergessen würde.

Trotz dieser Ängste war es die Dunkelheit, die ihnen half. Sabriel sah ein Licht, ein schwaches Leuchten zu ihrer Rechten, irgendwo zur Mitte des Beckens hin. Sie schirmte die Augen gegen den Schein der Kerze ab und wies Prüfstein auf die Lichterscheinung hin.

»Da ist etwas«, pflichtete er ihr bei. Seine Stimme war so leise, daß Sabriel sie kaum hörte. »Aber es ist mindestens vierzig Schritt zur Beckenmitte hin.«

Sabriel antwortete nicht. Sie hatte etwas gefühlt, das von dem schwachen Licht ausging, etwas, das der Empfindung ähnelte, die sie im Nacken wahrgenommen hatte, wenn die Entsendung ihres Vaters sie in der Schule besucht hatte. Sie löste sich vom Rande des Bekkens und watete auf die Mitte zu, eine V-förmige Bahn von Wellen hinter sich her ziehend. Prüfstein schaute noch einmal, dann folgte er ihr, tapfer gegen den Brechreiz ankämpfend, der in Wellen in ihm hochstieg, so als hätte ihm jemand ein Brechmittel eingeflößt. Auch war ihm schwindelig, und er konnte seine Füße nicht mehr richtig fühlen.

Sie wateten etwa dreißig Schritte zur Beckenmitte hin. Die Schmerzen und das Würgegefühl wurden immer schlimmer. Dann blieb Sabriel plötzlich stehen. Prüfstein hob sein Schwert und die Kerze und hielt nach einem etwaigen Angreifer Ausschau. Aber es war niemand zu sehen. Das glänzende Licht kam von einem Schutzdiamanten. Die vier Kardinalmarkierungen leuchteten unter Wasser; zwischen ihnen funkelten Kraftlinien.

In der Mitte des Diamanten stand eine männliche Gestalt, die leeren Hände ausgestreckt, so als hätten sie einst Waffen gehalten. Reif bedeckte die Kleider und das Antlitz des Mannes und trübte seine Gesichtszüge, und Eis umgürtete seine Körpermitte. Aber Sabriel hatte keinen Zweifel daran, wer er war.

»Vater!« flüsterte sie, und ihre Stimme hallte über das dunkle Wasser und vereinigte sich mit dem allgegenwärtigen Tropfgeräusch.

Kapitel Einundzwanzig

Der Diamant ist vollständig«, sagte Prüfstein. »Wir werden ihn nicht von der Stelle bewegen können.«

»Ja, ich weiß«, erwiderte Sabriel. Die Erleichterung, die sie beim Anblick ihres Vaters erfüllt hatte, begann abzuebben und der Übelkeit Platz zu machen, die von den zerborstenen Steinen ausgelöst wurde. »Ich glaube ... ich glaube, ich muß von hier aus in den Tod gehen und seinen Geist zurückholen.«

»Was!« schrie Prüfstein. Dann, leiser, als das Echo seiner Stimme dutzendfach widerhallte: »Von hier aus?«

»Wenn wir einen eigenen Schutzdiamanten legen ...« fuhr Sabriel fort, laut denkend. »Einen großen, der sowohl uns als auch Vaters Diamanten umschließt – das dürfte die größte Gefahr in Schach halten.«

»Die größte Gefahr«, sagte Prüfstein grimmig, während er den Blick um sich herum schweifen ließ, angestrengt bemüht, über die engen Grenzen des Lichtkegels ihrer Kerze hinaus zu spähen. »Er wird uns aber auch hier fesseln – selbst wenn wir ihn legen können, so nahe bei den zerbrochenen Steinen. Ich für mein Teil weiß jedenfalls, daß ich es in meiner jetzigen Verfassung nicht allein bewerkstelligen würde.«

»Wir müßten unsere Kräfte vereinen können. Und wenn du und Mogget dann Wache haltet, während ich im Tode bin, sollte es uns gelingen.«

»Was meinst du, Mogget?« fragte Prüfstein, wobei er

den Kopf wandte, so daß seine Wange das kleine Tier auf seiner Schulter berührte.

»Ich habe meine eigenen Sorgen«, grummelte Mogget. »Und ich vermute, daß das hier eine Falle ist. Aber da wir nun schon einmal hier sind und der... Abhorsen Emeritus, wenn ich ihn mal so nennen darf, am Leben zu sein scheint, denke ich, bleibt uns wohl nicht viel anderes übrig, als es zu versuchen.«

»Es gefällt mir nicht«, flüsterte Prüfstein. Allein so dicht bei den zerborstenen Steinen zu stehen erforderte schon den größten Teil seiner Kraft. Daß Sabriel in den Tod hinüberwechseln sollte, erschien ihm als der helle Wahnsinn, als Herausforderung des Schicksals. Wer wußte, was im Tode auf sie lauerte, nahe bei dem leichten Zugang, den die zerborstenen Steine schufen. Und wer wußte, was überhaupt in dem Becken oder in seiner Nähe lauerte?

Sabriel antwortete nicht. Sie watete noch ein Stück näher an den Schutzdiamanten ihres Vaters heran und studierte die Kardinalmarkierungen unter dem Wasser. Prüfstein folgte ihr widerstrebend. Er zwang seine Beine dazu, kurze Schritte zu machen, um so wenig Geräusche wie möglich zu erzeugen.

Sabriel blies ihre Kerze aus, schob sie in ihren Gürtel und streckte die geöffnete Hand aus.

»Steck dein Schwert weg und gib mir deine Hand«, befahl sie in einem Ton, der keinen Widerspruch zuließ. Prüfstein zögerte – seine Linke hielt nur eine Kerze, und er wollte nicht beide Schwerter in der Scheide stecken haben –, doch dann gehorchte er. Ihre Hand war kalt, kälter als das Wasser. Unwillkürlich griff er ein wenig fester zu, um ihr etwas von seiner Wärme abzugeben.

»Mogget, du hältst Wache«, wies Sabriel die Katze an.

Sie schloß die Augen und begann die Ost-Markierung zu visualisieren, das erste der vier Kardinal-Charta-Zeichen. Prüfstein schaute sich noch einmal kurz um, bevor auch er die Augen schloß, mitgezogen von der reinen Kraft von Sabriels Beschwörung.

Schmerz schoß ihm durch Hand und Arm, als er seinen Willen mit dem Sabriels vereinte. Das Zeichen schien verschwommen und verzerrt in seinem Kopf, und es erschien ihm unmöglich, es scharf zu bekommen. Das Prickeln und Kribbeln wie von tausend Nadeln, das er schon vorher in den Füßen gespürt hatte, kroch langsam an den Waden herauf, bis in die Oberschenkel, gefolgt von Wellen stechenden, rheumatischen Schmerzes. Doch er blockte die Schmerzen ab und verengte sein Bewußtsein auf ein einziges Ziel: die Erschaffung eines Schutzdiamanten.

Schließlich floß die Ost-Markierung an Sabriels Klinge herunter und schlug im Boden des Bassins Wurzeln. Ohne die Augen zu öffnen wandten sich die beiden nach Süden um, die nächste Markierung zu legen.

Dies erwies sich als ein noch schwierigeres Unterfangen, und beide schwitzten und zitterten heftig, als das Zeichen endlich zu lodern begann. Sabriels Hand fühlte sich jetzt heiß und fiebrig an, und Prüfstein schwankte heftig zwischen Schweißausbrüchen und Schüttelfrost hin und her. Eine furchtbare Woge von Ekel und Brechreiz erfaßte und schüttelte ihn, und er hätte sich übergeben, hätte nicht Sabriel seine Hand gepackt wie ein Falke seine Beute und ihm ihre Kraft geliehen. Er würgte ein paarmal heftig, dann fing er sich wieder.

Die West-Markierung war schlicht eine Ausdauerübung. Sabriel verlor für einen Moment die Konzentration, und Prüfstein mußte einspringen, um das Zeichen für ein paar Sekunden alleine zu halten. Die Anstrengung machte ihn schwindelig auf die denkbar unangenehmste Weise: Die Welt kreiste wie wild in seinem Kopf, einem Karussell gleich, das völlig aus den Fugen geraten zu sein schien. Doch im letzten Moment fing Sabriel sich wieder, und die West-Markierung erglomm auf dem Grunde des Beckens. Die pure Kraft der Verzweiflung schenkte ihnen die Nord-Markierung. Sie rangen mit ihr scheinbar Stunden – doch in Wirklichkeit waren es nur Sekunden – bis es sich ihnen fast entwand, ungeformt. Doch in dem Moment warf Sabriel all die Kraft ihres Sehnens nach der Befreiung ihres Vaters in die Waagschale, und Prüfstein drückte mit der Wucht von zweihundert Jahren der Schuld und des Grams.

Das Nord-Zeichen rollte funkelnd an der Klinge herunter und schwoll zu gleißendem Glanz, einem Glanz, der gleich darauf durch das Wasser gedämpft wurde. Linien von Charta-Feuer flossen von ihm zum Ost-Zeichen, vom Ost-Zeichen zum Süd-Zeichen, vom Süd-Zeichen zum West-Zeichen und von dort zum Nord-Zeichen. Der Diamant war vollständig.

Sofort spürten sie ein deutliches Nachlassen der schrecklichen Präsenz der zerborstenen Steine. Der stechende Schmerz in Sabriels Kopf ließ nach; in Prüfsteins Beine und Füße kehrte vertrautes Gefühl zurück. Mogget rührte und reckte sich; die erste wahrnehmbare Bewegung, die er machte, seit er sich um Prüfsteins Hals geschmiegt hatte.

»Ein guter Wurf«, sagte Sabriel leise, während sie in erschöpftem Wohlgefallen aus halbgeschlossenen Lidern auf die funkelnden Linien auf dem Grunde des Beckens blickte. »Besser als der letzte, den ich gelegt habe.«

»Ich weiß nicht, wie wir das geschafft haben«, murmelte Prüfstein, auf die gleißenden Linien aus Charta-Feuer hinunterstarrend. Ihm wurde plötzlich bewußt, daß er immer noch Sabriels Hand hielt und dastand wie ein betagter Reisigsammler unter der Last einer schweren Kiepe. Er richtete sich jählings auf und ließ ihre Hand los, als wäre sie der Kopf einer Giftschlange.

Sie sah ihn ziemlich verdutzt an, und er ertappte sich dabei, daß er den Widerschein seiner Kerzenflamme in ihren dunklen Augen anstarrte. Wohl zum ersten Mal schaute er sie wirklich an. Er sah die Erschöpfung in ihren Augen, die beginnenden Sorgenfalten und die Traurigkeit um ihre Mundwinkel herum. Ihre Nase war immer noch geschwollen, und auf ihren Wangenknochen waren blaue Flecken. Und… sie war schön. In diesem Moment wurde Prüfstein bewußt, daß er sie bisher nur in ihrer Rolle als Abhorsen wahrgenommen hatte, nicht als Frau…

»Ich sollte jetzt besser gehen«, sagte Sabriel. Prüfsteins Starren machte sie verlegen. Ihre linke Hand ging zum Glockenbandelier; ihre Finger tasteten nach den Gurten, die Saraneth hielten.

»Laß mich dir helfen«, sagte Prüfstein. Er beugte sich zu ihr hinüber und nestelte an dem steifen Leder. Seine Hände waren noch immer geschwächt von der Anstrengung, die ihn das Errichten des Schutzdiamanten gekostet hatte. Sabriel schaute hinunter auf sein Haar – und fühlte sich auf seltsame Weise versucht, die Mitte seines Kopfes zu küssen, einen winzigen Wirbel, von dem aus seine dichten braunen Locken nach außen fielen. Aber sie tat es nicht. Der Riemen löste sich, und Prüfstein trat zurück.

»Für euch wird es wahrscheinlich nicht lange dauern«, sagte sie. »Die Zeit bewegt sich seltsam im Tod. Wenn… wenn ich in zwei Stunden nicht zurück bin, dann bin ich wahrscheinlich… dann sitze ich wahrscheinlich auch in der Falle, und dann solltet ihr möglichst schnell von hier verschwinden…«

»Ich werde warten«, erwiderte Prüfstein in entschiedenem Ton. »Wer weiß schon, wie spät es überhaupt hier unten ist?«

»Dann werde ich wohl auch warten«, fügte Mogget hinzu. »Es sei denn, ich wollte schwimmend hier raus kommen. Was ich nicht tue. Möge die Charta mit dir sein, Sabriel.«

»Und mit euch«, sagte Sabriel. Sie ließ den Blick über die dunkle Weite des Beckens schweifen. Sie spürte immer noch keinen der Toten – und doch...

»Wir werden sie auch bitter nötig haben«, erwiderte Mogget säuerlich. »So oder so.«

»Hoffentlich nicht«, flüsterte Sabriel. Sie faßte noch einmal in den Beutel an ihrem Gürtel, um zu überprüfen, ob die kleinen Dinge, die sie in den ›Drei Zitronen‹ vorbereitet hatte, an Ort und Stelle waren, dann wandte sie sich dem Nord-Zeichen zu und begann ihr Schwert zu heben, begann mit ihren Vorbereitungen zum Eintritt in den Tod.

Plötzlich planschte Prüfstein vorwärts und gab ihr einen Kuß auf die Wange – einen tolpatschigen, spitzmündigen kleinen Kuß, der fast den Rand ihres Helms traf anstatt ihre Wange.

»Viel Glück«, sagte Prüfstein unruhig. »Sabriel.«

Sie lächelte, nickte zweimal, dann blickte sie zurück nach Norden. Ihr Blick konzentrierte sich auf etwas, das nicht da war, und Wellen von kalter Luft wogten ringförmig von ihrer regungslosen Gestalt aus. Eine Sekunde später begannen Eiskristalle knisternd aus ihrem Haar zu rieseln, und Frost lief in dünnen Linien an ihrem Schwert und ihrer Glocke entlang.

Prüfstein stand bei ihr und schaute zu, bis es zu kalt wurde, dann trat er bis zum südlichen Scheitelpunkt des Diamanten zurück. Er zog eines seiner Schwerter, wandte sich nach außen, hielt die Kerze hoch und begann innerhalb der Linien aus Charta-Feuer um den Diamanten herumzuwaten, als schreite er die Zinnen einer Burg ab. Auch Mogget schaute von seiner Schulter aus zu. Seine grünen Augen leuchteten mit ihrem eigenen inneren Licht. Beide wandten sich mehrmals um, um nach Sabriel zu schauen.

Das Hinüberwechseln in den Tod geriet leicht – viel zu leicht – durch die Präsenz der zerborstenen Steine. Sabriel spürte sie in ihrer Nähe, zwei gähnenden Toren gleich, die leichten Zutritt zum Leben für jeden Toten in der Nähe verhießen. Zum Glück verschwand die andere Wirkung der Steine – die Übelkeit – im Tode. Es gab nur noch die Kälte und die reißende Strömung des Flusses.

Sabriel stapfte sofort vorwärts, sorgfältig die graue Weite vor ihr abschätzend. Am Rande ihres Gesichtsfeldes nahm sie Bewegung wahr, und sie vernahm auch Bewegung in den kalten Wassern. Aber es kam nichts auf sie zu, und nichts griff an; alles, was sie behelligte, war das unaufhörliche Zerren der Strömung an ihren Waden.

Sie kam ans Erste Tor und hielt unmittelbar hinter der Wand aus Dunst, die sich nach beiden Seiten erstreckte, soweit das Auge reichte. Hinter diesem Dunstschleier toste der Fluß, schoß in turbulenten Stromschnellen durch den Zweiten Präzinkt und weiter zum Zweiten Tor.

Aus der Erinnerung zitierte Sabriel Worte der Macht aus dem *Buch der Toten.* Freimagie-Worte, die ihren Mund erbeben machten, während sie sprach, die an ihren Zähnen rüttelten und ihr mit roher Gewalt die Zunge verbrannten.

Der Dunstvorhang teilte sich und gab den Blick auf eine Reihe von Wasserfällen frei, die sich in eine unendliche Schwärze zu ergießen schienen. Sabriel sprach weitere Worte der Macht und beschrieb mit ihrem Schwert eine Geste nach links und nach rechts. Ein Pfad tat sich auf, der den Wasserfall teilte wie ein Finger, der durch weiche Butter fuhr. Sabriel betrat diesen Pfad und folgte ihm. Die zu beiden Seiten herniederdonnernden Wassermassen vermochten ihr nichts anzuhaben. Der Dunstschleier hinter ihr holte sie ein, und als sie den hinteren Absatz hob, um den nächsten Schritt zu tun, verschwand der Pfad.

Der Zweite Präzinkt war gefährlicher als der Erste. Es gab dort tiefe Löcher, und die Strömung war noch stärker als im Ersten. Auch das Licht war schlechter. Zwar war noch nicht die völlige Finsternis erreicht, wie es vor den Wasserfällen den Anschein gehabt hatte, aber das Grau hatte eine andere Qualität bekommen, eine Verschwommenheit, die es fast unmöglich machte, die Hand vor den eigenen Augen zu erkennen.

Sabriel ging vorsichtig weiter, mit dem Schwert den Boden vor ihr abklopfend. Sie wußte, daß es einen bequemen Weg gab, einen Pfad, der von vielen Schwarzkünstlern und nicht wenigen Abhorsens verzeichnet und abgesteckt worden war, aber sie traute ihrem Gedächtnis nicht und mochte es nicht wagen, hurtig voranzuschreiten.

Währenddessen fahndeten ihre Sinne fortwährend nach dem Geist ihres Vaters. Er war irgendwo im Tode, dessen war sie sich ganz sicher. Es war immer eine schwache Spur von ihm vorhanden, eine haftende Erinnerung. Aber er war nicht so nahe am Leben. Sie würde noch weiter gehen müssen.

Das Zweite Tor war im wesentlichen ein riesiges gähnendes Loch von mindestens zweihundert Schritten Breite, in das der Fluß sich ergoß wie Wasser, das in einem Abfluß verschwindet. Doch anders als bei einem gewöhnlichen Abfluß herrschte hier eine unheimliche Stille, und bei den schwierigen Lichtverhältnissen mußte sie höllisch aufpassen, wollte sie nicht zu nah an den Rand des Schlundes geraten. Sabriel war bei diesem Tor immer besonders behutsam – sie hatte schon in jungen Jahren gelernt, das Zerren der Strömung an ihren Waden rechtzeitig zu erfühlen. Sie blieb sofort stehen, als das Zerren begann, und versuchte, sich auf den lautlos tosenden Strudel zu konzentrieren.

Ein leises Glucksen hinter ihr ließ sie herumfahren. Mit ihr herum wirbelte ihr am ausgestreckten Arm gehaltenes Schwert, ein großer Kreis charta-magischen Stahles. Es biß in Totes Geist-Fleisch. Funken stoben, ein gellender Schrei der Wut und des Schmerzes durchdrang die Stille. Sabriel prallte fast zurück vor dem Schrei, aber sie behauptete ihre Stellung. Das Zweite Tor war zu nah.

Das Ding, das sie getroffen hatte, wich zurück; sein Haupt hing an einem fast zur Gänze durchtrennten Hals. Es war von menschenähnlicher Gestalt, auf den ersten Blick zumindest, doch seine Arme gingen über die Knie hinaus und hingen in den Fluß. Der Kopf, der jetzt nur mehr durch einen dünnen Strang Fleisches mit der Schulter verbunden war, war länger als er breit oder hoch war und besaß ein Maul mit mehreren Zahnreihen. In seinen Augenhöhlen loderten glühende Kohlen, ein Charakteristikum der Tieftoten von jenseits des Fünften Tores.

Mit einem wütenden Schnarren zog es seine langen, spindeldürren Finger aus dem Wasser und versuchte, seinen Kopf wieder zurechtzurücken.

Sabriel ließ ihr Schwert erneut kreisen, und der Kopf flog mitsamt einer Hand herunter und fiel mit einem Platschen in den Fluß. Beide Körperteile tanzten für einen Moment auf der Wasseroberfläche; das Maul jaulte, aus den Augenhöhlen loderte sengender Haß. Dann wurden sie hinuntergesogen, hinunter in den brodelnden Strudel des Zweiten Tores.

Der enthauptete Körper verharrte noch für eine Sekunde an Ort und Stelle, dann wich er mit vorsichtig tastenden Schritten zur Seite, wobei die ihm verbliebene Hand hilflos in der Luft herumfuchtelte. Sabriel beobachtete ihn wachsam und rang mit sich, ob sie ihn mit Hilfe Saraneths an ihren Willen binden und ihn dann mit Kibeth in den endgültigen Tod senden sollte. Doch das Läuten der Glocken würde alles Tote bis mindestens zum Dritten Tor aufschrecken – und das wollte sie nicht.

Das kopflose Wesen tat noch einen Schritt und fiel dann seitwärts in ein tiefes Loch. Dort krabbelte es noch einen Augenblick herum und peitschte mit seinen langen Armen das Wasser, vermochte sich aber nicht aufzurichten und aus dem Wasser zu ziehen. Im Gegenteil: durch sein Geruder und Gezappel geriet es in die Mitte der Strömung, die es erfaßte und mit sich riß in den Strudel des Tores.

Einmal mehr rezitierte Sabriel Worte Freimagischer Kraft, Worte, die sie sich lange zuvor aus dem *Buch der Toten* eingeprägt hatte. Die Worte flossen aus ihr heraus und warfen Blasen auf ihren Lippen: eine seltsame Hitze an dieser Stätte eisiger Kälte.

Mit den Worten stockten die Wasser des Zweiten Tores und kamen zum Stillstand. Der wirbelnde Schlund teilte sich zu einem langen spiralförmigen Pfad, der sich abwärts wand. Sabriel warf noch einmal einen prüfenden Blick nach links und nach rechts und schritt dann den Pfad hinunter. Hinter und über ihr begann das Wasser wieder zu wirbeln.

Der spiralförmige Pfad sah sehr lang aus, und doch schienen nur wenige Minuten vergangen, als Sabriel den Grund des Strudels durchschritt und in den Dritten Präzinkt trat.

Dies war ein trügerischer Ort. Das Wasser hier war seicht, lediglich knöcheltief, und etwas wärmer. Auch das Licht war besser, immer noch grau zwar, aber die Sicht war etwas besser. Selbst die allgegenwärtige Strömung war nicht mehr als ein sanftes Kitzeln an den Füßen.

Aber der Dritte Präzinkt wartete mit einer ganz besonderen Tücke auf: mit reißenden Flutwellen! Zum ersten Mal fiel Sabriel in Laufschritt. Sie nahm die Beine in die Hand und sprintete so schnell sie konnte zum Dritten Tor, das gerade noch in der Ferne sichtbar war. Es war wie das Erste Tor: ein Wasserfall, der sich hinter einem Dunstschleier verbarg.

Hinter sich hörte Sabriel das donnernde Krachen, das das Heranrasen der Welle ankündigte, die von demselben Bannspruch gezügelt worden war, der ihr sicheres Geleit durch den Strudel verschafft hatte. Mit der Welle kamen schrille Schreie. Offenbar waren viele Tote in der Nähe, aber Sabriel verschwendete keinen Gedanken an sie. Nichts und niemand konnte den Wellen des Dritten Präzinktes standhalten. Es gab nur eine Möglichkeit: rennen, so schnell einen die Beine trugen, und hoffen, daß man das nächste Tor erreichte, in welche Richtung auch immer man rannte.

Das Donnern und Krachen schwoll an, und die gellenden Schreie gingen einer nach dem andern in dem gewaltigen Tosen unter. Sabriel wandte sich nicht um, sondern rannte nur noch um so schneller. Ein Blick über die Schulter würde sie einen Sekundenbruchteil kosten, und dieser Sekundenbruchteil konnte genügen, daß die Woge sie erreichte und mit sich durch das Dritte Tor riß – als lebloses Treibgut für die reißende Strömung dahinter...

Prüfstein starrte über den südlichen Scheitelpunkt des Diamanten hinaus und lauschte. Er war sicher, etwas gehört zu haben. Etwas, das lauter war als das beständige Tropfen und Plätschern, und langsamer, als sei es um größtmögliche Verstohlenheit bemüht. Er wußte, daß auch Mogget es gehört hatte: deutlich spürte er, wie die Tatzen der Katze auf seiner Schulter sich plötzlich spannten.

»Kannst du irgend etwas sehen?« flüsterte er, angestrengt in die Dunkelheit spähend. Noch immer hielten Wolken das Licht von den Sonnenschächten ab, wenngleich die Sonnenlichtphasen inzwischen wieder etwas länger geworden waren. Doch wie auch immer, sie waren ohnehin viel zu weit vom Rande des Beckens entfernt, als daß sie von einer plötzlichen Rückkehr der Sonne hätten profitieren können.

»Ja«, flüsterte Mogget. »Die Toten. Es sind ganz viele. Sie kommen über die südliche Haupttreppe. Sie stellen sich auf beiden Seiten der Tür zu einer Reihe auf, an den Wänden des Beckens.«

Prüfstein schaute zu Sabriel, die jetzt vollkommen mit Reif bedeckt war und einer Statue im Winter ähnelte. Er verspürte den dringenden Wunsch, an ihren Schultern zu rütteln und um Hilfe zu schreien…

»Welche Art von Toten sind es?« fragte er. Er wußte nicht viel über die Toten, nur daß Schattenhände die schlimmsten Exemplare der üblichen Spielart waren und Mordikants – wie das, das Sabriel gefolgt war – die allerschlimmsten überhaupt waren. Außer dem, was Rogir geworden war. Kerrigor, der Tote Adept…

»Hände«, murmelte Mogget. »Allesamt Hände – und ziemlich angefaulte dazu. Sie fallen praktisch schon im Gehen auseinander.«

Prüfstein starrte erneut hin, als könne er das Dunkel durch reine Willenskraft durchdringen, aber da war nichts, nur undurchdringliche Finsternis. Aber hören konnte er sie, wie sie mit leisem Platschen durch das stille Wasser wateten. Zu still für seinen Geschmack! Ein Gedanke schoß ihm durch den Kopf: hatte das Becken einen Abfluß und einen Stopfen? Er verwarf den Gedanken sogleich wieder als töricht. Ein solcher Stopfen oder Verschluß wäre längst festgerostet.

»Was tun sie?« fragte er bange und tastete nach seinem Schwert. Seine Linke schien die Kerze fest und ruhig zu halten, aber als er hinschaute, sah er, daß die kleine Flamme flackerte: ein sicheres Zeichen, daß er zitterte.

»Sie stellen sich in Reihe und Glied an den Wänden auf«, flüsterte Mogget zurück. »Merkwürdig – fast wie eine Ehrengarde...«

»Die Charta bewahre uns«, krächzte Prüfstein, von Grauen erfüllt. »Rogir... Kerrigor. Er muß hier sein... und er naht...«

Kapitel Zweiundzwanzig

Sabriel erreichte das Dritte Tor gerade noch vor der Welle. Im Laufen haspelte sie einen Freimagie-Spruch herunter. Sie fühlte, wie er in ihr hoch und aus ihrem Munde quoll und ihr als beißender Qualm in die Nase stach. Der Spruch teilte den Dunstvorhang, und Sabriel trat ein. Die Welle brach sich um sie herum, ohne ihr etwas anhaben zu können, und schleuderte ihre Fracht – zahllose Tote – in den Wasserfall hinter dem Tor. Sabriel wartete noch einen Moment, bis der Pfad sich vor ihr auftat, dann trat sie durch das Tor – in den Vierten Präzinkt.

Dieser Bereich war vergleichsweise leicht zu durchqueren. Die Strömung war zwar stark, aber berechenbar. Es gab dort nur wenige Tote, waren doch die meisten von ihnen durch die Welle des Dritten Präzinktes betäubt oder zerschmettert worden. Sabriel schritt hurtig voran. Mit der Kraft ihres Willens unterdrückte sie die beißende Kälte und die zerrenden Hände der Strömung. Sie spürte den Geist ihres Vaters jetzt ganz in der Nähe, als wäre er in einem Zimmer eines großen Hauses und sie in einem andern, so als spüre sie ihn anhand leiser Geräusche auf. Er war entweder hier im Vierten Präzinkt oder hinter dem Vierten Tor, im Fünften Präzinkt.

Sie beschleunigte ihren Schritt ein wenig, beseelt von dem Wunsch, ihn zu finden, mit ihm zu sprechen, ihn zu befreien. Sie wußte, alles würde gut werden, wenn ihr Vater erst wieder frei wäre…

Aber er war nicht im Vierten Präzinkt. Sabriel erreichte das Vierte Tor, ohne eine Verstärkung seiner Gegenwart zu spüren. Dieses Tor war ein weiterer Wasserfall – eine Art Wasserfall jedenfalls –, aber es war nicht von einem Dunstschleier verhüllt. Es sah aus, als ströme Wasser von der Oberkante eines Wehres, nicht tiefer als ein paar Fuß vielleicht. Aber Sabriel wußte, wenn man sich der Kante näherte, entwickelte das herabstürzende Wasser genügend Kraft, um selbst den stärksten Geist mit sich hinunterzuziehen.

Sie blieb daher in gebührendem Abstand vor der Kante stehen und wollte gerade zu dem Spruch ansetzen, der ihr den Weg durch das Tor ebnen würde, als ein plötzliches Gefühl in ihrem Hinterkopf sie innehalten und herumfahren ließ.

Der Wasserfall dehnte sich zu beiden Seiten, soweit das Auge blicken konnte, und Sabriel wußte, wenn sie so töricht wäre, den Versuch zu unternehmen, seine gesamte Länge abzuschreiten, wäre das eine Reise ins Unendliche. Vielleicht führte er irgendwann ja tatsächlich auf sich selbst zurück, aber da es keine Marksteine, Sterne oder andere Fixpunkte gab, anhand derer man seine Position hätte ermitteln können, konnte man nie wissen, wo man schlußendlich herauskommen würde. Niemand schritt jemals die gesamte Breite eines Tores oder eines Präzinktes ab. Was hätte das auch für einen Sinn? Jeder ging in den Tod oder kam aus ihm heraus. Nicht seitlich, außer an der Grenze zum Leben, wo das Seitwärtsgehen einen Einfluß darauf hatte, wo man herauskam; aber das war nur sinnvoll für Geistformen oder für seltene Wesen wie das Mordikant, die ihre physische Gestalt mitnahmen.

Trotzdem verspürte Sabriel einen starken Drang, bis dicht an das Tor heranzugehen, dann auf dem Absatz eine Vierteldrehung zu machen und der Linie des Wasserfalls zu folgen. Es war ein unbekannter, unbeschreibbarer Drang, und das bereitete ihr Unbehagen. Es gab noch andere Dinge im Tod als die Toten – unerklärliche Freimagie-Wesen, fremdartige Konstrukte und unbegreifliche Kräfte. Dieser Drang – dieser Ruf – konnte durchaus von einem von ihnen kommen.

Sie zauderte, dachte noch einmal darüber nach, und schritt dann kurzentschlossen ins Wasser, einen Kurs parallel zum Wasserfall einschlagend. Es konnte der Ruf eines Freimagie-Konstruktes sein, es konnte aber auch in irgendeinem Zusammenhange mit dem Geist ihres Vaters stehen.

»Sie kommen jetzt auch über die Ost- und die Westtreppe«, sagte Mogget. »Allesamt Hände.«

»Was ist mit dem Süden – wo wir hereingekommen sind?« fragte Prüfstein, aufgeregt von einer Seite zur anderen spähend, die Ohren gespitzt, um nur ja jeden Laut zu hören. Doch alles, was er hörte, war das leise Platschen, mit dem die Toten in das Becken wateten, um ihre seltsame Aufstellung in Reih und Glied zu nehmen.

»Von dort kommen sie noch nicht«, antwortete Mogget. »Die Treppe dort endet im Sonnenlicht, erinnerst du dich? Dazu müßten sie durch den Park gehen.«

»Viel Sonnenlicht kann dort nicht mehr sein«, murmelte Prüfstein mit einem prüfendem Blick zu den Lichtschächten. Etwas Sonnenlicht kam zwar immer noch durch, stark von Wolken gefiltert, aber es war nicht genug, um die Toten im Becken in irgendwelche Bedrängnis zu bringen oder Prüfstein zuversichtlich zu stimmen.

»Wann… wann, glaubst du, wird er kommen?« fragte er Mogget. Der brauchte nicht erst zu fragen, wer mit ›er‹ gemeint war.

»Bald«, antwortete die Katze nüchtern. »Ich habe ja immer gesagt, es ist eine Falle.«

»Und wie kommen wir da wieder hinaus?« fragte Prüfstein, bemüht, seiner Stimme einen einigermaßen ruhigen Klang zu verleihen. Er kämpfte gegen den starken Drang an, den Schutzdiamanten zu verlassen und zur Südtreppe zu stürmen, durch das Wasser zu pflügen wie ein durchgegangenes Pferd, ohne Rücksicht auf den Lärm, den er damit verursachen würde – aber da stand Sabriel, reifüberzogen, starr und unbeweglich...

»Ich bin nicht sicher, ob wir das schaffen«, erwiderte Mogget mit einem Seitenblick auf die beiden frostigen Statuen in der Nähe. »Es hängt von Sabriel und ihrem Vater ab.«

»Was können wir tun?«

»Uns verteidigen, falls wir angegriffen werden«, sagte Mogget belästigt, als erkläre er einem kleinen Kind das Offensichtliche. »Hoffen. Zur Charta beten, daß Kerrigor nicht kommt, bevor Sabriel zurückkehrt.«

»Und wenn er doch vorher kommt?« fragte Prüfstein, mit weit aufgerissenen Augen in die Dunkelheit starrend. »Und wenn er doch vorher kommt?«

Aber Mogget gab keine Antwort. Das einzige, was Prüfstein hörte, war das Schlurfen, Waten, Platschen der Toten, als sie näherkamen, halb verhungerten Ratten gleich, die sich langsam an die Essensreste eines Betrunkenen heranpirschen.

Sabriel hatte keine Ahnung, wie weit sie gegangen war, als sie ihn fand. Das gleiche zupfende Gefühl wie schon zuvor ließ sie innehalten, in den Wasserfall selbst hineinschauen – und da war er. Abhorsen. Vater. Irgendwie gefangen im Tor selbst, so daß nur sein Kopf aus dem Wasser herausragte.

»Vater!« schrie Sabriel, aber sie widerstand dem Drang, vorwärtszustürmen. Zuerst glaubte sie, er habe sie nicht wahrgenommen, doch dann zeigte ihr ein leichtes Augenzwinkern, daß er bei Bewußtsein war und sie erkannt hatte. Er zwinkerte erneut und drehte die Augäpfel mehrmals nach rechts.

Sabriel folgte seinem Blick und sah etwas Großes, Schattenhaftes aus dem Wasserfall auftauchen. Seine langen Arme reckten sich nach oben, um sich aus dem Tor herauszuziehen. Sabriel trat vor, Schwert und Glocke bereit haltend, doch dann zögerte sie. Es war eine Tote humanoide Kreatur, die in Gestalt und Größe jener ähnelte, die die Glocken und das Schwert zum Wyverley College gebracht hatte. Sabriel blickte wieder zu ihrem Vater. Der zwinkerte abermals, und seine Mundwinkel kräuselten sich zu einem Lächeln.

Sabriel trat einen Schritt zurück, immer noch argwöhnisch. Es war nicht auszuschließen, daß der im Wasserfall gefangene Geist lediglich eine Nachahmung ihres Vaters war, oder daß, selbst wenn er es wirklich war, er unter dem Einfluß irgendeiner Macht stand.

Die Tote Kreatur stemmte sich schließlich heraus. Die Muskeln an ihren Unterarmen, bemerkte Sabriel, waren anders angeordnet als bei einem Menschen. Das Wesen verharrte für einen Moment am Rande des Wasserfalles, den massigen Kopf forschend nach links und nach rechts wendend, und kam dann langsam auf Sabriel zu, mit dem vertrauten schlingernden Gang. Mehrere Schritte vor ihr – außerhalb der Reichweite ihres Schwertes – blieb es stehen und deutete auf seinen Mund. Seine Kinnlade bewegte sich, aber kein Laut kam aus seinem roten, fleischigen Maul. Ein schwarzer Faden lief an seinem Rücken herunter und verschwand im tosenden Wasser des Tores.

Sabriel überlegte einen Moment, dann steckte sie Saraneth wieder ein und zog Dyrim. Sie krümmte das Handgelenk, um die Glocke zu läuten, zögerte – denn der Klang Dyrims würde alle Toten in der Umgebung aufscheuchen – und läutete. Dyrim erscholl, süß und klar, und die vielen Töne, die aus diesem einen Glokkenschlag gleichzeitig hervorgingen, vermengten sich wie zahllose Unterhaltungen, die man in einer Menschenmenge mithört.

Bevor das Echo verhallte, läutete Sabriel die Glocke erneut, diesmal mehrere Male kurz hintereinander, und lenkte den Klang zu der Toten Kreatur, ihn mit dem Echo des ersten Läutens gleichsam verwebend. Klang hüllte das Monstrum ein, kreiste um seinen Kopf und sein stummes Maul.

Das Echo verklang und erstarb. Sabriel steckte Dyrim hurtig wieder ein, bevor sie versuchen konnte, von selbst zu ertönen, und zückte Ranna. Die Schlafbringerin vermochte eine große Zahl von Toten auf einen Schlag zu besänftigen, und Sabriel fürchtete, daß viele vom Klang der Glocken angelockt worden waren. Sie würden wahrscheinlich erwarten, einen törichten, schlecht ausgebildeten Schwarzkünstler vorzufinden, doch würden sie gleichwohl gefährlich sein. Ranna zuckte erwartungsvoll in ihrer Hand, wie ein Kind, das auf ihre Berührung hin erwachte.

Der Mund der Kreatur bewegte sich erneut, und jetzt kam eine Zunge hervor, eine abstoßende, klumpige Abscheulichkeit aus weißem Fleisch, die sich wand wie eine Schlange. Aber sie konnte sprechen. Das Wesen gab mehrere gurgelnde, schmatzende Laute von sich, dann sprach es mit der Stimme Abhorsens.

»Sabriel! Ich habe gleichzeitig gehofft und befürchtet, daß du kämest.«

»Vater…«, begann Sabriel, den Blick von der Kreatur auf Abhorsens gefangenen Geist wendend. »Vater…«

Sie sank zu Boden und fing an zu weinen. Sie war diesen ganzen weiten Weg gekommen, durch so viele Fährnisse, nur um ihn in einer Falle sitzend vorzufinden, aus der sie ihn nicht zu befreien vermochte! Sie hatte nicht einmal gewußt, daß es überhaupt möglich war, jemanden im Innern eines Tores gefangenzuhalten!

»Still, Tochter! Wir haben keine Zeit für Tränen! Wo ist dein physischer Körper?«

»Im Bassin«, schluchzte Sabriel. »Gleich neben deinem. In einem Schutzdiamanten.«

»Und die Toten? Und Kerrigor?«

»Von den Toten war nichts zu sehen und zu hören, aber Kerrigor ist irgendwo im Leben. Wo, weiß ich nicht.«

»Ja, ich weiß, daß er aufgetaucht war«, murmelte Abhorsen aus dem Munde des Monstrums. »Ich fürchte, er ist irgendwo in der Nähe des Bassins. Wir müssen rasch handeln. Sabriel, weißt du noch, wie man zwei Glocken auf einmal läutet? Mosrael und Kibeth?«

»Zwei Glocken?« fragte Sabriel verblüfft. Wecker und Geleiterin? Gleichzeitig? Sie hatte noch nie auch nur davon gehört, daß das möglich sei – oder doch?

»Denk nach«, sagte Abhorsens Mundträger. »Erinnere dich. *Das Buch der Toten.*«

Langsam kam die Erinnerung wieder. Seite um Seite tauchte vor ihrem inneren Auge auf. Die Glocken ließen sich paarweise läuten, oder sogar in noch größeren Kombinationen, wenn man eine ausreichende Zahl von Schwarzkünstlern beisammen hatte, die sie schwingen konnten. Aber auch die Risiken wurden größer…

»Ja«, sagte Sabriel bedächtig. »Ich erinnere mich. Mosrael und Kibeth. Werden sie dich befreien?«

Die Antwort kam mit Verzögerung.

»Ja. Für eine Weile. Ich hoffe, lange genug, daß wir das tun können, was zu tun ist. Komm, rasch jetzt!«

Sabriel nickte. Sie versuchte, nicht über das nachzudenken, was er soeben gesagt hatte. Im Unterbewußtsein war ihr immer klar gewesen, daß Abhorsens Geist zu lange von seinem Körper getrennt gewesen und zu tief im Reich des Todes gewesen war. Er würde nie wieder wirklich leben können. Sie beschloß, dieses Wissen aus ihrem Denken zu verbannen.

Sie ließ ihr Schwert in die Scheide gleiten, steckte Ranna wieder weg und zückte Mosrael und Kibeth. Gefährliche Glocken beidesamt, und erst recht im Zusammenklang. Sie beruhigte ihren Geist, leerte sich von allen Gedanken und Gefühlen und konzentrierte sich ausschließlich auf die Glocken. Und dann läutete sie sie.

Mosrael schwang sie in einem Dreiviertelkreis über ihrem Haupte; Kibeth schwang sie in einer gegenläufigen Acht. Schriller Alarm traf auf tanzende Gigue; beide verschmolzen zu einem dissonanten, schrägen, aber energischen Ton. Trotz all ihrer Anstrengungen, still zu bleiben, sah Sabriel sich auf den Wasserfall zugehen. Eine titanische Kraft bewegte ihre Beine, beugte ihre Knie, zwang sie vorwärtszuschreiten.

Gleichzeitig tauchte ihr Vater aus dem Wasserfall des Vierten Tores auf. Sein Kopf kam zuerst frei. Er bewegte ihn hin und her, wie nach langer Starre, lockerte die Schultern, hob die Arme über den Kopf und streckte sich. Doch immer noch schritt Sabriel vorwärts, bis sie nur noch zwei Schritte von der Kante entfernt war und hinunterblicken konnte in die tosenden Wasser. Der Schall der Glocken drang ihr in die Ohren, trieb sie vorwärts.

Und dann war Abhorsen frei. Er sprang vor, steckte die Hände in die Trichter der Glocken, packte die Klöppel mit seinen bleichen Händen und brachte sie zum Verstummen. Schlagartig kehrte Stille ein, und Vater und Tochter fielen sich auf der Schwelle des Vierten Tores in die Arme.

»Gut gemacht!« lobte Abhorsen. Seine Stimme, tief und vertraut, spendete heimelige Wärme, wie ein Lieblingsspielzeug aus Kindheitstagen. »Als ich erst einmal in der Falle saß, konnte ich nur noch eins tun: dir das Schwert und die Glocken senden. Doch jetzt, fürchte ich, müssen wir uns sputen, zurück ins Leben, bevor Kerrigor seinen Plan vollenden kann. Gib mir Saraneth…

nein, das Schwert und Ranna behältst am besten du. Komm!«

Er ging voran, schnellen Schritts. Sabriel folgte ihm auf den Fersen. Fragen über Fragen kamen in ihr hoch. Sie schaute ihn unverwandt an, sog die vertrauten Züge in sich auf, sein Haar, das hinten ganz struppig war, die silbernen Stoppeln, die sich auf seinem Kinn und auf den Wangen zeigten. Er trug die gleiche Art von Kleidern wie sie – bis hin zu dem Umhang mit den silbernen Schlüsseln. Er war nicht ganz so großgewachsen, wie sie ihn in Erinnerung hatte.

»Vater!« rief sie, bemüht, mit ihm zu sprechen, mit ihm Schritt zu halten und Acht zu geben – alles zur gleichen Zeit. »Was geht hier vor? Was ist Kerrigors Plan? Ich begreife das alles nicht. Warum bin ich nicht hier großgezogen worden, so daß ich die Dinge verstehen könnte?«

»Hier?« fragte Abhorsen, ohne seinen Schritt zu verlangsamen. »Im Tode?«

»Du weißt schon, was ich meine«, protestierte Sabriel. »Im Alten Königreich! Warum hast du… ich meine, ich bin wahrscheinlich der einzige Abhorsen, den es je gegeben hat, der keine Ahnung davon hat, wie alles zusammenhängt! Warum! Warum?«

»Eine einfache Antwort darauf gibt es nicht«, erwiderte Abhorsen, über die Schulter sprechend. »Aber ich habe dich hauptsächlich aus zwei Gründen nach Ancelstierre geschickt. Der eine war, dich in Sicherheit zu wissen. Ich hatte bereits deine Mutter verloren, und der einzige Weg, dich im Alten Königreich zu schützen, war, dich entweder immer bei mir zu haben oder dich wie eine Gefangene in unserem Haus zu halten. Bei mir konnte ich dich nicht behalten, weil sich seit dem Tod der Regentin – zwei Jahre, bevor du geboren wurdest – die Dinge immer mehr verschlimmerten. Der zweite Grund war der, daß Die Clayr mir dazu rieten. Sie sagten, wir brauchten jemanden – oder würden jemanden brauchen, sie bringen gern die Zeit durcheinander –, der Ancelstierre kennt. Damals wußte ich nicht, warum, aber heute wohl.«

»Und warum?« fragte Sabriel.

»Kerrigors Leib«, erwiderte Abhorsen. »Oder Rogirs, um ihn bei seinem ursprünglichen Namen zu nennen. Er konnte niemals wirklich Tot gemacht werden, weil sein Körper von Freier Magie bewahrt wird, irgendwo im Leben. Er ist wie ein Anker, der ihn immer wieder zurückbringt. Jeder Abhorsen seit dem Brechen der Großen Steine hat nach diesem Körper gesucht, doch keiner von uns – mich eingeschlossen – hat ihn je gefunden, weil keiner von uns ihn je in Ancelstierre vermutet hat. Aber ganz offensichtlich ist er das, und zwar irgendwo in der Nähe des Walls. Die Clayr werden ihn inzwischen geortet haben, weil Kerrigor zu ihm gegangen sein muß, als er ins Leben überwechselte. So, willst du jetzt den Spruch sagen, oder soll ich es machen?«

Sie hatten das Dritte Tor erreicht. Abhorsen wartete nicht auf Sabriels Antwort, sondern sprach sofort die Worte. Sabriel fand es komisch, sie zu hören, statt sie selbst zu sprechen. Sie fühlte sich seltsam entrückt, wie eine ferne Zuschauerin.

Eine Treppe tauchte vor ihnen auf, die mitten durch den Wasserfall und den Dunstschleier führte. Abhorsen hastete hinauf, jeweils zwei Stufen auf einmal nehmend. Die Energie, die er an den Tag legte, erstaunte Sabriel. Sie folgte ihm so gut sie konnte. Sie fühlte jetzt eine starke Müdigkeit in den Knochen, eine Müdigkeit, die nicht allein von ihren erschöpften Muskeln herrührte.

»Fertig zum Rennen?« fragte Abhorsen. Er faßte sie beim Ellenbogen, als sie die Treppe verließen und durch den geteilten Dunstvorhang hasteten – eine seltsam förmliche Geste, die sie an ihre Jungmädchenzeit erinnerte, als sie immer darauf bestanden hatte, angemessen geleitet zu werden, wenn sie anläßlich eines der körperlichen Besuche ihres Vaters im Wyverley mit einem Picknickkorb nach draußen in den Park gegangen waren.

Sie rannten vor der Welle her, die Hände in den Glokkentrichtern, schneller und immer schneller, bis Sabriel das Gefühl hatte, ihre Beine würden sie gleich überholen und sie würde Hals über Kopf durch die Luft fliegen, um schließlich in einem Knäuel aus Schwert und Glocken unsanft auf dem Hintern zu landen.

Aber irgendwie schaffte sie es. Abhorsen intonierte den Spruch, der den Fuß des Zweiten Tores öffnen würde, damit sie durch den Strudel nach oben steigen konnten.

»Wie ich schon sagte«, fuhr Abhorsen fort, während er die Treppe hinaufflog, auch jetzt wieder zwei Stufen auf einmal nehmend. »Kerrigor konnte nie richtig bekämpft werden, solange sein Körper nicht gefunden wurde. Zwar trieben alle Abhorsens ihn mehr oder weniger oft zurück, zum Teil bis zum Siebten Tor, aber damit war das Problem lediglich aufgeschoben. Er wurde ständig stärker, in dem Maße, wie geringere Charta-Steine gebrochen wurden und das Königreich verkam, und wir wurden immer schwächer.«

»Wer ist ›wir‹?« fragte Sabriel. All diese Enthüllungen kamen zu schnell, besonders wenn sie ihr im Laufen mitgeteilt wurden.

»Die Blutlinien der Großen Charta«, erwiderte Abhorsen. »Was genaugenommen bedeutet, Abhorsen und Die Clayr, da die königliche Linie nahezu ausgelöscht ist. Und dann ist da natürlich noch das Relikt der Wallbauer, eine Art Konstrukt, das übrigblieb, nachdem sie ihre Kräfte in den Wall und die Großen Steine gewirkt hatten.«

Er verließ den Rand des Strudels und schritt kühn in den Zweiten Präzinkt, dicht gefolgt von Sabriel. Ganz anders als auf dem Hinweg, als sie sich stockend, fast tastend vorwärtsbewegt hatte, hastete Abhorsen fast schon im Laufschritt voran, offensichtlich einer vertrauten Route folgend. Wie er das anstellte, ohne irgendwelche Zeichen oder Orientierungspunkte, blieb Sabriel ein Rätsel. Vielleicht würde sie sich, wenn sie erst dreißig und mehr Jahre Praxis im Hinüberwechseln zwischen Leben und Tod gesammelt hätte, ebenso leicht zurechtfinden.

»Wir haben nun also endlich die Gelegenheit, Kerrigor ein für allemal den Garaus zu machen«, fuhr Abhorsen fort. »Die Clayr werden dich zu seinem Körper führen, du wirst ihn zerstören und sodann Kerrigors Geist-Form bannen, die stark geschwächt sein wird. Danach kannst du den noch lebenden königlichen Prinzen aus seinem Schwebezustand befreien und mit der Unterstützung des Wallbauer-Relikts die Großen Chartasteine wieder zusammenfügen…«

»Der königliche Prinz«, fragte Sabriel, und eine Ahnung begann in ihr zu dämmern, »verbrachte diesen seinen Schwebezustand nicht zufällig als Galionsfigur in Holehallow, während sein Geist im Tod gefangen war?«

»Ein unehelicher Sohn genaugenommen, und möglicherweise verrückt«, sagte Abhorsen, ohne wirklich hinzuhören. »Aber er hat das Blut. Was? Ach ja, ja, er ist… sagtest du ›war‹? Du meinst…«

»Ja«, sagte Sabriel, und ihre Stimme klang alles andere als glücklich. »Er nennt sich Prüfstein. Und er wartet im Bassin. In der Nähe der Steine. Mit Mogget.«

Zum ersten Mal verstummte Abhorsen, und diesmal war die Verblüffung ganz auf seiner Seite.

»Wie es scheint, schlagen alle unsere Pläne fehl«, sagte er düster und seufzte. »Kerrigor lockte mich zum Bassin, um mit meinem Blut einen Großen Stein zu brechen, aber es gelang mir, mich zu schützen, und er begnügte sich damit, mich im Tode einzusperren. Er dachte, du würdest zu meinem Körper gelockt, und er könnte dein Blut benutzen, aber ich war nicht so fest eingeklemmt, wie er annahm. Doch jetzt, wenn der Prinz da ist, hat er eine neue Quelle von Blut, mit dem er die Große Charta brechen kann.«

»Er ist in dem Schutzdiamanten«, sagte Sabriel, von plötzlicher Angst um Prüfstein erfüllt.

»Das reicht womöglich nicht«, sagte Abhorsen grimmig. »Kerrigor wird mit jedem Tag, den er im Leben verbringt, stärker. Er saugt die Kraft von Lebenden auf und nährt sich von den gebrochenen Steinen. Nicht mehr lange, und er wird so stark sein, daß er selbst die stärksten Charta-Magie-Schutzvorrichtungen zu durchbrechen vermag. Doch erzähl mir von dem Gefährten des Prinzen. Wer ist dieser Mogget?«

»Mogget?« wiederholte Sabriel, erneut verblüfft. »Aber ich habe ihn in unserem Haus kennengelernt! Er ist ein Freimagie-Geschöpf in der Gestalt einer weißen Katze mit einem roten Halsband, an dem eine Miniatur-Saraneth hängt.«

»Mogget«, sagte Abhorsen, als hätte er gerade auf etwas Ungenießbares gebissen. »Das ist das Wallbauer-Relikt oder ihre letzte Schöpfung, oder ihr Kind – keiner weiß das, wahrscheinlich nicht einmal er selbst. Ich frage mich nur, wieso er die Gestalt einer Katze angenommen hat. Für mich war er immer eine Art Zwergalbino, und er verließ das Haus so gut wie nie. Ich nehme an, er ist so etwas wie ein Schutz für den Prinzen. Wir müssen uns sputen.«

»Ich dachte, das täten wir schon die ganze Zeit!« stieß Sabriel bissig hervor, als er wieder losstürmte. Sie wollte nicht zickig sein, aber so hatte sie sich das Wiedersehen mit ihrem Vater nun auch nicht gerade vorgestellt! Er schien sie kaum wahrzunehmen, außer als Quelle für diverse Enthüllungen und als Werkzeug im Kampf gegen Kerrigor.

Abhorsen blieb unvermittelt stehen und nahm sie in den Arm. Sein Griff fühlte sich kräftig an, aber Sabriel fühlte auch noch eine andere Wirklichkeit, als wäre sein Arm ein Schatten, vorübergehend aus Licht geboren, aber dazu verdammt, bei Einbruch der Nacht wieder zu verschwinden.

»Ich weiß, ich bin nicht immer ein idealer Vater gewesen«, sagte Abhorsen leise. »Keiner von uns kann das je sein. Wenn wir zum Abhorsen werden, verlieren wir vieles andere. Die Verantwortung für viele drängt die Verantwortung für einzelne in den Hintergrund; Schwierigkeiten und Feinde zerstören Zärtlichkeit und Weichheit; unser Horizont verengt sich. Du bist meine Tochter, und ich habe dich immer geliebt. Doch jetzt lebe ich nur für eine kurze Zeit – hundertmal hundert Herzschläge, mehr nicht –, und ich muß eine Schlacht gegen einen furchtbaren Feind gewinnen. Die Rollen, die wir jetzt notgedrungen spielen müssen, sind nicht die von Vater und Tochter, sondern die eines alten Abhorsen, der Platz macht für den neuen. Aber hinter alldem steht immer noch meine Liebe.«

»Hundert mal hundert Herzschläge…«, flüsterte Sabriel. Tränen liefen ihr über die Wangen. Sie befreite sich sanft aus seiner Umarmung, und sie machten sich gemeinsam wieder auf den Weg, zum Ersten Tor, zum Ersten Präzinkt, zum Leben – und dann zum Bassin.

Kapitel Dreiundzwanzig

Prüfstein konnte die Toten jetzt sehen – und er hatte auch keine Schwierigkeiten, sie zu hören. Sie sangen und klatschten: halbverfaulte Handflächen, die aufeinanderschlugen in einem langsamen, unerbittlichen Rhythmus, der ihm das Blut in den Adern gefrieren und die Haare zu Berge stehen ließ. Ein grausiges Geräusch, eine Mischung aus hartem Knakken, wenn Knochen auf Knochen schlug, und dumpfem Schmatzen, wenn verfaultes, aufgequollenes Fleisch aufeinanderklatschte. Noch schauriger freilich war der Gesang, denn nur wenige der Toten besaßen noch einen intakten Mund. Prüfstein hatte noch nie einen Schiffsuntergang erlebt; jetzt wußte er, wie es sich anhört, wenn tausend Seeleute gleichzeitig in ruhiger See ertrinken.

Die Toten waren inzwischen nah an ihn heranmarschiert: eine große, sich in sich bewegende Schattenmasse, die wie eine schwammartige Geschwulst die Säulen umwucherte. Prüfstein konnte nicht erkennen, was sie taten. Der nachtsichtige Mogget erklärte es ihm.

»Sie formieren sich in zwei Reihen, um einen Korridor zu bilden«, sagte die kleine Katze im Flüsterton, obwohl längst keine Notwendigkeit mehr bestand, leise zu sein. »Ein Korridor aus Toten Händen, der von der Nordtreppe bis zu uns reicht.«

»Kannst du den Eingang zur Nordtreppe sehen?« fragte Prüfstein. Er hatte keine Angst mehr, nun, da er die stinkenden Leichen sehen – und vor allem: riechen –

konnte, die da aufgereiht standen in ihrer lächerlichen Parodie einer Parade. Ich hätte in diesem Becken schon vor langer Zeit sterben sollen, dachte er. Es hat nur einen Aufschub von zweihundert Jahren gegeben…

»Ja«, antwortete Mogget, grün funkelndes Feuer in den Augen. »Eine große Bestie ist soeben gekommen; ihr Fleisch brodelt von schmutzigen Flammen. Ein Mordikant. Es kauert im Wasser und blickt zurück und hinauf wie ein Hund zu seinem Herrn. Nebel quillt hinter ihm die Treppe herunter – ein Freimagie-Trick. Ich frage mich, wieso er sich genötigt fühlt, solchen Eindruck zu schinden.«

»Rogir hatte schon immer eine Neigung zur Angeberei«, sagte Prüfstein, als kommentiere er jemandes Verhalten auf einem Fest. »Er zog immer gern die Blicke auf sich. Er ist als Kerrigor, als Toter, keinen Deut anders.«

»O doch«, widersprach Mogget. »Sehr sogar. Er weiß, daß du da bist, und den Nebel läßt er aus purer Eitelkeit wabern. Er muß unter fürchterlichem Zeitdruck gestanden haben, als er sich den Körper zulegte, in dem er jetzt auftritt. Ein eitler Mensch – selbst ein Toter – würde sich in einem solchen Körper schämen.«

Prüfstein schluckte und versuchte, nicht darüber nachzudenken. Er überlegte, ob er aus dem Schutz des Diamanten hervorstürmen und in einer wilden Verzweiflungsattacke mit seinen Schwertern in den Nebel hineinstoßen sollte – doch selbst wenn ihm dies gelingen sollte, würden seine Schwerter, wiewohl mit Charta-Magie imprägniert, irgend etwas gegen das magische Fleisch, das Kerrigor jetzt umhüllte, ausrichten können?

Etwas bewegte sich im Wasser, am Rande seines Gesichtsfeldes, und die Toten Hände steigerten das Tempo ihres Klatschens. Gleichzeitig nahm der schaurig gurgelnde Gesang an Lautstärke zu.

Prüfstein spähte angestrengt in die Dunkelheit, um Genaueres zu erkennen, und was er zu sehen geglaubt hatte, bestätigte sich: Dicht über der Wasseroberfläche rankten sich Nebelfetzen dünnen, tastenden Tentakeln gleich durch die von den Toten gebildete Gasse.

»Er spielt mit uns«, stieß Prüfstein japsend hervor, überrascht von seiner eigenen Atemlosigkeit. Er fühlte sich, als wäre er bereits eine Meile gesprintet; das Herz klopfte ihm bis zum Hals...

Ein schreckliches Heulen erhob sich urplötzlich über dem rhythmischen Trommeln der Toten, und Prüfstein zuckte vor Schreck so heftig zurück, daß er um ein Haar Mogget abgeworfen hätte. Das Heulen schwoll immer mehr an, bis zur Unerträglichkeit, und dann brach eine riesige Gestalt aus dem Nebel und der Dunkelheit hervor und kam mit furchtbarer Urgewalt auf sie zugestampft, umbrodelt von weißen Bergen von Gischt.

Prüfstein schrie, oder besser: kreischte, warf seine Kerze weg, zog sein linkes Schwert und richtete beide Klingen wider das heranstürmende Ungetüm, in geduckter Haltung den Ansturm erwartend, die Knie so gebeugt, daß er bis zur Brust im Wasser stand.

»Das Mordikant!« kreischte Mogget und sprang mit einem Satz von Prüfstein auf die immer noch mit Reif überzogene Sabriel.

Prüfstein blieb kaum Zeit, um diese Nachricht aufzunehmen, denn schon war die Bestie über ihm: Eine riesenhafte, bärenartige Gestalt, umzüngelt von lodernden Flammen, die sich mit markerschütterndem Geheul auf ihn stürzte – um im selben Moment mit dem Schutzdiamanten und Prüfsteins Schwertern zu kollidieren.

Silberne Funken stoben unter solch ohrenbetäubendem Knistern und Prasseln auf, daß sogar das Heulen für einen Augenblick übertönt wurde, und sowohl das Mordikant als auch Prüfstein wurden mehrere Ellen zurückgeschleudert. Prüfstein verlor den Halt und geriet mit dem Kopf unter Wasser. Wasser drang ihm in die Nase und den immer noch zum Schrei geöffneten Mund. Er geriet in Panik, wähnte das Mordikant bereits über sich und richtete sich so ungestüm wieder auf, daß er sich dabei den Bauchmuskel zerrte.

Er flog fast aus dem Wasser, die Schwerter wieder in Abwehrstellung, aber der Diamant war unversehrt geblieben, und das Mordikant befand sich bereits wieder auf dem Rückzug durch die von den Toten Händen gebildete Gasse. Sie hatten aufgehört mit ihrem Klatschen und Singen, aber da war noch etwas anderes – etwas, das Prüfstein erst bestimmen konnte, als seine Ohren wieder frei von Wasser waren.

Es war Gelächter, Gelächter, das aus dem Nebel hallte, der jetzt in dichten Schwaden über das Wasser waberte und immer näher kam, bis das zurückweichende Mordikant von ihm eingehüllt und seinem Blick entzogen war.

»Hat mein Jagdhund dir Angst gemacht, kleiner Bruder?« sprach eine Stimme aus dem Nebel.

»Au!« rief Sabriel, als sie Moggets Krallen auf ihrem physischen Körper fühlte. Abhorsen schaute sie an und hob fragend eine seiner silbrigglänzenden Brauen.

»Etwas hat meinen Körper im Leben berührt«, klärte sie ihn auf. »Ich glaube, es war Mogget. Ich frage mich, was da vor sich geht.«

Sie standen jetzt an der Grenze des Todes, genau an der Schwelle zum Leben. Kein Toter hatte versucht, sie aufzuhalten, und sie hatten unbehelligt und problemlos das Erste Tor passiert. Vielleicht hatte der Anblick von gleich zwei Abhorsens auf einmal die Toten, so denn überhaupt welche dort gewesen waren, eingeschüchtert...

Und jetzt warteten sie. Warum, wußte Sabriel nicht. Irgendwie schien Abhorsen ins Leben hineinblicken oder sonstwie ermitteln zu können, was dort vor sich ging. Er stand da und lauschte, den Körper leicht nach vorn gebeugt, das Ohr an eine unsichtbare Tür haltend.

Sabriel hingegen stand da wie ein Soldat, wachsam Ausschau nach den Toten haltend. Die zerbrochenen Steine machten diesen Teil des Todes zu einem anziehenden Schlupfloch ins Leben, und sie hatte erwartet, viele Tote hier anzutreffen, die versuchten, sich dieses Schlupfloch zunutze zu machen. Aber dem war nicht so. Sie und ihr Vater schienen allein in dem grauen, konturlosen Fluß zu sein; ihre einzigen Nachbarn waren wohl die Wellen und Strudel des Gewässers.

Abhorsen schloß die Augen, um sich noch stärker zu konzentrieren. Schließlich schlug er sie wieder auf und berührte Sabriel am Arm.

»Es ist gleich soweit«, sagte er leise. »Wenn wir auftauchen, schnappst du dir... Prüfstein... und rennst mit ihm zur Südtreppe. Bleibt auf keinen Fall stehen, ganz gleich was auch geschieht. Sobald ihr draußen seid, geht hinauf zum Palasthügel, zum Westhof. Der ist heute nur noch ein leeres Feld – Prüfstein wird wissen, wie man dort hingelangt. Wenn Die Clayr gut aufpassen und ihre Wanns nicht durcheinandergebracht haben, wird dort eine Papierschwinge warten...«

»Eine Papierschwinge!« rief Sabriel, ihm ins Wort fallend. »Aber mit der habe ich eine Bruchlandung gemacht!«

»Es gibt mehrere davon«, erwiderte Abhorsen. »Der Abhorsen, der sie gebaut hat – der sechsundvierzigste, glaube ich –, hat mehreren anderen beigebracht, wie man sie konstruiert. Wie auch immer, es müßte eine da sein. Die Clayr werden ebenfalls da sein, oder zumindest ein Bote, um dir zu sagen, wo du Kerrigors Körper in Ancelstierre findest. Flieg so dicht an den Wall heran, wie du kannst, geh hinüber nach Ancelstierre, such den Körper – und zerstör ihn!«

»Und was tust du unterdessen?« fragte Sabriel leise.

»Hier ist Saraneth«, antwortete Abhorsen, ihrem Blick ausweichend. »Gib mir dein Schwert und… Astarael.«

Die siebente Glocke. Astarael die Kummervolle. Die Tränenreiche.

Sabriel rührte sich nicht, machte keine Anstalten, ihm Glocke oder Klinge auszuhändigen. Abhorsen steckte Saraneth in ihr Futteral und verschloß es. Dann schickte er sich an, den Riemen zu lösen, der Astarael hielt, aber Sabriels Hand legte sich auf seine und hielt sie in festem Griff.

»Es muß noch einen anderen Weg geben«, schrie sie. »Wir können alle zusammen entkommen…«

»Nein«, sagte Abhorsen mit fester Stimme. Mit sanfter Gewalt entzog er sich ihrem Griff. Sabriel ließ seine Hand los, und er zog Astarael vorsichtig aus dem Bandelier, sorgfältig darauf achtend, daß sie nicht ertönen konnte. »Wählt der Geher den Pfad oder wählt der Pfad den Geher?«

Wie betäubt händigte Sabriel ihm ihr Schwert… sein Schwert aus. Dann ließ sie ihre leeren Hände heruntersinken.

»Ich bin im Tode bis zum Abgrund des Neunten Tores gewandelt«, sagte Abhorsen ruhig. »Ich kenne die Geheimnisse und Schrecken der Neun Präzinkte. Was dahinter liegt, weiß ich nicht, aber alles, was lebt, muß dorthin, wenn die Stunde gekommen ist. Das ist die Regel, die unser Wirken als Abhorsen bestimmt, und auch wir müssen uns nach ihr richten. Du bist der dreiundfünfzigste Abhorsen, Sabriel. Ich habe dich nicht so gut unterwiesen, wie ich es hätte tun sollen – laß dies meine letzte Lektion sein. Jeder und jedes hat seine Zeit zum Sterben.«

Er beugte sich vor und gab ihr einen Kuß auf die Stirn, genau unter den Rand ihres Helmes. Einen Augenblick lang stand sie da wie eine Marionette im Ruhezustand, dann warf sie sich an seine Brust. Sie fühlte den weichen Stoff seines Umhanges. Ihr war, als würde sie immer kleiner, bis sie wieder das kleine Mädchen war, das ihm am Schultor in die Arme flog, wenn er zu Besuch kam. Und wie damals hörte sie auch jetzt wieder das ruhige Pochen seines Herzens. Nur daß sie die Schläge jetzt als Körner in einer Sanduhr empfand, die seine hart errungenen hundert mal hundert Herzschläge zählte, bis seine Zeit zu sterben gekommen sein würde.

Sie drückte ihn fest, die Arme um seinen Körper geschlungen. Seine Arme hielt er ausgestreckt wie ein Kreuz, das Schwert in der einen Hand, die Glocke in der anderen. Dann ließ sie ihn los.

Sie wandten sich zusammen um und tauchten zurück ins Leben.

Kerrigor lachte erneut, ein obszönes, hämisches Gakkern, das zu einem irren Crescendo anschwoll, ehe es abrupt abbrach, um einer bedrohlichen Stille Platz zu machen. Die Toten nahmen ihr rhythmisches Klatschen wieder auf, leiser jetzt als zuvor, und der Nebel waberte mit schrecklicher Unerbittlichkeit vorwärts. Prüfstein, durchnäßt und halb ertrunken, beobachtete die Schwaden mit den bis zum Zerreißen gespannten Nerven einer Maus, die sich von einer Schlange in die Enge getrieben weiß. Irgendwo in den hinteren Gefilden seines Bewußtseins nahm er wahr, daß es leichter geworden war, das Weiße des Nebels zu sehen. Die Wolken hatten sich verzogen, und die Ränder des Beckens wurden wieder von diffusem Licht erhellt. Aber sie befanden sich vierzig Schritt oder noch mehr vom Rande entfernt…

Ein Knistern hinter ihm ließ ihn herumfahren, doch die wie eine heiße Woge in ihm hochschießende Panik wich sogleich einem Gefühl der Erleichterung: Sabriel und ihr Vater kamen ins Leben zurück! Eiskristalle rieselten an ihnen herunter, und der Eispanzer um Abhorsens Hüften zersprang in mehrere kleine Schollen und löste sich.

Prüfstein blinzelte, als der Reif von ihren Händen und Gesichtern fiel. Sabriels Hände waren jetzt leer; Abhorsen hatte Schwert und Glocke übernommen.

»Der Charta sei Dank!« rief Prüfstein, als beide die Augen aufschlugen und sich bewegten.

Doch niemand hörte ihn, denn just in dem Moment brach ein fürchterlicher Schrei der Wut und des Furors aus dem Nebel hervor, so laut, daß die Säulen erbebten und das Wasser im Bassin sich kräuselte.

Prüfstein drehte sich wieder um. Die Nebelschwaden verzogen sich, und zum Vorschein kam das Mordikant. Sein Körper war unter Wasser, nur seine Augen und sein breites Maul, aus dem rußige Flammen schlugen, schauten aus dem Wasser heraus. Hinter ihm stand, eine Hand auf seinem Kopf, etwas, das man auf den ersten Blick für einen Menschen hätte halten können.

Es war Kerrigor. Prüfstein sah, daß er versucht hatte, den Körper, den er zur Zeit bewohnte, so zu gestalten, daß er dem Rogir aus alten Zeiten ähnelte, doch hatte ihn entweder seine Erinnerung schmählich im Stich gelassen, oder es hatte ihm schlicht an Fingerfertigkeit gefehlt. Kerrigor war mindestens sieben Fuß groß; sein Körper war unmöglich flachbrüstig und schmalhüftig. Sein Kopf war zu schmal und zu lang, und sein Mund reichte von einem Ohr zum anderen. Am schlimmsten aber waren seine Augen: schmale Schlitze, hinter denen Freimagie-Feuer loderte – es waren gar keine Augen.

Dennoch, so entstellt er auch war, irgendwie hatte er immer noch etwas von dem alten Rogir. Nimm einen Mann, mach ihn dehnbar, zieh ihn lang und verdreh ihn…

Der scheußliche Mund öffnete sich zu einem gähnenden Schlund, und dann lachte Kerrigor, ein kurzes, bellendes Lachen, scharf unterbrochen vom Zuschnappen seiner Kinnlade. Dann sprach er, mit einer Stimme, die ebenso verzerrt und entstellt war wie sein Leib.

»Ich habe wirklich Glück! Drei Träger von Blut – Blut für die Brechung! Drei!«

Prüfstein starrte ihn gebannt an. Die Stimme, die er hörte, klang immer noch ein wenig wie die Rogirs: voll, aber verdorben, ja ranzig; mehlig-feucht wie wurmstichiges Obst. Er sah gleichzeitig den neuen, verzerrten Kerrigor und den anderen, ansehnlicher geformten Körper, den er als Rogir gekannt hatte. Er sah wieder den Dolch vor sich, sah ihn aufblitzen, sah, wie er die Kehle der Königin aufschlitzte, sah das Blut herausschießen, sah den goldenen Pokal...

Eine Hand packte ihn, drehte ihn herum, nahm ihm das Schwert aus der Linken. Schlagartig kehrte er in die Gegenwart zurück. Er schnappte erneut nach Luft, und dann sah er Sabriel vor sich. Sie hielt sein linkes Schwert in der Rechten und faßte ihn jetzt mit der Linken bei seiner Linken und zog ihn Richtung Süden. Er ließ sich von ihr ziehen und folgte ihr in stolperndem, erzwungenem Laufschritt durch das hüfthohe Wasser. Alles schien plötzlich von allen Seiten auf ihn zuzukommen, als sein Gesichtsfeld sich verengte, wie in einem Traum, an den er sich nur noch vage erinnern konnte.

Er sah Sabriels Vater – den Abhorsen – zum ersten Mal frei von Reif und Frost. Er sah hart und grimmig entschlossen aus, aber er lächelte und neigte das Haupt ganz kurz, als sie an ihm vorbeiwateten. Prüfstein fragte sich, warum er in die falsche Richtung ging... auf Kerrigor zu, auf den Dolch und den Pokal zu. Und dann saß auch noch Mogget auf seiner Schulter! Das paßte so ganz und gar nicht zu Mogget, der Gefahr entgegenzugehen! Und plötzlich fiel ihm auf, daß irgend etwas an Mogget anders war als sonst... richtig, sein

Halsband war fort… vielleicht sollte er kehrtmachen und zurückgehen, Mogget das Halsband wieder anlegen und gegen Kerrigor kämpfen…

»Lauf! Verdammt! Lauf!« schrie Sabriel, als er stockte und sich halb umwandte. Ihre Stimme riß ihn aus seiner Trance. Im selben Moment packte ihn die Übelkeit, denn sie hatten den Schutz des Diamanten verlassen. Er übergab sich und wandte den Kopf im Laufen wieder zurück. Er merkte, daß er sich von Sabriel ziehen ließ, und zwang sich dazu, schneller zu laufen, was gar nicht so einfach war, da seine Beine sich wieder ganz taub anfühlten. Er konnte jetzt die Toten wieder hören, ihr Singen und Klatschen. Sie klatschten jetzt lauter als vorher, und schneller. Und er hörte Stimmen, laute Stimmen, deren Echo durch die riesige Höhle hallte. Das Geheul des Mordikants… und ein seltsames Summen und Knistern, das er mehr fühlte als hörte.

Sie erreichten die Südtreppe, aber Sabriel verlangsamte ihren Schritt nicht; sie sprang hoch und davon, aus dem Dämmerlicht des Bassins in die völlige Finsternis. Prüfstein verlor ihre Hand, fand sie wieder, und sie stolperten die Treppe hinauf, im Dunkeln mit ihren Schwertern mehrfach so heftig aneckend, daß die Funken stoben. Immer noch hörten sie den Tumult hinter sich, das Heulen, Klatschen, Schreien, verstärkt noch durch das Wasser und die gewaltige Größe des Wasserspeichers. Doch dann setzte ein anderes Geräusch ein, ein Klang, der mit der Klarheit von Vollkommenheit durch den Lärm schnitt.

Er fing ganz leise an, wie eine leicht angeschlagene Stimmgabel, um dann allmählich anzuschwellen, ein reiner, klarer Ton, geblasen von einem Trompeter mit schier unerschöpflichem Atem, bis schließlich nur noch der alles beherrschende, alles durchdringende Klang da war. Der Klang von Astarael.

Sabriel und Prüfstein blieben stehen, beinahe mitten

im Schritt. Sie verspürten einen schrecklichen Drang, ihren Körper zu verlassen, ihn abzuwerfen wie lästigen Ballast. Ihr Geist – ihr eigentliches, wesentliches Selbst – wollte fortlaufen in den Tod, wollte sich lustvoll hineinstürzen in die stärkste Strömung, um sich bis zum Ende tragen zu lassen.

»Denk ans Leben!« schrie Sabriel, und obwohl sie aus Leibeskräften schrie, war ihre Stimme kaum zu hören hinter dem mächtigen Schall Astaraels. Sie konnte fühlen, wie Prüfstein starb, wie sein Wille zu schwach war, um ihn im Leben zu halten. Fast schien es, als erwarte er diesen plötzlichen Ruf in den Tod geradezu.

»Kämpf dagegen an!« schrie sie. Sie ließ ihr Schwert fallen und schlug ihm mit der flachen Hand ins Gesicht. »Lebe!«

Doch immer noch glitt er davon. In ihrer Verzweiflung packte sie ihn an den Ohren und küßte ihn wild und leidenschaftlich. Sie biß ihm in die Lippe, bis der salzige Geschmack von Blut in ihren Mund und in seinen drang. Sein Blick wurde klar, und sie fühlte, wie er sich wieder auf das Leben konzentrierte. Er ließ sein Schwert fallen, schlang die Arme um sie und erwiderte ihren Kuß. Dann legte er den Kopf auf ihre Schulter, und sie legte ihren Kopf auf seine Schulter, und sie hielten einander ganz fest, bis Astaraels Ton verhallt war.

Stille hielt Einzug. Zögernd lösten sie sich aus ihrer Umarmung. Prüfstein tastete mit zitternden Händen nach seinem Schwert, doch Sabriel zündete eine Kerze an, bevor er sich im Dunkeln die Finger an der Schneide verletzen konnte. Im flackernden Schein der Kerze schauten sie sich an. Sabriels Augen waren feucht, Prüfsteins Lippe blutete.

»Was war das?« fragte Prüfstein mit heiserer Stimme.

»Astarael«, antwortete Sabriel. »Die letzte Glocke. Sie ruft jeden, der sie hört, in den Tod.«

»Kerrigor…«

»Er wird wiederkommen«, flüsterte Sabriel. »Er wird immer wieder zurückkommen, so lange, bis sein echter Körper vernichtet ist.«

»Dein Vater?« murmelte Prüfstein. »Mogget?«

»Vater ist tot«, sagte Sabriel. Ihr Gesichtsausdruck war gefaßt, aber aus ihren Augen traten Tränen. »Er wird rasch das Letzte Tor durchqueren. Was mit Mogget ist, weiß ich nicht.«

Sie fühlte nach dem Silberring an ihrer Hand, runzelte die Stirn und bückte sich, um das Schwert aufzuheben, das sie Prüfstein abgenommen hatte.

»Komm«, befahl sie. »Wir müssen hinauf zum Westhof. Wacker jetzt!«

»Zum Westhof?« fragte Prüfstein, während er sein eigenes Schwert aufhob. Er war verwirrt und ihm war übel, aber er raffte sich auf. »Zum Westhof des Palastes?«

»Ja«, sagte Sabriel. »Komm, gehen wir.«

Kapitel Vierundzwanzig

Das Sonnenlicht stach ihnen grell in die Augen, denn zu ihrer Überraschung war es erst kurz nach Mittag. Blinzelnd wie aus ihrem unterirdischen Bau aufgescheuchte Nachttiere stolperten sie aus dem marmornen Portal der Höhle hervor.

Sabriel schaute sich um, ließ ihren Blick über die stillen, sonnenbeschienenen Bäume, die friedliche Wiese, den zugewachsenen Springbrunnen schweifen. Alles schien so alltäglich, so unendlich weit entfernt von den Schrecken und Scheußlichkeiten jener Gruselkammer, Wasserspeicher genannt, die sich tief unter ihren Füßen befand.

Sie schaute auch zum Himmel, und ihr Blick verlor sich in den blauen, zurückweichenden Wolkenzeilen, die an der verschwommenen Peripherie ihres Gesichtsfeldes vorüberzogen. Mein Vater ist tot, dachte sie. Für immer von mir gegangen...

»Der Pfad schlängelt sich um den südwestlichen Teil des Palasthügels«, sagte eine Stimme ganz in ihrer Nähe.

»Wie bitte?«

»Der Pfad. Der hinauf zum Westhof führt.«

Die Stimme gehörte Prüfstein. Sabriel schloß die Augen, mahnte sich zur Konzentration auf das Hier und Jetzt. Dann schlug sie die Augen wieder auf und sah Prüfstein an.

Er sah ziemlich ramponiert aus. Sein Gesicht war blutverschmiert, sein nasses Haar klebte ihm platt an

Kopf und Stirn, sein Panzer und seine Kleider waren völlig durchnäßt. Wasser rann an seinem Schwert herunter, das er immer noch in der Hand hielt, und tropfte von der Spitze auf die Erde.

»Du hast mir nicht gesagt, daß du ein Prinz bist«, sagte Sabriel in einem Ton, der so beiläufig klang, als hätte sie eine Bemerkung über das Wetter fallengelassen. Ihre Stimme klang selbst in ihren eigenen Ohren fremd, aber sie besaß im Moment nicht die Kraft, etwas daran zu ändern.

»Ich bin ja auch keiner«, erwiderte Prüfstein mit einem Achselzucken. Er schaute zum Himmel, während er sprach. »Die Königin war zwar meine Mutter, aber mein Vater war ein obskurer Edelmann aus dem Norden, der einige Jahre nach dem Tod ihres Gemahls mit ihr anbändelte. Er kam bei einem Jagdunfall ums Leben, bevor ich geboren wurde... sag, sollten wir nicht gehen? Zum Westhof?«

»Ja, ich denke schon«, murmelte Sabriel matt. »Vater sagte, dort warte eine Papierschwinge auf uns, und Die Clayr, um uns zu sagen, wo wir hinmüssen.«

»Ich verstehe«, sagte Prüfstein. Er kam näher, schaute in Sabriels leere Augen, dann nahm er ihren seltsam schlaffen, spannungslosen Arm und führte sie zu der Baumreihe, die einen Pfad zum westlichen Rande des Parks säumte. Sabriel ließ sich fügsam von ihm geleiten. Als er seinen Schritt beschleunigte, ging auch sie schneller, bis sie schließlich liefen. Prüfstein schubste sie vorwärts, immer wieder hastige Blicke über die Schulter werfend. Sabriel bewegte sich ruckartig wie eine Schlafwandlerin.

Einige hundert Schritt von den Zierhöhlen entfernt wichen die Buchen weiterem Rasen, und ein Pfad führte über zwei Serpentinen hinauf zum Palasthügel.

Der Pfad war gepflastert, aber die Steinplatten waren nach zwei Jahrzehnten ohne jede Pflege stellenweise geborsten oder eingesunken, weshalb der Pfad zahlreiche ziemlich tiefe Furchen oder Löcher aufwies. In einer dieser Furchen blieb Sabriel mit dem Fuß hängen und geriet ins Straucheln. Prüfstein konnte sie gerade noch geistesgegenwärtig auffangen und vor einem Sturz bewahren. Dieser kleine Schreck freilich schien sie aus ihrer Starre zu wecken, und sie spürte, wie eine frische Wachheit ihre dumpfe Verzweiflung durchschnitt.

»Warum laufen wir?«

»Weil die Plünderer uns folgen«, sagte Prüfstein kurzangebunden, mit dem Finger nach hinten durch den Park deutend. »Die mit den Kindern in ihrer Gewalt.«

Sabriel blickte in die Richtung, in die er zeigte, und in der Tat konnte sie Gestalten ausmachen, die sich langsam den baumgesäumten Pfad entlangbewegten. Alle neun waren da, dicht beieinander; sie schwatzten und lachten. Sie schienen sich sicher zu sein, daß Sabriel und Prüfstein ihnen nicht entkommen konnten, und ihre Stimmung war die von lässigen Treibern, die ihre stupide Beute ohne große Anstrengung ihrem endgültigen Ende entgegenhetzten. Einer von ihnen entdeckte Sabriel und Prüfstein und machte eine Geste, die auf die Entfernung nicht genau zu erkennen, wahrscheinlich aber obszöner Natur war. Der Wind trug Gelächter zu Sabriel und Prüfstein herüber. Die Absichten der Männer waren eindeutig. Sie wollten ihnen Böses.

»Ich frage mich, ob sie mit den Toten kungeln«, sagte Sabriel rauh, ihren ganzen Abscheu in die Worte legend. »Um ihre Taten zu begehen, wenn das Sonnenlicht den Lebenden seine Unterstützung leiht…«

»Sie führen jedenfalls nichts Gutes im Schilde«, sagte Prüfstein, als sie weitergingen, alsbald wieder in Laufschritt fallend. »Sie haben Bogen, und ich wette, sie können, anders als die Bewohner von Nestowe, auch damit umgehen.«

»Ja«, erwiderte Sabriel. »Ich hoffe nur, daß da oben eine Papierschwinge bereitsteht…«

Sie brauchte sich nicht näher darüber auszulassen, was geschehen würde, wenn keine dort stand. Keiner von beiden war in der Verfassung, den Kampf gegen die Plünderer aufzunehmen oder Charta-Magie einzusetzen, und neun Bogenschützen konnten ihnen leicht den Garaus machen – oder sie gefangennehmen. Wenn die Männer für Kerrigor arbeiteten, würden sie sie gefangennehmen, und dann wartete drunten im Dunkel des Wasserspeichers das Messer auf sie…

Der Pfad wurde steiler, und sie verstummten. Ihr Atem kam jetzt schnell und abgehackt, und sie brauchten alle Luft zum Laufen. Prüfstein hustete, und Sabriel schaute ihn besorgt an, bis ihr bewußt wurde, daß auch sie hustete. In dem Zustand, in dem sie sich befanden, bedurfte es womöglich nicht einmal eines Pfeiles, um sie zur Strecke zu bringen. Der Hügel allein würde schon reichen.

»Lange… kann ich… nicht mehr«, japste Prüfstein, als sie die erste Serpentine erreichten und die müden Beine sich ein paar Sekunden auf dem flachen Stück erholen konnten, bevor sie die nächste Steigung in Angriff nahmen.

Sabriel lachte auf. Es war ein bitteres, hustendes Lachen, denn sie hatten noch ein verdammt langes Stück Weges vor sich. Das Lachen endete in einem Entsetzensschrei, als sie einen Schlag in die Rippen verspürte, mit einer solchen Wucht, als hätte ein Pferd sie getreten. Sie fiel zur Seite, gegen Prüfstein, und riß ihn mit zu Boden, auf die harten Steinplatten. Ein Pfeil hatte sie in die Seite getroffen.

»Sabriel!« schrie Prüfstein, und seine Stimme war schrill vor Angst und Wut. Er schrie ihren Namen ein zweites Mal, und plötzlich spürte Sabriel, wie geradezu explosionsartig Charta-Magie in ihm zum Leben erwachte. Er sprang auf, streckte die Arme aus und richtete sie wider den Feind, wider den kecken Scharfschützen, der den Pfeil abgefeuert hatte. Acht kleine Sonnen begannen an seinen Fingerspitzen zu erblühen. Sie schwollen auf die Größe einer geballten Faust an und schossen heraus, den Verfolgern entgegen, lange weiße Streifen in ihrer Bahn hinterlassend. Einen Sekundenbruchteil später bezeugte ein spitzer Schrei von unten, daß zumindest eine von ihnen ins Schwarze getroffen hatte.

Benommen von dem Schreck fragte sich Sabriel, woher Prüfstein die Kraft für einen solchen Zauber nahm. Ihr Staunen wurde noch größer, als er sich plötzlich bückte und sie aufhob – alles in einer einzigen schnellen, fließenden Bewegung. Sie schrie leise auf, als der Pfeil sich in ihrer Seite bewegte, aber Prüfstein schien es nicht wahrzunehmen. Er warf den Kopf zurück, stieß einen raubtierartigen Kampfesschrei aus und rannte, Sabriel auf den Armen, in übermenschlicher Geschwindigkeit den Pfad hinauf. Schaum trat ihm auf die Lippen; jede Ader, jeder Muskel an seinem Hals und in seinem Gesicht sprang hervor, und sein Blick loderte von ungestümer Energie.

Er war wie ein Berserker; nichts konnte ihn jetzt mehr aufhalten, es sei denn, er würde buchstäblich zerstükkelt. Sabriel erschauerte in seinem Griff und barg ihr Gesicht an seiner Brust, zu verwirrt und erschrocken, um in das wilde, schnaubende Gesicht zu schauen, das so wenig Ähnlichkeit mit dem Prüfstein hatte, den sie kannte. Aber wenigstens trug er sie fort von den Verfolgern…

Mit unverminderter Geschwindigkeit rannte er weiter. Er verließ den Pfad, hastete, ohne eine Atempause einzulegen, mit langen Sätzen über die verfallenen Trümmer eines einstigen Torweges, mit ziegenähnlicher Sicherheit von einem Steinbrocken zum andern hüpfend. Sein Gesicht war jetzt so rot wie ein Feuerwehrauto, und der Puls an seiner Halsschlagader ging so rasend schnell wie der Flügelschlag eines Kolibris. Vor lauter Furcht, er könne einen Herzschlag erleiden, vergaß Sabriel ihre eigenen Schmerzen. Sie begann ihn anzuschreien, flehte und bettelte, er möge wieder zu Sinnen kommen.

»Prüfstein!« schrie sie. »Wir sind in Sicherheit! Laß mich runter! Bitte, bleib stehen!«

Er nahm ihr Flehen nicht wahr. All seine Konzentration war auf den Pfad gerichtet. Durch das zertrümmerte Tor rannte er, dann weiter über einen von verfallenen Mauern gesäumten Pfad, mit geblähten Nüstern den Kopf hierhin und dorthin schwenkend wie ein Jagdhund, der eine Fährte aufgenommen hat.

»Prüfstein! Prüfstein!« schluchzte Sabriel und trommelte mit beiden Fäusten gegen seine Brust. »Wir sind in Sicherheit! Ich bin wohlauf! Bleib stehen! So bleib doch stehen!«

Doch er hetzte unbeirrt weiter: durch einen zweiten verfallenen Torbogen, einen gepflasterten Weg entlang, der so verfallen war, daß die Steine unter seinen Füßen wegbrachen; eine kurze Treppe hinunter, mit weiten Sätzen über klaffende Lücken hinwegspringend. Eine geschlossene Tür gebot ihm Einhalt, und Sabriel atmete erleichtert auf. Doch sollte die Erleichterung nur von kurzer Dauer sein, denn er trat wuchtig gegen die Tür, bis das verrottete Holz wegbrach und er hindurchschlüpfen konnte, Sabriel sorgfältig gegen die scharfkantigen Splitter abschirmend.

Hinter der Tür erstreckte sich ein großes, offenes, von verfallenen Mauern umfriedetes Feld. Üppig wucherndes Unkraut bedeckte die Fläche; hier und da ragte ein verkrüppelter Baum aus dem Gestrüpp heraus. Am westlichen Rande des Feldes, fast verborgen hinter einer halb verfallenen Mauer, kauerten zwei Papierschwingen, die eine mit der Nase nach Süden, die andere nach Norden – und zwei Menschen: Verschwommene Silhouetten, umsäumt vom flirrend-gleißenden Orange der Nachmittagssonne, die hinter ihnen im Untergehen begriffen war.

In eine Gangart fallend, die nur als Galopp bezeichnet werden konnte, pflügte Prüfstein durch das Unkraut wie ein Schiff durch die Sargasso-See. Er rannte geradewegs zu den zwei Gestalten, setzte Sabriel behutsam zu ihren Füßen ab – und sackte in sich zusammen, mit verdrehten Augen und zuckenden Gliedmaßen.

Sabriel versuchte zu ihm zu kriechen, aber die Schmerzen in ihrer Seite flammten so jäh und sengend auf, daß sie ihr Vorhaben aufgeben mußte. Das einzige, wozu sie noch imstande war, war, sich aufzusetzen und die beiden Leute und die Papierschwingen anzuschauen.

»Hallo«, sagten die beiden wie aus einem Mund. »Wir sind – für den Augenblick – Die Clayr. Ihr müßt der Abhorsen und der König sein.«

Sabriel starrte sie mit trockenem Mund an. Die Sonne schien ihr genau ins Gesicht, und es fiel ihr schwer, sie deutlich zu erkennen. Junge Frauen beidesamt, mit langem blondem Haar und leuchtenden Augen von strahlendem Blau. Sie trugen weiße Leinenkleider mit langen, offenen Ärmeln, frisch geplättet, so daß Sabriel sich in ihren durchnäßten Reithosen und ihrem durchgeschwitzten Panzer noch schmutziger und verwahrloster fühlte, als sie es ohnehin schon tat. Nicht nur ihre Stimmen waren identisch, sondern auch ihre Gesichter. Sehr hübsch. Zwillinge.

Sie lächelten und knieten nieder, die eine neben Sabriel, die andere neben Prüfstein. Sabriel fühlte, wie Charta-Magie langsam in ihnen aufwallte, wie Wasser in einem Quell – und dann in sie strömte und mit einem Schlag die Schmerzen in ihrer Wunde stillte. Der neben ihr liegende Prüfstein hörte auf nach Atem zu ringen und zu zucken, und er sank in einen tiefen, erholsamen Schlaf.

»Danke«, krächzte Sabriel heiser. Sie versuchte ein Lächeln, aber es mißriet ihr. »Da unten sind Sklaventreiber… menschliche Verbündete der Toten… die hinter uns her sind.«

»Das wissen wir«, sagten die beiden unisono. »Aber sie hängen um zehn Minuten zurück. Dein Freund – der König – ist sehr, sehr schnell gerannt. Wir sahen ihn gestern rennen. Oder morgen.«

»Aha«, sagte Sabriel, während sie sich mühsam aufraffte. Sie mußte an ihren Vater denken und an das, was er über Die Clayr gesagt hatte, von wegen, daß sie mitunter ihre Wanns durcheinanderbrachten. Am besten, sie fand schnell heraus, was sie wissen mußte, bevor die Dinge noch verwirrender wurden.

»Danke«, sagte sie erneut, denn der Pfeil fiel zu Boden, als sie sich aufrichtete. Es war ein Jagdpfeil mit schmaler Spitze, kein Pfeil, der einen Panzer zu durchschlagen vermochte. Sie hatten sie also nur aufhalten wollen. Sie erschauerte und tastete nach dem Loch zwischen den Schuppen ihres Panzers. Die Wunde fühlte sich nicht wirklich verheilt an – nur älter, als hätte der Pfeil sie nicht wenige Minuten, sondern eine Woche zuvor getroffen.

»Vater kündigte an, daß ihr hier sein würdet… daß ihr über uns gewacht habt und daß ihr Ausschau nach dem Versteck von Kerrigors Körper gehalten habt.«

»Ja«, erwiderten Die Clayr. »Genauer gesagt, nicht wir persönlich. Uns ist nur für heute gestattet worden, Die Clayr zu sein, weil wir die besten Papierschwingenpiloten sind…«

»Oder, genauer, nicht wir, sondern Ryelle hier…«, sagte die eine und zeigte auf ihre Schwester. »Aber da sie eine Papierschwinge für den Heimflug braucht, waren zwei Papierschwingen vonnöten, und deshalb…«

»Ist Sanar mitgekommen«, vollendete Ryelle, auf ihre Schwester zeigend.

»Wir beide«, sagten sie im Chor. »Nun, uns bleibt nicht mehr viel Zeit. Ihr könnt die rotgoldene Papierschwinge nehmen… wir haben sie in den königlichen Farben gestrichen, als wir es letzte Woche erfuhren. Aber zunächst einmal müssen wir uns um Kerrigors Körper kümmern.«

»Ja«, sagte Sabriel. Der Feind ihres Vaters – ihrer Familie – der Feind des Königreiches. Und ihr, Sabriel oblag es, den Kampf gegen ihn fortzuführen. Sie mußte diese Bürde auf sich zu nehmen, ganz gleich, wie schwer sie war und wie schwach ihre Schultern zur Zeit waren.

»Sein Körper ist in Ancelstierre«, sagten die Zwillinge. »Aber unsere Augen sind schwach jenseits des Walles, und deshalb besitzen wir weder eine Landkarte, noch kennen wir die Namen der Orte. Wir werden sie dir zeigen – und du wirst dich erinnern müssen.«

»Ja«, sagte Sabriel, mit dem Kopf nickend. Sie kam sich vor wie eine dumme Studentin, die versprach, sich einer Aufgabe zu stellen, die ihre Fähigkeiten überstieg. »Ja«, wiederholte sie.

Die Clayr nickten und lächelten wieder. Ihre Zähne waren ganz weiß und ebenmäßig. Eine, möglicherweise Ryelle – Sabriel vermochte sie nicht auseinanderzuhalten – zauberte eine Flasche aus durchsichtigem grünem Glas aus dem wallenden Ärmel ihres Gewandes. Das kurze Aufblitzen von Charta-Magie zeigte, daß sie sie in der Tat hervor›gezaubert‹ hatte. Die andere Frau – Sanar? – zauberte einen langen beinernen Zauberstab aus dem Ärmel.

»Fertig?« fragten sie einander gleichzeitig, und die ebenso einstimmige Antwort »Ja!« kam, noch ehe die Frage überhaupt in Sabriels müdes Hirn vorgedrungen war.

Ryelle entkorkte die Flasche mit einem satten *Plopp* und goß den Inhalt blitzschnell in einer horizontalen Linie aus. Sanar, nicht minder hurtig, schwenkte den Zauberstab über die fallende Flüssigkeit, worauf diese mitten in der Luft erstarrte, eine Scheibe aus durchsichtigem Eis bildend: ein gefrorenes Fenster, das vor Sabriel in der Luft schwebte.

»Aufgepaßt!« befahlen die Zwillinge, und Sanar berührte das Eisfenster mit ihrem Zauberstab. Es trübte sich ein wie ein wolkenverhangener Himmel, zeigte kurz eine Szene wie von wirbelndem Schneegestöber, einen flüchtigen Blick auf den Wall, und verfestigte sich dann zu einem klaren, scharfen Bild – wie ein aus einem fahrenden Wagen gedrehter Film. Im Wyverley College waren Filme verpönt gewesen, aber Sabriel hatte einige im Lichtspielhaus in Bain gesehen. Dieser war ganz ähnlich, aber er war in Farbe, und sie konnte natürliche Geräusche hören, so klar, als wäre sie selbst zugegen.

Das Fenster zeigte typisches ancelstierranisches Farmland – ein ausgedehntes Weizenfeld, reif für die Ernte, in der Ferne ein Traktor, dessen Fahrer mit einem anderen Mann plauderte, der auf dem Bock eines zweispännigen Wagens saß. Die beiden Pferde standen still und träge da und blinzelten durch ihre Scheuklappen.

Der Blick raste ganz nahe an die beiden Männer heran, schwenkte um sie herum, einen kurzen Ausschnitt aus ihrem Gespräch aufschnappend, und glitt weiter. Er folgte einem Weg, der einen Berg hinauf und wieder hinunter führte, ein kleines Gehölz durchquerte und sich schließlich mit einer asphaltierten Straße von größerer Wichtigkeit kreuzte. Ein Wegweiser stand dort, und das ›Auge‹, oder was immer es war, glitt zu ihm hin, bis der Wegweiser das gesamte Eisfenster ausfüllte. »Wyverley 2 $1/2$ Meilen«, stand darauf – und schon folgte das Auge in rasendem Tempo dem Hinweisschild und schoß die Straße hinunter, nach dem Dorf Wyverley.

Wenige Sekunden später verlangsamte sich die Fahrt des Auges, und in dem Eisfenster erschienen die Sabriel so vertrauten Häuser des Dorfes Wyverley: die einstige Schmiede und jetzige Automobilwerkstatt; die Wyvern-Schenke; das schmucke Haus des Konstablers mit der blauen Laterne. Sabriel konzentrierte sich noch schärfer, denn gewiß würde das Auge, nachdem es ihr nun einen festen Bezugspunkt gezeigt hatte, in Regionen von Ancelstierre schweifen, die ihr unbekannt waren.

Aber das Bild bewegte sich nach wie vor langsam. In Schrittgeschwindigkeit spazierte es durch das Dorf, bog schließlich von der Hauptstraße ab und folgte einem Reitweg hinauf zu dem bewaldeten Hügel, der als Docky Point bekannt war. Ein recht hübscher Hügel, gewiß, bedeckt von einer Korkeichenschonung mit einigen sehr alten Bäumen darunter. Die einzige interessante Stelle indes war der rechteckige Grabhügel auf seiner Kuppe... der Grabhügel... Das Bild veränderte sich, das Auge rückte ganz nah an die riesigen, graugrünen, zu Quadern gehauenen und dicht Auf- und aneinandergefügten Steine heran: eine relativ neumodische Torheit, wie Sabriel aus dem Heimatkundeunterricht auf dem Wyverley wußte. Etwas weniger als zweihundert Jahre alt. Sie hätte ihn einmal fast besucht, hätte nicht irgend etwas sie von diesem Vorhaben wieder abgebracht...

Das Bild veränderte sich erneut. Das Auge bewegte sich gleichsam durch den Stein hindurch, an den mörtelgefüllten Fugen entlang, seinen Weg im Zickzack um die Quader herum suchend, bis es schließlich in die dunkle Kammer im Innern des Grabhügels gelangte. Für einen Moment wurde das Eisfenster vollkommen dunkel, dann erhellte es sich. Ein bronzener Sarkophag wurde sichtbar. Die metallene Hülle war über und über bedeckt von freimagischen Abweichungen von Charta-Zeichen. Das Auge unterlief diese wurmgleich sich windenden und ständig sich gegeneinander verschiebenden Zeichen und durchdrang die Bronze. Im Innern des Sarkophages lag ein Körper, ein lebender Körper, umhüllt von Freier Magie.

Wieder veränderte sich das Bild, als das Auge sich mühsam einen Weg zum Gesicht des Körpers bahnte. Ein schönes Gesicht, ein Gesicht, das zeigte, was Kerrigor einst gewesen war. Das menschliche Antlitz Rogirs. Seine Züge ließen deutlich erkennen, daß er und Prüfstein dieselbe Mutter gehabt hatten.

Sabriel starrte, gebannt von der Ähnlichkeit zwischen den Halbbrüdern, bis das Bild plötzlich verschwamm und zu einem wirbelnden Grau wurde, einem Grau, das begleitet war von rauschendem Wasser: dem Tod. Etwas Riesenhaftes, Monströses watete gegen die Strömung, ein ausgezackter Ausschnitt aus schwärzestem Schwarz, formlos, gesichtslos, bis auf zwei Augen, die mit unnatürlichem Feuer loderten. Es schien Sabriel hinter dem Eisfenster zu sehen, denn es schnellte plötzlich vorwärts, und zwei Arme, groß und schwarz und schnell wie vom Wind getriebene Gewitterwolken, griffen nach ihr.

»Hab ich dich, Abhorsen!« schrie Kerrigor. »Dein Blut wird über die Steine spritzen…«

Sabriel glaubte schon, seine Arme würden das Fenster durchstoßen, als das Eis mit einem Schlag zerbarst und die Stücke zu Boden rieselten, wo sie rasch wegschmolzen.

»Du hast gesehen«, sagten Die Clayr wie aus einem Mund. Sabriel nickte, am ganzen Leibe zitternd. Ihre Gedanken kreisten noch immer um die frappierende Ähnlichkeit zwischen Kerrigors ursprünglichem Menschenkörper und Prüfstein. Wo hatte sich ihr Weg gegabelt? Was hatte Rogir dazu gebracht, den langen Weg einzuschlagen, der zu der Abscheulichkeit namens Kerrigor geführt hatte?

»Wir haben noch vier Minuten«, mahnte Sanar. »Dann sind die Sklaventreiber hier. Wir werden dir helfen, den König in deine Papierschwinge zu schaffen.«

»Ja, bitte, seid so gut«, erwiderte Sabriel. Trotz des furchterregenden Anblicks von Kerrigors roher Geist-Form hatte das, was sie gesehen hatte, sie mit frischem Tatendrang erfüllt. Kerrigors Körper war in Ancelstierre. Sie würde ihn finden und zerstören, und dann würde sie sich seinen Geist vornehmen. Aber jetzt galt es erst einmal, zu dem Körper zu gelangen...

Die zwei Frauen hoben Prüfstein auf. Sie ächzten vor Anstrengung. Ohnehin schon alles andere als ein Leichtgewicht, war er jetzt, mit seinen vollgesogenen Kleidern, noch ein gutes Stück schwerer. Doch trotz ihrer vergleichsweise ätherischen Erscheinung bewältigten Die Clayr die Last auf geradezu bewundernswerte Weise.

»Wir wünschen dir viel Glück, Base«, sagten sie, als sie gemeinsam zu der rot und gold lackierten Papierschwinge schritten, die dicht an der verfallenen Mauer geparkt stand, über der weiß und blau schimmernden Saere-See.

»Base?« murmelte Sabriel. »Ja, es stimmt, wir sind wohl in gewisser Weise verwandt, nicht wahr?«

»Wir sind Blutsverwandte – alle Kinder der Großen Chartae«, bestätigten Die Clayr unisono. »Leider jedoch schwindet der Clan immer mehr dahin...«

»Wißt ihr immer, was geschehen wird?« fragte Sabriel, als sie Prüfstein behutsam in das Cockpit hievten und ihn mit den Gurten festschnallten, die sonst zum Sichern des Gepäcks dienten.

Beide Clayr lachten. »Nein, der Charta sei Dank! Unsere Familie ist die weitestverzweigte unter den Blutlinien, und die Gabe ist auf viele verteilt. Unsere Visionen kommen in Fetzen und Splittern, flüchtigen Blicken und Schatten. Wenn wir müssen, kann die ganze Familie ihre Kraft darauf verwenden, unser Blickfeld zu verengen, wie sie es heute durch uns getan hat. Morgen werden wir wieder bei den Träumen und der Konfusion sein, und wir werden nicht wissen, wohin, wann oder was wir sehen. So, jetzt bleiben uns nur mehr zwei Minuten…«

Unvermittelt nahmen sie Sabriel in die Arme und drückten sie. Die offensichtliche Wärme dieser Geste verwirrte Sabriel nicht wenig. Erfreut erwiderte sie die Umarmung, dankbar für die Fürsorge der beiden. Nun, da ihr Vater nicht mehr war, hatte sie keine Familie mehr, aber vielleicht würde sie in Den Clayr ja Schwestern finden, und vielleicht würde Prüfstein ja…

»Noch zwei Minuten«, wiederholten die beiden Frauen einstimmig, die eine in Sabriels linkes Ohr sprechend, die andere in ihr rechtes. Sabriel entließ sie aus ihrer Umarmung, zog hastig *Das Buch der Toten* und die beiden Charta-Magie-Bücher aus ihrem Rucksack und klemmte sie zwischen den leise schnarchenden Prüfstein und den Rand des Sitzes. Nach kurzer Überlegung stopfte sie auch die schurwollgefütterte Ölhaut und den Bootsmantel hinein. Prüfsteins Schwerter fanden in den dafür vorgesehenen Stauräumen daneben Platz, aber der Rucksack und sein restlicher Inhalt mußten zu Sabriels Leidwesen aus Platzmangel zurückbleiben.

»Nächster Halt: der Wall«, murmelte Sabriel, als sie in das Cockpit klomm. Die Frage, was geschehen würde, wenn sie irgendwo auf halber Strecke auf freiem Terrain niederzugehen gezwungen waren, versuchte sie aus ihrem Kopf zu verbannen.

Die Clayr saßen bereits in ihrer grün und silbern lackierten Papierschwinge, und als Sabriel sich anschnallte, hörte sie, wie sie zu pfeifen begannen. Charta-Magie strömte aus ihren Mündern hinaus in die Luft. Sabriel leckte sich die Lippen, sammelte all ihre Kraft und all ihren Atem und stimmte mit in das Pfeifen ein. Wind erhob sich hinter beiden Flugapparaten, zauste schwarzes Haar wie blondes, hob die Schwänze der beiden Papierschwingen und zerrte an ihren Flügeln.

Sabriel schöpfte erneut Luft und strich mit der Hand über das glatte, laminierte Papier des Rumpfes. Die Erinnerung an die erste Papierschwinge schoß ihr kurz durch den Kopf, an das brennende Wrack in den Tiefen von Holehallow.

»Ich hoffe, zusammen fliegen wir besser«, sagte sie leise, bevor sie mit Den Clayr in den letzten Ton einfiel, die reine, klare Note, die die Charta-Magie in ihren Fluggeräten wecken würde.

Eine Sekunde später hoben zwei Papierschwingen mit leuchtenden Augen von den Ruinen des Palastes von Belisaere ab, glitten hinunter, bis sie fast die Wellen der Saere-See berührten, und schraubten sich dann hoch über den Hügel. Eines der Flugzeuge, das grün und silbern gestrichene, wandte sich nach Nordwesten. Das andere, rot und goldfarben lackiert, schwenkte gen Süden.

Prüfstein, durch die kalte Luft auf seinem Gesicht und das ungewohnte Gefühl des Fliegens aus seinem Schlummer gerissen, murmelte benommen: »Was ist geschehen?«

»Wir reisen nach Ancelstierre«, schrie Sabriel gegen das Tosen des Windes. »Wir überqueren den Wall, gehen zu Kerrigors Körper und zerstören ihn!«

»Oh«, sagte Prüfstein, der nur »...überqueren den Wall...« mitbekommen hatte. »Je nun.«

Kapitel Fünfundzwanzig

»Verzeihung, Sir«, sagte der Soldat und salutierte an der Tür des Offiziersbadezimmers. »Einen Gruß vom Diensthabenden; ob Sie sofort kommen könnten.«

Colonel Horyse seufzte, legte seinen Rasierapparat beiseite und wischte sich mit dem Handtuch den Rest des Rasierschaums aus dem Gesicht. Er war bereits am Morgen beim Rasieren gestört worden und hatte seitdem mehrere Male vergeblich versucht, sich zu Ende zu rasieren. Vielleicht ein Wink des Schicksals, sich einen Schnurrbart stehenzulassen.

»Was gibt's?« fragte er resigniert. Was immer es war, mit Sicherheit war es nichts Gutes.

»Ein Flugzeug, Sir«, antwortete der Soldat teilnahmslos.

»Vom Armeehauptquartier? Hat es einen Zylinder mit einer Botschaft abgeworfen?«

»Ich weiß nicht, Sir. Es ist auf der anderen Seite des Walles.«

»Was!« schrie Horyse in ungläubigem Erstaunen. Er ließ sein gesamtes Rasierzeug fallen, hob seinen Helm und sein Schwert auf und versuchte hinauszustürmen – alles zur gleichen Zeit. »Unmöglich!«

Doch als er sich schließlich gesammelt hatte und am Vorderen Beobachtungsposten eintraf, einem achteckigen Stützpunkt, der vom Perimeter aus bis auf eine Entfernung von fünfzig Schritt an den Wall heranragte, mußte er erkennen, daß es durchaus möglich war. Das Licht hatte zwar nachgelassen – wahrscheinlich war es auf der anderen Seite kurz vor Sonnenuntergang –, aber die Sicht war immer noch so gut, daß er in der Ferne das Fluggerät ausmachen konnte, das in einer Serie langgezogener Schleifen herunterging... auf der anderen Seite des Walles. Im Alten Königreich.

Der Diensthabende spähte durch ein großes Artillerieaufklärungsfernglas, die Ellenbogen auf die mit Sandsäcken geschützte Brustwehr des Beobachtungspostens gestützt. Horyse hielt für einen Moment inne und überlegte, wie der Mann hieß – er war neu in der Perimeter-Garnison – dann tippte er ihm auf die Schulter.

»Jorbert. Darf ich einmal?«

Der junge Offizier setzte das Fernglas widerstrebend ab und überreichte es Horyse mit dem Gesichtsausdruck eines Schuljungen, der sich seines halbaufgelutschten Dauerlutschers beraubt sieht.

»Es handelt sich ganz eindeutig um ein Flugzeug, Sir«, sagte er, und während er sprach, hellte sich seine Miene wieder auf. »Völlig geräuschlos, wie ein Segelflugzeug, aber es verfügt eindeutig über irgendeine Art von Antrieb. Sehr wendig – und wunderschön bemalt. Es sitzen zwei... Personen drin, Sir.«

Horyse gab keine Antwort, sondern setzte das Fernglas an die Augen und nahm die gleiche Stellung ein wie zuvor sein Untergebener. Im ersten Moment konnte er das Flugzeug nicht sehen, und er schwenkte das Fernglas hastig erst nach links und rechts und dann im Zickzack nach oben und unten, und dann sah er es. Es flog tiefer, als er erwartet hatte; es war fast schon im Landeanflug.

»Geben Sie Alarm!« befahl er barsch, als ihm klar wurde, daß das Flugzeug ganz nahe an der Übergangsstelle landen würde – womöglich nur ein paar hundert Schritt vom Tor entfernt.

Er hörte, wie sein Befehl von Jorbert an einen Sergeanten weitergegeben wurde, der ihn wiederum weiterbrüllte an Wachtposten und UVD's, die ihn schließlich über handbetriebene Sirenen und die alte Glocke, die vor der Offiziersmesse hing, in die Garnison hinausposaunen würden.

Es war schwer zu erkennen, wer oder was in dem Flugzeug saß; als er an der Scharfeinstellung herumdrehte, sprang ihm plötzlich Sabriels Gesicht entgegen, auch aus der Entfernung gut zu erkennen. Sabriel, die Tochter von Abhorsen, begleitet von einem unbekannten Mann – oder etwas, das die äußere Gestalt eines Mannes angenommen hatte. Eine Sekunde lang erwog Horyse, die Männer wieder abtreten zu lassen, aber schon konnte er das Klappern von genagelten Stiefelabsätzen auf den Laufbrettern hören, untermalt von den gebrüllten Kommandos von Sergeanten und Korporälen – und wer weiß, am Ende war es womöglich gar nicht Sabriel. Die Sonne war im Untergehen begriffen, und die kommende Nacht würde die erste Vollmondnacht sein…

»Jorbert!« blaffte er und reichte das Fernglas dem überraschten Untergebenen zurück. »Richten Sie dem Regiments-Hauptfeldwebel einen Gruß von mir aus und bitten Sie ihn, persönlich eine Abteilung Späher zusammenzustellen – wir gehen raus und schauen uns das Flugzeug einmal etwas genauer an.«

»Oh, vielen Dank, Sir!« erwiderte Leutnant Jorbert überschwenglich, das ›wir‹ offenbar so verstehend, daß er mit zu dem Trupp gehören sollte. Sein Enthusiasmus überraschte Horyse, zumindest für einen Augenblick.

»Sagen Sie, Herr Jorbert«, fragte er den Leutnant. »Haben Sie zufällig die Versetzung zum Fliegenden Corps beantragt?«

»Nun, ja, Sir«, antwortete Jorbert. »Achtmal…«

»Dann bedenken Sie«, unterbrach ihn Horyse. »Das Ding da draußen kann sehr wohl eine fliegende Kreatur sein und kein Flugzeug, wie wir glauben, und seine Piloten können halbverweste Monstren sein, die eigentlich von Rechts wegen tot sein sollten, oder Freimagie-Wesen, die nie im eigentlichen Sinne gelebt haben. Keine Pilotenkollegen, Kameraden der Lüfte oder dergleichen Romantisches.«

Jorbert nickte unmilitärisch, salutierte und machte auf dem Absatz kehrt.

»Und vergessen Sie das nächste Mal, wenn Sie Dienst haben, Ihr Säbelbajonett nicht«, rief Horyse ihm hinterher. »Hat Ihnen keiner gesagt, daß Ihr Revolver möglicherweise nicht funktionieren könnte?«

Jorbert nickte abermals, errötete, salutierte fast und trabte davon, den Verbindungsgraben hinunter. Einer der Soldaten im Vorderen Beobachtungsposten, ein Korporal mit einer beeindruckenden Latte von Dienstabzeichen auf dem Ärmel, die ihn als alten Hasen auswiesen, und einem Charta-Mal als Erkennungsmerkmal seines Stationierungsortes auf der Stirn, schüttelte den Kopf, als der junge Offizier an ihm vorbeikam.

»Warum schütteln Sie den Kopf, Korporal Anshy?« raunzte Horyse, gereizt wegen seiner mißlungenen Rasierversuche und dieses überraschenden und möglicherweise gefährlichen Auftauchens eines Flugapparates.

»Wasser im Gehirn«, erwiderte der Korporal fröhlich – und ziemlich zweideutig. Horyse öffnete den Mund, um einen scharfen Verweis auszusprechen, und schloß ihn wieder, als er merkte, daß seine Mundwinkel sich unwillkürlich zu einem Lächeln verzogen. Bevor er jedoch richtig loslachen konnte, verließ er den Posten und begab sich zurück zu dem Abschnitt des Grabens, wo seine Abteilung und der Regiments-Hauptfeldwebel ihn erwarteten, um mit ihm hinter den Wall zu gehen.

Nach weniger als fünf Schritten war das Lächeln wieder aus seinem Gesicht gewichen.

Der Papierflieger kam nach einer perfekten Landung in dichtem Schneegestöber zum Stehen. Sabriel und Prüfstein hievten sich, unter ihren dünnen Kleidern vor Kälte zitternd, aus dem Sitz und versanken sofort bis zu den Knien im Schnee. Prüfstein lächelte Sabriel an. Seine Nase war ganz rot, und seine Augenbrauen waren eisüberkrustet.

»Wir haben es geschafft.«

»Bis hierher jedenfalls«, schränkte Sabriel ein, aufmerksam in alle Richtungen blickend. Sie konnte die lange graue Masse des Walls sehen und dahinter, auf der anderen Seite, die honigfarbene Herbstsonne von Ancelstierre. Auf ihrer Seite hatte der Wind den Schnee bis fast zur Krone des Walles an den grauen Stein angeweht, und der Himmel war bedeckt und die Sonne fast untergegangen. Dunkel genug jedenfalls für die Toten, um herumwandern zu können.

Prüfstein verging das Lächeln, als er merkte, in welcher Stimmung sie war, und er holte seine Schwerter aus der Papierschwinge. Das linke gab er Sabriel. Sie steckte es ein, aber es paßte nicht so recht in die Scheide – eine weitere Erinnerung an einen herben Verlust.

»Ich sollte besser auch die Bücher herausholen«, sagte sie und beugte sich ins Cockpit. Die beiden Charta-Magie-Bücher hatten den Flug gut überstanden; sie waren unversehrt. *Das Buch der Toten* indes schien durchgeweicht. Als sie es herauszog, sah sie, daß daran nicht der Schnee schuld war. Dicke Tropfen dunklen Blutes quollen aus dem Umschlag hervor. Sabriel wischte es schweigend an der harten Schneekruste ab, wo es einen bleifarbenen Streifen hinterließ. Sodann steckte sie die Bücher in ihre Manteltaschen.

»Warum… warum sah das Buch so aus?« fragte Prüfstein, bemüht – und beinahe mit Erfolg –, eher neugierig als ängstlich zu klingen.

»Ich glaube, es antwortet auf die Präsenz vieler Tode«,

antwortete Sabriel. »Hier besteht die große Möglichkeit dafür, daß die Toten auferstehen. Dies ist ein sehr schwacher Punkt…«

»Psst!« fiel ihr Prüfstein ins Wort und deutete in die Richtung des Walles. Dunkle Gestalten, die sich deutlich gegen den Schnee abhoben, kamen in breiter Front auf sie zu, in zielstrebigem, festem Schritt. Sie waren mit Bogen und Speeren bewaffnet, und zumindest Sabriel erkannte die Gewehre, die sie über den Rücken geschnallt trugen.

»Kein Grund zur Beunruhigung«, sagte Sabriel, wenngleich sie ein leises Ziehen in der Magengegend spürte. »Das sind Soldaten von der ancelstierranischen Seite – trotzdem sollte ich wohl besser die Papierschwinge zurückschicken…«

Sie vergewisserte sich mit einem raschen Blick, daß sie nichts im Cockpit zurückgelassen hatten, und legte die Hand auf die Nase der Papierschwinge, genau über ihr zwinkerndes Auge. Es schien zu ihr aufzuschauen, als sie sprach.

»Geh nun, mein Freund. Ich möchte nicht riskieren, daß du nach Ancelstierre geschleppt und auseinandergenommen wirst. Flieg, wohin du willst – zum Gletscher Der Clayr oder, wenn du Lust hast, zu Abhorsens Haus, wo das Wasser fällt.«

Sie trat zurück und beschrieb die Charta-Zeichen, die der Papierschwinge die Freiheit der Wahl bescheren würden und die Winde, die sie dorthin tragen würden. Die Zeichen gingen in ihr Pfeifen ein, und die Paperschwinge erhob sich in die Lüfte und stieg auf im Einklang mit der steigenden Tonhöhe ihres Pfeifens. Sie schwang sich immer höher und wurde immer schneller, um in dem Moment in den Äther davonzuschießen, als der Ton seine höchste Höhe erreichte.

»Donnerwetter!« rief eine Stimme. »Wie haben Sie denn das hingekriegt?«

Sabriel fuhr herum und schaute in das Gesicht eines jungen, atemlosen ancelstierranischen Offiziers. Der einzelne goldene Stern eines Leutnants nahm sich ein wenig verloren auf seinen Schulterstücken aus. Er war gut fünfzig Schritt vor der Linie seiner Kameraden, aber er schien keine Angst zu haben. Er hielt jedoch ein Schwertbajonett und einen Revolver in den Händen, und er hob beide, als Sabriel ihm entgegentrat.

»Halt! Sie sind meine Gefangenen!«

»Eigentlich sind wir Reisende«, erwiderte Sabriel. Gleichwohl folgte sie seiner Aufforderung und blieb stehen. »Ist das da hinter Ihnen nicht Colonel Horyse?«

Jorbert drehte sich halb um, um zu schauen, bemerkte seinen Fehler und drehte sich sofort wieder zurück – gerade rechtzeitig, um mitzubekommen, wie Sabriel und Prüfstein erst lächelten, dann kicherten und schließlich laut loslachten.

»Was ist daran so witzig?« fragte Leutnant Jorbert beleidigt, als die beiden mit dem Lachen gar nicht mehr aufhörten, bis ihnen schließlich Tränen die Wangen herunterliefen.

»Nichts«, sagte Horyse, während er seinen Männern bedeutete, Sabriel und Prüfstein einzukreisen. Er selbst ging zu ihnen und legte vorsichtig zwei Finger auf ihre Stirn – um die Charta zu testen, die sie in sich trugen. Nachdem diese Prüfung zu seiner Zufriedenheit ausgefallen war, schüttelte er sie leicht, bis ihr Lachanfall vorüber war. Dann legte er zur Überraschung einiger seiner Männer den Arm um beide und geleitete sie zurück zur Übergangsstelle, nach Ancelstierre und zum Sonnenschein.

Jorbert, dem nichts weiter blieb, als den Rückzug zu decken, fragte entrüstet die Luft: »Und was war nun daran so witzig?«

»Sie haben doch gehört, was der Colonel gesagt hat«, antwortete Regiments-Hauptfeldwebel Tawklish. »Nichts.

Das war eine hysterische Reaktion, sonst nichts. Die beiden haben eine Menge durchgemacht, das können Sie mir glauben.«

Und dann, in der typischen Art, wie sie nur Regiments-Hauptfeldwebel gegenüber untergebenen Offizieren äußern, erstaunte er den armen Jorbert vollends mit einem verständnisvollen und arg verzögerten »Sir«.

Die Wärme umfing Sabriel wie eine flauschige Decke, als sie aus dem Schatten des Walles in den vergleichsweise heißen ancelstierranischen Herbst traten. Sie fühlte, wie Prüfstein an ihrer Seite leicht ins Wanken geriet und stolperte, während sein Gesicht blind hinauf zur Sonne starrte.

»Sie sehen beide ziemlich kaputt aus«, sagte Horyse in dem freundlichen, bedächtigen Ton, den er gegenüber Soldaten benutzte, die an Schützengrabenneurose litten. »Wie wär's mit etwas zu essen? Oder wollen Sie lieber zuerst ein wenig Schlaf nehmen?«

»Was zu essen wär' nicht schlecht«, erwiderte Sabriel, wobei sie versuchte, ihm so etwas wie ein dankbares Lächeln zu zeigen. »Aber bloß nicht schlafen jetzt; dafür ist keine Zeit. Sagen Sie – wann war Vollmond? Vor zwei Tagen?«

Horyse sah sie an und dachte, daß sie ihn nicht mehr an seine Tochter erinnerte. Sie war Abhorsen geworden, eine Person außerhalb seines Gesichtskreises, und das in so kurzer Zeit…

»Heute nacht ist Vollmond«, sagte er.

»Aber ich war mindestens sechzehn Tage im Alten Königreich…«

»Die Zeit ist nicht dieselbe in den beiden Reichen«, sagte Horyse. »Es gibt da seltsame Verschiebungen. Wir hatten Patrouillen, die schworen, sie wären zwei Wochen draußen gewesen, und nach acht Tagen zurückkamen. War ganz schön verzwickt für den Zahlmeister…«

»Die Stimme, die da aus dem Kasten auf dem Pfahl

kommt«, meldete sich Prüfstein, als sie den Zickzackpfad durch die Stacheldrahtverhaue verließen und in einen der engen Verbindungsgräben hinunterstiegen. »Es steckt keine Charta-Magie in dem Kasten, und dennoch scheint die Stimme…«

»Ah«, unterbrach ihn Horyse, den Blick nach vorn richtend, wo ein Lautsprecher gerade den Befehl zum Abtreten hinausplärrte. »Ich bin überrascht, daß er funktioniert. Das läuft mit Elektrizität, Herr Prüfstein. Keine Magie, sondern Wissenschaft.«

»Er wird heute nacht nicht funktionieren«, sagte Sabriel leise. »Keine Technologie wird heute nacht funktionieren.«

»Ja, er ist ziemlich laut«, sagte Horyse laut. Leise fügte er hinzu: »Bitte sagen Sie nichts mehr, bis wir in meinem Unterstand sind. Die Männer haben bereits einiges aufgeschnappt von wegen heute nacht und Vollmond…«

»Natürlich«, erwiderte Sabriel erschöpft. »Tut mir leid.«

Den Rest des Weges legten sie schweigend zurück. Sie stapften den zickzackförmig verlaufenden Verbindungsgraben entlang, vorbei an Soldaten in den Schützengräben, die kampfbereit in ihren Gefechtsstellungen ausharrten. Die Unterhaltungen der Soldaten verstummten, als sie vorbeikamen, wurden aber sogleich wieder aufgenommen, sobald sie hinter dem nächsten Zick oder Zack verschwanden und außer Sichtweite waren.

Schließlich gelangten sie über eine Treppe hinunter in Colonel Horyses Unterstand. Zwei Sergeanten schoben vor dem Eingang Wache – diesmal waren es Charta-Träger von den Übergangsstellen-Spähern, keine Soldaten von der regulären Garnisonsinfanterie. Ein weiterer Soldat marschierte im Laufschritt zur Feldküche, etwas zu essen holen. Horyse warf einen kleinen Spirituskocher an und machte Tee.

Sabriel trank ihn, ohne große Erleichterung zu empfinden. Ancelstierre und der Allzwecktrostspender seiner Gesellschaft – der Tee – erschienen ihr nicht mehr so solide und verläßlich, wie sie einmal geglaubt hatte.

»So«, sagte Horyse. »Und jetzt erzählen Sie mir einmal, warum Sie keine Zeit zum Schlafen haben.«

»Mein Vater ist gestern gestorben«, sagte Sabriel mit versteinerter Miene. »Die Windflöten werden heute nacht versagen. Bei Mondaufgang. Die Toten hier werden aufstehen.«

»Das mit Ihrem Vater tut mir leid. Sehr leid«, sagte Horyse. Nach kurzem Zögern fügte er hinzu: »Aber wo Sie nun einmal hier sind, können Sie die Toten nicht aufs Neue binden?«

»Wenn es damit getan wäre, ja, das könnte ich«, erwiderte Sabriel. »Aber es steht uns noch etwas viel Schlimmeres bevor. Haben Sie schon einmal den Namen Kerrigor gehört, Colonel?«

Horyse stellte seine Tasse Tee ab.

»Ihr Vater sprach einmal von ihm. Einer der Größeren Toten, wenn ich mich richtig erinnere, eingesperrt hinter dem Siebenten Tor, nicht wahr?«

»Er ist mehr als ›Größer‹«, sagte Sabriel düster. »Wahrscheinlich Der Große schlechthin. So weit ich weiß, ist er der einzige Tote Geist, der gleichzeitig auch Freimagie-Adept ist.«

»Und abtrünniges Mitglied der Königsfamilie«, fügte Prüfstein hinzu. Seine Stimme war immer noch heiser und rauh von dem eisigen Fahrtwind; daran hatte auch der heiße Tee nichts ändern können. »Und er ist nicht mehr eingesperrt. Er treibt sich im Leben herum.«

»All diese Dinge verleihen ihm Kraft und Stärke«, fuhr Sabriel fort. »Aber es gibt auch eine Schwachstelle. Kerrigors Beherrschung der Freien Magie und ein großer Teil seiner Macht im Leben wie im Tode hängen vom Fortbestehen seines ursprünglichen Körpers ab. Er hat ihn versteckt, vor langer Zeit schon, als er sich entschloß, ein Toter Geist zu werden – und zwar hier in Ancelstierre, in der Nähe des Dorfes Wyverley, um es genau zu sagen.«

»Und jetzt kommt er also, um ihn zu holen…«, folgerte Horyse in düsterer Vorahnung. Äußerlich wirkte er ruhig und gefaßt; nach all den langen Jahren im Heeresdienst hatte er ein dickes Fell bekommen. Innerlich jedoch fühlte er ein Zittern, von dem er hoffte, daß es sich nicht auf den Teebecher in seiner Hand übertragen würde.

»Wann wird er kommen?«

»Wenn die Nacht anbricht«, antwortete Sabriel. »Mit einer Armee von Toten. Und falls er nahe dem Wall aus dem Tode auftauchen kann, wird er möglicherweise sogar noch früher erscheinen.«

»Die Sonne…«, begann Horyse.

»Kerrigor kann das Wetter manipulieren, mit Nebel oder dichter Bewölkung.«

»Nun denn, was können wir tun?« fragte Horyse, seine Handflächen nach außen wendend, zu Sabriel hin, mit fragendem Blick. »Abhorsen.«

Sabriel fühlte sich in diesem Moment wie mit einem schweren zusätzlichen Gewicht belastet, einer Bürde, die die Erschöpfung, die sie ohnehin schon niederdrückte, noch verstärkte, aber sie zwang sich dazu, Antwort zu geben.

»Kerrigors Körper ruht in einem verzauberten Sarkophag unter einem Grabhügel, einem Grabhügel auf der Kuppe eines kleinen Hügels mit Namen Docky Point, nicht ganz vierzig Meilen von hier. Wir müssen so schnell wie möglich dorthin – und den Körper zerstören.«

»Und das würde auch Kerrigor zerstören?«

»Nein«, sagte Sabriel, traurig den Kopf schüttelnd.

»Aber es würde ihn schwächen... so daß vielleicht eine Hoffnung bestehen könnte...«

»In Ordnung«, sagte Horyse. »Wir haben noch drei bis vier Stunden Tageslicht, aber wir werden uns sputen müssen. Wenn ich Ihre Worte recht verstanden habe, müssen Kerrigor und seine... sein Totenheer... den Wall hier überqueren? Sie können nicht einfach an dem Grabhügel rauskommen?«

»Nein«, bestätigte Sabriel. »Sie müssen im Alten Königreich ins Leben eintreten und in physischer Gestalt den Wall überqueren. Es wäre wahrscheinlich am besten, nicht zu versuchen, ihn aufzuhalten.«

»Tut mir leid, aber das ist nicht möglich«, erwiderte Horyse. »Genau zu diesem Zweck ist die Perimeter-Garnison schließlich da.«

»Dann werden viele Ihrer Soldaten einen sinnlosen Tod sterben«, gab Prüfstein zu bedenken. »Nur, weil sie im Wege sind. Alles und jedes, was Kerrigor im Weg ist, wird vernichtet werden.«

»Sie wollen also, daß wir dieses... diese Kreatur und eine Horde Toter einfach so über Ancelstierre herfallen lassen?«

»Das natürlich nicht«, erwiderte Sabriel. »Ich möchte ihn zu einem Zeitpunkt und an einem Ort *unserer* Wahl bekämpfen. Wenn Sie mir alle Soldaten hier zur Verfügung stellen, die das Charta-Mal tragen und ein wenig Charta-Magie beherrschen, haben wir vielleicht noch genügend Zeit, um Kerrigors Körper zu zerstören. Außerdem werden wir fast fünfunddreißig Meilen vom Wall entfernt sein. Auf Kerrigors Stärke wird sich dies zwar wahrscheinlich nur geringfügig auswirken, aber viele seiner Günstlinge werden durch den Abstand erheblich geschwächt sein. Vielleicht sogar so sehr, daß allein die Zerstörung oder Beschädigung ihrer physischen Gestalt ausreicht, um sie zurück in den Tod zu schicken.«

»Und der Rest der Garnison? Sollen wir einfach dastehen und tatenlos zusehen, wie Kerrigor und seine Armee den Perimeter überqueren?«

»Sie werden wohl keine andere Wahl haben.«

»Ich verstehe«, murmelte Horyse. Er stand auf und begann auf und ab zu schreiten: sechs Schritte hin, sechs Schritte zurück, genau so viel, wie der beengte Unterstand zuließ. »Glücklicherweise – oder vielleicht auch unglücklicherweise – habe ich zufällig im Moment das Oberkommando über den gesamten Perimeter inne. General Ashenber ist nach Süden zurückgereist, aus... gesundheitlichen Gründen. Es handelt sich lediglich um eine Übergangslösung; das Hauptquartier überträgt nur ungern höhere Aufgaben Offizieren, die das Charta-Mal tragen. Die Entscheidung liegt also allein bei mir...«

Er hielt inne und starrte auf Sabriel und Prüfstein – aber seine Augen schienen etwas zu sehen, das sich weit jenseits von ihnen und den rostigen Wellblechwänden des Unterstandes befand. Schließlich sprach er.

»Nun denn. Ich werde Ihnen zwölf Charta-Magier geben, die Hälfte meiner gesamten Späher, aber ich werde Ihnen auch eine etwas irdischere Streitmacht mitgeben, eine Abteilung, die Sie zum... wie hieß der Hügel noch gleich? Docky Point. Die Sie zum Docky Point eskortiert. Aber ich kann Ihnen nicht versprechen, daß wir am Perimeter nicht kämpfen.«

»Wir brauchen Sie auch, Colonel«, sagte Sabriel in die Stille hinein, die auf seine Entscheidung folgte. »Sie sind der stärkste Charta-Magier, den die Garnison hat.«

»Unmöglich!« rief Horyse nachdrücklich. »Ich habe das Kommando über den Perimeter. Mein Platz ist hier.«

»Sie werden ohnehin niemals in der Lage sein, das, was heute nacht geschieht, irgend jemandem zu erklären«, versetzte Sabriel. »Weder einem der Generäle unten im Süden, noch irgend jemandem, der den Wall nicht überquert hat.«

»Ich werde... ich werde darüber nachdenken, während Sie etwas zu sich nehmen«, erklärte Horyse, als das Klappern von Eßgeschirr auf einem Tablett taktvoll das Erscheinen eines Offiziersburschen auf der Treppe ankündigte. »Kommen Sie herein!«

Der Bursche trat ein, ein Tablett mit dampfenden Schüsseln auf dem Arm. Als er das Tablett abstellte, schritt Horyse an ihm vorbei nach draußen.

»Bote!« bellte er. »Der Adjutant, Major Tindall und der CSM von der A-Kompanie, Leutnant Aire von den Spähern, der Regimentshauptfeldwebel und der Feldzeugmeister sollen zu mir kommen. In zehn Minuten im Stabshauptquartier. Und ach... sagen Sie auch dem Transportoffizier Bescheid. Und sagen Sie den Fernmeldern, sie sollen sich bereithalten zum Chiffrieren.«

Kapitel Sechsundzwanzig

Alles ging ganz schnell, nachdem der Tee ausgetrunken war. Fast zu schnell für die erschöpften Sabriel und Prüfstein. Den Geräuschen nach zu urteilen, die von draußen hereindrangen, bewegten sich größere Abteilungen Soldaten im Laufschritt in alle Himmelsrichtungen, während Sabriel und Prüfstein ein verspätetes Mittagessen zu sich nahmen. Und noch ehe sie auch nur mit dem Verdauen beginnen konnten, war Horyse schon wieder zurück und trieb sie zur Eile an.

Sabriel kam sich ein bißchen vor wie eine Statistin bei der Schulaufführung, während sie aus dem Verbindungsgraben stieg und auf den Paradeplatz stolperte. Um sie herum geschah ganz schrecklich viel, aber sie fühlte sich eigentlich nicht dazugehörig. Sie spürte, wie Prüfstein ganz leicht ihren Arm streifte, und lächelte ihm beruhigend zu, für ihn mußte das Ganze noch viel schlimmer sein.

Binnen weniger Minuten wurden sie über den Paradeplatz gebracht, zu einer Reihe wartender Lastkraftwagen, einem offenen Stabswagen und zwei riesigen Gefährten, die mit stählernen Platten verkleidet waren. Rautenförmig, mit Geschütztürmen auf jeder Seite und anstelle von Rädern mit raupenartigen Gliederketten ausgerüstet, muteten sie auf den ersten Blick wie archaische Fabelwesen an. Tanks, erkannte Sabriel. Eine recht neue Erfindung. Wie die Lastkraftwagen stießen sie ein röhrendes Donnern aus, und aus ihren Auspuffrohren quoll blaugrauer Qualm. Das ist jetzt noch kein

Problem, dachte Sabriel, aber die Motoren würden sofort ausgehen, wenn der Wind aus dem Alten Königreich herüberwehte. Oder wenn Kerrigor kam...

Horyse führte sie zu dem Stabswagen, öffnete die hintere Seitentür und bedeutete ihnen einzusteigen.

»Kommen Sie mit?« fragte Sabriel nach kurzem Zögern, während sie sich in den dick gepolsterten Ledersitz zurücksinken ließ, gegen eine Woge von Müdigkeit ankämpfend.

»Ja«, antwortete Horyse, ebenfalls mit kurzer Verzögerung. Er schien überrascht von seiner eigenen Antwort – und plötzlich sehr weit weg. »Ja, ich komme mit.«

»Sie haben die Gabe des Gesichts«, sagte Prüfstein, bevor er sich ebenfalls setzte. »Was haben Sie gesehen?«

»Das Übliche«, erwiderte Horyse. Er nahm auf dem Beifahrersitz Platz und nickte dem Fahrer zu, einem schmalgesichtigen Veteran der Späher, dessen Charta-Mal fast kaum noch zu erkennen war auf seiner wettergegerbten Stirn.

»Was meinen Sie damit?« fragte Sabriel, aber ihre Frage ging unter im Lärm des Anlassers. Der Motor sprang hustend und spotzend an, und sein nagelnder Tenor fiel dissonant ein in die tief dröhnende Kakophonie der Lastwagen- und Tankmotoren.

Erschreckt vom Geräusch des Motors und der plötzlichen Vibration, fuhr Prüfstein hoch; dann lächelte er töricht Sabriel an, die ihre Hand beruhigend auf seinen Arm gelegt hatte.

»Was meinte er mit ›das Übliche‹?« fragte sie.

Prüfstein schaute sie an. Traurigkeit und Erschöpfung wetteiferten in seinem Blick. Er nahm ihre Hand in seine und zog mit der Fingerspitze eine Linie quer über ihre Handfläche – eine klare, gerade Linie, die etwas Endgültiges hatte.

»Oh«, murmelte Sabriel. Sie zog die Nase hoch und sah Horyses Hinterkopf an. Ihr Blick verschwamm, und sie sah nur noch die Linie seines kurzgeschorenen silberfarbenen Haares, das unter seinem Helmrand hervorschaute.

»Er hat eine Tochter in meinem Alter, unten in... irgendwo im Süden«, sagte sie leise. Ein Schauer lief ihr über den Rücken, und sie drückte Prüfsteins Hand, bis seine Finger so weiß waren wie ihre eigenen. »Warum? Warum ist nur alles... jeder...«

Der Wagen setzte sich mit einem Ruck in Bewegung, eskortiert von zwei vorausfahrenden Motorrädern, und gefolgt von den neun Lastkraftwagen, die jeweils in einem Abstand von hundert Schritt in einer langgezogenen Reihe hinter ihnen her fuhren. Die Tanks walzten mit klirrenden Ketten den Seitenweg zum Eisenbahngleis hinauf, wo sie zum Transport nach Wyverley verladen werden sollten. Es war unwahrscheinlich, daß sie dort vor Einbruch der Nacht eintreffen würden. Der Straßenkonvoi indes würde Docky Point vor sechs Uhr nachmittags erreichen.

Sabriel hüllte sich während der ersten zehn Meilen in Schweigen. Gesenkten Hauptes saß sie in ihrem Ledersitz, Prüfsteins Hand immer noch fest in ihrer haltend. Auch er schwieg, aber im Gegensatz zu ihr nahm er wach die Eindrücke auf, die der Blick aus dem Wagenfenster ihm vermittelte: die prosperierenden Bauernhöfe Ancelstierres, die asphaltierten Straßen, die Ziegelhäuser, die privaten Kraftwagen und Pferdegespanne, die vor ihnen an den Straßenrand auswichen, an die Seite gescheucht von den zwei rotbemützten Militärpolizisten, die auf ihren Krafträdern den Konvoi anführten.

»Ich fühle mich jetzt wieder wohlauf«, sagte Sabriel leise, als der Konvoi den Stadtrand von Bain erreichte und seine Fahrt verlangsamte. Prüfstein nickte und beäugte fasziniert die Schaufenster in der Hauptstraße, die sie wenige Augenblicke später entlangfuhren. Die Stadtbewohner starrten zurück, nicht minder fasziniert, denn der Anblick von Soldaten in voller Perimeter-Kampfausrüstung, mit Schwertbajonetten und Schilden, war eine echte Seltenheit – und daß Sabriel und Prüfstein aus dem Alten Königreich kamen, war ebenfalls nicht zu übersehen.

»Wir müssen an der Polizeiwache halten und den Polizeidirektor warnen«, verkündete Horyse, als ihr Wagen vor einem imposanten weißgetünchten Bauwerk mit zwei großen blauen elektrischen Laternen vor dem Portal vorfuhr. Ein robustes Schild über dem Eingang wies das Gebäude als das Hauptquartier der Bainer Polizeibehörde aus.

Horyse erhob sich in seinem Sitz, winkte den Rest des Konvois vorbei, dann schwang er sich aus dem Fahrzeug und stürmte die Treppe zum Eingangsportal hinauf, eine seltsam fehl am Platz wirkende Gestalt in Harnisch und Khaki. Ein Konstabler trat ihm entgegen, scheinbar um ihn aufzuhalten, doch statt dessen blieb er selbst stehen und salutierte.

»Ich bin wohlauf«, wiederholte Sabriel. »Du kannst meine Hand loslassen.«

Prüfstein lächelte und bewegte seine Hand ein wenig in *ihrem* Griff. Sie schaute verdutzt, dann lächelte sie ebenfalls, löste ihren Griff langsam und zog ihre Hand ein Stück zurück, bis ihrer beider Hände flach auf dem Sitz lagen und sich nur noch mit den kleinen Fingern berührten.

In jeder anderen Stadt hätte sich um ein Armeefahrzeug mit zwei so ungewöhnlichen Insassen sogleich eine neugierige Menschentraube gebildet. Aber dies war Bain, und Bain lag nahe beim Wall. Die Leute warfen einen Blick herüber, sahen Charta-Male, Schwertbajonette und Panzer, und gingen weiter. Die Vorsichtigen unter ihnen oder die, die über die Gabe des Gesichts verfügten, gingen heim und sicherten ihre Türen und Fensterläden – nicht nur mit Stahl und Eisen, sondern auch mit Reisern von Eberesche und Besen. Die ganz Vorsichtigen begaben sich zum Fluß mit seinen Sandbänken; sie schützten nicht einmal vor, angeln zu wollen.

Fünf Minuten später kam Horyse wieder heraus, in Begleitung eines großgewachsenen, ernst dreinblickenden Mannes, dessen beeindruckende Statur und adlerartiges Gesicht in ihrer Imposanz ein wenig beeinträchtigt wurden durch den zu kleinen Kneifer, der auf seiner Nasenspitze saß. Er verabschiedete sich händeschüttelnd von dem Colonel, der kehrte zum Fahrzeug zurück, stieg ein, und weiter ging die Fahrt. Der Fahrer arbeitete sich mit beachtenswertem Geschick durch die krachenden Gänge des Getriebes.

Einige Minuten später, kurz bevor sie das Weichbild der Stadt hinter sich ließen, begann eine Glocke hinter ihnen zu läuten, tief und langsam. Sekunden darauf erscholl eine zweite Glocke von irgendwo links, dann eine dritte von vorn. Bald läuteten Glocken überall um sie herum.

»Schnelle Arbeit«, schrie Horyse über den Motorenlärm in den Fond des Fahrzeugs. »Der Polizeidirektor hat sie anscheinend in der Vergangenheit viel üben lassen.«

»Sind das Warnglocken?« fragte Prüfstein. Dies war etwas, das ihm vertraut war, und das Glockengeläut, obwohl es vor schlimmer Gefahr warnte, erschien ihm fast wie ein Stück Heimat. Es löste keine Furcht in ihm aus. Und selbst wenn: nach den Schrecknissen, die er im Wasserspeicher durchlitten hatte, fürchtete er sich vor rein gar nichts mehr.

»Ja«, erwiderte Horyse. »Das Läuten bedeutet: Suchen Sie vor Einbruch der Dunkelheit Ihre Häuser auf. Schließen Sie alle Türen und Fenster. Verweigern Sie fremden Personen unter allen Umständen den Einlaß. Sorgen Sie für Licht in und vor dem Haus. Halten Sie Kerzen und Fackeln für den Fall bereit, daß der elektrische Strom ausfällt. Legen Sie Silberschmuck an. Sollte Sie der Einbruch der Dunkelheit im Freien überraschen, suchen Sie den Schutz fließender Gewässer auf.«

»Wir haben das immer in den unteren Klassen aufsagen müssen«, sagte Sabriel. »Aber ich glaube nicht, daß allzu viele Leute das behalten haben, selbst hier in der Gegend.«

»Sie wären überrascht, junge Frau«, meldete sich der Fahrer zu Wort. Er sprach aus dem Mundwinkel, ohne den Blick auch nur für eine Sekunde von der Fahrbahn abzuwenden. »Sie wären überrascht, wenn Sie wüßten, wie viele das noch präsent haben, obwohl die Glocken seit zwanzig Jahren nicht mehr geläutet haben. Und die, die's wissen, werden es allen weitersagen, die es nicht wissen. Machen Sie sich da nur keine Sorgen.«

»Ich hoffe es«, erwiderte Sabriel, und sie mußte an die Leute von Nestowe denken. Zwei Drittel der Einwohner waren ein Opfer der Toten geworden, und die Überlebenden kauerten in Fischräucherschuppen auf einem Felseneiland. »Ich hoffe es.«

»Wie lange brauchen wir noch bis Docky Point?« erkundigte sich Prüfstein. Auch er erinnerte sich, aber der Gegenstand seiner Erinnerung war Rogir. Bald würde er wieder in Rogirs Gesicht schauen, aber es würde nur eine Hülse sein, ein Werkzeug für das, zu dem Rogir geworden war…

»Höchstens noch eine Stunde, würde ich sagen«, antwortete Horyse. »Gegen sechs müßten wir dort sein. Wir schaffen mit diesem Gefährt einen Stundendurchschnitt von fast dreißig Meilen – wirklich beachtlich. Für mich jedenfalls. Ich bin so sehr an den Perimeter gewöhnt, und an das Alte Königreich, den kleinen Teil jedenfalls, den wir auf der Patrouille gesehen haben. Ich hätte gern mehr davon gesehen… weiter nördlich…«

»Das werden Sie noch«, sagte Sabriel, aber ihre Stimme klang nicht sehr überzeugend, selbst in ihren eigenen Ohren nicht. Prüfstein sagte überhaupt nichts, und da Horyse auch nichts erwiderte, setzten sie ihre Fahrt schweigend fort. Wenig später tauchte der Lastwagenkonvoi wieder vor ihnen auf. Sie überholten jedes einzelne Fahrzeug und setzten sich wieder an die Spitze. Aber wohin auch immer sie fuhren, das Läuten der Glocken eilte ihnen voraus. Jeder Dorfglockenturm nahm die Warnung auf und gab sie weiter.

Wie Horyse es vorausgesagt hatte, trafen sie um kurz vor sechs im Dorf Wyverley ein. Die Lastkraftwagen hielten in einer Reihe auf der Dorfstraße, diese dabei in ihrer ganzen Länge einnehmend, vom Haus des Konstablers bis zur Wyvern-Schenke. Die Soldaten sprangen heraus, fast noch ehe die Fahrzeuge zum Stillstand kamen, und stellten sich in Reih und Glied auf der Straße auf. Der Fernmelde-LKW parkte unter einem Telefonmast, und zwei Mann klommen hinauf, um ihre Kabel anzuschließen. Die Militärpolizisten begaben sich jeweils zu einem Ende des Dorfes, um den Verkehr umzuleiten. Sabriel und Prüfstein stiegen aus dem Wagen und warteten.

»Es ist nicht viel Unterschied zur Königlichen Garde«, sagte Prüfstein, während er zuschaute, wie die Soldaten auf ihre Paradeposten eilten, die Sergeanten ihre Befehle bellten und die Offiziere sich um Horyse versammelten, der über die eben gelegte Telefonleitung sprach. »Beeilt euch und wartet!«

»Ich hätte dich zu gern einmal in der Königlichen Garde gesehen«, sagte Sabriel. »Und das Alte Königreich, zu… ich meine, bevor die Steine zerbrochen wurden.«

»Du meinst, zu meiner Zeit«, sagte Prüfstein. »Das hätte mir auch gefallen. Es war mehr wie hier damals. Hier wie es üblicherweise ist, meine ich. Friedlich und irgendwie gemächlich, in gewisser Weise langweilig. Manchmal fand ich das Leben zu langweilig, zu vorhersehbar. Jetzt wäre mir das freilich lieber…«

»So habe ich in meiner Schulzeit immer gedacht«, sagte Sabriel. »Ich habe immer vom Alten Königreich geträumt. Von ordentlicher Charta-Magie. Von Toten, die es zu binden galt. Von Prinzen, die es zu...«

»Retten?«

»Zu heiraten galt«, erwiderte Sabriel geistesabwesend. Sie schien auf einmal ganz darauf konzentriert, Horyse zu beobachten. Seiner Miene nach zu urteilen, erhielt er gerade schlechte Nachrichten über das Telefon.

Prüfstein schwieg. Sein Blick ruhte auf Sabriel. Ihr schwarzes Haar schimmerte wie der Flügel eines Raben in der Nachmittagssonne. Ich liebe sie, dachte er. Aber wenn ich jetzt das Falsche sage, könnte es sein, daß ich sie niemals...

Horyse reichte einem der Fernmelder das Telefon zurück und wandte sich zu ihnen. Prüfstein beobachtete ihn; ihm wurde plötzlich bewußt, daß ihm wahrscheinlich nur noch fünf Sekunden blieben, um mit Sabriel alleinsein zu können, um ihr etwas sagen zu können. Vielleicht die letzten fünf Sekunden, die sie je allein für sich haben würden...

Ich habe keine Angst, sagte er sich.

»Ich liebe dich«, sagte er leise. »Ich hoffe, es stört dich nicht.«

Sabriel schaute ihn an und lächelte, fast gegen ihren Willen. Sie war noch immer voller Trauer über den Tod ihres Vaters, und sie hatte Angst vor der Zukunft; aber Prüfstein zu sehen, wie er sie ängstlich anstarrte, gab ihr irgendwie neue Hoffnung.

»Nein, es stört mich nicht«, flüsterte sie zurück und lehnte sich zu ihm hinüber. Sie runzelte die Stirn. »Ich glaube«, begann sie zögernd, »ich glaube, ich könnte dich auch lieben, aber jetzt ist...«

»Die Telefonverbindung zur Perimeter-Übergangsstelle ist gerade zusammengebrochen«, verkündete Horyse grimmig, über das Geläut der Dorfglocke hinwegbrüllend, noch bevor er nahe genug war, um in normalem Tonfall zu sprechen. »Vor über einer Stunde schob sich eine Nebelbank über den Wall. Sie erreichte die vorderen Gräben um vier Uhr sechsundvierzig. Von da an war keine der vorgeschobenen Kompanien mehr telefonisch oder per Boten zu erreichen. Ich habe eben noch mit dem Diensthabenden gesprochen, dem jungen Burschen, der so interessiert an Ihrem Flugapparat war. Er sagte, der Nebel werde jeden Moment seine Position erreichen, und genau in dem Moment brach die Verbindung ab und die Leitung war tot.«

»Dann hat also Kerrigor doch nicht bis zum Sonnenuntergang gewartet«, sagte Sabriel. »Er manipuliert das Wetter.«

»Den Angaben zufolge, die wir vom Perimeter erhalten haben«, sagte Horyse, »rückt diese Nebelbank – und was immer sich in ihr verbirgt – mit einer Geschwindigkeit von etwa zwanzig Meilen pro Stunde nach Süden vor. Demzufolge wird sie uns gegen halb acht erreichen. Dann ist es dunkel, und der Mond ist noch nicht aufgegangen.«

»Dann lassen Sie uns aufbrechen«, drängte Sabriel. »Der Reitpfad hinauf nach Docky Point beginnt gleich hinter der Schenke. Soll ich vorneweg gehen?«

»Lieber nicht«, erwiderte Horyse. Er wandte sich um und brüllte ein paar Befehle, begleitet von beträchtlichem Winken und Hierhin-und-dorthin-zeigen. Innerhalb von wenigen Sekunden begannen seine Männer hinter der Schenke von der Straße abzuschwenken und den Reitpfad nach Docky Point hinaufzumarschieren. Vorneweg die Späher von der Übergangsstelle, allesamt Bogenschützen und Charta-Magier. Dahinter der erste Zug Infanterie mit aufgepflanztem Bajonett und schußfertigem Gewehr. Hinter dem Gasthof ordneten sie sich zu einer Pfeilspitzenformation. Horyse, Sabriel, Prüfstein und der Fahrer schlossen sich ihnen an. Hinter ihnen folgten die beiden anderen Züge und die Fernmelder, die Feldtelefonkabel von einer großen, unhandlichen Trommel abspulten.

Es war still unter den Korkeichen. Die Soldaten bewegten sich so leise vorwärts wie sie konnten und verständigten sich untereinander mehr durch Handzeichen denn durch Rufe. Einzig der schwere Tritt ihrer Stiefel und das gelegentliche Klirren von Panzer oder Gerät störten die Stille.

Sonnenschein fiel durch die Wipfel, weich und golden, doch bereits jetzt an Wärme und Kraft einbüßend, wie ein butterfarbener Wein, der nur Frucht, aber kaum Substanz hat.

Kurz vor der Kuppe trennte sich die Streitmacht ab. Nur die Späher von der Übergangsstelle gingen weiter hinauf. Der vordere Infanteriezug folgte einer niedrigeren Höhenlinie, die um den Hügel herum zur Nordseite führte; die beiden anderen Züge marschierten nach Südwesten und Südosten, ein Verteidigungsdreieck um den Hügel herum bildend. Horyse, Sabriel, Prüfstein und der Fahrer gingen mit den Spähern.

Etwa zwanzig Schritt vor der Hügelkuppe wichen die Bäume dicht wucherndem Distelgestrüpp. Schließlich, auf dem höchsten Punkt, erhob sich das Grabmal: ein massiver Block aus graugrünen Steinen, etwa so groß wie eine Hütte. Die zwölf Späher gruppierten sich lose um den Block herum; vier von ihnen waren bereits dabei, einen der Ecksteine mit einer eigens zu diesem Zweck mitgebrachten Brechstange herauszuhebeln.

Als Sabriel und Prüfstein hinzutraten, fiel der Stein mit einem dumpfen Aufschlag zu Boden, den Blick auf weitere Quader darunter freigebend. Gleichzeitig nahm jeder der anwesenden Charta-Magier ein leises Summen in den Ohren wahr, begleitet von einem starken Schwindelgefühl.

»Haben Sie das gespürt?« fragte Horyse überflüssigerweise, zeigten doch der Gesichtsausdruck eines jeden und die Hände, die sich spontan auf die Ohren legten, daß alle es gespürt hatten.

»Ja«, antwortete Sabriel gleichwohl. Es war das gleiche Gefühl, wenn auch in sehr abgeschwächter Form, das die Zerbrochenen Steine im Bassin verursacht hatten. »Es wird, fürchte ich, schlimmer werden, je näher wir an den Sarkophag herankommen.«

»Wie tief drinnen ist er?«

»Vier Quader tief, schätze ich«, sagte Sabriel. »Oder fünf. Ich habe ihn aus einer… ungewohnten Perspektive gesehen.«

Horyse nickte und bedeutete den Männern, mit dem Ausbrechen der Steine fortzufahren. Sie machten sich mit Eifer ans Werk, aber Sabriel entging nicht, daß sie sich ständig über den Stand der Sonne vergewisserten. Alle Späher waren Charta-Magier von unterschiedlicher Potenz, und alle wußten, was der Sonnenuntergang mit sich bringen würde.

Binnen einer Viertelstunde hatten sie ein Loch von zwei Quadern Breite und zwei Quadern Tiefe an einem Ende des Blockes freigelegt, und das Übelkeitsgefühl wurde stärker. Zwei der jüngeren Späher, beides Männer in den frühen Zwanzigern, hatten sich übergeben müssen und erholten sich jetzt ein Stück weiter unten. Die anderen arbeiteten langsamer, einen Großteil ihrer Energien darauf verwendend, ihr Mittagessen bei sich zu behalten und das Zittern in ihren Gliedern zu unterdrücken.

Sabriel und Prüfstein fiel es zu ihrer Überraschung – in Anbetracht ihres Mangels an Schlaf und ihrer allgemeinen Erschöpfung – einigermaßen leicht, den Wellen von Übelkeit zu widerstehen, die von der Grabstätte ausgingen. Es war kein Vergleich mit der kalten, dunklen Furcht, die sie im Wasserspeicher empfunden hatten, hier oben auf dem Hügel, mit der Sonne und der frischen Brise, wärmend und kühlend zur gleichen Zeit.

Als die dritte Schicht Quader herausgebrochen war, ordnete Horyse eine kurze Ruhepause an, und sie alle zogen sich ein Stück hügelabwärts zurück, zur Baumlinie, wo die übelkeitserregende Aura des Grabmals verflog. Die Fernmelder hatten dort ein Telefon; der Hörer ruhte auf der hochkant aufgestellten Kabeltrommel. Horyse nahm ihn, wandte sich aber Sabriel zu, noch bevor der Fernmelder die Ladekurbel betätigte.

»Gilt es irgendwelche Vorsichtsmaßnahmen zu treffen, bevor wir die letzten Quader herausbrechen? Magische, meine ich.«

Sabriel überlegte einen Moment, ihre Müdigkeit verscheuchend, dann schüttelte sie den Kopf. »Ich glaube, nicht. Sobald wir Zugang zum Sarkophag haben, müssen wir ihn möglicherweise mit einem Zauber öffnen; dazu benötige ich die Hilfe aller anwesenden Charta-Magier. Und dann die finalen Riten am Körper – der übliche Verbrennungsspruch. Dabei werden wir vermutlich auch auf Widerstand stoßen. Haben Ihre Männer schon häufiger Charta-Magie mit vereinten Kräften angewandt?«

»Leider nicht«, antwortete Horyse stirnrunzelnd. »Da die Armee die Existenz von Charta-Magie offiziell nicht zugibt, ist jeder hier im Grunde Autodidakt.«

»Macht nichts«, sagte Sabriel, bemüht, ihrer Stimme einen zuversichtlichen Klang zu verleihen. Sie wußte, daß jeder in der Runde zuhörte. »Wir werden es schon hinkriegen.«

»Gut«, erwiderte Horyse lächelnd. Das Lächeln verlieh seinem Gesichtsausdruck etwas sehr Zuversichtliches, fand Sabriel. Sie versuchte ebenfalls zu lächeln, war sich aber nicht sicher hinsichtlich des Resultats. Es fühlte sich zu sehr nach einem schmerzverzerrten Gesicht an.

»So, dann wollen wir mal schauen, wie weit unser ungebetener Gast inzwischen gekommen ist«, fuhr Horyse fort, immer noch mit dem Lächeln auf seinem Gesicht. »Wohin geht diese Telefonverbindung, Sergeant?«

»Zur Bainer Polizei«, erwiderte der Fernmeldesergeant und drehte energisch an der Ladekurbel. »Und zum Armeehauptquartier Nord, Sir. Sagen Sie Corporal Synge, er soll Sie weiterverbinden. Er sitzt am Vermittlungsknotenpunkt unten im Dorf.«

»Gut«, erwiderte Horyse. »Hallo. Ah, Synge? Verbinden Sie mich mit Bain. Nein, sagen Sie Nord, Sie kämen nicht zu mir durch. Ja, das ist richtig, Corporal. Danke... eh... Polizeihauptquartier Bainshire? Hier spricht Colonel Horyse. Ich möchte mit Polizeichef Dingley sprechen... ja. Hallo, Herr Polizeichef. Haben Sie irgendwelche Meldungen von einem seltsamen, dichten Nebel... was? Jetzt schon! Nein, auf keinen Fall nachforschen! Holen Sie alle Mann rein. Schließen Sie die Fensterläden... ja, das übliche Procedere. Ja, was immer in dem Nebel ist... Ja, außerordentlich gefährlich... hallo! Hallo!«

Er legte langsam den Hörer auf und deutete hinauf zur Hügelkuppe.

»Der Nebel zieht bereits durch den nördlichen Teil von Bain. Er muß viel schneller vorrücken, als wir gedacht haben. Könnte es sein, daß dieser Kerrigor weiß, was wir vorhaben?«

»Ja«, antworteten Sabriel und Prüfstein wie aus einem Mund.

»Dann sollten wir uns besser beeilen«, sagte Horyse und warf einen Blick auf seine Uhr. »Ich würde sagen, wir haben jetzt, wenn's hoch kommt, noch knapp vierzig Minuten.«

Kapitel Siebenundzwanzig

Die darauffolgenden Minuten gerieten zu einer wahren Tortur für die Männer. Am ganzen Leibe zitternd, die Gesichter kalkweiß und schweißüberstömt, vor Anstrengung und Ekel keuchend und würgend, brachen sie die letzten Quader heraus. Sobald der Zugang zum Sarkophag endlich freigelegt war, torkelten sie zurück, von einem einzigen Gedanken beseelt: fort, nur fort von dem Grabhügel! Jeder suchte sich so schnell er konnte ein von der Sonne beschienenes Fleckchen, um gegen die fürchterliche Kälte anzukämpfen, die ihnen regelrecht das Mark aus den Knochen zu saugen schien. Ein Soldat, ein schmucker junger Mann mit weißblondem Schnauzbart, kugelte kraftlos ein Stück den Hügel hinunter und blieb würgend und nach Luft ringend liegen, bis Sanitäter mit einer Trage zu ihm hasteten und ihn bargen.

Sabriel blickte in das dunkle Loch in dem Grabhügel und sah das schwache, beunruhigende Schimmern des bronzenen Sarkophags in seinem Innern. Auch sie fühlte sich elend. Sie spürte ein Kribbeln am ganzen Körper, und ihre Nackenhaare sträubten sich. Die Luft war schwanger von dem ekelerregenden Gestank von Freier Magie, und sie hatte einen bitteren, metallischen Geschmack im Mund.

»Wir werden nicht umhin kommen, ihn aufzuzaubern«, kündigte sie an, bemüht, ihre wachsende Mutlosigkeit nicht zu deutlich zutage treten zu lassen. »Der Sarkophag ist sehr stark geschützt. Ich glaube... das

Beste wäre, wenn wir uns alle an der Hand nähmen und eine Kette bildeten, um so unsere Chartamagischen Kräfte zu vervielfachen. Kennt jeder die Charta-Zeichen für den Öffnungszauber?«

Die Soldaten nickten entweder oder sagten: »Ja, Madame.« Einer sagte: »Ja, Abhorsen.«

Sabriel sah ihn an. Ein Korporal mittleren Alters, dessen Uniformabzeichen von langen Dienstjahren kündeten. Ihm schien die Freie Magie nicht gar so sehr zuzusetzen wie den meisten seiner Kameraden.

»Sie können mich Sabriel nennen, wenn Sie möchten«, sagte sie. Mit Abhorsen angeredet zu werden, war ihr immer noch peinlich und löste eine Fülle widersprüchlicher Gefühle in ihr aus.

Der Korporal schüttelte den Kopf. »Nein, Fräulein. Ich kannte Ihren Vater. Sie sind genau wie er. Sie sind jetzt der Abhorsen. Sie werden dafür sorgen, daß sich dieses Tote Stück Dreck – verzeihen Sie den Ausdruck – noch wünschen wird, es wäre richtig mausetot geblieben.«

»Danke«, erwiderte Sabriel unsicher. Sie wußte, daß der Korporal nicht über die Gabe des Gesichts verfügte – das war immer leicht zu erkennen – aber sein Glaube an ihre Fähigkeiten war so sicher...

»Er hat recht«, pflichtete Prüfstein bei. Er bedeutete ihr, sich vor ihn zu stellen, und machte eine förmliche Verbeugung. »Laß uns das, wozu wir hierher gekommen sind, nun zu Ende führen, Abhorsen.«

Sabriel erwiderte die Verbeugung mit einer Bewegung, die fast etwas von einem Ritual an sich hatte: Der Abhorsen, der sich vor dem König verneigt. Dann holte sie tief Luft, und in ihr Gesicht trat Entschlossenheit. Während sie begann, die Charta-Zeichen für den Öffnungszauber in ihrem Geist zu formen, nahm sie Prüfsteins Hand und schritt vorwärts zu dem offenen Grabhügel. Sein dunkles, schattiges Inneres stand in scharfem Gegensatz zu dem sonnenbeschienenen Distelgestrüpp und den herausgebrochenen Quadern, die auf der Erde verstreut lagen. Hinter ihr wandte sich Prüfstein halb zu Colonel Horyse um und ergriff dessen schwielige Hand. Der Colonel hatte bereits mit der anderen Hand die Hand von Leutnant Aire ergriffen. Der wiederum ergriff die Hand eines Sergeanten, welcher die Hand des langgedienten Korporals packte, und so ging es weiter, bis die Kette schließlich vollständig war und insgesamt vierzehn Charta-Magier, wenn auch nur zwei vom ersten Range darunter, ihre Kräfte vereint hatten.

Sabriel fühlte, wie die Charta-Magie durch die Kette floß. Immer heller leuchteten die Zeichen in ihrem Geist, bis sie mit ihrem gleißenden Feuer fast ihre sonstige Sehkraft überstrahlten. Mit jedem Schritt, der sie dem Sarkophag näher brachte, verstärkte sich das nur allzu vertraute Würgegefühl, das Prickeln, das unbeherrschbare Zittern in den Gliedern. Aber die Zeichen loderten hell und klar in ihrem Geist; sie waren stärker als die Übelkeit, stärker als das Kribbeln und das Zittern.

Sie erreichte den Bronzesarg, legte die Hand auf das Metall und ließ die geballte Charta-Magie sich entladen. Gleißendes Licht loderte auf, und ein gräßlicher Schrei zerriß die Luft. Die Bronze wurde heiß, und Sabriel zog hastig ihre Hand wieder zurück. Die Handfläche war rot und voller Blasen. Eine Sekunde später quoll Dampf aus allen Ritzen des Sarkophages, sengend heißer Dampf, der Sabriel zurückprallen ließ. Die ganze Kette purzelte wie Dominosteine rücklings den Hügel hinunter.

Sabriel und Prüfstein purzelten übereinander, etwa fünf Schritte vom Eingang des Grabhügels entfernt. Irgendwie war Sabriels Kopf dabei auf Prüfsteins Bauch gelandet. Und obgleich sein Kopf auf einer Distel zu liegen gekommen war, verharrten beide für einen Moment reglos, ausgelaugt und entkräftet von der Magie und der Stärke der Freimagie-Abwehr. Sie blickten hinauf zum blauen Himmel. Das klare Blau hatte bereits einen Hauch von Rosa angenommen: Der Sonnenuntergang stand kurz bevor. Um sie herum rappelten sich die Soldaten unter viel Gefluche und Geschimpfe wieder auf.

»Er ist nicht aufgegangen«, sagte Sabriel in ruhigem, nüchternem Ton. »Wir haben nicht die Kraft… oder die Fähigkeit…«

Sie hielt einen Moment inne und fügte dann hinzu: »Ich wünschte, Mogget wäre nicht… ich gäbe etwas darum, wenn er hier wäre. Ihm würde bestimmt etwas einfallen.«

Prüfstein schwieg einen Moment. Dann sagte er: »Wir brauchen mehr Charta-Magier – es würde gelingen, wenn die Zeichen noch besser verstärkt würden.«

»Mehr Charta-Magier«, echote Sabriel mit müder Stimme. »Wir sind auf der falschen Seite des Walles…«

»Was ist mit deiner Schule?« rief Prüfstein dazwischen, und dann »Autsch!«, als Sabriel jäh hochschoß und ihn dabei aus dem Gleichgewicht brachte, und gleich darauf noch einmal »Autsch!«, als sie sich hinunterbeugte und ihn küßte, wobei sie seinen Kopf noch tiefer in das Distelgestrüpp drückte.

»Prüfstein! Warum habe ich nicht gleich daran gedacht! Die Oberstufen-Magieklasse! Da müssen mindestens fünfunddreißig Mädchen dabei sein, die das Charta-Mal tragen und über die entsprechenden Grundkenntnisse verfügen!«

»Gut«, ließ sich Prüfstein aus den Tiefen des Distelgestrüpps vernehmen. Sabriel streckte die Hände aus und half ihm auf. Sie roch den Schweiß an ihm, der vermengt war mit dem frischen, würzigen Geruch zerquetschter Disteln. Er war schon halb auf, als sie plötzlich ihre Begeisterung zu verlieren schien, und fast wäre er wieder zurück in den Busch gefallen.

»Die Mädchen sind zwar da«, sagte Sabriel, langsam, als ob sie laut denke. »Aber habe ich irgendein Recht, sie in etwas so Gefährliches hineinzuziehen?«

»Sie stecken doch so oder so schon mittendrin«, wandte Prüfstein ein. »Der einzige Grund, warum Ancelstierre nicht so ist wie das Alte Königreich, ist der Wall, und der wird nicht mehr lange halten, wenn Kerrigor erst die verbliebenen Steine zerbrochen hat.«

»Aber sie sind noch Schulkinder«, gab Sabriel zu bedenken. »Auch wenn wir immer dachten, wir wären schon erwachsene Frauen.«

»Wir brauchen sie«, beharrte Prüfstein.

»Ja«, sagte Sabriel und wandte sich der Gruppe von Männern zu, die dem Grabhügel am nächsten standen. Sie bestand aus Horyse und einigen der stärkeren Charta-Magier. Sie standen unschlüssig da und starrten auf den Eingang und die im Innern des Hügels schimmernde Bronze.

»Der Zauber hat versagt«, sagte Sabriel. »Aber Prüfstein hat mich gerade darauf gebracht, wo wir noch mehr Charta-Magier herbekommen können.«

Horyse schaute sie an. Ein Funken neuer Hoffnung blitzte in seinen Augen auf. »Ja? Und? Woher?«

»Vom Wyverley College. Meiner alten Schule. Die Fünfte und die Sechste Magie-Klasse und ihre Lehrerin, Magistrix Greenwood. Es ist keine fünf Meilen von hier.«

»Ich glaube nicht, daß wir noch genug Zeit haben, um sie zu benachrichtigen und hierher zu holen«, sagte Horyse, während er zuerst einen Blick auf die untergehende Sonne und dann einen auf seine Armbanduhr warf – die jetzt rückwärts ging. Er schaute einen Moment lang verdutzt drein, dann ignorierte er sie. »Aber… glauben Sie, es wäre möglich, den Sarkophag von hier wegzuschaffen?«

Sabriel dachte über den Schutzbann nach, auf den sie

gestoßen war, und antwortete: »Ja. Die meisten Abwehrzauber lagen auf dem Grabhügel selbst und dienten der Verschleierung. Es gibt nichts, was uns daran hindern könnte, den Sarkophag zu entfernen, außer den Nebenwirkungen der Freien Magie. Wenn wir die Übelkeit aushalten können, können wir ihn wegtransportieren.«

»Und das Wyverley College – ist das ein altes, solides Gebäude?«

»Es ist fast schon eine Burg«, erwiderte Sabriel, die erkannte, in welche Richtung seine Gedanken gingen. »Jedenfalls allemal leichter zu verteidigen als dieser Hügel.«

»Irgendein fließendes Gewässer… Nein? Schade. Das wäre wohl auch zuviel des Guten gewesen. Also dann! Schütze Macking, laufen Sie runter zu Major Tindall und sagen Sie ihm, seine Kompanie soll in zwei Minuten abmarschbereit sein! Wir marschieren zurück zu den Mannschaftswagen und fahren dann weiter zum Wyverley College, es ist auf der Karte verzeichnet, etwa eine Meile…«

»Südwestlich«, sekundierte Sabriel.

»Südwestlich. Wiederholen Sie den Befehl!«

Schütze Macking leierte den Befehl herunter, dann rannte er los, sichtlich froh, von dem Grabhügel wegzukommen. Horyse wandte sich dem langgedienten Korporal zu und sagte: »Korporal Anshey. Sie sehen noch ziemlich kräftig aus. Glauben Sie, Sie könnten ein Seil um den Sarg schlingen?«

»Ich denke schon, Sir«, antwortete Korporal Anshey. Er löste eine Rolle Seil von seinem Gurt und winkte seine Kameraden zu sich. »Los, Jungs, her mit euren Seilen!«

Zwanzig Minuten später wurde der Sarkophag mit Hilfe von Scherenkränen und Seilen auf einen eilends von einem nahegelegenen Bauernhof geholten Pferdewagen gehievt. Wie Sabriel erwartet hatte, starben, sobald der Sarkophag frei in der Luft schwebte, die Motoren der Mannschaftswagen im Dorf ab, und die Stromversorgung und die Telefonleitungen wurden lahmgelegt.

Kurioserweise schien das Pferd, eine sanftmütige alte Stute, keine sonderliche Furcht vor dem funkelnden Sarkophag zu haben, obwohl seine bronzene Oberfläche nur so wimmelte, ja nachgerade brodelte von verzerrten Charta-Malen, die in ihrer ganzen Ungeheuerlichkeit dazu führten, daß sich dem Betrachter regelrecht der Magen umdrehte. Die Stute war gewiß kein glückliches Pferd, aber sie ging auch nicht durch.

»Ich fürchte, wir werden den Wagen fahren müssen«, sagte Sabriel zu Prüfstein, als die Soldaten den in der Luft schwebenden Sarkophag mit Stangen auf die Ladefläche bugsierten und die Scherenkräne zusammenklappten. »Ich glaube nicht, daß die Späher die Übelkeit noch lange aushalten können.«

Prüfstein schauderte. Wie alle andern war er blaß, hatte rotgeränderte Augen, eine tropfende Nase und klapperte mit den Zähnen. »Ich bin nicht so sicher, ob ich sie noch lange aushalte.«

Nichtsdestotrotz, als das letzte Tau weggezerrt worden war und die Soldaten davonhasteten, kletterte Prüfstein auf den Kutschbock und nahm die Zügel in die Hand. Sabriel setzte sich neben ihn und unterdrückte das Gefühl, daß sich ihr Magen jeden Moment von innen nach außen stülpen würde. Trotz aller Neugier unterließ sie es, sich nach dem Sarkophag umzudrehen.

Prüfstein schnalzte zweimal mit der Zunge und zog einmal kurz an den Zügeln. Das Pferd stellte die Ohren auf, legte sich ins Geschirr und setzte sich in Bewegung. Der Schritt, den es anschlug, war alles andere als schnell.

»Ob das Pferd nicht schneller kann?« fragte Sabriel mit banger Stimme. Sie hatten eine Meile zurückzulegen, und die Sonne stand bereits tief, eine blutrote Scheibe am Rande des Horizonts.

»Es ist eine schwere Last«, preßte Prüfstein hervor, zwischen den einzelnen Worten stoßweise ein- und ausatmend. »Wir werden ankommen, bevor das Licht schwindet.«

Der Sarkophag schien hinter ihnen zu summen und zu knistern. Beide vermieden es zu erwähnen, daß Kerrigor, in Nebel gehüllt wie er war, durchaus auch vor Einbruch der Dunkelheit eintreffen konnte. Sabriel ertappte sich dabei, daß sie alle paar Sekunden nach hinten blickte, auf den Weg. Dabei ließ sich nicht vermeiden, daß ihr Blick jedesmal auch kurz die widerwärtig wimmelnde Oberfläche des Sarkophages streifte. Die Schatten wurden länger, und jedesmal wenn ihr Blick auf die bleiche Rinde irgendeines Baumes oder auf einen weißgestrichenen Meilenstein fiel, fühlte sie die Angst in ihren Gedärmen zucken. War das der Nebel, der bereits über den Weg waberte?

Das Wyverley College kam ihr viel weiter entfernt vor als eine Meile. Die Sonne war nur noch eine Dreiviertelscheibe, als sie die Mannschaftswagen von der Straße ab- und in die ziegelgepflasterte Auffahrt einbiegen sahen, die zum schmiedeeisernen Tor des Wyverley College führte. Wieder zu Hause, dachte Sabriel für einen Moment. Aber das stimmte nicht mehr. Es war für den größten Teil ihres Lebens ihr Zuhause gewesen, aber das war Vergangenheit. Es war das Zuhause ihrer Kindheit, als sie noch nichts weiter als Sabriel gewesen war. Doch jetzt war sie mehr als das; sie war Abhorsen. Der Abhorsen. Ihr Zuhause lag jetzt im Alten Königreich, und dort lag auch ihre Verantwortung. Aber die reiste mit ihr.

Elektrisches Licht brannte hell in den beiden antiken Glaslaternen zu beiden Seiten des Tores, doch es verglomm sofort zu kaum mehr als einem kläglichen Fünkchen, als das Gespann und seine prekäre Fracht hindurchrumpelten. Einer der Torflügel hing aus den Angeln, und Sabriel wurde klar, daß die Soldaten sich mit Gewalt Zugang verschafft haben mußten. Es war nicht üblich, daß die Tore vor Einbruch der Dunkelheit verschlossen wurden. Sie mußten sie geschlossen haben, als sie das Läuten der Glocken gehört hatten, dachte Sabriel, und das brachte ihr jäh etwas anderes zu Bewußtsein...

»Die Glocke im Dorf!« rief sie, als das Gespann an mehreren geparkten Lastwagen vorüberrollte und vor dem riesigen, torartigen Portal des Hauptgebäudes der Schule vorfuhr. »Die Glocke – sie hat aufgehört zu läuten!«

Prüfstein brachte das Gespann zum Stehen, spitzte die Ohren und lauschte. Tatsächlich, die Glocke von Wyverley war verstummt.

»Es ist immerhin eine Meile von hier«, sagte er nach kurzem Zögern. »Vielleicht sind wir zu weit entfernt, oder der Wind...«

»Nein«, fiel ihm Sabriel resolut ins Wort. Sie fühlte die kühle Abendluft auf ihrem Gesicht. Sie war still. Es gab keinen Wind. »Man konnte sie immer von hier aus hören. Kerrigor hat das Dorf erreicht. Wir müssen den Sarkophag ins Haus schaffen. Schnell!«

Sie sprang vom Wagen und rannte hinüber zu Horyse, der auf der Eingangstreppe stand und durch die halb geöffnete Tür mit jemandem sprach. Als Sabriel näherkam, erkannte sie die Stimme. Es war Mrs. Umbrade, die Schulleiterin.

»Was fällt Ihnen ein, hier so hereinzuplatzen!« herrschte sie den Colonel großspurig an. »Ich bin persönlich befreundet mit Generalleutnant Farnsley! Das wird Folgen für Sie haben – Sabriel!«

Der Anblick Sabriels in solch ungewohnter Kluft und unter solch ungewöhnlichen Umständen verblüffte sie so, daß ihr im ersten Moment die Worte fehlten. Diesen winzigen Augenblick fischmäuliger Sprachlosigkeit nutzte Horyse, um seinen Männern ein Zeichen zu geben. Bevor Mrs. Umbrade Protest erheben konnte, hatten sie die Tür schon weit aufgestoßen, und ein Strom von bewaffneten Männern brauste herein und schwappte um ihre verdatterte Gestalt wie eine Flut, die eine Insel umspült.

»Mrs. Umbrade!« schrie Sabriel. »Ich muß ganz dringend sofort mit Mrs. Greenwood und den Mädchen aus den Oberstufen-Magieleistungskursen sprechen! Und Sie sollten so schnell wie möglich die übrigen Mädchen und das Personal zusammentrommeln und in die Obergeschosse des Nordturms bringen!«

Mrs. Umbrade stand da wie vom Donner gerührt, nach Luft schnappend wie ein Goldfisch auf dem Trokkenen, bis Horyse sich dräuend vor ihr aufbaute und blaffte: »Nun machen Sie schon, Frau!«

Noch ehe er den Mund wieder geschlossen hatte, war sie schon fort. Sabriel schaute nach hinten und vergewisserte sich, daß Prüfstein das Abladen des Sarkophages überwachte; dann folgte sie der Schulleiterin ins Innere des Gebäudes.

Die Eingangshalle war bereits voll von Soldaten, die eine Kette gebildet hatten und Kisten von den Lastwagen draußen hereinreichten, die sie ringsum an den Wänden aufstapelten. Khakifarbene Kisten mit der Aufschrift ».303 Kugel« oder »B2E2 Granate« stapelten sich unter Photographien von siegreichen Hockeyteams oder kunstvoll gravierten Plaketten und Ehrentafeln für schulische Glanzleistungen und sonstige herausragende Verdienste. Die Soldaten hatten inzwischen auch die Tür zum Großen Saal geöffnet und waren bereits dabei, die Fensterläden zu schließen und mit hochkant gestellten Sitzbänken zu verrammeln.

Mrs. Umbrade trippelte derweil zum anderen Ende

der Eingangshalle, wo sich bereits eine Traube sichtlich beunruhigten Personals gebildet hatte. Hinter ihnen, von der Haupttreppe herunterspähend, hatte sich eine Gruppe von Aufsichtsschülerinnen versammelt. Hinter ihnen wiederum, ein Stück weiter treppaufwärts und gerade noch in der Lage, einen Blick vom Geschehen zu erhaschen, hatten sich mehrere Grüppchen von Fünft- und Sechstkläßlerinnen eingefunden. Sabriel zweifelte keine Sekunde daran, daß der Rest der Schülerinnen die Korridore hinter ihnen säumte und gespannt die Ohren spitzte, um zu erfahren, was der Tumult dort unten zu bedeuten hatte.

Just in dem Moment, als Mrs. Umbrade ihre Untergebenen erreichte, gingen schlagartig alle Lichter aus. Einen Moment lang herrschte vollkommene, erschrokkene Stille, dann setzte der Lärm mit doppelter Lautstärke wieder ein. Mädchen kreischten, Soldaten brüllten, Stühle und andere Gegenstände stürzten krachend um, als Leute gegen sie und ineinander rannten.

Sabriel blieb stehen, wo sie war und zitierte die Charta-Zeichen für Licht. Sie kamen ganz leicht, flossen hinunter zu ihren Fingerspitzen wie kaltes Wasser aus einer Dusche. Sie ließ sie einen Augenblick dort hängen, dann schleuderte sie sie an die Decke: Tropfen aus Licht, die auf die Größe von Desserttellern anschwollen und den Saal in ein gleichmäßiges gelbes Licht tauchten. Zur gleichen Zeit warf jemand anderes ähnliche Lichttropfen in der Nähe von Mrs. Umbrade, und an der Art, in der dies geschah, erkannte Sabriel sofort die Handschrift von Magistrix Greenwood wieder. Ein kleines Schmunzeln der Erleichterung kräuselte ihre Mundwinkel. Sie wußte, daß die Lampen erloschen waren, weil Kerrigor das elektrische Umspannwerk passiert hatte, und das lag auf halbem Wege zwischen Dorf und Schule.

Wie nicht anders zu erwarten, erzählte Mrs. Umbrade

ihren Lehrerinnen nichts, was irgendwie von Nutzen gewesen wäre, sondern ließ sich statt dessen wortreich über ›das empörende Verhalten dieser Herrschaften‹ aus und daß das noch ›ein Nachspiel‹ haben werde, schließlich sei sie ›persönlich mit Generalleutnant Farnsley befreundet‹. Sabriel entdeckte die Magistrix hinter der hochgewachsenen, aber gebeugten Gestalt der Oberstufen-Naturkundelehrerin und winkte.

»Und zu meinem Entsetzen sehe ich eine unserer ehemaligen Schülerinnen inmitten dieses Haufens von…«, zeterte Mrs. Umbrade gerade schwungvoll, als Sabriel neben sie trat und sanft die Charta-Zeichen für Schweigen und Unbeweglichkeit auf ihren Nacken legte.

»Entschuldigung, daß ich Sie unterbreche«, sagte Sabriel, gleich neben der zur Salzsäule erstarrten Gestalt der Schulleiterin stehend, »aber dies ist ein Notfall. Wie Sie sehen können, übernimmt die Armee vorübergehend die Kontrolle. Ich assistiere Colonel Horyse, der das Kommando über die Operation innehat. Es ist dringend erforderlich, daß alle Mädchen aus den beiden Oberstufen-Magieleistungskursen herunter in den Großen Saal kommen – mit Ihnen, Magistrix Greenwood, bitte. Alle anderen – Schülerinnen, Lehrerinnen, Gärtner, Küchenpersonal, alle – müssen so schnell wie möglich in die oberen Stockwerke des Nordturms gehen und sich dort verbarrikadieren. Bis zum Morgengrauen.«

»Aber warum?« wollte Mrs. Pearch, die Mathelehrerin, wissen. »Was geht hier eigentlich vor?«

»Es ist etwas aus dem Alten Königreich gekommen«, erwiderte Sabriel kurz und bündig. Sie sah, wie die Gesichter der Umstehenden sich veränderten, während sie sprach. »Wir werden in Kürze von den Toten attackiert werden.«

»Das heißt also, es wird Gefahr für meine Schülerinnen bestehen?« fragte Mrs. Greenwood und drängte sich zwischen zwei angstvoll dreinblickenden Englischlehrerinnen hindurch nach vorn. Sie blickte Sabriel ins Gesicht, Wiedererkennen in den Augen, und fügte dann hinzu: »Abhorsen.«

»Es besteht Gefahr für alle«, sagte Sabriel düster. »Aber ohne die Unterstützung der Charta-Magierinnen hier haben wir nicht einmal auch nur den Hauch einer Chance...«

»Gut«, sagte Mrs. Greenwood mit einiger Entschlossenheit in der Stimme. »Dann sollten wir jetzt rasch alles Notwendige in die Wege leiten. Ich gehe Sulyn und Ellimere holen. Ich glaube, sie sind die beiden einzigen Charta-Magierinnen unter den Vertrauensschülerinnen – sie können die anderen holen. Mrs. Pearch, Sie kümmern sich besser um die... eh... Evakuierung in den Nordturm; ich denke, daß Mrs. Umbrade... zu sehr... eh... in Gedanken versunken sein wird. Mrs. Swann, Sie trommeln das Küchenpersonal und die Mägde zusammen. Und vergessen Sie nicht, frisches Trinkwasser, Lebensmittel und Kerzen mit in den Turm zu nehmen. Mr. Arkler, wenn Sie so nett wären, die Schwerter aus der Turnhalle zu holen...«

Als Sabriel sah, daß alles unter Kontrolle war, seufzte sie und ging schnell wieder zurück nach draußen, vorbei an Soldaten, die Öllampen im Korridor aufreihten. Trotz der Lampen war es draußen noch immer heller als drinnen: Der Himmel glühte rot und dunkelorange vom letzten Sonnenlicht des Tages.

Prüfstein und die Späher hatten inzwischen den Sarkophag vom Wagen gehievt und mit Seilen umwunden. Er schien jetzt mit seinem eigenen häßlichen inneren Licht zu strahlen; die flackernden Freimagie-Zeichen schwammen auf der Oberfläche wie Abschaum oder Klumpen geronnenen Blutes. Außer den Spähern, die an den Seilen zogen, kam ihm niemand nahe. Überall waren Soldaten; sie rollten Stacheldraht aus, füllten

Sandsäcke mit Sand aus den Rosengärten, errichteten Gefechtsstellungen im zweiten Stockwerk. Aber in all diesem ruhelosen Durcheinander blieb immer ein leerer Kreis um den glitzernden Sarg Rogirs.

Je näher Sabriel Prüfstein kam, desto stärker spürte sie den Widerwillen in ihren Beinen; ihr ganzer Körper revoltierte bei der Vorstellung, dem blutig glimmenden Sarkophag nahe zu kommen. Er schien nun, da die Sonne fast untergegangen war, noch stärkere Ekelwellen auszustrahlen. Im Zwielicht der Dämmerung sah er noch größer, noch stärker aus als vorher, und seine magische Aura schien noch bedrohlicher, noch widerwärtiger.

»Hauruck!« schrie Prüfstein und zog zusammen mit den Soldaten an den Seilen. »Und wieder zugleich: Hauruck!«

Langsam rutschte der Sarkophag über die alten Pflastersteine auf die Eingangstreppe zu, wo andere Soldaten dabei waren, hastig eine hölzerne Rampe zusammenzunageln, um sie über die Stufen zu legen.

Sabriel beschloß, Prüfstein alleine walten zu lassen, und ging ein Stück die Auffahrt hinunter, bis zu der Stelle, von der aus sie durch das schmiedeeiserne Tor nach draußen schauen konnte. Sie blieb stehen und spähte hinaus, angespannt mit den Händen über die Griffe ihrer Glocken streichend. Sechs Glocken waren es jetzt – und wahrscheinlich allesamt wirkungslos gegen die ungeheure Macht Kerrigors. Und ein fremdes, gewöhnungsbedürftiges Schwert, womöglich eine ebenso stumpfe Waffe gegen das Tote Ungetüm, auch wenn es vom Wallbauer selbst geschmiedet worden war.

Der Wallbauer. Das brachte ihre Gedanken auf Mogget. Wer vermochte zu sagen, was er gewesen war, diese seltsame Mischung aus reizbarem Gefährten der Abhorsens und gleißendem Freimagie-Konstrukt, darauf eingeschworen, sie zu töten. Von der Bildfläche verschwunden, hinweggefegt vom kummervollen Rufe Astaraels…

Als ich diesen Ort verließ, wußte ich nahezu nichts über das Alte Königreich, dachte Sabriel. Und nun bin ich zurückgekommen und bin noch immer nicht viel schlauer. Ich bin der dümmste Abhorsen seit Jahrhunderten, und vielleicht einer der am härtesten geprüften…

Das Knattern von Maschinengewehrfeuer riß sie aus ihren Grübeleien, gefolgt vom Zischen einer Rakete, die in hohem Bogen in den Himmel schoß, einen gelben Schweif hinter sich her ziehend. Weitere Schüsse folgten. Eine knatternde Salve – dann schlagartig Stille. Die Rakete explodierte zu einer weißen Fallschirm-Leuchtkugel, die langsam nach unten schwebte. In ihrem harten, gleißenden Licht sah Sabriel eine Nebelwand den Weg heraufwabern, dick und schwer und feucht, die sich, so weit das Auge blicken konnte, ins Dunkel dahinter erstreckte.

Kapitel Achtundzwanzig

Sabriel zwang sich, ruhigen Schritts zum Hauptportal zurückzugehen, obwohl sie am liebsten laut schreiend losgerannt wäre. Viele Soldaten konnten sie sehen; sie stellten noch immer Öllampen auf, strahlenförmig von der Eingangstreppe aus nach draußen, und mehrere Soldaten hielten eine Rolle Ziehharmonikadraht und warteten darauf, ihn auszurollen. Sie schauten sie ängstlich an, als sie an ihnen vorbeiging.

Der Sarkophag rutschte gerade von der hölzernen Rampe in den Korridor vor ihr. Sabriel hätte ohne weiteres an ihm vorbeischlüpfen können, aber sie zog es vor, an der Tür zu warten und nach draußen zu schauen. Nach einem kurzen Augenblick merkte sie, daß Horyse neben ihr stand. Sein Gesicht befand sich zur Hälfte im Schein der Lampen, zur Hälfte im Dunkeln.

»Der Nebel... der Nebel ist fast schon am Tor«, sagte sie, zu hastig, als daß es unbemerkt hätte durchgehen können.

»Ich weiß«, sagte Horyse mit fester Stimme. »Die Schüsse vorhin kamen von einem Vorposten. Sechs Mann und ein Korporal.«

Sabriel nickte. Sie hatte gespürt, wie sie starben; jeder Tod war wie ein kleiner Schlag in ihre Magengrube gewesen. Sie wappnete sich bereits innerlich gegen weitere dieser Schläge, stumpfte bewußt ihre Sinne ab. Es würde noch viele weitere Tote in dieser Nacht geben.

Plötzlich fühlte sie etwas, das kein Tod war, kein Sterben, sondern etwas, das bereits tot war. Sie richtete sich kerzengerade auf und rief: »Colonel! Die Sonne ist untergegangen – und da kommt etwas, etwas, das dem Nebel vorausgeht!«

Noch während sie sprach, zückte sie ihr Schwert. Eine Sekunde später fuhr die Klinge des Colonels aus der Scheide. Die Soldaten mit der Drahtrolle fuhren herum, verdutzt, und rannten dann zur Eingangstreppe. Zu beiden Seiten des Portals brachten immer zwei Männer die schweren, auf einen Dreifuß montierten Maschinengewehre in Anschlag und legten ihre Schwerter quer über die frisch aufgeschichteten Sandsackwälle.

»Zweiter Stock, an die Gewehre!« schrie Horyse, und über ihrem Kopf hörte sie das Knacken von fünfzig Gewehrsicherungsbolzen. Aus dem Augenwinkel sah sie, wie zwei von den Spähern wieder heraustraten und Stellung hinter ihr bezogen, die Pfeile aufgelegt, die Bogen schußbereit. Sie wußte, daß sie bereit waren, sie zu packen und hereinzuziehen, wenn es dazu kommen sollte…

In der erwartungsvollen Stille, die folgte, waren nur die üblichen Geräusche der Nacht zu vernehmen. Der Wind, der in den Wipfeln der großen Bäume draußen hinter der Schulmauer rauschte, wurde jetzt, da der Himmel dunkel wurde, stärker. Grillen begannen zu zirpen. Und dann hörte Sabriel es: das Knirschen und Mahlen unzähliger Toter Gelenke, die nicht mehr in Knorpel und Schmiere gebettet waren; das harte Tappen Toter Füße, deren Knochen wie Schuhnägel durch nekrotisches Fleisch ragten.

»Hände«, sagte sie bang. »Hunderte von Händen.«

Noch während sie sprach, rammte eine solide Wand aus Toten Leibern die schmiedeeisernen Torflügel und riß sie aus den Angeln. Und dann kamen von überall her menschenähnliche Gestalten auf sie zugestürmt!

Und aus Hunderten Toter Münder gurgelte und zischte die grausige Parodie eines Schlachtrufes.

»Feuer!« donnerte Horyse.

In der winzigen Verzögerung, die auf diesen Befehl folgte, empfand Sabriel die schreckliche Angst, daß die Waffen versagen würden. Doch dann knatterten die Gewehre, und die Maschinengewehre ratterten ein mörderisches, bellendes Krachen heraus. Rote Leuchtspurgeschosse jagten aus kreischenden Läufen, prallten vom Pflaster ab und woben als jaulende Querschläger ein flirrendes Netz von furchtbarer Gewalt. Kugeln zerfetzten Totes Fleisch, durchschlugen Knochen, mähten die Hände nieder – aber sie rückten immer noch vor, immer noch und immer wieder, bis sie buchstäblich in Fetzen gerissen waren, zu Klump geschossen, und sich im Stacheldraht verhedderten.

Das Feuer ebbte ab, aber bevor es gänzlich eingestellt werden konnte, kam schon eine neue Welle von Händen herangebrandet: stolpernd, kriechend, krabbelnd, einer brodelnden Masse aus halbverfaulten Leibern gleich durch die Toreinfahrt und über die Mauer quellend. Sie kamen zu Hunderten, so dicht gepackt, daß sie mit ihrer schieren Masse den Stacheldrahtverhau niederwalzten und weiter vorwärts drängten, bis auch die letzten von ihnen von den Maschinengewehren am Fuße der Eingangstreppe niedergemäht wurden. Einige, die sich offenbar noch einen letzten Funken menschlichen Verstandes bewahrt hatten, traten den Rückzug an, doch nur, um sofort in Flammen aufzugehen, als die aus dem ersten Stock geworfenen Phosphorgranaten auf sie herniederprasselten.

»Sabriel – gehen Sie rein!« befahl Horyse, als die letzten Hände zu Boden plumpsten und wild umeinanderkrochen, bis eine weitere Salve aus den Maschinengewehren ihnen endgültig den Garaus machte.

»Ja«, sagte Sabriel, während sie auf den Teppich aus

Leichen starrte, der sich da, gespenstisch beleuchtet vom Flackerschein der Laternen und weiß lodernden Phosphorklumpen, vor ihren Augen ausbreitete. Der Gestank von Schießpulver stach ihr in die Nase, hing in ihren Haaren, in ihren Kleidern. Die überhitzten Läufe der Maschinengewehre zu ihrer Linken und ihrer Rechten glommen in düsterem, bösartigem Rot. Die Hände waren schon Tot gewesen; dennoch löste diese schaurige Massenvernichtung größere Übelkeit in ihr aus als jede Freie Magie...

Sie steckte ihr Schwert ein und ging zurück ins Haus. Erst da fielen ihr die Glocken ein. Möglicherweise hätte sie diesen riesigen Mob von Händen niederzwingen können, sie friedlich zurück in den Tod schicken können, ohne sie – aber dazu war es jetzt zu spät. Und was, wenn sie überwältigt worden wäre?

Als nächstes würden die Schattenhände kommen, und die konnten nicht durch physische Gewalt aufgehalten werden – und auch nicht durch ihre Glocken, es sei denn, sie kamen in geringer Zahl... und das war so wahrscheinlich wie ein früher Tagesanbruch...

Im Flur waren weitere Soldaten, aber diese waren behelmt und gepanzert und hatten große Schilde und Speere mit breiten Spitzen, die mit silbernen Streifen und einfachsten, mit Kreide und Spucke gemalten, Charta-Malen verziert waren. Sie rauchten und tranken Tee aus dem zweitbesten Porzellan der Schule. Sabriel wurde bewußt, daß sie da waren, um einzuspringen, wenn die Feuerwaffen versagen würden. Sie verbreiteten eine Aura von beherrschter Unruhe – keine prahlerische Großspurigkeit eigentlich – eher so etwas wie eine eigenartige Mischung aus Fähigkeit und Spott. Was auch immer es war, es brachte Sabriel dazu, lässigen Schrittes zwischen ihnen hindurchzuschlendern, so als habe sie es überhaupt nicht eilig.

»'n Abend, Fräulein.«

»Tut gut, die Gewehre zu hören, nicht? Oben im Norden funktionieren sie so gut wie nie!«

»Wenn die so weitermachen, werden sie uns gar nicht brauchen.«

»Ist was anderes als am Perimeter, nicht, Fräulein?«

»Viel Glück mit dem Burschen in der Blechkiste, Fräulein!«

»Viel Glück Ihnen allen«, rief Sabriel und versuchte, ihr Grinsen mit einem Lächeln zu erwidern. In dem Moment brach das Feuer wieder los. Sie zuckte zusammen, und das Lächeln erstarb auf ihren Lippen; aber die Aufmerksamkeit der Soldaten hatte sich wieder von ihr weg und auf das Geschehen draußen verlagert. Sie waren längst nicht so gelassen, wie sie taten, dachte Sabriel, als sie durch die Seitentür ging, die vom Eingangskorridor in den Großen Saal führte.

Hier war die Stimmung weitaus angstvoller. Der Sarkophag ruhte auf dem Podium am anderen Ende des Saales. Alle Anwesenden hielten sich so weit wie möglich von ihm entfernt am vorderen Ende des Saales auf. Die Späher standen auf der einen Seite und tranken ebenfalls Tee. Magistrix Greenwood und Prüfstein unterhielten sich in der Mitte, und die etwas mehr als dreißig Mädchen – oder besser, junge Frauen – standen in einer Reihe auf der den Soldaten gegenüberliegenden Seite. Das Ganze mutete fast wie eine bizarre Parodie eines Schulballes an.

Durch die dicken Steinwände und verrammelten Fenster des Großen Saales wurde das Gewehrfeuer draußen so stark gedämpft, daß man es beinahe für sehr schweren Hagel hätte halten können, wobei die Granaten die Donnerschläge beisteuerten – aber nur, wenn man es nicht besser wußte. Sabriel schritt bis zur Mitte des Saales und schrie: »Charta-Träger! Zu mir bitte!«

Sie kamen, die jungen Frauen schneller als die Soldaten, die Erschöpfung zeigten von den harten Anstrengungen des Tages und der dauernden Nähe zum Sarkophag. Sabriel schaute in die Gesichter der Schülerinnen: Sie waren aufgeweckt und offen, die erwartungsvolle Neugier auf das bevorstehende Unbekannte untermischt mit einem leisen Hauch von Furcht. Zwei ihrer besten Schulfreundinnen, Sulyn und Ellimere, waren mit dabei, aber sie fühlte sich jetzt ganz weit weg von ihnen. Wahrscheinlich wirke ich auch so, dachte sie, als sie den Respekt und so etwas wie Staunen in den Gesichtern der Mädchen sah. Sogar die Charta-Male, die sie auf der Stirn trugen, wirkten wie vergängliche kosmetische Nachbildungen, doch Sabriel wußte, daß sie echt waren. Es war so ungerecht, daß sie in dieses grausige Geschehen hineingezogen werden mußten.

Sabriel öffnete den Mund, um etwas zu sagen, und in dem Moment hörte das Gewehrfeuer auf; es war fast so, als hätte sie das Stichwort dazu gegeben. In die plötzlich einsetzende Stille hinein kicherte eines der Mädchen. Sabriel fühlte indessen plötzlich viele Tode auf einmal kommen, und eine nur allzu bekannte Furcht streckte ihre kalten Finger nach ihr aus und jagte ihr einen kalten Schauer über den Rücken. Kerrigor nahte! Es war seine Macht, die die Waffen zum Verstummen gebracht hatte, nicht das Nachlassen der Angriffswucht. Von draußen, gedämpft durch die Wände und Fensterläden, vernahm sie Schreie. Dort würden sie jetzt mit älteren Waffen weiterkämpfen.

»Rasch nun«, sagte sie, noch während sie sprach zum Sarkophag gehend. »Wir müssen einen Kreis um den Sarkophag bilden. Frau Magistrix, wenn Sie die Mädchen bitte plazieren würden – Herr Leutnant, mischen Sie sich mit Ihren Männern bitte unter die Mädchen…«

An jedem anderen Ort und zu jeder anderen Zeit hätte diese Aufforderung Gekicher und schlüpfrige Scherze ausgelöst. Hier jedoch, in einem Haus, das von Toten umstellt war und in dessen Mitte ein todbringender Sarkophag glomm, war es schlicht eine Anweisung. Die Männer begaben sich hurtig auf ihre Plätze, die jungen Frauen faßten sie ohne zu zögern bei der Hand. Binnen weniger Sekunden war der Sarkophag von Charta-Magiern umringt.

Nun, da sie mit den anderen durch Berührung verbunden war, bedurfte Sabriel keiner Worte mehr. Sie konnte jeden einzelnen in dem Kreis spüren. Prüfstein zu ihrer Rechten verströmte vertraute Wärme und Kraft. Mrs. Greenwood, die links neben ihr stand, war weniger kraftvoll, aber nicht ohne Geschick – und so weiter, ringsum.

Langsam holte Sabriel die Charta-Zeichen für Öffnung an die Vorderfront ihres Bewußtseins. Die Zeichen wuchsen, Kraft floß durch den Kreis, schwoll an mit jeder Runde, die sie herumwirbelte, bis sie schließlich nach innen zu streben begann, wie der immer enger werdende Schlund eines Strudels. Goldenes Licht begann um den Sarkophag zu fließen, in sichtbaren Schlieren, die im Uhrzeigersinn um ihn rotierten, mit immer größer werdender Geschwindigkeit.

Und immer noch ließ Sabriel die Kraft der Charta-Magie ins Zentrum strömen, alles aufsaugend und weiterleitend, was die Charta-Magier an magischer Energie hervorzubringen vermochten. Soldaten und Mädchen wankten, einige sanken sogar auf die Knie, aber die Hände blieben fest verbunden, der Kreis geschlossen.

Langsam begann der Sarkophag sich selbst auf der Plattform zu drehen, mit einem häßlichen Kreischen, wie von einer riesigen ungeölten Türangel. Dampf entwich mit lautem Zischen aus den Ritzen des Deckels, aber das goldene Licht fegte ihn weg. Immer schneller rotierte der Sarkophag, begleitet von ohrenbetäubendem Kreischen, bis er nur noch ein verschwommener Wirbel aus Bronze, weißem Dampf und dottergelbem Licht war. Plötzlich, mit einem Kreischen, das durchdringender war als alles vorherige, blieb er stehen, ruckartig, jäh; der Deckel löste sich und flog in hohem Bogen über die Köpfe der Charta-Träger hinweg, um gut dreißig Fuß weiter auf den Boden zu krachen.

Ebenso abrupt versiegte die Charta-Magie, wie von ihrem eigenen Erfolg erdrückt, und der Kreis brach auseinander. Weniger als die Hälfte derer, die ihn gebildet hatten, war noch auf den Beinen.

Zitternd, die Hände Prüfsteins und der Magistrix immer noch fest umklammernd, wankte Sabriel zum Sarkophag und schaute hinein.

»Nanu!« sagte Mrs. Greenwood mit einem verdutzten Blick auf Prüfstein. »Der sieht ja genau so aus wie Sie!«

Bevor Prüfstein antworten konnte, erscholl das Klirren von Stahl draußen im Flur, und das Geschrei wurde lauter. Diejenigen unter den Spähern, die sich auf den Beinen hatten halten können, zückten ihre Schwerter und stürmten zur Tür – doch ehe sie sie erreichen konnten, strömten andere Soldaten herein. Blutüberströmte, verängstigte Soldaten, die in die Ecken des Saales rannten oder sich hinwarfen und schluchzten oder lachten oder stumm zitterten.

Nach ihnen kamen einige der schwergepanzerten Soldaten aus dem Flur. Sie schienen sich noch einigermaßen unter Kontrolle zu haben. Anstatt kopflos weiterzurennen, warfen sie sich von innen gegen die Tür und schoben den Riegel vor.

»Er ist bereits durch das Hauptportal!« schrie einer von ihnen über die Schulter zu Sabriel. Sein Gesicht war aschfahl vor Entsetzen. Allen war klar, wer mit ›er‹ gemeint war.

»Schnell, das Abschlußzeremoniell!« rief Sabriel. Sie zog die Hände aus dem Griff der anderen, hielt sie über den offenen Sarkophag und formte die Symbole für Feuer, Reinigung und Frieden in ihrem Geist. Sie vermied es, sich den Körper dabei zu genau anzuschauen.

Rogir sah in der Tat wie ein schlafender, schutzloser Prüfstein aus.

Sie war erschöpft, und der Körper war immer noch von Freimagie-Barrikaden umgeben, aber das erste Symbol schwebte schon bald in der Luft. Prüfstein hatte seine Hand auf ihre Schulter gelegt und ließ seine Kraft in sie hineinströmen. Andere aus dem Kreis hatten sich wieder aufgerafft und an den Händen gefaßt; und plötzlich spürte Sabriel, wie Erleichterung sich in ihr regte. Sie würden es schaffen, sie würden Kerrigors menschliche Hülle zerstören, und mit ihr den Großteil seiner Macht...

Und dann zerbarst mit ungeheurer Wucht die gesamte nördliche Wand. Ziegel prasselten auf sie hernieder, roter Staub brandete wie eine feste Woge über sie hinweg, alles zu Boden schmetternd, was nicht schon dort lag.

Sabriel lag flach auf dem Boden, hustend, das Gesicht und die Hände auf den Boden gepreßt. Als die Druckwelle verebbt war, versuchte sie zitternd, sich aufzurichten. Ihre Augen waren voller Staub und Sand, und die Lampen waren allesamt erloschen. Blind tastete sie um sich, aber das einzige, was sie fühlte, war die immer noch sengend heiße Bronze des Sarkophags.

»Der Blutpreis muß gezahlt werden«, sagte eine knarrende, unmenschliche Stimme. Eine vertraute Stimme, aber es war nicht die ranzige, verderbte Stimme Kerrigors! Es war die schreckliche Stimme, die sie in jener Nacht in Holehallow vernommen hatte, als die Papierschwinge brannte.

Verzweifelt gegen den Staub in ihren Augen anblinzelnd, kroch Sabriel von der Stimme weg und hinter den Sarkophag. Das Wesen sprach nicht sogleich wieder, aber sie konnte hören, wie es näherkam. Die Luft knisterte und summte von seiner Gegenwart.

»Ich muß meine letzte Bürde abliefern«, sprach die

Kreatur. »Dann ist der Handel perfekt, und ich kann mich der Vergeltung zuwenden.«

Sabriel blinzelte erneut, und Tränen rannen ihr über das Gesicht. Langsam kehrte ihr Sehvermögen zurück, und das Bild, das sie sah, war durchwoben mit Tränen und den ersten Strahlen des Mondenscheins, der durch die zerborstene Wand fiel, ein Bild, das verschwamm hinter dem roten Staubschleier, der den Saal erfüllte.

All ihre Sinne schrien in ihrem Innern. Freie Magie, die Toten, Gefahr allenthalben…

Die Kreatur, die einst Mogget gewesen war, loderte etwas mehr als fünf Schritte von ihr entfernt. Sie war gedrungener, als sie ihr seinerzeit erschienen war, aber gleichermaßen ungeschlacht: ein klumpiger Leib, der langsam auf einer Säule aus brodelnder, wirbelnder Energie auf sie zuglitt.

Ein Soldat sprang jäh hinter der Kreatur auf und stieß sein Schwert tief in ihren Rücken. Die Kreatur nahm es kaum wahr, aber der Soldat schrie gellend auf und ging in weißlodernde Flammen auf. Binnen einer Sekunde hatten die Flammen ihn verzehrt. Von seinem Schwerte war nicht mehr übriggeblieben als ein Klumpen geschmolzenes Metall, der sich bis zur Hälfte seines eigenen Umfanges in die dicken Eichenholzbohlen des Fußbodens hineingebrannt hatte.

»Ich bringe dir Abhorsens Schwert«, sagte die Kreatur und legte einen länglichen, durch den Staubschleier nur vage sichtbaren Gegenstand vor Sabriel nieder. »Und die Glocke, die da heißt Astarael.«

Auch die Glocke legte die Kreatur behutsam nieder. Sabriel sah das Silber des Glockenmantels kurz aufblitzen, bevor der dick den Boden bedeckende Ziegelstaub seinen Glanz trübte.

»Komme hervor, Abhorsen. Es ist seit langem Zeit, daß wir beginnen.«

Das Wesen lachte – ein Lachen, das klang wie ein aufloderndes Zündholz, und begann, um den Sarkophag herumzugleiten. Sabriel lockerte den Ring an ihrem Finger und bewegte sich von dem Wesen fort, den Sarkophag zwischen ihm und sich haltend. Ihre Gedanken rasten. Kerrigor war sehr nah, aber vielleicht war noch Zeit, diese Kreatur in Mogget zurückzuverwandeln und das Abschlußzeremoniell zu beenden…

»Halt!«

Das Wort war wie die übelriechende Zunge eines Reptils, die über ihr Gesicht leckte, aber es war Macht hinter ihm. Sabriel blieb abrupt stehen, gegen ihren eigenen Willen, und das lodernde Geschöpf folgte dem Befehl ebenfalls. Sabriel versuchte, an ihm vorbeizuspähen, die Augenlider halb geschlossen gegen das blendende Licht, und zu enträtseln, was am anderen Ende des Saales geschah. Nicht, daß sie es sich nicht auch so hätte denken können…

Es war Kerrigor. Die Soldaten, die die Tür vor ihm verriegelt hatten, lagen tot um ihn herum verstreut, bleiche fleischerne Inseln in einem Meer aus Dunkelheit. Er besaß keine Gestalt jetzt, keine Form, doch wies der große schwarze Tintenklecks seiner Präsenz halb menschliche Züge auf: Augen aus weißem Feuer und ein gähnendes Maul, gesäumt von flackernden Kohlen, deren Glut von einem Rot war, so dunkel wie geronnenes Blut.

»Abhorsen gehört mir!« krächzte Kerrigor. Seine Stimme war tief und gleichsam flüssig, als kämen seine Worte herausgeblubbert wie Lava, gemischt mit Speichel. »Du wirst sie mir überlassen!«

Die Mogget-Kreatur knisterte und glitt weiter, weiße, winzigen Sternen gleiche Funken im Schlepptau hinter sich her ziehend.

»Ich habe zu lange gewartet, um meine Rache von einem anderen nehmen zu lassen!« zischte sie, mit einem hohen Jaulen endend, das immer noch an die

Katze erinnerte, die sie einmal gewesen war. Und dann schnellte sie auf Kerrigor zu, ein gleißender elektrischer Komet, der sich mit ungeheurer Wucht in die schattenhafte Substanz seines Körpers rammte, mit einem satten Schmatzen, wie ein Holzhammer, der ein Stück Fleisch plattklopft.

Für eine Sekunde verharrten alle wie erstarrt, erstarrt von der Plötzlichkeit der Attacke. Dann verdichtete sich Kerrigors dunkle Gestalt wieder: Lange Tentakel bitterer Nacht schossen blitzschnell aus ihm hervor, schlangen sich um den gleißenden Angreifer und sogen ihn auf mit der unerbittlichen Gefräßigkeit eines Oktopus, der eine Meeresschildkröte verschlingt.

Verzweifelt hielt Sabriel nach Prüfstein und Magistrix Greenwood Ausschau. Immer noch schwängerte roter Staub die Luft, die im Schein des Mondes anmutete wie ein tödliches rostfarbenes Gas, und die Körper, die überall herumlagen, sahen aus, als seien sie an seinem giftigen Hauch erstickt. Aber sie waren von herunterprasselnden Ziegeln erschlagen worden.

Als erstes entdeckte Sabriel die Magistrix; sie lag ein Stück von ihr entfernt auf dem Boden; ihr Körper war zusammengekrümmt. Sabriel wußte, daß sie tot war, durchbohrt von einem langen, dolchartigen Holzsplitter.

Sie wußte auch, daß Prüfstein am Leben war – und da saß er, den Rücken gegen einen Haufen zerbrochenen Mauerwerks gelehnt. In seinen Augen spiegelte sich das Mondlicht wider.

Sabriel ging zu ihm, sich behutsam einen Weg zwischen den Leichen und den Schutthaufen, den Blutlachen und den leise wimmernden, hoffnungslos Verwundeten hindurch bahnend.

»Mein Bein ist gebrochen«, sagte Prüfstein mit schmerzverzerrtem Gesicht. Er neigte den Kopf zu dem gähnenden Loch in der Wand. »Lauf, Sabriel. Solange er noch beschäftigt ist. Lauf nach Süden. Führe ein einfaches Leben…«

»Das kann ich nicht«, erwiderte Sabriel. »Ich bin Der Abhorsen. Außerdem, wie sollte ich dich mitnehmen mit deinem gebrochenen Bein?«

»Sabriel…«

Aber Sabriel hatte sich bereits wieder umgewandt. Sie nahm Astarael zur Hand, mit geübtem Griff den Klöppel festhaltend. Aber das war gar nicht nötig: Die Glocke war stumm, mit Ziegelstaub verstopft. Sie würde erst wieder läuten, wenn sie gesäubert war, mit viel Geduld, Magie und ruhiger Hand. Sabriel starrte sie eine Sekunde lang an, dann stellte sie sie behutsam wieder auf den Boden.

Das Schwert ihres Vaters lag nur ein paar Schritte weiter im Staub. Sie hob es auf und studierte die Charta-Zeichen, die an seiner Klinge entlangliefen. Diesmal jedoch fügten sie sich nicht wie sonst zur Inschrift, sondern zu den Worten: »Die Clayr sahen mich, der Wallbauer schuf mich, der König schreckte mich ab, der Abhorsen schwingt mich, auf daß keine Toten im Leben wandeln. Denn dies ist nicht ihr Pfad.«

»Dies ist nicht ihr Pfad«, flüsterte Sabriel. Sie hob das Schwert, nahm die Abwehrstellung ein und richtete den Blick auf die sich windende Masse aus Dunkelheit, die Kerrigor war.

Kapitel Neunundzwanzig

Kerrigor schien fertig zu sein mit dem Freimagie-Wesen, das einmal Mogget gewesen war. Seine große Wolke aus Dunkelheit war wieder vollständig geschlossen; keine Spur von weißem Feuer, kein gleißender, verzweifelt gegen das Aufgesogenwerden sich sträubender Glast war mehr zu sehen.

Er war bemerkenswert still, und in Sabriel keimte für einen winzigen Moment die Hoffnung auf, daß er irgendwie verwundet war. Doch dann kam die grausige Erkenntnis: Kerrigor verdaute, wie ein Vielfraß nach einem zu üppigen Mal.

Sabriel schauderte zusammen bei der Vorstellung. Ein bitterer Geschmack erfüllte ihren Mund. Sie durfte nicht hoffen, daß ihr eigenes Ende besser sein würde. Er würde sie und Prüfstein ergreifen und bei lebendigem Leibe ausbluten lassen, drunten in der Finsternis des Wasserspeichers...

Sie schüttelte den Kopf, um das grausige Bild zu verscheuchen. Irgendeine Möglichkeit mußte es doch geben! Kerrigor mußte geschwächt sein, so weit entfernt vom Alten Königreich... vielleicht stärker geschwächt als ihre Charta-Magie. Sie bezweifelte zwar, daß eine einzige Glocke ihn ins Wanken bringen konnte, aber zwei, gleichzeitig geläutet?

Es war dunkel im Saal, bis auf das Mondlicht, das durch das Loch in der Mauer hinter ihr hereinschien. Und es war still. Selbst die Verwundeten schieden in Stille dahin, ihr Stöhnen kam gedämpft, ihre letzten

Wünsche nur mehr gehaucht. Sie behielten ihre Todespein für sich, als könne ein Schrei die falsche Aufmerksamkeit auf sie lenken. Es gab Dinge im Saale, die waren schlimmer als der Tod…

Noch dunkler als die Dunkelheit aber war die Gestalt Kerrigors. Sabriel beobachtete ihn scharf, während sie mit der Linken die Riemen löste, die Saraneth und Kibeth hielten. Sie spürte die Präsenz anderer Toter rings um sie herum, aber keiner von ihnen betrat den Saal. Es gab noch immer Menschen zu bekämpfen – oder zu verzehren. Was im Saal geschah, das war allein Sache ihres Meisters.

Die Riemen waren gelöst. Kerrigor rührte sich nicht. Seine glühenden Augen waren zu, sein feuriges Maul geschlossen.

In einer einzigen blitzschnellen Bewegung steckte Sabriel ihr Schwert in die Scheide und zog die Glocken.

Da bewegte sich Kerrigor endlich. Seine dunkle Masse schnellte vorwärts, die Kluft zwischen ihm und Sabriel halbierend. Gleichzeitig wurde er größer, reckte sich in die Höhe, bis er fast die Decke berührte. Seine Augen öffneten sich zu voller, rasender, lodernder Wut, und dann sprach er.

»Spielsachen, Abhorsen. Und zu spät. Viel zu spät.«

Was er sprach, waren nicht nur Worte, sondern Kraft, Freimagie-Kraft, die Sabriels Nerven lähmte, ihre Muskeln verkrampfen ließ. Verzweifelt mühte sie sich, die Glocken zu läuten, aber ihre Handgelenke wurden von eiserner Faust festgehalten…

Quälend langsam glitt Kerrigor vorwärts, bis er nur mehr eine Armlänge von ihr entfernt war. Wie eine kolossale Statue aus grob gehauener Nacht ragte er dräuend vor ihr auf, sein heißer Brodem schwappte über sie mit dem Gestank von tausend Schlachthäusern.

Irgend jemand – ein Mädchen, das leise sein Leben auf dem Boden aushauchte – berührte sanft Sabriels

Fessel. Ein kleiner Funke goldener Charta-Magie sprang aus dieser Berührung. Er fuhr in Sabriels Blutbahn, wanderte aufwärts, wärmte ihre Glieder, löste ihre Muskeln aus der Starre. Schließlich erreichte er ihre Hände, und die Glocken erschollen.

Es war nicht der klare, reine Klang, der er hätte sein sollen, denn irgendwie sog die dunkle Masse Kerrigors ihn auf und verzerrte ihn, aber er blieb nicht ohne Wirkung. Kerrigor glitt zurück und schrumpfte, bis er kaum mehr als doppelt so groß war wie Sabriel.

Das bedeutete freilich nicht, daß er Sabriels Willen unterworfen war. Saraneth hatte ihn nicht gebunden, und Kibeth hatte ihn lediglich zurückgedrängt.

Sabriel läutete die Glocken erneut. Sie konzentrierte sich voll auf den schwierigen Kontrapunkt zwischen ihnen, zwang all ihren Willen in ihre Magie. Kerrigor würde sich ihrer Herrschaft beugen, er würde dorthin gehen, wo sie es wollte…

Und eine Sekunde lang tat er das auch. Nicht in den Tod, dazu besaß sie nicht die Macht, sondern in seinen ursprünglichen Körper, der im Innern des aufgesprengten Sarkophages ruhte. Noch während der Klang der Glocken verhallte, verwandelte sich Kerrigor. Seine glühenden Augen und sein feuriger Mund flossen ineinander wie geschmolzenes Wachs, und sein Schattenleib faltete sich zu einer dünnen Rauchsäule zusammen, die mit lautem Tosen zur Decke schoß. Sie verharrte einen Moment zwischen den Dachsparren, dann stieß sie mit einem gräßlichen Schrei herab und fuhr geradewegs in den geöffneten Mund des Rogir-Körpers.

Bei diesem Schrei zersprangen Saraneth und Kibeth. Silberne Scherben fielen wie zerbrochene Sterne zu Boden. Die Mahagonigriffe zerfielen zu Staub, der Sabriel wie feiner Sand zwischen den Fingern zerrann.

Sabriel starrte eine Sekunde lang auf ihre leeren Hände, immer noch den harten Abdruck der Glockengriffe spürend. Und dann, ohne daß es ihr bewußt geworden wäre, hielt sie plötzlich den Griff des Schwertes in der Hand und schritt auf den Sarkophag zu. Doch ehe sie in ihn hineinblicken konnte, stand Rogir auf und schaute sie an – mit den glühenden Augen Kerrigors.

»Eine Unannehmlichkeit«, sagte er mit einer Stimme, die nur eine Spur menschlicher klang als die Kerrigors. »Ich hätte daran denken sollen, daß du eine lästige Range bist.«

Sabriel machte einen blitzschnellen Ausfallschritt und stieß zu. Das Schwert schlug weiße Funken, als es auf seinen Körper traf. Die Klinge bohrte sich in seine Brust und kam auf dem Rücken wieder heraus. Aber Kerrigor lachte nur und packte die Klinge mit beiden Händen, so fest, daß seine Knöchel weiß hervortraten. Sabriel zog und zerrte an dem Schwert, aber es wollte nicht herauskommen.

»Kein Schwert kann mir etwas anhaben!« sagte Kerrigor mit einem Kichern, das wie das Todesröcheln eines Sterbenden klang. »Nicht einmal eines, das die Wallbauer geschmiedet haben. Und schon gar nicht jetzt, da ich mir endlich auch ihre letzte Macht angeeignet habe. Macht, die zuvor die Charta regierte, Macht, die den Wall schuf. Ich habe sie jetzt. Ich habe diese zerbrochene Marionette, meinen Halbbruder, und ich habe dich, meinen Abhorsen. Macht und Blut – Blut für die Brechung des Steines!«

Er schob die Klinge noch ein Stück tiefer in seine Brust, so tief, bis das Heft seine Haut berührte. Sabriel versuchte loszulassen, aber er war zu behende. Seine eiskalte Hand umklammerte ihren Unterarm und zog sie unwiderstehlich zu sich hin.

»Willst du schlafen, bis die Großen Steine bereit sind für dein Blut?« wisperte Kerrigor, und sein Atem stank immer noch nach Aas. »Oder willst du jeden Schritt des Weges wach zurücklegen?«

Sabriel starrte zurück, zum ersten Mal seinen Blick erwidernd. Täuschte sie sich, oder konnte sie im Höllenfeuer seiner Augen einen winzigen Funken von gleißendem Weiß erkennen? Sie öffnete die zur Faust geballte Linke und spürte, wie der Silberring an ihrem Finger heruntерglitt. Weitete er sich?

»Was willst du, Abhorsen?« schnarrte Kerrigor. Seine Lippen warfen Blasen, die Haut an den Mundwinkeln platzte auf, als der Geist in seinem Innern selbst das auf magische Weise konservierte Fleisch des Rogir-Körpers von innen zu zerfressen begann. »Dein Liebhaber kriecht auf uns zu – ein kläglicher Anblick –, aber den nächsten Kuß werde ich bekommen...«

Der Ring hing jetzt in Sabriels Hand, hinter ihrem Rücken verborgen. Er war noch größer geworden – und immer noch spürte sie, wie das Metall sich dehnte und der Ring sich weitete...

Kerrigors aufgesprungene Lippen kamen näher, und immer noch weitete sich der Ring in ihrer Hand. Sein stinkender Atem raubte ihr fast das Bewußtsein, aber sie war schon lange darüber hinaus, sich zu übergeben. Sie drehte den Kopf im letzten Moment zur Seite und fühlte trockenes, leichenartiges Fleisch auf ihrer Wange.

»Ein geschwisterlicher Kuß«, gluckste Kerrigor. »Ein Kuß für einen Onkel, der dich seit deiner Geburt kennt – oder seit kurz davor. Aber das ist nicht genug...«

Wieder waren seine Worte nicht nur Worte. Sabriel fühlte, wie eine Kraft ihren Kopf packte und ihn unwiderstehlich zurück drehte, von Angesicht zu Angesicht mit Kerrigor. Zugleich öffneten sich wider ihren Willen ihre Lippen wie in leidenschaftlicher Erwartung.

Aber ihr linker Arm war frei.

Kerrigor beugte den Kopf vor, sein Gesicht wurde immer größer, dräuender – dann blitzte Silber zwischen ihnen auf, und der Ring lag um seinem Hals.

Sabriel fühlte, wie der Zwang schlagartig von ihr abfiel, und versuchte sich loszureißen. Aber Kerrigor ließ ihren Arm nicht los. Er schien überrascht, aber keineswegs verängstigt. Er griff mit der Rechten nach dem Ring, um sich von ihm zu befreien. Dabei fielen ihm die Fingernägel aus, und weißer Knochen trat an den Fingerspitzen zum Vorschein.

»Was ist das? Irgendein Relikt aus…«

Der Ring zog sich zusammen und schnitt tief in das schwammige Fleisch seines Halses, die feste Dunkelheit dahinter enthüllend. Auch die wurde zusammengequetscht und immer weiter nach innen gezwängt, während sie unter heftigem Pulsieren dem Druck des Ringes auszuweichen versuchte. Zwei flammende Augen starrten Sabriel ungläubig an.

»Unmöglich!« krächzte Kerrigor. Wild schnaubend stieß er Sabriel von sich weg, so heftig, daß sie zu Boden stürzte. Dann zog er mit einem Ruck die Klinge aus seiner Brust; es klang, wie wenn eine Raspel über Hartholz schrappt.

Mit schlangenhafter Behendigkeit sprang er vorwärts und stieß mit dem Schwert nach der am Boden liegenden Sabriel. Die Klinge durchbohrte ihren Panzer, drang durch ihr Fleisch und grub sich tief in die hölzernen Dielen des Fußbodens. Ein fürchterlicher Schmerz durchzuckte Sabriel. Sie schrie laut auf, und ihr gequälter Körper krümmte sich zuckend um die Klinge.

Kerrigor ließ sie liegen, wo sie war, aufgespießt wie ein Käfer in einer Sammlung, und wandte sich Prüfstein zu. Aus schmerzverschleierten Augen sah Sabriel, wie Kerrigor suchend auf den Boden schaute und einen langen, zackigen Splitter aus einem der zertrümmerten Stühle brach.

»Rogir«, sagte Prüfstein. »Rogir…«

Mit einem erstickten Wutschrei ließ Kerrigor den Splitter auf den hilflos daliegenden Prüfstein hinabsausen. Sabriel schloß die Augen und wandte den Kopf ab.

Sie tauchte in ihre eigene Welt, eine Welt des Schmerzes. Sie wußte, daß sie irgend etwas unternehmen mußte, wollte sie nicht hilflos verbluten, doch jetzt – da Prüfstein tot war – blieb sie einfach liegen, wo sie lag, und ließ die Wunde an ihrem Bauch bluten.

Schlagartig wurde ihr bewußt, daß sie gar nicht gefühlt hatte, wie Prüfstein starb.

Sie öffnete die Augen wieder und lenkte den Blick auf ihn. Der Splitter war an seinem gepanzerten Mantel abgebrochen. Kerrigor war gerade dabei, nach einem neuen Splitter zu greifen – aber der Silberring war inzwischen über seine Schultern geglitten und rutschte nun langsam weiter nach unten, sein Fleisch wegschälend wie eine unerbittliche, ringförmige Klinge. Immer tiefer rutschte der Ring, den Toten Geist buchstäblich aus seiner verrottenden fleischernen Hülle herausstanzend.

Kerrigor zappelte und kreischte wie wild, aber der Ring umschloß seinen Rumpf mit gnadenloser Unerbittlichkeit. Verzweifelt sprang er auf und ab, wand sich nach links und nach rechts, hüpfte, bockte, tollte, doch je wütender er sich wand, desto schneller rutschte der Ring nach unten, schälte immer mehr von seinem fauligen Fleisch weg, bis nichts mehr da war und nichts blieb als eine rasende Säule aus Dunkelheit, eingezwängt in einen silbernen Ring.

Und dann knickte diese Säule in sich selbst zusammen wie ein gesprengtes Hochhaus und zerfiel zu einem Haufen rieselnden Schattens, auf dessen Kuppe der weiß schimmernde Ring thronte. Ein leuchtendes rotes Auge schimmerte inmitten des Silbers – aber das war nur der Rubin, der gewachsen war, das Metall zu zieren.

Auf dem Ring erschienen wieder Charta-Zeichen, aber Sabriel konnte sie nicht lesen; zu verschwommen war ihr Blick, und überdies war es dunkel. Das Mondlicht schien verschwunden zu sein. Aber sie wußte, was zu tun war. Saraneth – ihre Hand glitt zum Bandelier, aber die sechste Glocke fehlte, wie auch die siebte oder die dritte. Gedankenlos von mir, dachte Sabriel, wahrlich gedankenlos, aber ich muß die Bindung vollenden. Ihre Hand fiel auf Belgaer, verharrte dort für einen Moment – und hätte sie fast gezogen. Aber nein, das würde Befreiung bedeuten, Erlösung...

Schließlich zückte sie Ranna, die Schlafbringerin. Selbst diese kleine Bewegung ließ sie vor Schmerzen wimmern.

Ranna war ungewöhnlich schwer für eine so kleine Glocke. Sabriel stützte sie für einen Moment auf ihre Brust, um Kraft zu sammeln. Dann, auf dem Rücken liegend, von ihrem eigenen Schwert am Boden festgespießt, läutete sie die Glocke.

Ranna klang süß und fühlte sich tröstlich und behaglich an, wie ein lange erwartetes Bett. Ihr Klang hallte durch den Saal und pflanzte sich nach draußen fort, wo immer noch ein paar wackere Männer mit den Toten kämpften. Alle, die ihn vernahmen, hörten auf zu kämpfen und legten sich nieder. Die Schwerverwundeten glitten sanft in den Tod, den Toten folgend, die Kerrigor gefolgt waren; die nicht so schwer Verwundeten sanken in einen heilsamen Schlummer.

Der Haufen aus Dunkelheit, der einstmals Kerrigor gewesen war, teilte sich in zwei Hemisphären, die zusammengehalten wurden von einem Äquatorring aus Silber. Eine Hemisphäre war schwarz wie Kohle; die andere war von leuchtendem Weiß. Langsam verwandelten sie sich in zwei deutliche Formen – zwei Katzen, die an der Kehle miteinander verwachsen waren wie siamesische Zwillinge. Der Silberring teilte sich in zwei Ringe, die sich um die Hälse der beiden Katzen legten, und dann trennten sich beide Katzen voneinander. Die Ringe verloren ihren lodernden Glanz und änderten langsam ihre Farbe und ihre Oberfläche, bis beide rote Lederhalsbänder waren. An jedem der beiden Halsbänder hing eine Miniaturglocke, eine Miniatur-Ranna.

Zwei kleine Katzen saßen Seite an Seite. Eine schwarz, die andere weiß. Beide beugten sich vor, würgten, und spien jede einen silbernen Ring aus. Beide gähnten, als die Ringe zu Sabriel rollten. Dann rollten sie sich zusammen und schliefen ein.

Prüfstein verfolgte, wie die Ringe durch den Staub rollten. Sie stießen an Sabriel und kamen zum Liegen. Aber Sabriel hob sie nicht auf. Sie hielt noch immer mit beiden Händen Ranna umklammert, aber Ranna ruhte stumm unter ihren Brüsten. Das Schwert ragte vor ihr in die Luft; Klinge und Heft warfen den Mondschatten eines Kreuzes auf ihr Antlitz.

Etwas aus seiner Kindheitserinnerung schoß Prüfstein durch den Kopf. Eine Stimme, die Stimme eines Boten, der zu seiner Mutter sprach.

»Hoheit, wir bringen kummervolle Zeitung. Der Abhorsen ist tot.«

Epilog

Der Tod scheint kälter als je zuvor, dachte Sabriel, und sie fragte sich, warum, bis ihr bewußt wurde, daß sie immer noch lag – im Wasser, fortgetragen von der Strömung. Einen Moment lang versuchte sie dagegen anzukämpfen, dann entspannte sie sich wieder und ließ sich treiben.

»Alles und jeder hat seine Zeit zu sterben...«, wisperte sie. Die Welt der Lebenden und ihre Sorgen und Nöte schienen weit weg. Prüfstein lebte, und das stimmte sie froh – soweit sie überhaupt imstande war, irgend etwas zu fühlen. Kerrigor war besiegt, eingesperrt, wenn nicht gar richtig tot gemacht. Ihre Arbeit war getan. Bald würde sie das Neunte Tor passieren und für immer ruhen...

Etwas packte ihre Arme und Beine, hob sie aus dem Wasser und stellte sie auf die Füße.

»Deine Zeit ist noch nicht gekommen«, sagte eine Stimme, und hundert andere Stimmen wiederholten die Worte im Chor.

Sabriel blinzelte, denn da waren viele leuchtende menschliche Gestalten um sie herum, über dem Wasser schwebend. Mehr, als sie zählen konnte. Keine Toten Geister, sondern etwas anderes, wie die Mutter-Entsendung, die das Papierschiffchen gerufen hatte. Die Gestalten waren nur vage auszumachen, aber sie waren sofort zu erkennen, denn sie trugen alle tiefdunkles Blau mit den silbernen Schlüsseln. Jeder von ihnen war ein Abhorsen.

»Geh zurück«, raunten sie im Chor. »Geh zurück!«

»Ich kann nicht«, schluchzte Sabriel. »Ich bin tot! Ich habe nicht die Kraft...«

»Du bist der letzte Abhorsen«, wisperten die Stimmen, und die leuchtenden Gestalten kamen ein Stück näher. »Du kannst diesen Weg nicht gehen, bis es einen anderen gibt. Du hast die Kraft sehr wohl in dir. Lebe, Abhorsen, lebe...«

Und plötzlich hatte sie die Kraft. Genug, um umzukehren, um stolpernd, strauchelnd, taumelnd gegen den Strom zurückzuwaten, um schließlich wieder ins Leben zu tauchen. Kurz vor der Schwelle zum Leben blieben ihre leuchtenden Wegbegleiter zurück. Einer von ihnen – ihr Vater? – berührte sanft ihre Hand, just in dem Augenblick, da sie das Reich des Todes hinter sich ließ.

Ein Gesicht erschien vor ihren Augen, verschwommen erst, dann scharf und klar. Es war Prüfstein, der auf sie herunter starrte. Geräusche drangen an ihre Ohren, ferne, schrille Glocken, die seltsam fremd klangen – bis ihr bewußt wurde, daß es die Alarmglocken von Krankenwagen waren, von Krankenwagen, die aus der Stadt herangerast kamen. Sie konnte überhaupt keine Toten spüren, oder irgendwelche Magie fühlen, weder Freie noch Charta-Magie. Nun ja, gewiß, Kerrigor war fort, und sie waren fast vierzig Meilen vom Wall entfernt...

»Lebe, Sabriel, lebe!« murmelte Prüfstein, ihre eiskalten Hände fest in seinen haltend. Seine Augen waren so tränenverschleiert, daß er gar nicht sah, daß sie ihre aufgeschlagen hatte. Sabriel lächelte, dann verzerrte sie das Gesicht, als der Schmerz zurückkam. Sie blickte nach links und nach rechts und fragte sich, wie lange Prüfstein brauchen würde, bis er es endlich wahrnahm.

Das elektrische Licht war in einem Teil des Saales wieder angegangen, und Soldaten waren dabei, draußen Lampen aufzustellen. Es gab mehr Überlebende, als sie erwartet hatte. Sie kümmerten sich um die Verwundeten, stützten vom Einsturz bedrohtes Mauerwerk ab, kehrten sogar den Ziegelstaub und die Graberde auf.

Aber es gab auch viele Tote, und Sabriel seufzte, während sie ihre Sinne schweifen ließ. Colonel Horyse, draußen auf den Stufen gefallen; Magistrix Greenwood; ihre liebe Schulfreundin Ellimere; sechs andere Mädchen; mindestens die Hälfte der Soldaten...

Ihr Blick wanderte zu näheren Regionen, zu den zwei schlafenden Katzen, zu den zwei Silberringen neben ihr auf dem Fußboden.

»Sabriel!«

Prüfstein hatte endlich gemerkt, daß sie aufgewacht war. Sabriel richtete den Blick wieder auf ihn und hob vorsichtig den Kopf. Er hatte ihr Schwert weggeschafft, und einige ihrer Schulfreundinnen hatten einen Heilungszauber gesprochen, der für den Augenblick hinreichte. Typisch Prüfstein, dachte sie: Für sein eigenes Bein hatte er nichts getan.

»Sabriel!« wiederholte er. »Du lebst!«

»Ja«, sagte Sabriel, nicht wenig überrascht. »Ja, ich lebe.«